Le roman de
Madeleine
de Verchères

Catalogage avant publication de Bibliothèque et Archives nationales
du Québec et Bibliothèque et Archives Canada

Laberge, Rosette
Le roman de Madeleine de Verchères
Sommaire : t. 1. La passion de Magdelon –
t. 2. Sur le chemin de la justice.
ISBN 978-2-89585-015-1 (v. 1)
ISBN 978-2-89585-028-1 (v. 2)
1. Verchères, Madeleine de, 1678-1747 - Romans, nouvelles, etc.
I. Titre. II. Titre : La passion de Magdelon.
III. Titre : Sur le chemin de la justice.

PS8623.A24R65 2009   C843'.6   C2009-941074-5
PS9623.A24R65 2009

Le poème *La chute* a été écrit par Claire Laberge.

Les Éditeurs réunis bénéficient du soutien financier de la SODEC
et du Programme de crédits d'impôt du gouvernement du Québec.

Nous remercions le Conseil des Arts du Canada
de l'aide accordée à notre programme de publication.

Nous reconnaissons l'aide financière du gouvernement du Canada
par l'entremise du Fonds du livre du Canada pour nos activités d'édition.

Édition :
LES ÉDITEURS RÉUNIS
www.lesediteursreunis.com

Distribution au Canada :   *Distribution en Europe :*
PROLOGUE   DNM
www.prologue.ca   www.librairieduquebec.fr

Imprimé au Canada

Dépôt légal : 2010
Bibliothèque et Archives nationales du Québec
Bibliothèque nationale du Canada

ROSETTE LABERGE

Le roman de Madeleine de Verchères

TOME 2
SUR LE CHEMIN DE LA JUSTICE

LER
LES ÉDITEURS RÉUNIS

À ma merveilleuse amie Marina.

Chapitre 1

Janvier 1720

— Poussez, Magdelon, vous y êtes presque! encourage Lucie. Poussez plus fort, je vois sa tête.

C'est dans un effort suprême que Magdelon expulse l'enfant de son ventre.

— C'est un beau gros garçon! s'écrie Lucie. Je vais l'envelopper dans une couverture avant de vous le donner.

— Déposez-le dans son berceau, se dépêche de dire Magdelon d'un ton neutre. Je n'ai plus de forces et j'aurai bien le temps de le prendre plus tard.

— Allons, Magdelon, ne me dites pas que vous n'avez pas hâte de le voir. Il a l'air d'un petit ange avec ses grands yeux bleus. Regardez, ajoute Lucie en déposant l'enfant dans les bras de sa mère sans prêter attention au peu d'enthousiasme de celle-ci. Je vais chercher une bassine d'eau chaude et je reviens faire sa toilette. Ensuite, je m'occuperai de vous.

Lorsque Lucie revient, Magdelon n'a toujours pas jeté un coup d'œil à son fils. Le regard vide, elle fixe la croix de bois suspendue au mur en face d'elle.

— Comment allez-vous appeler votre bébé? demande Lucie d'une voix enjouée en prenant l'enfant.

— Je ne sais pas, répond nonchalamment Magdelon en haussant les épaules. Je n'y ai pas encore pensé.

— Vous n'êtes pas sérieuse? Moi, dès que je savais que j'étais enceinte, je choisissais un prénom pour une fille et un autre pour un garçon.

— Avez-vous un prénom à me suggérer? interroge Magdelon pour couper court à la conversation.

— Bien sûr! Si Thomas et moi avions eu un garçon, nous l'aurions appelé Jean Baptiste Léon. Aimez-vous cela?

— Oui, dit Magdelon sans grande conviction. Vous êtes certaine que ça ne vous dérange pas si je vous emprunte ce prénom?

— Pas le moins du monde. À mon âge, je crois bien que je n'aurai plus d'enfant. Et si, par bonheur, je tombais enceinte, nous trouverions un autre nom.

Magdelon ferme les yeux. Elle a l'impression de s'enfoncer dans un gouffre sans fond. Au moins, tant qu'elle portait l'enfant, elle n'était pas obligée de le prendre. Il lui arrivait même d'oublier jusqu'à son existence, sauf quand il se mettait à la rouer de coups de pied. Chaque fois, cela durait un bon moment. Elle faisait alors n'importe quoi pour s'occuper l'esprit et surtout pour être bien certaine de rester de glace devant ces manifestations qui, à ses quatre grossesses précédentes, la rendaient folle de joie.

Depuis le début de sa grossesse, il ne s'est pas passé un seul jour sans qu'elle se demande pourquoi il a fallu qu'elle tombe enceinte. « Une fois, une seule fois, et me voilà avec un bébé sur les bras… Comme si je n'étais pas déjà assez occupée. Ce n'est pas juste. C'est Marie-Madeleine qui aurait dû vivre, pas lui. Jamais je ne l'aimerai. » Elle a tout fait pour le perdre, tout, mais il a résisté. Elle sentait cette nouvelle vie s'accrocher à elle, comme la gale sur le pauvre monde. Elle était si désespérée qu'elle a même prié, promettant monts et merveilles à Dieu s'il la libérait de son fardeau. Évidemment, Dieu n'a accédé à aucune de ses demandes. Ça lui apprendra à perdre son temps à prier, à allumer des lampions et à se forcer à écouter le sermon du curé dimanche après dimanche.

Et voilà qu'aujourd'hui son supplice des derniers mois dort à poings fermés à quelques pas d'elle. Juste entendre respirer le bébé lui donne froid dans le dos. «Je pourrais l'étouffer, songe-t-elle, le regard noir. Ce ne serait pas le premier nourrisson à mourir dans son sommeil. »

Depuis le jour où Pierre-Thomas l'a engrossée, elle lui a interdit de la toucher, ce qu'il a respecté. Elle sait très bien qu'il prend son plaisir ailleurs, mais cela lui importe peu. De toute façon, ce n'est pas d'hier qu'il la trompe. Elle en a fait son deuil depuis belle lurette : leur mariage en est un de raison. Et au moins, maintenant, il ne peut pas s'en prendre aux domestiques, pas plus qu'aux esclaves. Jamais il n'oserait toucher à Louise. Et si par malheur il s'y risquait, il trouverait Jacques sur son chemin. Quant aux esclaves, Magdelon répète à Pierre-Thomas chaque fois qu'elle en a l'occasion ou qu'il lui offre d'en amener une au manoir pour aider Louise et Jacques : «N'y pensez même pas. Tant que je serai de ce monde, pas une seule esclave ne franchira le seuil de cette porte. » Avec le temps, Pierre-Thomas s'est finalement résigné à vivre sans esclave au manoir… enfin jusqu'à ce jour. Il arrive à Magdelon de penser que son mari a fort probablement au moins une esclave à Québec. Mais moins elle en sait là-dessus, mieux elle se porte.

Les derniers mois ont été les plus pénibles de sa vie. Chaque fois que Pierre-Thomas daignait se pointer au manoir, elle avait envie de le griffer, alors que lui ne perdait pas une occasion de prendre des nouvelles de sa grossesse :

— Je trouve que vous n'avez pas bonne mine. Vous êtes certaine que tout va bien ?

Chaque fois, elle répondait par un demi-sourire puis tournait les talons, prétextant un travail urgent à terminer. Il valait mieux qu'elle se taise ; ses paroles auraient certainement dépassé sa pensée. Sa relation avec Pierre-Thomas est déjà assez tiède pour ne pas élargir davantage le fossé qui existe entre eux deux. Le plaisir passager que lui procurerait sa sortie ne vaut pas tous les désagréments que cela lui apporterait en échange. Jusqu'à maintenant, son mari respecte ses exigences de ne pas la toucher, il vaut donc mieux ne pas conjurer le sort. Elle peut bien pratiquer la contraception avec Antoine, et c'est ce qu'elle fait, mais elle serait bien mal vue d'en faire autant avec Pierre-Thomas. Comme elle peut encore tomber enceinte, elle ne doit pas jouer avec le feu.

* * *

Le lendemain, aussitôt réveillée, Magdelon reprend le fil de ses pensées. Elle sursaute quand elle entend la voix de Catherine :

— Ah, il est vraiment adorable, il a l'air d'un petit ange ! As-tu vu ses yeux ? Ils sont aussi bleus qu'un ciel d'été. Ma belle-mère m'a dit que tu avais accouché aussi facilement qu'une chatte. Tu en as de la chance ! Moi, je tremble de tout mon corps plus l'accouchement approche. Il n'y a rien qui me fasse plus peur que de mourir en couches comme Anne. Si une telle chose m'arrivait, je pense que Charles n'y survivrait pas. Ce n'est pas pour me donner de l'importance, mais penses-y un peu. Perdre sa femme en couches, c'est ce qui peut arriver de pire à un homme. Bon, assez parlé ! Et toi, comment vas-tu ? Es-tu contente que ce soit un garçon ?

Voyant que Magdelon ne l'écoute pas, Catherine prend doucement sa sœur par les épaules.

— Magdelon, écoute-moi bien, dit Catherine d'un ton autoritaire. Je t'avertis, je ne te laisserai pas sombrer dans une autre dépression. Ça fait des mois que tu fais tout pour te couper de ton bébé, mais aujourd'hui c'est assez ! Que ça te plaise ou non, il est là pour rester. Il ne t'a rien fait cet enfant, il ne mérite pas que tu le traites comme un moins que rien. Et il y en a trois autres qui comptent sur toi. Regarde-moi.

Magdelon met quelques secondes à obtempérer. Quand elle se décide enfin, elle souffle :

— J'ai peur… de ne pas être une bonne mère pour lui. J'ai peur de ne pas être capable de l'aimer.

— Ne t'inquiète pas pour cela. Tu te fais la vie dure, ma sœur, soupire Catherine. C'est un tout petit être innocent. Je l'ai à peine regardé et je l'aime déjà.

— Je l'ai toujours dit : tu es bien meilleure que moi. Mais la situation n'est pas simple. Et je suis tellement en colère contre Pierre-Thomas que je ne sais pas si je pourrai lui pardonner un jour. Depuis ce fameux soir, j'ai une boule dans la poitrine qui m'étouffe jour et nuit.

— Il va pourtant falloir que tu trouves une solution. Tu ne peux pas rester ainsi toute ta vie. Quoi que tu fasses, tu ne réussiras pas à changer Pierre-Thomas. Il te donnera sûrement d'autres raisons de lui en vouloir, j'en mettrais ma tête à couper. La seule personne que tu punis, c'est toi. Et je peux me tromper, mais d'après moi ton valeureux mari n'a même pas remarqué que tu es fâchée après lui. Et s'il l'a remarqué, il s'en fout. Les humeurs de femme, c'est le cadet de ses soucis, tu le sais autant que moi.

— Il va falloir que tu m'aides, dit Magdelon en prenant la main de sa sœur.

— Tu peux compter sur moi. Je suis prête à venir te secouer les puces chaque matin s'il le faut. En échange, tu devras tout faire pour m'éviter de souffrir quand j'accoucherai.

— Tu es enceinte ? s'exclame Magdelon bien malgré elle. C'est pour quand ?

— Si j'ai bien calculé, je devrais accoucher au début du mois d'août. Je suis si contente, et Charles aussi !

— Félicitations ! dit Magdelon en serrant Catherine dans ses bras.

Quand Catherine se libère de l'étreinte, elle va prendre le bébé dans son berceau et revient aux côtés de sa sœur.

— Tu n'es pas obligée de l'aimer d'un seul coup. Commence par le regarder, caresse-le, parle-lui doucement. Explique-lui ce qui est arrivé, ça te fera du bien. Tiens, prends-le. Tu as vu ses yeux ? Jamais je n'en ai vu d'aussi bleus.

Magdelon reste sans voix. Elle tient son bébé dans ses bras et, sans vraiment s'en rendre compte, elle passe une main sur tout le petit corps, comme si elle voulait s'assurer qu'il ne lui manque rien. Elle caresse ensuite la petite tête dans un doux mouvement de va-et-vient. Un grand frisson la parcourt des pieds à la tête. Il a la peau si douce. Comment a-t-elle pu oublier cela ? Comment a-t-elle cru pouvoir s'en priver ? Elle continue à cajoler le nouveau-né. Catherine l'observe, un sourire aux lèvres. Au bout de quelques minutes, Magdelon plante enfin son regard dans celui de son fils. C'est alors que se produit un phénomène très spécial : d'un seul coup, elle a été libérée de toute la rage qu'elle nourrissait envers son bébé. Elle se sent aussi légère qu'une plume au vent. Dans de tels moments, elle regrette amèrement d'être incapable de verser la moindre larme.

Catherine a raison. Son fils n'a pas à payer pour les erreurs de son père. Elle pourra même continuer à en vouloir à Pierre-Thomas tant et aussi longtemps qu'elle le voudra. Elle y réfléchira. En décidant de plonger son regard dans celui de l'enfant, Magdelon savait qu'elle ne résisterait pas longtemps. C'est le dernier enfant qu'elle aura, autant en profiter totalement.

— Tu as raison, dit Magdelon. Il a de très beaux yeux. Maintenant, je sais que je serai une bonne mère pour lui, ne t'inquiète pas. Par contre, je ne te promets pas que j'arrêterai d'en vouloir à Pierre-Thomas.

— Je ne suis pas tellement inquiète pour ton mari. Il est capable de se défendre, mais pas ton fils. Jure-moi de m'avertir si ça ne va pas avec le petit.

— Rassure-toi, tout va bien aller. Tu me connais, j'ai la tête dure quand je décide quelque chose.

— Oui, j'en ai une petite idée ! plaisante Catherine. Ma belle-mère m'a dit qu'elle t'avait suggéré un nom. Veux-tu lui en donner un toi-même maintenant ?

— Non, je trouve que Jean Baptiste Léon lui va parfaitement.

— Que dirais-tu si j'allais chercher les enfants ? Quand je suis arrivée, ils étaient fort impatients de voir leur nouveau petit frère.

— Va les chercher.

* * *

Quand Lucie vient rendre visite à Magdelon le lendemain matin, c'est une nouvelle femme qui la salue. Confortablement installée dans son lit, son fils dans les bras, Magdelon sourit à pleines dents.

— Entrez, Lucie. Approchez. Regardez, il a l'air d'un ange.

— Je vous l'ai dit hier, mais je suis contente que vous me croyiez maintenant.

Les deux femmes éclatent d'un rire tellement clair que le bébé se réveille en sursaut. Ses pleurs sont si stridents que toute la maisonnée accoure, chacun y allant d'une petite caresse sur la tête du nourrisson au passage. Dès que le bébé se rendort, la chambre se vide aussi vite qu'elle s'était remplie. Heureuse, Magdelon discute encore un moment avec Lucie avant de sombrer dans un sommeil profond.

Jean Baptiste Léon devra attendre plus d'une semaine avant de faire la connaissance de son père.

Chapitre 2

Quand Magdelon ouvre la porte du manoir, tout ce qu'elle entend, ce sont les pleurs de Marguerite. Elle enlève vite son manteau et le dépose sur une chaise avant de monter à l'étage voir ce qui se passe. Marguerite a beau être capricieuse – et Dieu sait qu'elle l'est plus que la moyenne des filles de treize ans –, il est très rare qu'elle sanglote de cette façon. En fait, c'est la première fois qu'elle y met tant de cœur.

Comme si ce n'était pas encore assez, à la vue de sa mère dans l'embrasure de sa porte de chambre, Marguerite redouble d'ardeur dans ses lamentations. Magdelon se retient de sourire. Elle ne peut pas reprocher à sa fille son attitude, car elle-même a fait des dizaines de crises semblables à Marie quand elle avait son âge. Elle aurait été très insultée si sa mère lui avait ri au nez. Sa souffrance était on ne peut plus réelle et, surtout, combien intolérable. La jeune fille est repliée sur elle-même et se tient le ventre. Magdelon s'assoit sur le bord du lit. Elle caresse les cheveux de sa fille et lui demande ce qui la fait pleurer.

— J'ai mal au ventre, se plaint Marguerite en s'essuyant les yeux et en reniflant. C'est comme si j'avais mangé un grand cornet de sucre d'érable d'un seul coup. Mais je vous jure que je ne l'ai pas fait.

— Depuis quand as-tu mal ? demande Magdelon en fronçant les sourcils.

— Depuis le dîner, soupire la jeune fille. Est-ce que je vais mourir ?

Magdelon caresse doucement les cheveux de Marguerite. Elle réfléchit quelques secondes avant d'annoncer :

— Je pense bien que tu es en train de devenir une femme.

— Que voulez-vous dire ? s'enquiert Marguerite, tout à coup très inquiète.

— Chaque mois, tu perdras un peu de sang pendant quelques jours et la vie reprendra ensuite son cours normal. Et quand tu seras mariée, tu pourras à ton tour avoir des enfants.

— Mais je ne veux pas perdre de sang ! Je pourrais mourir ! Et je ne veux pas me marier, jamais. Je vous en prie, maman, aidez-moi, je n'en peux plus d'avoir mal au ventre.

— Rassure-toi, dit calmement Magdelon, ça prend plus que cela pour mourir. Je peux te soulager, mais je ne pourrai pas enlever complètement ton mal. Que tu le veuilles ou non, il risque de revenir chaque mois. Tu t'en sauveras seulement quand tu seras enceinte.

— Ce n'est pas juste ! s'écrie la jeune fille en pleurant de plus belle. Moi, je ne veux pas avoir d'enfants.

— Tu auras bien le temps de changer d'idée. Bon, je vais aller chercher une brique chaude. La chaleur te fera du bien. Je t'apporterai aussi des guenilles pour récupérer le sang que tu perdras. Aimerais-tu avoir quelque chose à manger ?

— Non, je n'ai pas faim. Je veux juste arrêter d'avoir mal au ventre.

Quand Magdelon revient avec une brique chaude enveloppée dans un châle de laine et une pile de guenilles, Marguerite s'est endormie. Magdelon s'approche, appuie son paquet de chaleur sur le ventre de sa fille, relève la couverture et lui caresse les cheveux avant de sortir sur la pointe des pieds.

« Cela lui fera du bien de dormir un peu. Pauvre enfant, comme je la comprends de ne pas vouloir souffrir ! J'espère qu'elle s'en tirera mieux les autres mois, mais je ne parierais pas là-dessus. Si elle est comme Catherine et Anne, chaque fois elle souffrira le martyre, alors que moi je ne ressens pratiquement rien. Dommage que la prière ne donne aucun résultat, je serais prête à dire un chapelet complet tous les mois pour lui éviter le pire… J'ai bien peur qu'on n'ait pas fini de l'entendre pleurer… »

En passant devant la chambre de Jean Baptiste Léon, Magdelon ne peut résister à l'envie d'aller voir le bébé. Depuis qu'elle a posé son regard sur lui, elle est complètement sous le charme. Il est doux, facile et tellement beau avec sa petite fossette sur le menton et ses cheveux aussi fins que du fil de soie. « On dirait un ange, se plaît à dire Catherine. Quand on le voit, on a une seule envie, c'est de le prendre et de le cajoler. » Et c'est d'ailleurs ce qui se produit chaque fois que quelqu'un vient au manoir. À ce jour, pas un seul visiteur n'a quitté les lieux sans avoir eu au moins une attention, si petite soit-elle, pour Jean Baptiste Léon. En fait, c'est le bébé dont toutes les mères rêvent. Il fait ses nuits depuis qu'il a deux semaines. Il mange bien. Il fait des siestes deux fois par jour. Même Pierre-Thomas est sensible à son charme. En effet, ce dernier ne manque jamais une occasion de prendre le petit, ce qui étonne chaque fois Magdelon.

Jean Baptiste Léon est si parfait que si la réalité de Magdelon s'avérait différente, c'est-à-dire si elle était mariée à un autre homme que Pierre-Thomas, elle aurait probablement cédé au plaisir d'avoir au moins un autre enfant. Il faut bien qu'elle se l'avoue, être à nouveau enceinte la réconcilierait avec sa dernière grossesse dont elle n'est pas très fière. Mais il n'en est pas question. Tout ce qu'il lui reste à faire est d'apprendre à vivre avec ses remords : pas une journée ne passe sans qu'elle s'en veuille d'avoir autant malmené le petit pendant toute sa grossesse. Même si Catherine lui répète constamment d'arrêter de s'en faire avec cela, Magdelon n'est pas certaine qu'elle se pardonnera un jour. Elle était tellement furieuse contre Pierre-Thomas qu'elle a déversé sa colère sur l'enfant qu'elle portait alors qu'il n'était responsable de rien, sauf de l'avoir choisie comme mère.

Les choses ne se sont pas améliorées entre elle et Pierre-Thomas, mais au moins elles ne se sont pas détériorées non plus. Il s'absente aussi souvent. En son absence, Magdelon dirige la seigneurie de main de maître, à sa manière. Au moment des récoltes, il lui arrive de songer que son père serait très fier d'elle. Elle voit à tout et ne s'en plaint pas, bien au contraire. Plus les absences de Pierre-Thomas sont longues, plus elle met les choses à sa main. Elle ne fait pas toujours l'unanimité, ce qu'elle accepte très bien. L'important pour elle est que les colons la respectent, ce que la plupart font la majorité du temps. Si à un moment ou à un autre l'un d'entre eux s'échappe et oublie qu'elle est la patronne, Magdelon le rappelle très vite à l'ordre par son franc-parler. Il faut dire qu'elle n'a pas froid aux yeux, la femme du seigneur. Même quand les colons tentent de l'intimider, elle ne s'en laisse pas imposer, loin de là. Elle leur offre d'abord de s'asseoir, leur sert un verre d'alcool et s'assoit à son tour. La seconde d'après, elle leur demande d'expliquer calmement ce qui les amène. Si, en cours de discussion, un colon s'emporte, elle se lève et dit, en faisant quelques pas dans la direction de l'homme :

— Il va falloir vous calmer. Autrement, on n'arrivera jamais à se comprendre. Continuez, je vous écoute.

Parfois, les colons sont tellement survoltés qu'elle doit les ramener à l'ordre plus d'une fois pendant une même discussion. C'est d'ailleurs une des seules occasions où elle se montre patiente, mais elle a vite compris l'importance de l'être pour obtenir ce qu'elle veut. Depuis longtemps, elle a remarqué que le climat se gâte après le passage de Pierre-Thomas. Elle a expliqué à son mari à maintes reprises de faire attention à sa façon de traiter ses colons, mais sans grand succès. Chaque fois, il revient toujours sur le fait qu'il est le seigneur et que ses colons doivent lui obéir au doigt et à l'œil. Elle a beau lui dire qu'il n'obtiendra rien de cette manière, que ce ne sont pas ses esclaves, qu'il a grand besoin d'eux, mais rien n'y fait. Quand Pierre-Thomas a quelque chose dans la tête, il vaut mieux se lever de bonne heure pour le faire changer d'idée. Et cela, il y a fort longtemps qu'elle l'a compris.

Magdelon doit admettre qu'elle ne donne pas sa place non plus question caractère. Déjà, lorsqu'elle était petite, elle ne cédait pas facilement, pas même à son père. Sa trop grande détermination lui a valu plus d'une punition. Pourtant, ses parents n'étaient pas sévères, mais il arrivait souvent à Magdelon de dépasser les bornes. Elle se souvient entre autres du jour où elle a décidé d'aller au village indien voir son amie.

* * *

Magdelon avait dix ans. Elle s'était levée avant tout le monde, avait mis quelques provisions dans un sac de toile et était partie sans aviser personne. Ses parents l'avaient cherchée dans toute la seigneurie. Ils étaient désespérés et croyaient que leur fille avait été enlevée par les Iroquois. Son père avait réuni tous les colons de la seigneurie. Ensemble, ils avaient convenu de la direction que chaque petit groupe prendrait pour les recherches. C'est alors que Magdelon s'était pointée au manoir. Elle avait poussé la porte et s'était écriée :

— C'est moi ! Je suis affamée, qu'est-ce qu'il y a à manger ?

Toute la famille était accourue. Sa mère l'avait serrée dans ses bras si fort qu'elle lui faisait mal avant de dire :

— Alexandre, va vite avertir les hommes que Magdelon est revenue. Fais vite avant qu'ils partent.

Puis, à l'adresse de sa fille, elle avait ajouté :

— Ne refais plus jamais cela ! Nous t'avons cherchée toute la journée. Jusqu'à ce que ton père revienne, tu resteras dans ta chambre.

— Mais maman, j'ai faim…

— Obéis et tout de suite ! avait lancé Marie sur un ton qui ne tolérait aucune réplique.

La tête basse, Magdelon avait pris la direction de sa chambre sans comprendre ce qui arrivait. Elle avait passé du bon temps avec son amie et elle avait hâte de tout raconter à sa mère. Au lieu de cela, elle se retrouvait confinée entre les quatre murs de sa chambre, l'estomac vide. Elle n'avait rien fait de mal et puis ce n'était pas la première fois qu'elle allait en forêt toute seule. Déçue, elle s'était assise sur le bord de son lit et avait sorti de son sac les trésors qu'elle avait rapportés du village indien. Elle avait fini par s'endormir tout habillée sans que personne vienne la voir. À son réveil, elle s'était précipitée à la cuisine et s'était vite emparée d'un bout de pain. Quand son père l'avait rejointe, il l'avait sermonnée sévèrement et avait conclu sur ces mots :

— Pour ta punition, tu n'auras pas le droit de sortir du manoir pendant un mois.

— Mais papa, avait-elle dit pour défendre sa cause, je n'ai rien fait de mal. Je suis juste allée voir mon amie au village indien.

— Ce n'est pas que tu sois allée au village indien qui est mal, c'est que tu n'aies averti personne et que tu y sois allée seule. Je ne peux passer outre. Tu le sais comme moi, les Iroquois sont partout et je ne supporterais pas de perdre un de mes enfants par négligence. Je dois vous protéger à tout prix, même malgré vous.

Sans attendre aucun commentaire de la part de sa fille, il avait tourné les talons, la laissant seule à la cuisine. Il était très rare que son père les punisse, elle et ses frères et sœurs. Il était plutôt du genre conciliant, mais là elle avait dépassé les limites de sa tolérance et elle le savait. Elle ne chercherait pas à faire réduire sa punition. Elle savait que c'était peine perdue. De toute sa vie, jamais elle n'avait trouvé un mois aussi long, d'autant qu'on était en plein mois de juillet. Elle avait passé son temps à la fenêtre de sa chambre à regarder ses frères et ses sœurs s'amuser.

* * *

De retour à la cuisine, Magdelon se sert un café. Puis elle s'assoit et réprimande Louise.

— Ne vous arrangez pas pour que votre enfant ne connaisse pas sa mère. Je ne veux plus vous voir grimper sur une chaise tant que vous n'aurez pas accouché.

— Mais il n'y a pas de danger, répond Louise. Vous vous inquiétez pour rien. J'ai l'habitude, vous savez.

— Écoutez-moi bien. Je ne veux pas entendre vos objections. Pour simplifier les choses, disons simplement que je vous interdis de monter sur une chaise. Est-ce que c'est plus clair ?

À ces mots, Louise ne peut faire autrement que de baisser légèrement la tête, ce qui n'est pas dans ses habitudes.

— Ne le prenez pas mal, se dépêche d'ajouter Magdelon en posant une main sur le bras de Louise. C'est pour votre bien et celui de votre bébé… et pour le mien aussi, je dois l'avouer. J'ai l'intention de vous avoir avec moi encore longtemps. Pendant que j'y pense, vous devriez faire une sieste chaque jour pour prendre des forces avant la naissance de votre enfant.

— Ne me demandez pas cela, répond vivement Louise. J'ai trop de travail pour aller me coucher en plein cœur de la journée. De toute façon, je me sentirais tellement mal que je suis certaine que je n'arriverais pas à dormir.

— Vous n'avez pas à vous sentir mal, car je vous autorise à faire des siestes.

— Mais je ne suis pas certaine que Monsieur apprécierait.

— Laissez Monsieur en dehors de tout cela. Je m'arrangerai avec lui, ne vous en faites pas.

La seconde d'après, la porte s'ouvre brusquement sur Charles François Xavier. Il a les joues rouges comme s'il venait de faire une course avec le diable. Il ne prend même pas le temps de reprendre son souffle avant de lancer à sa mère sans aucun préambule :

— J'ai préparé les chevaux. Il ne vous reste plus qu'à prendre votre mousquet. Je vous attends à l'écurie.

Puis, sans attendre son reste, il tourne les talons et sort. Magdelon ne peut s'empêcher de sourire. Cet enfant est un vrai rayon de soleil. Il est vif comme l'éclair, prévoyant et attachant. Depuis qu'il est en âge de tenir sur un cheval qu'il accompagne sa mère chaque fois qu'elle le lui permet. À dix ans, il monte déjà de belle façon. Magdelon est toujours étonnée de l'intérêt de son fils pour les plantes, la pêche et la chasse. Il connaît déjà plusieurs plantes et ne cesse de la questionner sur l'une et sur l'autre. Il a même commencé à l'accompagner quand elle est demandée au chevet d'un malade ou d'un blessé. Son fils lui est d'une aide précieuse, sans compter qu'il est naturellement compatissant aux souffrances des autres, ce qui ne nuit pas dans plusieurs cas.

Après avoir bu sa dernière gorgée de café, elle prend des provisions pour la promenade. Avant de sortir, elle donne quelques consignes à Louise, insistant sur le fait que Marguerite doit être sur le point de se réveiller et qu'il faudrait lui faire chauffer des briques pour la soulager si elle a encore mal au ventre. Elle passe ensuite prendre son mousquet et sort rejoindre son fils. Elle est heureuse juste à la pensée de passer quelques heures en forêt, d'autant plus que Charles François Xavier l'accompagne.

Au fond d'elle-même, Magdelon aurait vraiment aimé que Marguerite suive ses traces. Mais tout laisse croire que cela n'arrivera pas. Sa fille possède bien plus de traits de sa grand-mère paternelle que de sa mère. On dirait une copie miniature de madame de Lanouguère. Il arrive souvent à Magdelon de devoir prendre sur elle pour ne pas hurler tellement Marguerite ressemble à son aïeule. Que ce ne soit pas l'amour fou avec sa belle-mère passe toujours, mais qu'elle ait parfois du mal à supporter sa propre fille, cela rend Magdelon plutôt mal à l'aise.

Ces jours-là, elle se dit que Marguerite peut encore changer étant donné son jeune âge. En tout cas, en tant que mère, Magdelon garde espoir d'arriver à influencer suffisamment sa fille pour qu'elle abandonne quelques comportements fort désagréables.

Avec Charles François Xavier, tout est simple et facile. Il fait partie des gens capables d'apprécier la moindre petite chose, à tel point que tout semble lui réussir. Quand Magdelon arrive à la hauteur de son fils, celui-ci est déjà installé sur son cheval. Il lui tend les guides de sa monture en souriant. Elle lui rend volontiers son sourire. Elle est touchée de voir l'amour qu'il porte aux mêmes choses qu'elle. Elle lui a déjà appris beaucoup et, chaque fois, il en redemande. Sa soif d'apprendre est si grande qu'il oblige sa mère à se dépasser.

— Louis Joseph est-il encore chez Catherine ?

— Elle m'a chargé de vous dire qu'elle le ramènerait au manoir après le souper.

— Merci mon grand. Tu es prêt ?

— Oui, répond fièrement l'enfant.

En ce début d'août, le soleil brille depuis plusieurs jours, tellement que les colons implorent le ciel pour qu'il tombe une bonne pluie. Heureusement, les récoltes n'ont pas souffert de la chaleur et du manque d'eau. Jusque-là, la température a été plutôt clémente. Il est tombé juste assez de pluie, celle-ci étant entrecoupée de périodes d'ensoleillement intense. Contrairement aux années passées, les colons ont fait les foins d'un seul trait cet été. Les granges débordent de beau foin sec. Quant à la récolte de grains, elle s'annonce abondante et surtout de grande qualité.

Magdelon songe à Catherine. « La chaleur l'incommode sûrement. Pourvu qu'elle accouche vite ! » se dit-elle. En tout cas, pour sa part, Magdelon se trouve chanceuse d'avoir accouché une seule fois à l'été. Durant cette saison, il est plus facile de refaire ses forces, mais la fin d'une grossesse s'avère beaucoup plus difficile à supporter. Quand elle était enceinte de Marguerite, plus les jours passaient et plus elle se demandait comment elle arriverait au bout de sa grossesse tant il faisait chaud. Elle ne savait plus à quel saint se vouer, d'autant que la prière n'a jamais été son fort.

Dès qu'ils pénètrent dans la forêt, la mère et le fils respirent mieux. Bien qu'asséchée elle aussi, la forêt leur donne tout de suite une vague de fraîcheur qui leur fait le plus grand bien. Par ce beau temps, les oiseaux s'en donnent à cœur joie avec leurs chants.

* * *

Marguerite vient de se réveiller. Quand elle réalise que sa jupe est tachée de sang, elle pousse un cri strident qui retentit dans tout le manoir. Louise est si surprise qu'elle laisse tomber la tasse qu'elle est en train d'essuyer. Elle jette vivement son linge à vaisselle sur le dossier d'une chaise, relève ses jupes et court en direction de l'escalier qui mène à la chambre de Marguerite. Réveillé en sursaut, le bébé se met à son tour à hurler. Alors qu'elle se trouve à la moitié de l'escalier, Louise perd pied et déboule jusqu'en bas. Alertée par le bruit, Marguerite oublie un instant sa douleur et court jusqu'à l'escalier. Quand elle voit Louise étendue par terre, elle descend les marches en vitesse et lui prend la main.

— Louise, Louise, que t'est-il arrivé ?

Mais la domestique est incapable de parler tellement elle est sonnée par sa chute. Elle s'agrippe à Marguerite et lui montre son ventre. Un liquide chaud a commencé à couler entre ses jambes. Son bébé va naître aujourd'hui.

Marguerite est très attachée à Louise. La voir dans cet état a suffi à lui faire oublier sa propre douleur et les taches de sang sur sa jupe, elle pourtant si fière. Il faut qu'elle trouve sa mère et vite.

— Je vais chercher maman, dit-elle entre deux sanglots. Ne bouge pas.

À ces mots, Louise secoue la tête. Marguerite ne comprend pas trop, mais pour l'instant, tout ce qui compte, c'est qu'elle trouve de l'aide rapidement. Louise est blanche comme un drap. Marguerite a une idée. Elle s'écrie :

— Je vais aller chercher Catherine.

Louise fait oui de la tête, en se tenant le ventre à deux mains. Marguerite sort du manoir en courant. Au tournant, elle est si énervée qu'elle passe à un cheveu d'entrer en collision avec Jacques qui revient du moulin. Voyant dans quel état est la jeune fille, celui-ci lui demande ce qui se passe.

— C'est Louise, répond Marguerite en pleurant. Elle a déboulé l'escalier. C'est ma faute. Il faut qu'on l'aide. Je vais quérir Catherine.

Jacques ignore si Marguerite a ajouté autre chose. Il a pris ses jambes à son cou et a filé au manoir rejoindre sa femme, qu'il aime plus que tout au monde.

Chapitre 3

Lorsque Pierre-Thomas entre dans la cuisine, les enfants lui font un bel accueil. Marguerite court se jeter dans ses bras. Elle est vite imitée par Charles François Xavier et par Louis Joseph. Il y a plus de trois semaines qu'ils n'ont pas vu leur père. Magdelon est toujours aussi étonnée de leur réaction. Pierre-Thomas n'est pourtant pas le père le plus aimant du monde, mais chaque fois qu'il revient de voyage, les enfants accourent. Même Jean Baptiste Léon lui sourit quand il le voit.

— Je vous ai apporté une surprise, annonce Pierre-Thomas de sa grosse voix qu'il tente d'adoucir. Demandez à Louise de faire chauffer du lait, une pleine tasse pour chacun. Je suis certain que cela va vous plaire : c'est du chocolat.

— Mais Louise ne peut pas faire chauffer le lait, dit Marguerite, la voix remplie d'émotions. Elle a déboulé l'escalier et elle ne peut pas marcher. Et c'est ma faute.

Pierre-Thomas regarde sa fille. C'est la première fois qu'il la voit aussi émue. Il se tourne vers Magdelon. Mais il n'a pas le temps de poser la moindre question car sa femme console gentiment Marguerite :

— Ce n'est pas ta faute, Marguerite, enlève-toi cette idée de la tête. C'est un accident. Louise sera sur pied dans quelques jours, c'est promis.

Les yeux remplis de larmes, la jeune fille regarde sa mère. Pierre-Thomas est renversé. Qu'a-t-il pu arriver de si grave pour perturber Marguerite à ce point, elle habituellement très peu concernée par les malheurs des autres, même par ceux de sa propre famille ? Magdelon s'approche de sa fille, lui relève doucement le menton et lui déclare en la regardant dans les yeux :

— Écoute-moi bien, Marguerite. Tu n'y es pour rien, c'est juste une coïncidence. Louise te l'a dit plusieurs fois, tu n'es pas responsable de sa chute. Tu es même allée chercher de l'aide…

— Jurez-moi qu'elle va pouvoir marcher, pleurniche la jeune fille.

— Bientôt, Louise ira mieux. Elle a fait une mauvaise chute, rien de plus.

Pierre-Thomas suit la conversation entre sa femme et sa fille. Soudainement envahi d'une vague d'impatience, il lance à Magdelon :

— Allez-vous enfin m'expliquer ce qui s'est passé ?

— Si vous le voulez bien, je vous raconterai tout quand les enfants seront couchés. Pour l'instant, nous pourrions faire chauffer du lait pour le chocolat. Selon maman, si on ajoute un peu de sucre d'érable, c'est aussi bon que la meilleure des pâtisseries. Moi, j'ai très hâte d'y goûter. Et les enfants en meurent d'envie eux aussi. Marguerite, sors le sucre d'érable, conclut Magdelon d'une voix espiègle.

Elle a beau avoir plus de quarante ans, quand il s'agit de goûter à quelque chose de nouveau, particulièrement à un aliment sucré, elle retombe en enfance. Sa mère n'a jamais compris comment il se faisait qu'elle ne soit pas plus grosse avec tout ce qu'elle avale.

— Je me charge du lait, dit Jacques d'une voix éteinte.

Depuis la chute de sa femme, le pauvre Jacques n'a pas beaucoup dormi. Entre les longues journées au manoir, les boires du bébé et les soins à donner à Louise, il ne lui reste pas beaucoup de temps pour fermer l'œil. Le jour de l'accident, il était brisé juste à regarder à quel point sa femme souffrait. Il aurait tout donné pour prendre sa douleur. Dans les heures qui ont suivi, il est devenu père d'un beau garçon. Il est maintenant partagé entre le bonheur d'avoir enfin le fils qu'il espérait depuis si longtemps et la tristesse de voir que Louise a encore peine à bouger. Magdelon a beau lui répéter que c'est une question de temps, il y a des moments où, tout comme Marguerite, il doute. Et si Louise ne pouvait plus jamais marcher ?

— Préparez une tasse de plus, ordonne Pierre-Thomas. Je ne suis pas arrivé seul.

Magdelon se met instantanément sur la défensive. Une boule de colère gronde au creux de sa poitrine. Qui peut-il bien avoir emmené avec lui ? Le simple fait qu'il n'ait pas fait entrer la personne dès son arrivée ne présage rien de bon. Elle se retient de ne pas exploser avant même de savoir.

Pierre-Thomas sort. Quand il revient quelques secondes plus tard, une jeune fille d'au plus seize ans le suit timidement. Rien qu'à sa vue, Magdelon sent son sang se figer dans ses veines. Elle voit rouge. Si c'est une esclave, cette fois son mari ne s'en tirera pas. Mais Magdelon n'a même pas le temps d'ouvrir la bouche qu'il lance :

— Rassurez-vous, elle ne restera pas ici. Je dois l'amener au seigneur de Batiscan. Elle s'appelle Marie-Anne. Par contre, avec ce qui est arrivé à Louise, elle nous serait très utile, qu'en dites-vous ? ose-t-il demander à sa femme sur un ton on ne peut plus naturel.

— Ne vous avisez même pas de lui faire lever le petit doigt ici ou vous aurez affaire à moi, siffle Magdelon entre ses dents. On se débrouille très bien. Lucie nous a envoyé une de ses filles pour nous aider en attendant que Louise se remette.

— Pas la peine de vous emporter, jette Pierre-Thomas. J'ai fait cette proposition pour vous rendre service.

Magdelon fait mine de ne pas avoir entendu. Elle s'avance vers la jeune fille et lui dit :

— Assoyez-vous. Jacques vous montrera votre chambre après que vous aurez bu votre chocolat chaud. Mais j'y pense, vous devez être affamée ?

La jeune fille hoche légèrement la tête en guise de réponse.

— Je vais vous servir à manger, reprend Magdelon. Quant à vous, ajoute-t-elle à l'intention de son mari, nous reparlerons de tout cela plus tard.

— Ne tardez pas trop, répond Pierre-Thomas d'une voix neutre. J'ai eu une dure journée et je repars demain à l'aube pour Batiscan.

— Vous partez combien de temps ? s'enquiert Magdelon.

— Le temps qu'il faudra pour régler mes affaires. Après, je repasserai par ici avant d'aller chez mère.

— J'imagine qu'il est inutile de vous donner des choses pour Jeanne…

— Jeanne qui ? répond Pierre-Thomas le plus simplement du monde.

Quand il agit de la sorte, Magdelon lui chaufferait les oreilles. Il est aussi entêté que la plus têtue des mules. Même si plusieurs années ont passé, il en veut toujours autant à Jeanne de l'avoir abandonné pour se marier. Il ne lui a pas encore pardonné d'avoir trouvé le bonheur ailleurs qu'à son service. Magdelon le connaît suffisamment pour savoir qu'elle ne vivra pas assez vieille pour voir le jour où il adressera à nouveau la parole à Jeanne. Chaque fois que celle-ci se pointe au manoir, Pierre-Thomas s'organise pour être ailleurs. Pire que cela, quand il va à Batiscan pour ses affaires et qu'il croise l'ancienne servante du manoir, il fait mine de ne pas la connaître. Ce n'est pas Jeanne qui l'a appris à Magdelon – elle ne se plaint jamais –, mais son mari, Louis-Marie. Il était si offusqué qu'un beau jour il a affronté Pierre-Thomas et lui a dit tout ce qu'il avait sur le cœur. Le seigneur a écouté sans broncher la tirade jusqu'à la fin. Puis il a demandé d'un air suffisant : « Vous avez terminé ? » et a poursuivi son chemin sans plus de façon.

Louis-Marie était si fâché du manque de savoir-vivre de Pierre-Thomas qu'il n'a pu s'empêcher d'en parler à Magdelon. Sans attendre, Jeanne a mis la main sur l'épaule de son mari et lui a murmuré :

— Ce n'est rien, ne t'en fais pas avec cela. Nous avons mieux à faire que de ressasser toutes ces misères. Si tu nous servais un petit verre… Il est si rare que Magdelon nous rende visite, il faut fêter ça !

C'est la seule et unique fois que le manque de politesse de Pierre-Thomas envers Jeanne a été rapporté à Magdelon. Pourtant, elle sait pertinemment qu'il y a eu d'autres événements du même genre. Mais Jeanne se sent beaucoup trop redevable envers Pierre-Thomas et sa famille pour condamner le comportement de son ancien maître. En plus, elle se dit que, au nombre de fois que celui-ci vient à Batiscan dans une année, elle peut très bien supporter son manque de savoir-vivre.

Bien sûr, dès leur première gorgée, les enfants adorent le chocolat chaud. Ils y sont allés généreusement avec le sucre d'érable, ce qui a fait sourire Magdelon. Même Marie-Anne s'est permis un petit sourire en buvant le sien, ce qui n'a pas échappé à Magdelon. Juste le fait de songer à la vie qui attend la jeune fille la rend triste. Elle sait bien qu'elle ne peut pas épargner l'esclavage à toutes les jeunes filles qui y sont destinées, mais si elle ne se retenait pas, elle prendrait en charge Marie-Anne et s'assurerait qu'elle ait une vie normale. Pauvre enfant ! Elle a à peine trois ans de plus que Marguerite et sa vie est déjà tracée à l'encre rouge. « C'est odieux de priver ces jeunes filles de leur jeunesse et de leur imposer tout ce que leur maître va leur faire subir », pense-t-elle. En réalité, peu de ces filles ont une chance de s'en sortir. Plus souvent qu'autrement, elles sont vouées à servir toute leur vie dans des conditions trop semblables à celles des chevaux de trait.

Magdelon boit sa dernière gorgée de chocolat chaud et demande à Jacques de mettre les enfants au lit. Elle va rejoindre Pierre-Thomas dans son bureau.

Levant la tête de ses papiers, ce dernier accueille sa femme par ces mots :

— Il était grand temps que vous veniez me voir. J'étais sur le point d'aller me coucher. Je vous écoute.

* * *

Le lendemain matin, quand Magdelon se lève, Pierre-Thomas est déjà parti… et Marie-Anne aussi. Elle soupire en pensant à la jeune fille et se dit qu'il vaut mieux qu'elle chasse son souvenir de sa mémoire. Elle se rend à la cuisine, se prépare un café de la mort et sourit en pensant au premier qu'elle a bu en arrivant à Sainte-Anne. Elle croyait bien qu'elle ne s'y habituerait jamais, alors qu'aujourd'hui elle y trouve du plaisir, à un tel point que lorsqu'elle rend visite à sa mère elle se plaint de la faiblesse du café. Elle sirote tranquillement sa boisson chaude. Elle aime ces moments de solitude alors que la maison est encore endormie. À part quand les enfants sont couchés, ce sont les seuls instants de paix qu'elle peut s'offrir de toute la journée. Il y a tant à faire à la seigneurie qu'une fois la journée commencée celle-ci file à la vitesse de l'éclair entre le moulin banal, les colons, les comptes, les enfants, les malades…

Par la fenêtre de la cuisine, Magdelon assiste au lever du soleil. Ce matin, il est particulièrement beau. Le ciel semble avoir été peint de bandes de couleur de toutes les teintes de rose et d'orangé. Pas un seul petit nuage à l'horizon. La journée sera torride comme c'est le cas depuis le début de l'été. D'aussi loin que Magdelon se rappelle, jamais un été n'a été aussi chaud et sec. Malgré ces conditions, le meunier a déjà commencé à moudre les grains. Voyant toute la tâche qu'il y aura à abattre, Thomas a même offert son aide, ce qui a rassuré Pierre-Thomas.

Au moment où Magdelon s'apprête à se préparer un autre café, on frappe à la porte. Elle va ouvrir et se retrouve face à Antoine. Surprise, elle n'a pas le temps d'ouvrir la bouche qu'il lui dit :

— Venez vite. Le chef indien veut vous voir.

— Entrez, vous avez bien le temps de prendre un café ! Je suis seule.

— Non, il faut y aller tout de suite. Il ne va pas bien du tout.

— J'avertis Jacques et je vous suis.

— Je vais préparer votre cheval.

Sur le chemin qui mène au village indien, Magdelon pense au chef. Au fil des années, une réelle complicité s'est développée entre elle et le père de Tala. Chaque fois qu'elle rend visite à l'Indien, ils discutent tous deux comme le feraient de vieux amis. Ils ont leur petit rituel. Il lui sert quelques morceaux de truite fumée et une infusion d'herbes ou de l'eau d'érable en saison. De son côté, elle ne manque pas de lui apporter quelques pâtisseries, ce qui le ravit. À son contact, elle a appris beaucoup de choses. De plus, il est une des rares personnes avec qui elle peut échanger sur des sujets qui la préoccupent comme la mort, la justice, le respect, l'amour... Il a une manière de ramener les choses compliquées à leur plus simple expression qui déconcerte Magdelon. Avec lui, tout s'explique. « Il suffit parfois de regarder les choses différemment pour qu'elles apparaissent beaucoup plus faciles », énonce-t-il souvent. Le père de Tala est l'être le plus sage qu'il a été donné à Magdelon de rencontrer. Elle se souvient encore de la première fois qu'il a fait la connaissance de Charles François Xavier. C'était le printemps et les érables coulaient à flots. Il avait demandé au jeune garçon de s'asseoir devant lui. Pendant de longues minutes, il l'avait observé sans parler, en tenant ses mains dans les siennes. Charles François Xavier avait respecté le silence imposé par le chef. L'enfant était à la fois impressionné par la prestance de l'homme et par tout ce qui se dégageait de sa personne. Le chef avait ensuite posé des questions au garçon et avait écouté les réponses avec grand attention. On aurait pu entendre une mouche voler. À la fin de l'entretien, le père de Tala s'était tourné vers Magdelon :

— Votre fils vous ressemble : il a un beau cœur.

Charles François Xavier a été tellement impressionné par sa rencontre avec le chef indien que, depuis ce jour, il veut toujours accompagner sa mère au village. Mais il a vite appris à éviter le sujet des Indiens en présence de son père. Il s'est fait rabrouer une seule fois là-dessus et, maintenant, quand Pierre-Thomas est là, ni lui ni sa mère ne parlent de leurs visites au village indien.

— Ce sera notre petit secret, a confié Magdelon à son fils un jour qu'ils revenaient d'une promenade.

Contrairement à l'habitude, Magdelon et Antoine échangent très peu pendant le trajet. Les pensées de chacun sont tournées vers le chef indien. Pour Magdelon, c'est un ami précieux et irremplaçable. Pour Antoine, c'est un des rares hommes qu'il respecte pour son honnêteté et son intégrité. Sans avoir une relation privilégiée comme celle qu'entretient Magdelon avec le chef, les deux hommes ont développé au cours des dernières années une complicité et une confiance enviables aux yeux de plusieurs. Antoine est l'un des rares coureurs des bois à pouvoir circuler librement dans le village indien. Il a même appris quelques mots hurons, ce qui plaît beaucoup au chef.

En arrivant au village, Magdelon saute de son cheval et, sans attendre Antoine, se dirige vers la tente du chef. Les femmes la saluent au passage et, lorsqu'elle croise l'aïeule, celle-ci lui dit que le chef l'attend. Elle soulève la peau qui fait office de porte et entre sans faire de bruit. Antoine l'attend à l'extérieur. Le chef est couché sur sa paillasse, les yeux fermés. Elle s'approche doucement et s'assoit par terre à la hauteur de la taille du vieil Indien. Elle touche délicatement la main droite du chef pour lui signifier qu'elle est là. Au bout de quelques secondes, l'homme ouvre les yeux, tourne la tête et sourit faiblement. Il n'a plus la force de parler. Il tend la main sur le côté et prend un petit paquet qu'il dépose dans les mains de Magdelon. Sans hésiter, elle lui demande si c'est pour le fils de Tala. Le chef presse doucement sa main et baisse les paupières.

— Je le lui remettrai sans faute, assure Magdelon, la voix remplie d'émotions. Vous allez me manquer.

Sans plus attendre, elle se lève et, au moment où elle va sortir, Charles François Xavier passe à deux cheveux d'entrer en collision avec elle. Magdelon n'a pas le temps de réaliser ce qui arrive. Son fils s'assoit au chevet du chef, lui prend la main et murmure :

— Je ne veux pas que vous partiez.

Le vieillard tourne la tête vers l'enfant et, dans un effort suprême, il lui sourit. De grosses larmes inondent les joues de Charles François Xavier. C'est la première fois qu'il fait face à la mort.

Magdelon prend son fils par les épaules et lui dit :

— Viens avec moi, il faut laisser le chef se reposer.

L'enfant suit sans résister. Une fois dehors, il se jette dans les bras de sa mère et pleure à chaudes larmes. Magdelon savait que le chef était important pour son fils, mais elle ne soupçonnait pas qu'il tenait une place aussi grande dans son cœur. Antoine repart de son côté. Magdelon et Charles François Xavier prennent le chemin du manoir, le cœur en morceaux.

Ils sont à peine sortis de la forêt qu'un colon interpelle Magdelon :

— Venez vite, le curé est malade. Il veut vous voir.

— Laissez-moi au moins le temps d'aller chercher ma trousse…

— Pas besoin, répond l'homme, je l'ai prise avec moi. Il y a déjà longtemps que le curé vous attend. Venez, je vais vous accompagner.

— Ce n'est pas la peine, je connais très bien le chemin.

— Comme vous voudrez.

— Je peux y aller avec vous, maman.

— À une condition ! Promets-moi de ne plus jamais aller en forêt seul.

— Vous n'avez qu'à me montrer à me servir d'un mousquet et, de cette manière, je pourrai me défendre.

À ces mots, Magdelon ne peut s'empêcher de sourire. Son fils est aussi ratoureux qu'elle l'était à son âge.

— Allons voir le curé maintenant.

Malheureusement, la maladie ne rend pas le curé plus sympathique à Magdelon. Il lui suffit de poser sa main sur le front de l'homme pour constater qu'il est brûlant de fièvre. Malgré cela, il a la langue plus fourchue qu'une vieille femme laissée pour compte par tout le monde. Elle fait tout son possible pour garder son calme et soigner l'ecclésiastique même si l'envie de le laisser à sa souffrance la titille sérieusement. Elle se garde bien de répondre à ses injures à son égard. Décidément, depuis le jour où elle lui a offert un miroir, les choses ne se sont pas améliorées du tout entre eux. Encore aujourd'hui, le simple fait de penser à la scène quand il a brisé le miroir la fait sourire.

Le temps a favorisé grandement l'éloignement entre l'homme d'Église et elle. Malgré tout, il arrive à Magdelon de regretter ses conversations avec le curé. Mais tout cela remonte à très longtemps, quand elle était nouvellement installée à Sainte-Anne. C'est bête, elle ne pourrait même pas dire à quel moment les choses ont vraiment dégénéré entre elle et le curé, quoiqu'elle se doute que le départ de Marie-Charlotte y soit pour quelque chose.

Magdelon sélectionne des plantes et les remet à la servante du curé pour que celle-ci prépare une infusion. Elle lui donne aussi un onguent à appliquer derrière les oreilles et au-dessus des yeux du malade tant que la fièvre durera. Puis, sans attendre, elle remballe ses affaires et fait signe à Charles François Xavier de la suivre. Elle aime soigner les gens, mais pas ceux qui lui font la vie dure, et le curé fait malheureusement partie de ce groupe. Magdelon ne voit même pas le jour où elle et le saint homme pourront recommencer à s'apprécier.

En retournant au manoir, la mère et le fils discutent gaiement. Charles François Xavier fait rire sa mère en imitant le curé et ses manières. Magdelon trouve son fils trop drôle pour le réprimander. Encouragé, l'enfant s'en donne à cœur joie.

Lorsqu'ils arrivent à proximité du manoir, Charles vient à leur rencontre en courant :

— Venez vite, je crois bien que Catherine va accoucher.

Cette simple phrase donne des ailes à Magdelon. Alors qu'elle rêvait de siroter un petit verre d'alcool, voilà qu'elle relève ses jupes et se met à courir, sa trousse à la main. Elle crie à son fils :

— Rentre au manoir et dis à Jacques que je suis chez Catherine.

Chapitre 4

Après la violente poussée de fièvre du curé, plusieurs habitants de la seigneurie ont souffert du même mal. C'est à croire que le saint homme leur a transmis ses microbes pendant son sermon, à moins que ce ne soit en leur donnant la communion. Entre l'accouchement de Catherine et ses nombreuses visites à domicile pour soigner les malades, Magdelon n'a pas beaucoup dormi ces derniers jours. Elle a les traits tirés et rêve d'une longue nuit de sommeil sans aucune lamentation de l'un ou de l'autre.

Il n'y a jamais de bon temps pour être malade, mais comme les récoltes venaient à peine de commencer, il n'y a pas eu trop de dommages. Deux semaines plus tard et la situation aurait pu être dramatique. Là, tous auront le temps de récupérer leurs forces avant d'attaquer cette période si intense que, chaque fois, ils se demandent comment ils y arriveront. « Si la température continue d'être aussi clémente qu'elle l'a été tout l'été, tout ira bien », songe Magdelon. Malgré toute la pression que cette période de l'année apporte avec elle, Magdelon l'aime, car elle pousse chacun à se dépasser.

Au grand plaisir de Magdelon, Pierre-Thomas se trouve à Montréal. Son absence soulage tous et chacun. Ne pas avoir à supporter la mauvaise humeur, l'inquiétude et les exigences démesurées du seigneur donne à Magdelon une bouffée d'air frais, ainsi qu'aux colons il va sans dire. Chose très étonnante, Pierre-Thomas a demandé à Charles François Xavier de l'accompagner, ce qui est une première. L'enfant était si heureux qu'il n'a pas dormi la nuit précédant le départ. On aurait dit qu'il avait peur que son père change d'idée et parte sans lui ou, tout simplement, qu'il l'oublie. Chaque fois, Magdelon le rassurait, mais au fond c'est elle-même qu'elle rassurait par la même occasion. Ça n'aurait pas été la première fois que Pierre-Thomas aurait fait faux bond à quelqu'un. Jusqu'au moment du départ, elle s'est croisé les doigts pour que tout se passe comme prévu. Elle a été d'autant surprise que Pierre-Thomas tienne à emmener un de ses fils alors qu'il paraît que sa mère ne va pas très bien. Quand elle a su que Charles François Xavier irait à Montréal, Marguerite a simplement demandé à son frère de lui rapporter des rubans. Vu la personnalité de la jeune fille, Magdelon se serait attendue à une crise musclée. Après tout, elle est l'aînée. À cause du peu de réactions de sa fille, Magdelon s'est promis de reparler de ce voyage avec Marguerite.

Après réflexion, Magdelon a conclu qu'il était grand temps que son fils fasse la connaissance de sa grand-mère paternelle. Depuis que celle-ci est allée s'installer à Montréal, elle n'est jamais revenue à Sainte-Anne. Marguerite avait à peine un an la dernière fois qu'elle a vu sa grand-mère, et les trois garçons ne l'ont jamais rencontrée. Charles François Xavier se fait une fête à l'idée de connaître enfin cette vieille grand-mère qui habite une grande maison à Montréal. Le peu qu'il sait d'elle, il le tient de son père, car Magdelon ne parle jamais de sa belle-mère. Et les rares fois où l'un des enfants la questionne au sujet de la vieille femme, elle répond évasivement et se dépêche de détourner la conversation. En fait, le seul moment où il est question de la mère de Pierre-Thomas, c'est lorsque les enfants ouvrent les cadeaux qu'elle leur envoie pour Noël. Le reste de l'année, ils oublient jusqu'à son existence. Leur attitude est tout autre avec Marie. Chaque fois que la mère de Magdelon annonce sa visite, ils ne tiennent plus en place. Quand elle se pointe enfin au manoir, c'est à qui passera le plus de temps avec elle. Il faut dire que Marie les aime autant qu'ils l'aiment. Elle leur écrit. Elle leur raconte des histoires. Elle les écoute avec attention. Elle arrive toujours les bras chargés de cadeaux. Elle est, selon Magdelon, le modèle de la parfaite grand-mère. Même Marguerite se déride en compagnie de Marie.

Sitôt sa dernière gorgée de café avalée, Magdelon sort du manoir et se dirige vers la maison de Catherine. Elle lui a promis d'aller la voir avant de commencer sa journée. Elle est très fière de sa petite sœur, qui a donné naissance à une belle fille.

Magdelon taquine la nouvelle maman :

— Au prochain accouchement, tu n'auras même pas besoin de moi. Tu accouches comme une chatte !

— Détrompe-toi, répond tout de suite Catherine, la voix remplie d'inquiétude. J'aurai toujours besoin de toi. Si tu n'étais pas là, je ne sais pas si j'y arriverais.

— Tu y arriverais, assure Magdelon en mettant une main sur le bras de sa sœur. Alors, comment vas-tu appeler cette petite merveille ?

— Je ne sais pas si tu seras d'accord, mais j'ai pensé l'appeler… Anne. Qu'en penses-tu ?

Magdelon reste sans voix. Elle était très proche d'Anne et, même après autant d'années, sa sœur lui manque encore beaucoup. Supporterait-elle d'entendre jour après jour le prénom de sa sœur ? Cela lui crèverait-il le cœur chaque fois ?

Soudainement inquiète à cause du temps que Magdelon met à répondre, Catherine reprend la parole :

— Je peux très bien appeler ma fille autrement… J'ai d'autres prénoms en réserve.

— Et Charles, qu'est-ce qu'il en dit ?

— Il est d'accord, répond Catherine d'une voix très douce. En fait, c'est lui qui a proposé ce prénom.

— Alors, ça ira pour moi.

— Tu es bien certaine ?

— Oui.

Puis, en se tournant vers l'enfant, Magdelon ajoute :

— Bonjour, petite Anne ! Tu ne le sais pas encore, mais tu as beaucoup de chance. Tu vivras dans une famille exceptionnelle.

— Merci, Magdelon, déclare Catherine. J'ai autre chose à te demander. Charles et moi, nous aimerions que tu sois sa marraine et Pierre-Thomas, son parrain.

Touchée par cette demande, Magdelon saute au cou de sa sœur et s'écrie :

— Tu ne pouvais pas me faire plus plaisir ! Quant à Pierre-Thomas, je te laisse le soin de le lui demander toi-même. Je ne sais toujours pas ce que tu lui as fait, mais chaque fois qu'il parle de toi, il sourit. Alors je crois bien que tes chances sont bonnes qu'il accepte.

— Mais je ne lui ai rien fait de spécial ! lance Catherine en riant. C'est toi qui n'as pas le tour avec lui.

— Tu as raison ! Tout compte fait, je devrais peut-être passer par toi quand j'ai quelque chose à lui demander ! Dis-moi ce que tu veux comme cadeau.

— Juste que tu continues d'être ma sœur. Pour moi, c'est bien suffisant.

— Arrête de me complimenter de la sorte, tu sais bien que tu ne tireras pas une seule larme de moi. Si tu ne me donnes pas d'idées de cadeau, alors je ferai à ma tête. Dans ce cas, tu t'exposes à recevoir un tas de choses inutiles. Mais je t'aurai avertie.

Les deux sœurs éclatent de rire. Et Magdelon ajoute :

— Mais toi, qu'est-ce qui te ferait le plus plaisir ? Après tout, c'est toi qui l'as fabriqué ce bébé. Tu mérites bien une petite douceur.

Catherine rougit un peu avant de répondre :

— Si tu y tiens vraiment, je rêve d'avoir un livre…

— De quel livre parles-tu ? Il suffit de m'en donner le titre et je demanderai à Pierre-Thomas de l'acheter à Québec.

— Le livre que je veux avoir n'a pas de titre. Je désire un livre comme celui de maman… pour écrire des poèmes, termine Catherine d'une toute petite voix.

— Depuis quand écris-tu ? Espèce de petite cachottière, tu ne m'en as jamais parlé !

— Il m'arrive de griffonner quelques lignes à l'occasion, mais là j'ai envie de m'y mettre un peu plus sérieusement. Je suis si heureuse que je voudrais au moins laisser quelques pages à mes enfants.

— Vraiment, tu m'impressionneras toujours. Il m'arrive de t'envier, tu sais. Tu as tout pour toi : tu es belle ; tu as un mari qui t'adore ; tu as de beaux enfants – et même mes propres enfants sont fous de toi ; tu as des doigts de fée ; tu es forte ; tout le monde ne jure que par toi dans toute la seigneurie. Et voilà que maintenant tu m'apprends que tu écris des poèmes ! Je suis renversée, mais tellement fière de toi. Je n'aurais pu souhaiter une meilleure sœur que toi et j'ai la chance de te voir chaque jour. Bien sûr que tu l'auras, ton livre, mais à une condition.

— Après tous les compliments que tu viens de me faire, je serais bien mal placée de te dire non. Vas-y, je t'écoute.

— Il n'y a rien au monde qui me ferait plus plaisir que de lire un de tes poèmes.

— Un seul alors, consent Catherine d'un air gêné. Je n'ai encore jamais fait lire une seule ligne à personne. À mon tour de te demander quelque chose : promets-moi de ne pas être trop sévère avec moi.

— C'est promis ! Quand vas-tu me le faire lire ?

— Maintenant, si tu me donnes le temps d'en choisir un.

— Je suis si impatiente ! clame joyeusement Magdelon. Après toutes ces émotions, je prendrais bien un café, moi.

— Il y en a sûrement à la cuisine. Va t'en chercher un, je t'attends.

Quand Magdelon revient dans la chambre de Catherine, celle-ci fouille encore dans ses papiers. Au bout de quelques secondes, elle lève la tête et tend une feuille à sa sœur :

— Tiens, lis celui-là. Il est sur la chute dont papa nous parlait. Tu te souviens ?

— Comment aurais-je pu l'oublier ? Il nous en a tellement parlé.

Magdelon prend la feuille que lui tend Catherine. Elle la tient fièrement entre ses mains, comme si c'était le plus grand des trésors. Même si elle n'a pas encore lu une seule ligne, elle sait que ce sera excellent. Il ne peut en être autrement, car tout ce que Catherine fait est d'un niveau supérieur. Magdelon veut que ce moment soit imprimé à jamais dans sa mémoire. Elle sourit affectueusement à sa sœur avant de commencer sa lecture, le cœur rempli de fierté et d'émotions.

La chute

Elle les avait charmés
De ses traits merveilleux
Elle embrassait de ses bras les rebords escarpés, les plus beaux creux
Redescendait avec fougue
Puis reprenait sa danse mouvementée
Elle les avait séduits, c'était l'été

Elle leur avait montré
Toutes ses couleurs et leur beauté
Pour eux, elle avait marié les ocre, les jaunes, les rouges et les bruns
Caressait ainsi le cœur de chacun
Leur offrait sa fraîcheur sans limites
Elle les avait séduits, c'était l'automne

Magdelon s'arrête de lire et respire profondément. Elle est enchantée : les mots sont si bien choisis, on dirait une douce musique. Elle regarde Catherine et lui sourit tendrement avant de poursuivre sa lecture.

Elle avait ensuite voulu
Se donner des airs d'ingénue
Pour y arriver, elle avait revêtu la blancheur immaculée
De ses flancs un peu givrés
Les flocons blancs couvrant ses creux vaporeux
Elle les avait séduits, c'était l'hiver

Et puis, soudainement, dans le regain du beau temps
Elle avait laissé éclater sa fureur
La grande débâcle était venue, et avec elle les longs jours
Le pied du lac, elle l'avait aperçu
Comme folie, elle s'y était jetée
Elle les avait séduits, c'était le printemps

Ils l'ont maintenant tous au fond du cœur, ce trésor, c'est le leur
Peu importe la saison, ils en parlent sur tous les tons

Quand elle termine sa lecture, Magdelon n'a pas de mots pour décrire ce qu'elle ressent. Elle est très émue, tellement qu'elle maudit le jour où ses yeux sont devenus aussi secs qu'un grain de maïs oublié au soleil pendant des semaines. Elle donnerait cher pour sentir encore la chaleur des larmes sur ses joues, encore plus cher pour ressentir l'espèce de bien-être qu'on a après avoir pleuré, mais tout cela tient de l'impossible. Elle a déjà tellement pleuré qu'elle n'a plus une seule petite larme à verser. C'est surtout lors de moments émouvants qu'elle repense à ce qui est arrivé ce jour où elle était restée seule au manoir avec son jeune frère alors que le reste de la famille était parti à Montréal.

Magdelon ne craignait pas les Iroquois, enfin pas plus que les autres habitants de la seigneurie. Les Indiens et les Blancs cohabitaient tant bien que mal. La jeune fille avait compris depuis longtemps – son père le répétait si souvent comme pour excuser les Iroquois – que la seigneurie de Verchères était construite en plein sur leur passage pour se rendre ailleurs. Elle savait qu'elle devait se méfier des Indiens chaque seconde de sa vie, qu'elle devait être très vigilante chaque fois qu'elle mettait le nez hors du manoir. Mais elle et sa famille ne s'empêchaient pas de vivre pour autant. Bien sûr, chaque famille avait vécu des drames causés par les Iroquois, mais ces derniers en avaient vécu sûrement autant que les Blancs. Pour l'un, c'était un fils tué en forêt, alors que pour l'autre, c'était un jeune enfant assassiné lors d'une embuscade ou encore un mari qui s'était aventuré trop loin de la seigneurie. La famille de Magdelon a connu sa part de malheurs elle aussi : Marie-Jeanne a perdu deux maris. Mais Magdelon aime mieux ne pas se souvenir de tous les êtres chers perdus par la faute des Iroquois, parfois lors d'une simple balade en forêt.

Le jour de l'attaque des Iroquois, Magdelon a fait tout ce qu'elle pouvait pour garder la vie sauve à son frère. Elle a réfléchi à la vitesse de l'éclair et a pris une décision après l'autre, s'ajustant sans cesse au fil des événements dans le but ultime de rester en vie et de vivre assez vieille pour raconter un jour son histoire à ses petits-enfants. Les Indiens sont revenus à la charge plus d'une fois. Même entre les attaques, Magdelon n'a pas fermé l'œil, consciente que sa vie et celle de son frère étaient en danger. Quand ses parents sont enfin revenus de Montréal trois jours plus tard, elle leur a raconté ce qui s'était passé et a filé à sa chambre sans un mot de plus. Elle s'est jetée sur son lit et a versé toutes les larmes de son corps avant de s'endormir d'un sommeil si profond que sa mère est venue s'assurer plusieurs fois qu'elle était toujours vivante.

Catherine n'ose pas déranger sa sœur, car elle sait qu'elle est ailleurs. Quand Magdelon revient à elle, elle regarde le texte qu'elle tient entre ses mains et sourit.

— C'est un très beau texte, tu as de quoi être fière. Si tu veux, quand j'irai en France, je pourrais soumettre tes poèmes à un éditeur.

— Depuis quand vas-tu en France ? C'est la première fois que j'en entends parler.

— Moi aussi, j'ai mes petits secrets… Je n'ai pas encore fixé une date, mais j'irai un jour. Si nous revenions à ton texte ? Tu n'as rien à envier aux auteurs français. En lisant tes mots, j'entendais couler la chute. Papa serait très fier de toi.

— Arrête, c'est moi qui vais pleurer si tu continues.

— Chanceuse, va ! s'écrie Magdelon. Au moins, toi, quand tu es triste, ça paraît.

Sur ces mots, les deux sœurs éclatent de rire.

— Maintenant, dis-moi comment va la petite Anne ? A-t-elle bien dormi la nuit passée ?

— Elle va très bien, c'est un vrai petit ange. Elle s'est réveillée une seule fois cette nuit. Changement de sujet… As-tu reçu des nouvelles de Jeanne ?

— J'ai reçu une lettre d'elle, mais j'ai été tellement occupée ces derniers jours que je ne l'ai même pas encore lue.

— Il va falloir que nous parlions du meurtrier de Tala et d'Alexandre. Si je me souviens bien, il est sur le point de débarquer à Québec.

— Tu as raison. Laisse-moi vérifier si Jeanne projette de venir bientôt et je te reparlerai à ce sujet. Il faut que je file, j'ai une très grosse journée devant moi. Si tu veux, je reviendrai te voir demain.

— Avant de partir, dis-moi : est-ce que Louise va mieux ?

— Oui, elle a recommencé à marcher hier. Je dois t'avouer qu'elle commençait à m'inquiéter sérieusement, sans compter que deux bras en moins finit par être lourd à porter. Bon, je me sauve !

— À demain et merci pour tout !

Chapitre 5

— Ne me dites pas que vous allez encore lui faire faux bond !
s'écrie Magdelon. Quand allez-vous enfin enterrer la hache de
guerre ?

— Ne mélangez pas tout, madame, répond Pierre-Thomas
le plus calmement du monde. Vous n'y êtes pas du tout. Vous
savez très bien que mon travail m'amène de plus en plus
souvent à Québec. Dois-je vous rappeler que je n'ai jamais
empêché Jeanne de venir vous voir ? C'est juste qu'elle tombe
mal chaque fois qu'elle vient vous rendre visite, ajoute-t-il d'un
air innocent.

Magdelon n'est pas dupe du tout : l'air candide de Pierre-
Thomas est loin de la convaincre. Elle sait parfaitement qu'il
s'organise toujours pour s'absenter du manoir quand Jeanne
vient en visite. Prenant sur elle pour ne pas s'emporter, elle
revient à la charge :

— Vous pourriez quand même faire un effort et prendre le
temps de la saluer.

— Malheureusement, ce ne sera pas possible encore cette
fois. L'intendant m'attend pour discuter des travaux pour le
chemin du Roy. Vous savez autant que moi que je ne peux pas
me permettre de ne pas y aller.

— À votre retour alors ? insiste Magdelon.

— Cela me surprendrait beaucoup. Je serais très étonné que
Jeanne reste assez longtemps. D'ailleurs, je ne sais même pas
quand je vais revenir.

Exaspérée, Magdelon soupire fort. Elle défend la cause de
Jeanne auprès de Pierre-Thomas à chacune des visites de

l'ancienne servante. Mais jusqu'ici, toutes ses tentatives se sont avérées vaines. Son mari est de loin l'homme le plus entêté qu'il lui a été donné de connaître. Jamais il n'acceptera le fait que Jeanne ait quitté le manoir pour se marier. D'un autre côté, c'est une excellente chose que le seigneur soit de plus en plus souvent absent du manoir, et ce, pour tout le monde. D'ailleurs, à part les enfants, peu de personnes se plaignent de son absence. Moins ses colons le voient, mieux ils s'en portent. Et Magdelon peut en dire autant en ce qui la concerne.

— Serez-vous au moins revenu pour la fête des moissons ?

Pierre-Thomas se frotte le menton en réfléchissant, avant de soupirer à son tour.

— Il y a des chances…

— Une fois de plus, interrompt Magdelon, je dois vous rappeler qu'il est d'une importance capitale que vous assistiez à la fête. C'est votre seigneurie, pas la mienne. Je peux la faire tourner sans problème, mais je ne peux pas donner à vos colons la tape dans le dos dont ils ont besoin pour continuer. Cette reconnaissance, c'est de vous qu'ils l'attendent, pas de moi. Je vous le répète, vous êtes vraiment chanceux de les avoir parce que, malgré le peu de reconnaissance que vous leur témoignez, ils se dévouent corps et âme pour vous jour après jour.

— Vous avez raison, mes colons sont bons. Et c'est grâce à vous qu'ils le sont, laisse tomber Pierre-Thomas d'un trait.

Magdelon rougit. « Vient-il vraiment de me complimenter ? » Elle n'a pas le temps de réagir que son mari ajoute :

— Je ne vous le dis pas souvent, mais je ne pouvais espérer une meilleure femme que vous.

Puis il lance :

— Bon, vous allez m'excuser, mais il faut que j'y aille si je veux arriver à Québec avant la noirceur. Embrassez les enfants pour moi.

La seconde d'après, il sort du manoir, laissant Magdelon à ses pensées. « Il vient vraiment de me faire un compliment. Je n'en crois pas mes oreilles. Il va falloir que je raconte cela à Jeanne quand elle arrivera. »

* * *

Dès que Charles François Xavier ouvre les yeux, il descend à la cuisine et cherche sa mère. Aujourd'hui est un jour très spécial : elle a promis de lui montrer à se servir d'un mousquet. Il est si énervé qu'il s'est réveillé plusieurs fois pendant la nuit. Il y a tellement longtemps qu'il en rêve. Hier, il a vraiment eu peur que son rêve parte en fumée. Dans son énervement, il s'est échappé devant son père et celui-ci s'est emporté. Il a interdit avec fougue à Magdelon d'apprendre à tirer à leur fils, sous prétexte que ce dernier est trop jeune. Charles François Xavier a bien cru que c'en était fini pour lui, et pour longtemps. Mais sa mère lui a fait signe de se taire et a vite lancé la discussion sur un autre sujet. Elle l'avait pourtant averti de ne pas en parler à son père. « J'espère qu'elle n'a pas changé d'idée », s'inquiète le jeune garçon en entrant dans la cuisine.

Dès qu'elle voit son fils, Magdelon sourit et dit :

— Tu es prêt ? Je finis de boire mon café et on y va. Prépare quelques provisions, car on part pour la journée.

Charles François Xavier s'approche de sa mère et se colle contre elle. Celle-ci lui rend son accolade avec empressement.

— Je suis si content ! Merci, maman.

— Allez, dépêche-toi si tu veux tuer un chevreuil…

À ces paroles, les yeux de l'enfant s'illuminent.

— Je serais si heureux d'en tuer un. Vous verrez, je serai un très bon tireur.

— Tu auras tout le temps de me le montrer, répond Magdelon en riant. Bon, je suis prête. Et toi ?

— Moi aussi ! s'écrie le garçon en fermant le sac de provisions. Je vais sortir les chevaux.

— Le temps d'aller embrasser ton petit frère et je te rejoins.

Depuis le moment où elle a posé son regard sur Jean Baptiste Léon, une véritable histoire d'amour s'est développée entre eux. Elle est pourtant très proche de ses trois autres enfants, mais pas autant que de lui. Il est vrai que son histoire avec son dernier-né n'a rien de commun avec celle de ses autres enfants. Elle ne lui a pas fait de cadeau pendant sa grossesse, bien au contraire. Elle ne s'est pas contentée de ne pas le désirer, elle a tout fait pour qu'il ne voie pas le jour. Il lui arrive encore fréquemment de s'en vouloir. Chaque fois qu'elle en glisse un mot à Catherine, celle-ci se dépêche de lui dire qu'elle perd son temps à ressasser tout cela.

— Quoi que tu fasses, tu ne pourras jamais rattraper tes neuf mois de grossesse. Tout ce que tu peux faire maintenant, c'est d'aimer Jean Baptiste Léon. Et je suis sûre que c'est la seule chose qu'il attend de toi.

— Comment réussis-tu à être aussi sage ? demande Magdelon.

Catherine hausse les épaules et répond :

— J'essaie juste de vivre mon présent pleinement parce que, de toute façon, je ne peux rien changer au passé. Quant à l'avenir, je préfère ne pas le connaître.

Cette fin d'octobre est magnifique et il fait un temps splendide. La moindre petite feuille s'est laissée tomber sur le sol ; celui-ci est maintenant recouvert d'un épais tapis aux couleurs chaudes qui craque sous les sabots des chevaux. Il reste tout au plus quelques semaines, quelques jours peut-être, avant que la neige prenne la relève. L'automne est un moment de l'année que Magdelon affectionne particulièrement. L'air sent bon. Elle prend plaisir à respirer profondément. Elle savoure chaque instant. Une brise fraîche lui chatouille le cou, ce qui la fait sourire. Elle adore par-dessus tout sentir un peu de fraîcheur autour d'elle, et surtout se promener tranquillement sans battre des mains continuellement, et surtout bêtement, pour chasser les moustiques, qui l'aiment un peu trop. Elle n'est d'ailleurs pas la seule à apprécier l'absence de toutes ces petites bêtes plutôt gênantes. Les chevaux trottent la tête haute, sans se préoccuper d'autre chose que de porter leurs cavaliers. Leur démarche est si légère qu'on dirait qu'ils sortent tout droit d'un conte de fées. « S'ils étaient blancs, j'y croirais totalement », songe Magdelon.

La mère et le fils avancent en silence. Il y a déjà bien longtemps que Magdelon a enseigné à Charles François Xavier à respecter la forêt, à écouter les bruits qui lui sont propres et ses silences. Elle lui a aussi expliqué combien il est important de battre au rythme de ses habitants, de se laisser porter par tout ce qui la rend vivante. Elle lui a appris les rudiments de la chasse, insistant sur le fait qu'il lui fallait apprendre à se fondre au décor s'il voulait devenir un bon chasseur. Magdelon a été chaque fois surprise par la facilité avec laquelle il a retenu tout ce qu'elle lui a montré. Malgré son jeune âge, le garçon se comporte très bien en forêt, même mieux que la plupart des adultes. C'est toujours un grand plaisir pour elle d'aller en forêt, de pêcher et de soigner les gens avec lui. Nul besoin de répéter les choses, il comprend tout rapidement et, surtout, il aime faire toutes ces activités. Il n'y a qu'à le regarder faire pour comprendre qu'aucune ne représente un fardeau pour lui. Il a au fond des yeux cette passion si rare et si stimulante pour une personne comme elle, mais combien dérangeante pour les gens à l'œil éteint. Durant toute sa vie, la mère de Pierre-Thomas a fait partie de cette dernière catégorie, au grand désespoir de Magdelon. Jusqu'à ce qu'elle rende l'âme, madame de Lanouguère n'a jamais cessé de se plaindre de tout et de rien, et surtout de rien. Même si elle voyait très rarement sa belle-mère depuis le déménagement de cette dernière à Montréal, Magdelon supportait très difficilement son attitude. Le jour où Pierre-Thomas, en revenant de Montréal, lui a appris que sa mère était morte, elle a dû se secouer pour témoigner un peu d'empathie à son mari alors qu'en réalité la mort de la vieille femme ne lui faisait ni chaud ni froid. La femme acariâtre la laissait totalement indifférente, ce qui n'était pas le cas de Pierre-Thomas. Il souffre encore aujourd'hui de la mort de sa mère. Il n'en dit rien, il est trop fier, mais elle le sait. Sa famille se réduit maintenant à sa sœur qu'il voit très rarement. Celle-ci n'a même pas pu venir voir sa mère malade, ce qui a fâché Pierre-Thomas. Il a eu beau insister auprès de la mère supérieure, il n'a pas eu gain de cause. « Le règlement, c'est le règlement, lui a répondu la supérieure. Nous prierons pour votre mère. »

Lorsqu'ils arrivent à la hauteur du petit sentier qui conduit au village indien, Magdelon fait signe à Charles François Xavier d'arrêter et de descendre de cheval.

— Tu te souviens de la petite crique qu'il y a près d'ici ? demande-t-elle doucement. Nous allons nous y rendre et, là, je t'enseignerai à tirer. Si tu veux, on pourrait même mettre une ligne à l'eau.

— J'ai apporté tout ce qu'il faut, répond l'enfant joyeusement.

— Si on est chanceux, il y aura peut-être des chevreuils sur le bord de la rivière. À cette heure, ils doivent être en train de boire. Suis-moi sans faire de bruit.

Quand ils débouchent sur la rivière, une dizaine de chevreuils se désaltèrent près de la petite crique. Magdelon fait signe à son fils de s'immobiliser et pointe le groupe de bêtes à quelques mètres d'eux. Elle prend son mousquet, vise et tire. La seconde d'après, un chevreuil s'écrase sur le sol alors que tous les autres battent en retraite en moins de temps qu'il n'en faut à Magdelon pour recharger son arme. Ne pouvant pas se retenir plus longtemps, Charles François Xavier s'écrie :

— Vous en avez tué un ! Vous êtes la meilleure ! s'enthousiasme-t-il en dansant sur place. Allons le voir.

Sans plus attendre, l'enfant part en courant. Magdelon sourit. Voir son fils aussi heureux lui fait très plaisir. Elle le suit jusqu'au chevreuil.

— C'est une belle bête, dit Charles François Xavier. Je suis impatient d'y goûter. Vous croyez qu'on pourra servir de la viande de chevreuil à la fête des moissons ?

— Probablement. Nous verrons tout cela avec Louise. Mais avant de pouvoir manger ce chevreuil, il faut d'abord l'emporter au manoir. As-tu une idée de ce qu'on devrait faire ?

Le jeune garçon explique en détail à sa mère comment procéder. Elle l'écoute, le sourire aux lèvres. Il a retenu tout ce qu'elle lui a appris. Elle est fière de lui.

— Tu es vraiment bon, dit-elle en passant la main dans les cheveux de son fils. Faisons le nécessaire et après je te montrerai à te servir d'un mousquet.

Après son retour au manoir, Charles François Xavier dit à qui veut l'entendre que sa mère a tué un chevreuil. En gonflant la poitrine, il ajoute qu'il a appris à tirer. Avant que la nuit tombe, seul Pierre-Thomas ignore que son fils sait manier une arme, et de main de maître selon Magdelon. Cette nuit-là, Charles François Xavier rêve qu'il tue des dizaines de chevreuils.

* * *

Le lendemain matin, Magdelon vient à peine de finir ses comptes quand Jeanne se pointe au manoir. Les deux femmes se jettent dans les bras l'une de l'autre. Comme d'habitude, Louis-Marie prend la direction de Québec. Il reviendra chercher Jeanne dans quelques jours. Les deux femmes s'installent sur la galerie, un café de la mort à la main. Elles ont bien du rattrapage à faire.

— Je suis si contente de vous avoir pour moi toute seule pendant quelques jours ! Mais dites-moi : qui garde vos enfants ?

— Comme d'habitude, c'est Marie-Françoise. Elle est la seule personne à qui j'accepte de les confier.

— Je vous comprends très bien. Et comment va Jean ?

Depuis le jour où Tala et Alexandre ont confié leur fils à Jeanne, celle-ci et Magdelon ont convenu de ne plus jamais mentionner le nom des parents de l'enfant en présence ou non de celui-ci. Il va sans dire que, chaque fois qu'elle voit son amie, Magdelon est toujours pressée d'avoir des nouvelles du garçon.

— Il va très bien, répond fièrement Jeanne. Il pousse aussi vite que la mauvaise herbe et il est adorable. Je n'ose même pas imaginer ce que deviendrait notre vie s'il disparaissait tout à coup. Vous devriez le voir veiller sur ses sœurs comme une poule sur ses poussins. Elles l'adorent toutes les deux et le suivent partout. Louis-Marie l'emmène travailler avec lui et lui enseigne tout ce qu'il peut. Il sait déjà lire et écrire et il est très habile de ses mains. Cet enfant, c'est le plus beau cadeau que j'ai jamais reçu de toute ma vie.

— Je ne vous remercierai jamais assez de l'avoir pris en charge.

— Je vous l'ai déjà dit, vous n'avez pas à me remercier.

— Et les filles, comment vont-elles ?

— Très bien. Elles grandissent si vite ! Je dois vous avouer que je suis bien triste de ne plus avoir de bébé à bercer.

— Qu'attendez-vous pour en faire un autre ?

— Ce n'est pas l'envie qui manque, vous savez. Mais je dois me compter très chanceuse d'en avoir eu deux. Et puis, il me faut être réaliste : je vieillis.

— Arrêtez, Jeanne ! Vous êtes encore toute jeune.

— Dans mon cœur, oui. Cependant, il y a des jours où mon corps me rappelle que je n'ai plus vingt ans. Vous savez, je vis très bien avec cela. Que je n'aie pas d'autre enfant n'est pas si grave que cela, j'ai tellement à faire autrement. Louis-Marie est si ambitieux qu'il agrandit la ferme chaque année. À la seigneurie, c'est nous qui avons la plus grande. Le seigneur ne manque jamais une occasion de le citer en exemple auprès des autres colons. J'ai de quoi être fière de lui.

— C'est beau de vous entendre parler ainsi de lui. Vous en parlez comme si vous étiez encore de jeunes mariés.

Avant de répondre, Jeanne rougit un peu.

— Louis-Marie est un mari hors pair. Et nous nous aimons comme au premier jour.

— Vous en avez de la chance… Il m'arrive de vous envier, vous savez.

— Et moi, je remercie Dieu chaque jour de vous avoir mise sur mon chemin, dit Jeanne, la voix remplie d'émotions. N'oubliez jamais que c'est grâce à vous si je suis aussi heureuse. Et vous, comment allez-vous ?

— Je vais bien, répond gaiement Magdelon. Nous avons eu une année exceptionnelle à la seigneurie. Les granges débordent. Les enfants sont en grande forme et Pierre-Thomas est égal à lui-même.

— À ce que je vois, les choses ne s'améliorent pas entre vous ? s'attriste Jeanne.

— Malheureusement, je doute fort qu'elles s'améliorent un jour. Il y a déjà un bon moment que je ne crois plus aux miracles. Mais Pierre-Thomas a au moins compris qu'il ne devait plus ramener d'esclaves au manoir.

Les deux femmes éclatent de rire. Jeanne connaît chacune des histoires d'esclaves de Pierre-Thomas. Il lui arrive même de penser que, à part le fait qu'il ne la touchait pas, elle aussi faisait office d'esclave, d'une certaine manière. Quand elle travaillait comme domestique, elle trouvait sa situation normale et, surtout, jamais elle n'aurait osé se plaindre. Au fond d'elle-même, elle portait une tonne de culpabilité sur ses épaules dont elle croyait ne jamais pouvoir se débarrasser. C'est sûrement ce qui lui serait arrivé si Magdelon n'était pas arrivée au manoir. Sans cette dernière, Jeanne aurait passé le reste de sa vie à faire ce qu'elle pensait être le mieux pour elle : servir la famille de Pierre-Thomas et faire des brioches pour madame de Lanouguère en se rendant aussi invisible qu'elle le pouvait. Dans cette famille, les domestiques devaient s'effacer le plus possible, leur seule raison d'être étant de servir docilement et silencieusement. «Il en a coulé de l'eau sous les ponts », se plaît à penser Jeanne.

À Batiscan, Jeanne est une femme respectée et respectable. Les membres de sa famille ont même accepté de lui adresser à nouveau la parole après avoir ignoré jusqu'à son existence pendant longtemps. Elle n'ira pas jusqu'à prétendre qu'elle a pardonné totalement à ses parents de l'avoir abandonnée, mais elle a su passer par-dessus tout cela, acceptant même de les recevoir chez elle, eux et ses frères et sœurs. Jeanne se souvient encore de leur première rencontre. Il faisait une chaleur torride comme seul juillet peut en servir et, malgré cela, l'atmosphère était glaciale. Personne ne bougeait, ne sachant pas trop comment faire pour renouer avec les autres. Au bout d'un moment, n'y tenant plus, Jeanne s'était levée et avait dit d'une seule traite :

— On ne va pas s'en sortir si aucun de nous ne fait le premier geste. Je propose qu'on fasse comme si rien n'était arrivé. Qu'en dites-vous ?

Tous l'avaient regardée avec un point d'interrogation dans les yeux. Comment pouvait-elle suggérer une chose pareille après tout ce qu'elle avait enduré ? Ils ne savaient pas que Jeanne était elle-même étonnée d'avoir prononcé ces paroles. Mais elle savait que si elle ne faisait rien, ils seraient encore là à se regarder comme des chiens de faïence à Pâques. Au fond, elle avait tout à gagner. Retrouver sa famille lui ferait du bien et ses enfants pourraient au moins connaître leurs grands-parents maternels. Au fil du temps, une forme de relation s'est installée entre les membres de sa famille, une relation difficile à qualifier même encore aujourd'hui. Ils ne se sautent pas au cou quand ils se voient, mais ils peuvent maintenant avoir des conversations sensées de plus de deux phrases, et les enfants sont très attachés à leurs grands-parents.

Magdelon sort une lettre de la poche de son tablier, la déplie et dit à Jeanne :

— Vous vous souvenez qu'il doit débarquer à Québec à l'automne ?

— Comment aurais-je pu l'oublier ?

— J'ai beau réfléchir, je ne sais toujours pas quoi faire. Si on décide de se faire justice nous-mêmes, on risque d'avoir de sérieux problèmes. Et si on ne fait rien, je m'en voudrai jusqu'à la fin de mes jours.

— Je ne sais pas trop quoi vous conseiller. Tout cela dépasse mon entendement.

Il y a déjà un bon moment que Magdelon et Jeanne connaissent l'identité du tueur de Tala et d'Alexandre. L'assassin a sauté dans le premier bateau pour Paris une fois sa sordide tâche accomplie. Et maintenant, il se prépare à revenir en Nouvelle-France. Magdelon a écrit à son informateur pour l'avertir de ne pas envoyer l'homme sonner à sa porte, car c'est ce qu'il avait demandé au violeur de Tala. Magdelon aime croire que les choses auraient été différentes si Tala n'avait pas revu son agresseur. La jeune femme vivrait probablement des jours heureux avec Alexandre et leur fils à Verchères, auprès de Marie et du reste de la famille.

Depuis qu'elle a reçu cette lettre, Magdelon l'a toujours gardée sur elle. Elle l'a lue plusieurs fois, espérant y trouver une solution. Il est rare qu'elle soit prise au dépourvu, mais là elle ne sait vraiment pas quoi faire. Elle n'a certes pas l'intention de passer le reste de ses jours à moisir au fond d'une prison ou, pire encore, de finir brûlée au beau milieu de la place publique de Québec. Mais elle ne veut pas non plus laisser le meurtrier s'en tirer. Elle est sûre qu'il a tué Alexandre et Tala pour le compte de quelqu'un – de l'intendant peut-être ou, qui sait, du roi lui-même. Mais c'est quand même cet homme qui a tiré sur la gâchette. « Et si c'était Pierre-Thomas qui avait commandé les deux assassinats ? » pense-t-elle parfois. Elle a beau retourner la situation de tous bords, tous côtés, rien n'y fait : l'indécision perdure. Si Magdelon élimine le meurtrier, personne ne lui trouvera d'excuses pour son geste. Mais si elle ne fait rien, elle doute de pouvoir se regarder encore bien longtemps dans un miroir.

Chaque fois que Magdelon et Jeanne se voient, elles abordent le sujet. Mais plus le temps passe, plus elles ont l'impression de tourner en rond.

— Si on prenait encore un jour ou deux pour y réfléchir ? lance Jeanne.

— C'est une excellente idée. Allons voir Catherine. Elle m'a fait promettre de vous emmener chez elle dès que vous seriez là.

— Allons-y ! On pourrait en discuter avec elle. À trois, on y arrivera peut-être.

Lorsqu'elles arrivent chez Catherine, c'est le branle-bas de combat dans la maison. La petite dernière pleure à fendre l'âme tellement elle a mal au ventre, et ce, depuis la veille au soir. Tous les membres de la famille la promènent à tour de rôle pour tenter de la calmer.

Magdelon gronde Catherine :

— Tu aurais dû m'envoyer chercher.

— Je n'étais pas pour te réveiller en pleine nuit pour un mal de ventre. Et je savais que tu passerais me voir ce matin. Aussi bien m'y faire, ce ne seront sûrement pas les dernières coliques d'Anne. Mais je t'avoue que si tu as quelque chose pour la soulager, ce ne serait pas de refus. Nous sommes tous à bout ici.

— Tu tombes mal, pour une rare fois, je n'ai rien avec moi. Mais demande à Charles d'aller chercher ma mallette au manoir. On va vite soigner cette belle fille... Viens voir tante Magdelon, ajoute-t-elle en tendant les bras à l'enfant qui pleure toujours à fendre l'âme.

— Je suis vraiment désolée, s'excuse Catherine en s'approchant de Jeanne. Je manque à tous mes devoirs d'hôtesse. Je suis si contente de vous voir! ajoute-t-elle en serrant la visiteuse dans ses bras.

— Ne vous en faites pas, déclare Jeanne. Je sais ce que c'est. Ma dernière nous a fait passer plus d'une nuit blanche. Vous en parlerez à Louis-Marie. On la promenait sans relâche jusqu'à ce que ça passe. Et moi, je n'ai pas la chance d'avoir Magdelon à proximité. Heureusement qu'elle m'a appris quelques trucs parce que je ne connaissais pas grand-chose aux enfants avant d'en avoir. Je suis la dernière de la famille et je viens à peine de faire la connaissance de mes neveux et nièces, alors.... Quant à toutes les années que j'ai passées au service de la famille de madame de Lanouguère, elles ne m'ont rien appris là-dessus, car j'ai pratiquement le même âge que ses enfants. Et même s'ils avaient été plus jeunes que moi, je ne suis pas certaine qu'ils auraient été de vrais enfants, si vous voyez ce que je veux dire.

Magdelon, Catherine et Jeanne éclatent de rire.

— C'est vrai que j'ai un peu de mal à m'imaginer Pierre-Thomas pleurant à cause d'une rage de dents, plaisante Catherine.

— Moi, j'ai même du mal à croire qu'il a déjà été jeune, lance Magdelon. Vous le figurez-vous avec une couche et une tétine? Moi, je n'y arrive pas.

— Et sa mère, maintenant ! émet Jeanne, le sourire aux lèvres.

— Là, c'est trop pour moi ! s'esclaffe Magdelon. Si fertile soit-elle, mon imagination ne me permet pas d'aller si loin !

— Venez vous asseoir, propose Catherine. Je vais nous préparer un bon café.

— Crois-tu que tu pourrais y ajouter quelques gouttes d'alcool ? demande Magdelon. Il me semble que ça nous ferait du bien.

— Avec grand plaisir.

Catherine réalise tout à coup que sa fille s'est endormie dans les bras de Magdelon.

— Comment as-tu fait ? s'étonne-t-elle.

— Ne me donne pas trop de mérite. C'est seulement que je l'ai prise au bon moment : elle était exténuée. Je vais la coucher et je viens vous rejoindre.

Lorsque Magdelon revient à la cuisine, les deux femmes sont en pleine discussion.

— Si vous voulez mon avis, dit Jeanne, il a bien changé ces dernières années. Personne ne sait trop pourquoi, mais ce n'est plus le même homme. Lui qui était si patient se montre maintenant aussi acariâtre qu'une vieille fille. Dès que quelqu'un n'est pas d'accord avec lui, il prend tout de suite le mors aux dents. Personne à la seigneurie ne sait comment le prendre, pas même le seigneur. Pourtant, il n'y a pas si longtemps, les deux hommes étaient de grands amis.

— De qui parlez-vous au juste ? demande Magdelon. Du curé ?

— Oui, du curé de Batiscan, répond Jeanne. Au fait, vos rapports se sont-ils améliorés avec lui ?

— Pas du tout. Moins je le vois, mieux je me porte. Je ne comprends pas pourquoi il agit comme cela avec moi, lui qui est si proche de la famille de Pierre-Thomas. Et le curé de Sainte-Anne n'est guère mieux. Je ne sais pas quelle mouche les a piqués, ces curés, mais ils ont la mèche bien courte. Madame de Saurel m'a raconté que son curé n'est pas de tout repos lui non plus par les temps qui courent. Les hommes d'Église feraient mieux de se ressaisir ; après tout, ce sont les habitants de la seigneurie qui leur assurent le gîte et le couvert. En tout cas, si j'étais à leur place, je ferais attention.

— Ne sois pas si dure, proteste Catherine. Je te rappelle qu'ils travaillent pour gagner ce qu'on leur donne… et ils travaillent aussi pour Dieu.

— Ne me fais pas rire ! s'exclame Magdelon. Tu appelles cela travailler, toi ? Dire la messe, aller de chaumière en chaumière pour obliger les femmes à faire des enfants même si elles n'ont plus la santé requise, écouter les péchés de tout un chacun et s'en servir ensuite pour faire des reproches aux pauvres gens et avoir le jugement prompt pour tout le monde… Non, pour moi, ce n'est pas cela le vrai travail d'un curé : ce dernier devrait être là pour écouter ses paroissiens, les réconforter, soigner leur âme.

— Mais c'est ce que monsieur le curé fait, lance Catherine, outrée par les propos de sa sœur. Chaque fois que je vais le voir, il prend le temps de m'écouter. Et il est de bon conseil, je t'assure.

— Tant mieux pour toi alors. Pour moi, c'est tout le contraire, avec celui de Batiscan et celui d'ici. C'est à croire qu'ils n'ont pas autre chose à faire que de surveiller mes moindres gestes et de vouloir se mêler de mes affaires. Bon, assez parlé d'eux. De mon point de vue, aucun des deux ne mérite qu'on lui accorde autant d'importance.

Puis, à l'adresse de sa sœur, Magdelon reprend :

— As-tu eu le temps de réfléchir au sujet de l'arrivée du premier bateau à l'automne prochain ?

— Oui, et j'ai même eu une idée. Si vous voulez, nous pourrions marcher jusqu'à la rivière. Mais donnez-moi une minute pour avertir ma belle-mère que je sors.

Une fois dehors, les trois femmes prennent la direction du cours d'eau. Malgré un soleil radieux, le fond de l'air est frais. Elles remontent leur col et le serrent autour de leur cou. L'hiver ne s'est pas encore pointé, mais il a déjà répandu son odeur partout.

— Ça sent l'hiver à plein nez, se plaint Magdelon. Je déteste cette odeur. Ma seule consolation est de penser que je vais bientôt porter mon manteau de fourrure. Mais j'avoue que c'est bien peu en échange de six longs mois de froid.

— Tu ne trouves pas que tu exagères un peu ? demande Catherine. L'hiver ne dure jamais six mois.

— Je ne pense pas me tromper de beaucoup. Entre la première neige et la fonte complète de tout ce qui est tombé, je crois bien que nous sommes très près de six mois. Je comprends bien que pour toi six mois d'hiver c'est court, mais n'oublie pas que je déteste l'hiver alors que tu l'adores. Pour moi, six mois de froid, c'est interminable.

— Je n'ai pas toujours aimé l'hiver. Rappelle-toi quand j'étais petite, je pleurais chaque fois que maman voulait m'envoyer jouer dehors. Mais un jour, je me suis raisonnée : peu importait que j'aime l'hiver ou que je le déteste, il durerait le même temps. Alors j'ai décidé de l'aimer. Et depuis, je le trouve beaucoup plus court. Tu devrais en faire autant.

— J'ai déjà essayé, sans succès. Et vous, Jeanne, trouvez-vous l'hiver long ?

— Disons que je me trouve entre vous deux, car je l'aime et le déteste tout à la fois. Cela dépend des jours et de la quantité de neige qui nous tombe dessus. Moi, j'ai horreur de pelleter, alors moins il tombe de neige et plus je suis heureuse.

— Venez, assoyons-nous sur ce tronc d'arbre, suggère Catherine. Ici, nous serons à l'abri des curieux.

— Dis-nous vite à quoi tu as pensé ! s'impatiente Magdelon.

— J'ai retourné la question des dizaines de fois dans ma tête et je refuse de ne rien faire. Mais on ne peut pas tuer le meurtrier ou le faire assassiner non plus. Je ne suis pas prête à payer le prix et finir ma vie loin de ma famille. Et vous non plus, j'en suis sûre. Alors j'ai pensé que nous pourrions aller le voir et lui annoncer que nous savons qu'il a commis les deux meurtres. Il faudrait lui faire assez peur pour qu'il retourne en France et vite. On ne doit pas courir le risque qu'il tombe sur le fils de Tala et d'Alexandre un jour.

— Juste à penser que la vie de mon fils serait en danger me donne la chair de poule, dit Jeanne d'une voix trahissant la peur.

Magdelon rassure son amie :

— Ne vous inquiétez pas, nous allons faire tout ce qu'il faut pour éviter cela.

Puis, à l'adresse de sa sœur, elle ajoute :

— Ton idée est bonne. Mais crois-tu qu'il sera impressionné de voir deux femmes, parce que je suppose que tu vas vouloir venir ? Je suis sûre qu'il nous rira en pleine figure. Je pourrais demander à Antoine de nous accompagner. Ce serait plus intimidant. Qu'en pensez-vous ?

— Comment justifieras-tu ton voyage à Québec auprès de Pierre-Thomas ? s'enquiert Catherine.

— Laisse-moi faire, je trouverai bien.

— Magdelon, il faut que vous me juriez de ne rien faire que vous puissiez regretter, formule Jeanne, inquiète.

— Rassurez-vous. Tout ce que je veux, c'est mettre un visage sur le nom du meurtrier et pouvoir le haïr jusqu'à la fin de mes jours.

— Ça ne ramènera pas Alexandre et Tala, risque Jeanne du bout des lèvres. Cela ne servira qu'à vous faire souffrir encore plus longtemps.

Magdelon ne relève pas le commentaire de son amie. Elle sait qu'elle se fait du mal à ressasser jour après jour tout ce qui lui rappelle la mort d'Alexandre et de Tala, mais c'est plus fort qu'elle. Ce qu'elle a vu le jour où elle a trouvé Alexandre et sa femme morts dans leur cabane est gravé à jamais dans sa mémoire.

Elle répond simplement :

— J'en discuterai avec Antoine la prochaine fois qu'il viendra.

Chapitre 6

Ma très chère Magdelon,

Il y a bien longtemps que je n'ai pas reçu de tes nouvelles… J'espère que les choses se passent toujours bien dans ton beau manoir. Maman demande souvent si tu as écrit. Elle ne le dira pas, mais elle s'inquiète pour toi. Alors, je t'en prie, prends un peu de temps et envoie-lui au moins quelques lignes pour la rassurer. Elle vieillit, notre mère. À première vue, elle semble en forme, mais elle n'a plus le même rythme. La semaine dernière, je lui ai proposé d'aller à Montréal. Normalement, elle aurait sauté à pieds joints sur l'occasion, mais au lieu de cela elle a pris une bonne minute de réflexion avant de me demander si j'avais l'intention de marcher beaucoup. Même si elle ne rajeunit pas, elle a tout de même soixante ans bien sonnés, cela ne lui ressemble pas. C'est pourquoi j'ai pensé lui organiser une fête avec tous les siens à l'été, juste avant les récoltes. Qu'en dis-tu ? Nous pourrions inviter toute notre famille, les oncles, les tantes et quelques amis. Nous pourrions également inviter les Marie et Geneviève. J'ai même pensé demander à Marie-Charlotte de chanter quelques chansons. Tu sais, elle chante de plus en plus à Montréal. Bien sûr, tous les habitants de Verchères seraient de la fête. Tout le monde l'adore, notre mère. Crois-tu que Catherine et toi pourriez venir ? Parle-lui-en et reviens-moi vite !

J'ai une mauvaise nouvelle à t'apprendre. Tante Angélique nous a quittés le mois dernier dans des conditions plutôt tragiques. Imagine-toi que, pour rendre service à son fils, elle est allée donner à manger au taureau. Va savoir pourquoi, ce n'était pourtant pas la première fois qu'elle accomplissait cette tâche, elle est entrée dans l'enclos au lieu de laisser tomber le foin par-dessus la clôture comme elle avait l'habitude de le faire. Sans crier gare, le taureau a foncé sur elle et l'a encornée sur la clôture. Elle criait si fort que même ceux qui étaient aux champs l'ont entendue. Quand ils sont arrivés, elle baignait dans son sang. Avant même que monsieur le curé n'ait le temps de se présenter, elle a rendu l'âme. Inutile de te dire que tout le monde à la seigneurie a été très affecté par sa mort, particulièrement ceux qui l'ont vue mourir. Le soir même, son fils a tué le taureau.

À part cela, ici tout va bien, même que je peux dire que pour moi les choses vont particulièrement bien. Tu vas sûrement me trouver folle... Je sais, j'avais juré de ne plus jamais me remarier, mais un nouveau colon s'est installé avec son père à la seigneurie l'automne dernier. Je dois dire que le père du colon me plaît beaucoup. Il a passé sa vie à travailler dans les chantiers navals du roi. Tu devrais le voir. Il a un sourire incroyable et c'est la bonté même. Nous passons des heures à discuter le soir. La semaine dernière, il m'a demandée en mariage et j'ai dit « oui » sans réfléchir. Par après, j'ai pensé lui faire promettre de ne jamais aller en forêt seul, mais au bout du compte je me suis dit que je n'avais pas à m'inquiéter. C'est sûr que je n'ai pas envie de devenir veuve une troisième fois, mais si j'ai deux ans de bonheur avec lui, ce sera au moins cela. Fais attention, ma sœur, l'âge fait ramollir comme tu peux voir ! Pour vous éviter, à Catherine et à toi, de vous déplacer deux fois, nous nous marierons avant ou après la fête organisée pour maman. Je suis aussi énervée qu'une petite fille, tu devrais me voir. Selon maman, j'ai rajeuni de dix ans. Elle exagère sûrement un peu...

Autre bonne nouvelle, notre frère François s'est enfin casé. Au nombre de filles qui voulaient se pendre à son bras, cela devait arriver un jour ! L'élue de son cœur est une fille de bonne famille de Montréal. Il l'a rencontrée chez des amis communs. Tu vas l'adorer. Elle s'appelle Marie, comme maman, et elle aime jouer aux cartes. J'ai bien hâte que François lui fasse vivre une de ses parties de cartes éternelles. C'est là que nous verrons à quel point elle apprécie jouer aux cartes ! Pour le moment, tout ce qu'on sait, c'est qu'ils se fianceront à Pâques. Et le reste de la famille se porte à merveille.

J'espère te lire très vite et j'ai hâte de te présenter mon prince charmant. Embrasse Catherine pour moi et dis-lui de m'écrire.

Marie-Jeanne

— Je n'en reviens pas! s'écrie Catherine en redonnant la lettre à Magdelon. François va se marier. Et Marie-Jeanne aussi! Qui aurait cru qu'un jour elle céderait à nouveau au charme d'un homme? Il doit être bien exceptionnel celui-là pour avoir conquis le cœur de notre sœur.

Puis, sur un tout autre ton, elle poursuit:

— C'est triste à mourir ce qui est arrivé à tante Angélique.

— Tu as bien raison. Cela me donne des frissons.

— Elle ne méritait pas une telle fin.

— Je ne crois pas que la façon dont on meurt aille au mérite. Pense à Tala, à Alexandre, à Zacharie... Il n'y a rien à comprendre. Plus je vieillis, plus je pense qu'il n'y a aucune justice dans notre monde. C'est souvent les pires gens qui ont les meilleures vies, du moins en apparence. Pense à madame de Lanouguère. À mon sens, il n'y avait pas plus désagréable qu'elle et pourtant elle a vécu toute sa vie dans l'abondance, entourée de serviteurs. Plus près de nous, regarde Pierre-Thomas. On ne peut pas dire qu'il est l'homme le plus apprécié du monde, mais la vie est bonne avec lui. C'est vrai qu'il travaille fort, mais pas plus fort que le moins vaillant de ses colons. Pourtant, tout lui réussit alors que, pour eux, il y a fort à parier que, malgré tous leurs efforts, ils resteront des colons de génération en génération.

— Moi, j'en ai marié un et je ne m'en plains pas du tout, lance Catherine d'un ton offusqué.

— Ne va pas croire que j'ai des préjugés. Tout ce que je dis, c'est que la richesse ne va pas nécessairement à l'effort. Regarde ma fille Marguerite. Je suis prête à gager qu'elle ne travaillera pas trop fort de toute sa vie.

— Qu'est-ce qui te fait supposer cela?

— C'est simple. Je suis certaine que Pierre-Thomas va lui trouver un mari fortuné parmi ses relations. D'après moi, ça ne saurait tarder.

— Rien ne presse, voyons ! Elle vient juste d'avoir quatorze ans.

— Justement, elle a quatorze ans. Souviens-toi que maman était mariée à son âge.

— Mais ce n'est encore qu'une enfant ! Je veux bien croire que maman était mariée à cet âge, mais le monde a évolué.

— Pas plus tard que la semaine dernière, Pierre-Thomas a annoncé à Marguerite qu'il lui avait fait faire des meubles en chêne. Tu aurais dû la voir. Elle avait les yeux grands comme des écus et la bouche ouverte. Tout ce qu'elle a réussi à dire à son père, c'est que les meubles de sa chambre font parfaitement l'affaire. Pierre-Thomas s'est alors tourné vers moi et m'a lancé : « Il va falloir que vous parliez à votre fille. »

— Mais de quoi veut-il que tu lui parles ?

— Tu le connais, la seconde d'après il partait pour Québec. Je le saurai à son prochain passage au manoir. Mais j'ai l'impression qu'il a des plans d'avenir pour Marguerite.

— Mais elle est bien trop jeune, insiste Catherine.

— Trop jeune ou pas, c'est lui le père. Je vais faire ce que je peux pour protéger ma fille, mais je ne pourrai pas m'élever contre Pierre-Thomas indéfiniment. Et puis, c'est la moindre des choses de se marier et d'avoir des enfants, tu ne crois pas ?

— Je veux bien. Mais pas avec n'importe qui et surtout pas si jeune.

— C'est comme cela que se passent les choses chez nous, mais pas dans la famille de Pierre-Thomas. Va pour les hommes de choisir leur femme, mais pas pour les femmes de choisir leur mari.

— C'est bien effrayant. Comment peut-on marier un homme qu'on n'aime pas ?

— Tu n'as qu'à me regarder! s'écrie Magdelon en riant.

— Mais toi, ce n'est pas pareil. Personne ne t'a forcée à te marier avec Pierre-Thomas.

— Tu as raison sur ce point. Mais tout ce que je peux faire pour Marguerite, c'est lui annoncer les projets de son père à son égard. Pour le reste, je n'ai aucun pouvoir. Crois-moi, je n'ai pas hâte de voir la réaction de ma fille.

— Moi, je gage qu'elle sera furieuse. En tout cas, moi je le serais si j'étais à sa place. Penses-tu qu'elle va lui tenir tête?

— Elle essaiera sûrement. Mais ses efforts sont voués à l'échec, je peux te l'assurer. Quand Pierre-Thomas a quelque chose dans la tête, il ne l'a pas dans les pieds. Crois-moi, il ne lui a pas commandé des meubles en chêne pour rien. Moi, je te dis que d'ici un an tout au plus il aura tout organisé pour la marier à un riche prétendant de Québec.

— Comment peux-tu être sûre qu'il viendra de Québec?

— C'est simple. Pierre-Thomas brasse de grosses affaires avec l'intendant. «Un service en attire un autre», disait notre père.

— T'entendre parler de l'avenir de ta fille de cette façon me fait apprécier encore plus la chance que j'ai d'être mariée à un homme que j'aime.

— Je te l'ai déjà dit plusieurs fois, il m'arrive de t'envier. Tu comprends pourquoi maintenant? Bon, à présent, il faut qu'on réponde à Marie-Jeanne. Penses-tu pouvoir venir à Verchères avec moi pour son mariage et pour la fête de maman?

— Je ne manquerais pas cela pour tout l'or du monde! s'exclame Catherine. As-tu l'intention d'emmener les enfants?

— Je n'y ai pas encore pensé. Je pourrais peut-être emmener Marguerite et Charles François Xavier, mais certainement pas les deux derniers. Et toi ?

— Moi, c'est certain que j'irai sans les enfants. Quelques jours loin de la maison, cela me fera le plus grand bien. Je peux demander à Charles de nous accompagner, si tu veux.

— Bonne idée ! Alors, on l'écrit cette lettre ? Après, il faut que je file. J'ai promis à Charles François Xavier d'aller au village indien avec lui.

— À ce que je vois, son amour pour les Indiens est toujours aussi grand.

— Plus que jamais, au grand désespoir de Pierre-Thomas d'ailleurs. Bon, tu écris ou j'écris ?

Sur le chemin du retour au manoir, Magdelon réfléchit à ce que Marie-Jeanne lui a révélé sur sa mère. Elle sait bien que Marie va mourir un jour, comme tout le monde d'ailleurs, mais cela l'effraie tellement qu'elle n'arrête pas d'y penser. Que fera-t-elle quand Marie ne sera plus de ce monde ? Sa mère est si importante pour elle. Elle ne la voit pas souvent depuis qu'elle s'est installée à Sainte-Anne, c'est vrai, mais elle se sent toujours aussi proche d'elle. Il faut dire qu'elles ont partagé le même toit pendant très longtemps, beaucoup plus longtemps en fait que le font la plupart des filles avec leur mère. Avant que Magdelon se marie, les deux femmes ont uni leurs forces pour garder la seigneurie, ne ménageant aucun effort. Chaque soir, une fois les plus jeunes couchés, elles s'assoyaient au coin du feu, épuisées et découragées par l'ampleur de la tâche.

— On ne verra jamais le bout, finissait par dire l'une. Je n'en peux plus. Peut-être devrions-nous céder la seigneurie à quelqu'un d'autre.

— Jamais ! répondait l'autre sans aucune hésitation. Il nous faut tenir le coup encore, le temps que les garçons vieillissent un peu et tout ira mieux. Nous devrions trouver une autre paire de bras pour nous aider en attendant…

— C'est une bonne idée. Demain, je m'occuperai de trouver quelqu'un.

Et l'une d'elles se levait, sortait deux verres et versait deux doigts d'alcool dans chacun d'eux. Marie et Magdelon levaient ensuite leur verre et le buvaient d'un seul trait avant d'aller dormir sans ajouter un mot. C'était là une bien mince récompense pour leur travail acharné de la journée. Mais pendant des années après la mort du père de Magdelon, c'était le prix à payer pour garder la seigneurie. Travailler, travailler et travailler, c'est tout ce qui constituait leur quotidien. Heureusement, les garçons ont vieilli et ont pris la relève, du moins en partie. C'est d'ailleurs à ce moment-là seulement que Magdelon a enfin pu penser à se marier et à fonder une famille comme elle l'avait toujours souhaité depuis qu'elle était une toute petite fille.

Pour elle, Marie est de loin la personne la plus importante de sa vie. Il n'y a pas mieux qu'elle pour la conseiller. Rares sont les femmes de son âge à avoir l'esprit aussi ouvert. Avec elle, tout s'explique facilement. Même quand Magdelon lui a avoué la place que tient Antoine dans sa vie, Marie n'a pas été choquée. Avec elle, le jugement n'existe pas. Elle respecte les gens et leur façon de vivre, même si cela est à l'opposé de ce qu'elle croit. Elle dit souvent à Magdelon que la vie est bien trop courte pour perdre son temps à se mêler de celle des autres. Il faut dire qu'elle a beaucoup souffert de la décision de son père de la donner en mariage à un inconnu de plusieurs années son aîné. Au bout du compte, elle a quand même eu de la chance, ce qu'elle reconnaît volontiers. Monsieur de Verchères était un homme exceptionnel et elle n'a pas mis longtemps à l'aimer. Mais il aurait très bien pu en être autrement. Il n'y a pas plus long que toute une vie aux côtés de quelqu'un qu'on n'aime pas.

Magdelon sait qu'il ne reste pas si longtemps à vivre à Marie. Plusieurs femmes de son âge ont déjà fermé les yeux à jamais. C'est pourquoi elle se promet de lui rendre visite le plus souvent possible à partir de maintenant et de lui écrire régulièrement. « Je m'engage à lui écrire chaque semaine », se promet-elle.

Quand elle entre dans le manoir, Charles François Xavier l'attend bien sagement à la cuisine.

— J'ai tout préparé, annonce-t-il fièrement, même les chevaux.

— Alors, qu'est-ce qu'on attend pour partir ? demande Magdelon en ébouriffant les cheveux de son fils. Viens, allons-y !

Ils passent une partie de la journée en compagnie de l'aïeule. Quand le chef lui avait présenté Charles François Xavier, la femme avait invité le jeune garçon à venir la voir aussi souvent qu'il en aurait envie.

Aujourd'hui, l'aïeule déclare à Magdelon :

— Votre enfant aidera beaucoup les autres. Il a une belle âme et un beau cœur. Si vous voulez, je lui enseignerai tout ce que je sais.

— Pourquoi feriez-vous cela ? ne peut s'empêcher de demander Magdelon, surprise par le geste de la vieille femme habituellement très réservée.

— Le chef me l'a demandé avant de mourir. Vous avez sûrement remarqué que notre village compte beaucoup plus de femmes que d'hommes, et aucun n'est intéressé à prendre la relève. Après que le chef eut vu votre fils pour la première fois, il m'a dit que c'était à lui que je devais transmettre mes connaissances.

— Et vous, qu'en pensez-vous ?

— Je vous l'ai dit, il a une belle âme et un beau cœur. On viendra de partout pour se faire soigner par lui.

À ces mots, Magdelon sent une vague d'émotions l'envahir. Elle est déjà très fière de son fils, mais là elle ne porte plus à terre.

Sur le chemin du retour, Charles François Xavier lance à sa mère :

— Merci, maman, de m'avoir emmené au village indien. C'est comme si je revenais chez moi chaque fois que j'y vais.

— Ne dis rien de tout cela à ton père, je t'en prie, conseille Magdelon. Il m'interdirait de te ramener ici. Ce sera notre secret, d'accord ?

— Je vous le promets, maman. Voulez-vous que je vous parle de tout ce que j'ai appris aujourd'hui ?

— Avec grand plaisir ! Vas-y, je t'écoute.

Lorsqu'ils reviennent au manoir, Antoine est là. Magdelon s'efforce de ne pas manifester trop de joie devant son fils. Il y a un bon moment qu'elle n'a pas vu Antoine et il lui a manqué. C'est chaque fois la même chose quand elle le revoit : son cœur bat la chamade rien qu'à le regarder. Quand l'hiver s'installe, il part chasser plus loin. Il lui a confié qu'il a une petite cabane en plein milieu de son territoire de chasse.

— Ce n'est pas le grand luxe, mais j'ai ce qu'il me faut.

Elle le salue, imitée immédiatement par Charles François Xavier. Le garçon apprécie beaucoup Antoine. Il l'envie de vivre dans les bois, de chasser, de pêcher à longueur d'année. Chaque fois qu'il le voit, il lui pose des tas de questions. Quand les gens demandent à son fils ce qu'il va faire quand il sera grand, il répond qu'il sera un coureur des bois comme Antoine. Une fois, il s'est échappé devant son père. Celui-ci était si furieux qu'il a sommé son fils de monter dans sa chambre et de réfléchir à ce qu'il venait de dire.

— Comment peut-il seulement penser à courir les bois alors que nous avons une seigneurie à gérer, une route à construire, un commerce de bois à développer… Il ne sait pas la chance qu'il a ! Madame, il va falloir que vous le fassiez changer d'idée et vite. De mon vivant, jamais il n'y aura un coureur des bois dans ma famille. J'espère que vous m'avez bien compris.

Depuis ce jour, Charles François Xavier fait bien attention quand il est en présence de son père. Il a vite compris que c'est dans son intérêt s'il veut éviter de se retrouver en punition dans sa chambre. Sans compter qu'il ne veut pas goûter aux grandes mains de son père. Certes, il ne l'a jamais vu lever la main sur un de ses frères ou sur sa sœur, mais il n'a pas du tout envie de courir le risque d'être le premier. Quand il a parlé de sa crainte à sa mère, elle l'a vite rassuré :

— Ne t'inquiète pas. Jamais ton père ne lèvera la main sur toi, en tout cas pas devant moi, c'est promis.

Charles François Xavier invite Antoine à entrer dans le manoir avant même que Magdelon ait le temps de le faire. Il lui offre même à boire. Antoine sourit. Un jour, il a dit à Magdelon que s'il avait un fils, il voudrait qu'il soit comme Charles François Xavier. Elle lui a répondu en riant : « Il vous ressemble tellement plus qu'à Pierre-Thomas. Il n'a rien de son père. En fait, il est tout le portrait de mon frère Alexandre. »

— Tu sais ce que j'ai vu en venant ? demande Antoine au jeune garçon.

Sans attendre la réponse, Antoine poursuit :

— Plusieurs volées de bruants. Tu aurais dû les voir envahir le ciel tout à coup, sans crier gare. Tu sais de quoi je parle au moins ?

— Non, je n'en ai aucune idée, répond Charles François Xavier en haussant les épaules.

— Je suis certain que tu as déjà vu ces oiseaux, c'est juste que tu ne connais pas leur nom. Ils sont tout petits, se tiennent dans les arbres bas et s'envolent tous en même temps. Ils sont tellement nombreux qu'on a l'impression qu'il y en avait un sur chacune des feuilles de l'arbre.

— Ah oui! J'ai souvent tenté de savoir leur nom. Mais personne ici ne le connaît, alors je les appelle les bébés oiseaux.

— Maintenant que tu sais qu'il s'agit de bruants, tu pourras transmettre l'information à tout le monde.

— Vous êtes chanceux de les avoir vus. Moi, je n'en ai encore aperçu aucun ce printemps.

— Si tu remontes un peu la rivière, tu en verras plein.

— Mais je n'ai pas le droit d'aller seul en forêt, dit le garçon en regardant sa mère.

— Si tu veux, on ira ensemble demain, propose Antoine.

— Je pourrai y aller, maman? s'écrie Charles François Xavier.

— Avec Antoine, pas de problème.

— Merci, maman! Antoine, je ne vous ai pas encore dit que maman m'a appris à me servir d'un mousquet, ajoute-t-il en gonflant la poitrine.

— C'est vrai? Tu es bien chanceux d'avoir une maman comme la tienne. Moi, ma mère a toujours refusé que j'apprenne à tirer.

— Qui vous l'a montré alors?

— C'est mon père; il adorait chasser. Chaque fois qu'il m'emmenait avec lui, il me prêtait son arme et me faisait pratiquer. C'était notre petit secret. Quand j'ai dit à ma mère que je serais coureur des bois, elle s'est tournée vers mon père et lui a crié: «Je t'avais pourtant demandé de le faire changer d'idée. La forêt est remplie de dangers.» Mon père a répondu en souriant: «Tu t'en fais pour rien. Notre fils saura bien se défendre, ne t'en fais pas. Je lui ai tout appris.»

Puis, changeant de sujet, Antoine poursuit :

— Tu sais ce que j'ai vu aussi ? Sur les bords de la rivière, il y a encore de la glace sur les rochers. À certains endroits, elle est si épaisse que l'eau s'est frayé un chemin entre elle et la roche. Les rochers semblent pleurer. Moi, chaque fois que je vois ce phénomène, je ne peux m'empêcher d'être ému. Il n'y a pas de plus belle saison que le printemps. On dirait que la vie renaît.

Beaucoup plus tard, quand les enfants sont tous au lit, Magdelon s'installe au salon avec Antoine. Elle leur sert une bonne ration d'alcool et s'assoit face à lui. Ils discutent tranquillement au coin du feu. Ce n'est que lorsqu'elle le raccompagne à la grange qu'elle lui parle de son projet d'aller rencontrer le meurtrier de Tala et d'Alexandre.

— Vous croyez que vous pourriez m'accompagner à Québec ?

— Avec plaisir ! Il n'est pas question que vous y alliez seule. Mais qu'allez-vous dire à votre mari ?

— Ne vous en faites pas, je vais m'organiser. Bon, il est tard, je vais rentrer, ajoute-t-elle du bout des lèvres.

— Vous resterez bien quelques minutes encore avec moi ? souffle Antoine en prenant Magdelon dans ses bras.

— Quelques minutes seulement… parvient à murmurer Magdelon avant d'embrasser fougueusement Antoine.

Chapitre 7

— Entrez, mesdames, propose gentiment Pierre-Thomas. Magdelon vous attend au salon. Vous connaissez le chemin.

— Bonsoir, monsieur de la Pérade. Comment allez-vous ? s'informe l'une des visiteuses.

— Je vais très bien, je vous remercie.

— Ne me dites pas que vous nous ferez le plaisir de rester avec nous ! minaude une autre.

— Non, rassurez-vous, je ne me suis pas encore mis à la broderie. Je dois aller rendre quelques petites visites. Je vous souhaite une excellente soirée.

Pierre-Thomas soulève son chapeau en guise de salutation et sort du manoir. Les femmes rejoignent vite Magdelon au salon. Après avoir salué leur hôtesse en chœur, elles prennent place.

— Votre mari est un vrai gentleman ! s'exclame l'une d'elles, admirative. Vous en avez de la chance.

— Vous avez raison, répond Magdelon, il a de bonnes manières. Mais vous savez comme moi qu'il n'est pas aussi parfait qu'il en a l'air. Vous le connaissez quand même un peu...

Lucie, la femme de Thomas, risque avec un sourire aux lèvres :

— Un peu, oui.... Disons qu'il nous arrive de le voir autrement.

Les femmes éclatent de rire. Certaines se tiennent les côtes tellement elles rient. Bien sûr, elles connaissent Pierre-Thomas

tel qu'il est et elles ont toutes été témoins de son mauvais caractère à un moment ou à un autre. Et chacune d'elles a en
mémoire quelques situations particulièrement savoureuses.
Plusieurs d'entre elles le craignent même. Il faut dire qu'il n'est
pas la douceur incarnée. Son franc-parler en fait trembler plus
d'un, même les hommes les plus costauds. Avec lui, il n'y a
jamais de zone grise. Seul le noir et le blanc existent. À le voir
agir, on peut vite conclure que le noir domine sa vie. Il est
rarement satisfait du travail des autres alors qu'il n'a pas son
pareil pour exiger. Il veut toujours plus. À la seigneurie, aucun
colon ne peut s'enorgueillir d'avoir déjà été complimenté par
son seigneur, sauf Thomas que celui-ci respecte pour son savoir
et son ingéniosité, et dont il a grandement besoin. Pour travailler pour Pierre-Thomas, il faut une carapace à toute épreuve et
des nerfs d'acier.

— Comme d'habitude, Catherine est en retard! lance
Magdelon en riant. C'est elle qui habite le plus près, avec Lucie,
et c'est toujours la dernière arrivée.

— Je l'attendrais bien, dit Lucie, mais elle n'est jamais prête
et moi j'ai une sainte horreur d'arriver en retard.

— Vous savez ce qu'on va faire la prochaine fois? reprend
Magdelon. On va lui jouer un tour. On devancera notre petite
rencontre d'une bonne demi-heure, mais juste pour elle. Qu'en
dites-vous?

— C'est une très bonne idée, répondent les femmes à
l'unisson.

— Pour qu'elle ne se doute de rien, dit Lucie, j'arriverai
avant tout le monde, si vous n'y voyez pas d'inconvénient, bien
sûr.

— Je prendrai mon thé avec vous.

— Mais en attendant l'arrivée de Catherine, j'ai quelque
chose à vous montrer, annonce Lucie.

Elle sort un petit mouchoir brodé de sa poche et le déplie.

— Thomas me l'a rapporté de Québec la dernière fois qu'il y est allé. Regardez la finesse du tissu. Ce doit être un pur plaisir de le broder.

Le mouchoir passe de main en main.

— Croyez-vous qu'on pourrait acheter ce tissu ? demande l'une des femmes. Je n'ai jamais rien vu d'aussi délicat.

— Si vous voulez, je peux demander à Pierre-Thomas de nous en trouver. Il part pour Québec demain matin. Il a bien des défauts, mais quand je lui demande de m'acheter quelque chose, il n'a pas son pareil. Qui en veut ?

Avant même que les femmes aient le temps de répondre, la porte s'ouvre devant une Catherine essoufflée et décoiffée par le vent.

— Désolée ! J'ai tout fait pour être à l'heure, je vous le jure, mais j'ai dû attendre que Charles arrive. Et vous savez quoi ? Il est revenu avec quatre peaux de loups. Si ça continue, nous aurons toute une meute devant notre porte.

— Mon mari en a tué six la semaine dernière, dit fièrement l'une des femmes.

— Je ne veux pas vous relancer, déclare une autre, mais le mien en a tué huit en deux jours. C'est fou, on a l'impression que plus on tue de ces bêtes, plus il y en a. À croire qu'elles se reproduisent en quelques heures seulement.

— Chaque fois que je regarde les peaux en entrant ou en sortant de la maison, raconte Catherine, je tremble de peur. Et quand la nuit tombe, c'est encore pire. Je me prive même de sortir le soir.

— Je ne te comprends pas. Et je ne comprends pas plus les hommes et cette peur qu'ils ont à la seule vue d'un loup ! s'écrie Magdelon. Ils sont pires que des enfants. Si ça continue, il y aura plus de peaux de loups suspendues à vos portes que dans tout le reste de la Nouvelle-France. C'est décourageant. Le loup n'a pas été mis sur cette terre pour rien.

— C'est facile à comprendre, pourtant : ce ne sont pas de vulgaires animaux, ce sont des loups-garous, tente de justifier l'une des invitées. Comment avez-vous pu oublier cela ? Moi, rien que de prononcer ce mot me donne la chair de poule.

— Ce sont des histoires de grand-mère, voyons donc ! proteste Magdelon. Moi, je refuse d'y croire.

— Avant, j'étais comme toi, mais maintenant je suis certaine que les loups-garous existent, avance Catherine.

— Demandez à Antoine, le coureur des bois, de vous raconter ce qu'il lui est arrivé un soir de brume, dit l'une des femmes à Magdelon. Vous verrez bien. Chaque fois qu'il passe voir mon mari, il nous en parle. Résultat : je ne ferme pas l'œil de la nuit et tout ce que j'entends jusqu'au lendemain ce sont leurs cris qui me glacent les os. Au matin, je sors dehors et je vérifie tout autour de la maison avant de laisser sortir les enfants.

— Cela n'a pas de sens ! s'exclame Magdelon. La forêt est pleine d'animaux et ça ne m'empêche pas d'aller chasser. La plupart ont peur de nous. Entre vous et moi, nous sommes bien plus dangereux pour eux qu'eux pour nous.

— Mais les loups-garous, ce n'est pas pareil ! proteste une des femmes. Ils sont dangereux lorsque la nuit tombe.

— Racontez-moi donc l'histoire d'Antoine, demande Magdelon. Je vous écoute.

— Ne comptez pas sur moi pour vous la raconter.

— Ni sur moi.

— Sur moi non plus…

Magdelon est sidérée. «Comment des êtres intelligents peuvent-ils croire des histoires de loups-garous?» Il est inutile d'insister, elle ne saura rien de plus ce soir. Pour en avoir le cœur net, elle s'informera auprès d'Antoine au sujet de la fameuse histoire le concernant.

— Si je nous servais un verre d'alcool avant qu'on se mette à l'ouvrage? suggère Magdelon.

— Tu peux nous en donner une double ration pour nous faire oublier les loups-garous? demande Catherine.

— Trois, si tu veux, répond Magdelon. Tu pourras même dormir ici si tu n'arrives plus à marcher. Au fait, as-tu pensé à apporter quelques poèmes?

— Oui, oui, mais je ne suis pas certaine que je vais les lire. La poésie, ça n'intéresse pas grand monde et je ne voudrais pas vous embêter avec mes affaires. Et puis, ils ne sont pas si bons que cela. Une autre fois peut-être…

— Mais vous avez promis de nous en lire quelques-uns, exprime Lucie d'une voix plaintive, et moi j'y tiens. Vous ne savez pas ce que c'est de ne pas savoir lire ni écrire, de devoir se contenter de feuilleter les pages d'un livre sans pouvoir en comprendre un seul mot. Quand je regarde Charles dévorer un livre en quelques soirées d'hiver, je l'envie. Chaque fois qu'il en ferme un, je lui demande de me raconter l'histoire, mais je donnerais cher pour pouvoir la lire moi-même. Alors, ne venez pas me dire que vous ne voulez plus nous lire quelques-uns de vos poèmes, ça non. Nous vous écoutons.

Pendant que Lucie parlait, on aurait pu entendre une mouche voler. Toutes les femmes, à l'exception de Magdelon et de Catherine, ont baissé la tête, gênées de leur ignorance. Aucune n'a choisi de ne pas apprendre à lire et à écrire: leur famille l'a fait pour elles. Chaque jour, elles en souffrent. Alors que les livres de France parviennent jusqu'en Nouvelle-France, tout ce qu'elles peuvent faire quand elles ont la chance de tenir un ouvrage dans leurs mains, c'est de tourner les pages comme l'a si bien dit Lucie et de se créer leur propre histoire à partir des dessins.

— J'ai une idée! clame soudain Magdelon. Catherine et moi allons montrer à lire et à écrire à celles qui le souhaitent.

— C'est une excellente idée! s'empresse d'approuver Lucie, vite imitée par les autres femmes. Quand commence-t-on?

— Ce soir, si vous voulez, répond Magdelon. Mais avant, écoutons Catherine.

Les femmes quittent le manoir le sourire aux lèvres, un bout de papier et un crayon de plomb cachés au fond de leur poche. Toutes ont convenu de ne rien dire à leur mari tant qu'elles ne sauront pas lire et écrire. En bonnes maîtresses d'école, Magdelon et Catherine ont donné à leurs élèves des devoirs à faire pour la semaine prochaine.

* * *

Le lendemain matin, Pierre-Thomas donne ses directives à Magdelon avant de partir pour Québec:

— Comme vous le savez déjà, le puisatier va venir dans le courant de la semaine. Vous vous souvenez, j'ai planté un piquet pour indiquer où il doit creuser le puits. Autre chose, il y a encore des colons qui me doivent des journées de travail. J'ai écrit leurs noms sur une feuille que j'ai laissée sur mon bureau. J'ai aussi dressé la liste des choses à leur faire faire. Je compte sur vous pour que tout ait été exécuté à mon retour. Ah oui, j'oubliais! La femme de Jean Ricard aimerait que vous passiez la voir. La plus jeune de ses filles fait de la fièvre depuis deux jours. Bon, j'y vais maintenant. Je devrais revenir d'ici deux semaines tout au plus.

Magdelon se retient de rire depuis que Pierre-Thomas a commencé à lui dicter ses ordres. Tout ce qu'elle a en tête, c'est l'envie de s'écrier : « À vos ordres, mon capitaine ! » avant de claquer les talons ensemble.

Mais au lieu de cela, elle le rassure :

— Vous pouvez partir en paix, je m'occupe de tout.

Sans plus de cérémonie, Pierre-Thomas sort du manoir. Magdelon pousse un grand soupir. « Enfin, il a fini par partir, grogne-t-elle entre ses dents. Je vais pouvoir travailler tranquille maintenant. »

Mais elle n'a même pas le temps de faire deux pas que la porte du manoir s'ouvre de nouveau sur son mari :

— J'ai oublié de vous dire une chose. J'ai entrepris des démarches pour marier notre fille. Vous devriez être contente de mon choix. Je vous en parlerai à mon retour. À bientôt.

Ces dernières phrases martèlent les tempes de Magdelon un bonne partie de la journée. Comme Pierre-Thomas n'était pas revenu à la charge depuis qu'il avait avisé Marguerite qu'il lui avait fait fabriquer des meubles en chêne, Magdelon espérait qu'il avait changé d'idée. Erreur ! À l'entendre, il est décidé plus que jamais à marier leur fille. « Il faut que je parle à Marguerite. Elle est bien trop jeune pour se marier. Il va aussi falloir que je négocie avec Pierre-Thomas. Je sais bien que toutes les filles ne se marient pas à vingt-huit ans comme moi, mais entre quatorze et vingt-huit ans, il y a une sacrée différence. Je vais tout faire pour qu'il patiente jusqu'à ce qu'elle ait au moins seize ans. Ouf ! J'ai du pain sur la planche ! Tiens, je pense que je vais commencer ma journée en allant voir les Ricard. En revenant, je parlerai à Marguerite. Il vaut mieux ne pas trop attendre. Ça lui donnera un peu de temps pour digérer la nouvelle. »

Quand madame Ricard voit Magdelon à la porte, elle ouvre avec empressement. Elle a l'air d'une morte tellement elle est cernée.

— Entrez, entrez ! Vous ne savez pas à quel point je suis contente de vous voir.

— Pierre-Thomas m'a dit que votre plus jeune faisait de la fièvre.

— Oui, venez, elle est dans sa chambre. Ça fait déjà deux jours que la fièvre dure. J'ai beau donner des bains d'eau froide à ma fille et la frotter, rien n'y fait, elle est aussi chaude qu'un feu de cheminée. J'ai tout essayé pour la faire manger, mais dès que j'approche la nourriture ou le lait, elle ferme la bouche. Je ne sais plus quoi faire.

— Ne vous inquiétez pas, je vais aller l'examiner.

Quand elle arrive dans la chambre, la fillette dort en boule dans son petit lit. Magdelon met sa main sur le front de l'enfant.

— C'est vrai qu'elle est chaude. Je peux la prendre ?

Sans attendre la réponse de la mère, Magdelon prend l'enfant dans ses bras. Elle est brûlante de fièvre. Quand elle met sa main sur la gorge de la petite fille, celle-ci se met à hurler.

— Mais non, ma chérie ! murmure Magdelon. On va te soigner et demain tu iras mieux, tu verras.

Elle dépose ensuite l'enfant dans sa couchette.

— Je pense que sa fièvre est causée par un gros mal de gorge. Je vais vous donner des feuilles de ronces et vous lui ferez boire l'infusion. Cela calmera sa gorge.

— Mais elle ne veut rien avaler.

— Oui, je sais. Ajoutez un peu de sucre d'érable, cela devrait aider. Aussi, donnez encore à votre fille des bains d'eau glacée pour faire baisser la fièvre. Envoyez votre mari chercher de l'eau à la rivière, qu'il y ajoute un peu de glace, il en reste sûrement sur les rochers. Trempez votre fille dans cette eau. Elle va hurler, mais il faut absolument que sa fièvre tombe au plus vite. Je vais aussi vous laisser un mélange d'herbes pour frotter sa gorge et l'arrière de ses oreilles. Elle devrait aller mieux d'ici deux ou trois jours. Si son état ne s'améliore pas, n'hésitez pas, envoyez-moi chercher.

Dès qu'elle revient au manoir, Magdelon part à la recherche de sa fille. Il faut qu'elle lui parle et le plus tôt sera le mieux. Quand elle entre dans la cuisine, elle voit Louise pliée en deux qui gémit. Sans hésiter, Magdelon accourt à ses côtés.

— Qu'est-ce qui ne va pas, Louise ?

La domestique lève péniblement la tête pour regarder Magdelon.

— Je ne sais pas ce que j'ai. J'ai mal au cœur depuis une heure et je n'arrête pas de vomir.

— Avez-vous mangé quelque chose de spécial ce matin ou hier soir ?

— Non, j'ai mangé la même chose que tout le monde.

— Ne bougez pas, je reviens. Je vais vous chercher un laxatif. Je ne sais pas si cela réglera votre problème, mais cela devrait au moins vous aider. C'est peut-être votre digestion qui vous joue des tours.

Pendant qu'elle fouille dans sa mallette, Magdelon réfléchit. « Si Louise faisait une indigestion, elle devrait avoir aussi la diarrhée, et cela ne semble pas être le cas. À moins… à moins qu'elle soit enceinte. Avant de lui donner un laxatif, je ferais mieux de vérifier. »

De retour dans la cuisine, Magdelon demande à Louise :

— Avez-vous perdu du sang ce mois-ci ?

— Non, mais je suis en retard de quelques jours seulement.

— Est-ce la première fois que vous avez mal au cœur ?

— J'ai eu un peu mal hier soir, mais jamais comme ce matin.

— Vous êtes peut-être enceinte alors…

— Mais je ne veux pas être enceinte, mon enfant est bien trop jeune. Et je dois travailler. Je ne peux pas vous laisser tomber chaque année pour faire un bébé.

— Malheureusement, on ne peut pas tout prévoir, surtout pas cela. L'important, c'est que vous soyez contente. Pour le reste, on s'arrangera, vous verrez.

— Ce n'est pas que je ne sois pas contente, c'est seulement que j'aurais préféré attendre un peu. Mais je suis certaine que Jacques sera très heureux. Il rêve d'avoir une fille, ajoute Louise en souriant.

— Tout est parfait alors. Savez-vous où je peux trouver Marguerite ?

— Elle est partie chez Catherine il y a un peu plus d'une heure. Elle doit être sur le point de revenir.

— Si vous l'apercevez avant moi, dites-lui que je veux la voir.

— Il n'y a rien de grave au moins ?

— Non, ne vous en faites pas. Je monte embrasser Jean Baptiste Léon et je vais ensuite travailler dans mon bureau.

Quelques minutes plus tard, Marguerite se présente devant sa mère.

— Louise m'a prévenue que vous vouliez me voir.

— Viens, assois-toi. J'irai droit au but. Tu te souviens que ton père t'a fait faire des meubles en chêne ?

— Comment aurais-je pu l'oublier ? J'ignore encore ce que je pourrai en faire. À entendre père, ils sont si gros qu'ils n'entreront même pas dans ma chambre.

— C'est de cela dont je veux te parler. Ton père a commencé à te chercher un mari.

— Un mari ? Mais je suis bien trop jeune pour me marier !

— Je sais. Mais tu le connais : quand il a quelque chose en tête, ce n'est pas facile de le faire changer d'idée. Et tu ne serais pas la première jeune fille à se marier à quatorze ans. Ta grand-mère avait cet âge quand son père l'a donnée en mariage à ton grand-père.

— Il n'est pas question que je me marie, surtout pas avec quelqu'un que papa aura choisi pour moi, ou plutôt pour ses affaires. Je veux faire un mariage d'amour comme tante Catherine et Charles, sinon je suis même prête à prendre le voile pour éviter le mariage. Je ne veux pas vous manquer de respect, maman, mais jamais je n'accepterai de me marier contre mon gré.

— Je veux que tu saches que je vais faire tout ce qui est en mon pouvoir pour t'aider. Et je te promets d'obtenir de ton père qu'il retarde ton mariage au moins jusqu'à tes seize ans.

— Je vous le répète : je ne me marierai pas si je n'ai pas choisi mon mari. Je peux m'en aller maintenant ?

— Que cela te plaise ou non, ma fille, j'ai bien peur que tu n'aies pas voix au chapitre. Tu peux y aller. Nous en reparlerons plus tard.

— Pour ma part, il n'y a plus rien à dire. Je retourne chez tante Catherine.

Chapitre 8

Depuis que Magdelon a appris à Marguerite que son père voulait la marier, la jeune fille ne lui a pas adressé la parole. Chaque fois que sa mère lui parle ou lui pose une question, elle fait la sourde oreille et l'ignore totalement. D'une certaine manière, Magdelon la comprend, car jamais elle n'aurait pardonné à son père de la donner en mariage sans son consentement. Mais d'un autre côté, elle trouve injuste de payer la note alors qu'elle n'a rien à voir dans toute cette histoire à part le fait de lui avoir transmis le message laissé par Pierre-Thomas. Elle comprend aussi sa fille de vouloir faire un mariage d'amour comme Catherine et Charles ; c'est ce dont toutes les filles rêvent. Elle-même aurait tant aimé en faire un, mais la vie étant ce qu'elle est, rares sont celles qui peuvent se vanter d'avoir marié le prince charmant, surtout quand elles font partie de la bourgeoisie comme c'est le cas des de la Pérade.

Plus souvent qu'autrement, le prince des petites bourgeoises comme Marguerite n'a rien de charmant, bien au contraire. La plupart de ces mariages sont décidés autour d'une table, un verre d'alcool à la main, entre deux discussions d'affaires. Bien que les femmes possèdent une certaine influence sur plusieurs choses courantes de la vie, elles n'ont aucun pouvoir de décision quant au choix de leur mari. Si l'union profite aux deux familles, le marché est conclu entre hommes en quelques minutes seulement. Quant aux jeunes époux, ils auront toute leur vie pour apprendre à s'aimer. Certains d'entre eux y parviendront, mais ce n'est pas le cas de la majorité. Et cela, Magdelon est bien placée pour le savoir : après toutes ces années passées aux côtés de Pierre-Thomas, leur relation est bien loin d'en être une d'amour. Et ce n'est pas parce que Magdelon n'a pas fait d'efforts pour aimer son mari. «L'amour ne se commande pas, songe-t-elle souvent Je voudrais tellement que ma fille fasse un mariage d'amour, mais c'est perdu d'avance. Jamais je ne réussirai à faire changer d'idée Pierre-Thomas. Pauvre Marguerite, j'ai bien peur qu'elle doive se plier aux exigences de son père. En tout cas, je vais tout faire pour qu'il patiente au moins jusqu'à ce qu'elle ait seize ans. Pour le reste, je crois que je n'ai pas fini d'en entendre parler, à la condition qu'elle accepte de m'adresser la parole. Je ne peux pas croire qu'elle me boudera jusqu'à son mariage. Deux ans, cela risque d'être long!»

C'est bien mal connaître Marguerite que de croire qu'elle va vite passer l'éponge. Même si elle sait pertinemment que c'est son père qui a décidé de la marier, elle en veut de toutes ses forces à sa mère de lui avoir annoncé la nouvelle. En se faisant la porte-parole de Pierre-Thomas, c'est comme si Magdelon était d'accord avec la décision de celui-ci. «Elle n'avait pas le droit de me faire cela, se répète continuellement Marguerite. Je lui faisais confiance, je pensais qu'elle était différente de père alors qu'elle est exactement comme lui. Ils ne pensent qu'à leurs affaires. Il est hors de question que je me marie avec un homme que je n'ai pas choisi. Plutôt entrer au couvent que de faire un mariage uniquement pour enrichir père. Jamais plus je ne lui adresserai la parole à lui non plus. »

Depuis que Marguerite a appris les projets que son père nourrissait à son égard, pas un seul jour ne s'est passé sans qu'elle aille pleurer sur l'épaule de Catherine ou sur celle de Louise. Chacune de leur côté, les deux femmes ont tout fait pour la consoler, mais sans grand succès. Marguerite s'endort en pleurant. Elle se réveille en pleurant. En fait, les rares moments où elle ne pleure pas, c'est quand elle est en présence de sa mère. Sa rage envers elle est si grande que le simple fait de l'avoir dans son champ de vision lui fait oublier la peine sans borne qui l'habite désormais. Elle est si désespérée qu'elle a écrit une lettre à Marie. Refusant de prendre le risque que sa mère la lise, ou pire qu'elle ne l'envoie pas, elle a demandé à Catherine de l'envoyer pour elle en la suppliant de ne rien dire à sa mère.

Chère grand-mère Marie,

J'espère que vous vous portez bien, et tout le reste de la famille aussi. Moi, je ne vais pas bien du tout. Vous ne devinerez jamais ce qui m'arrive. Père a décidé de me marier avec un homme que je ne connais même pas. Je ne sais même pas où il habite. Et le pire, c'est que maman est d'accord avec lui, c'est elle qui me l'a appris. Je ne sais plus quoi faire. Cela fait des jours que je pleure. J'ai beau chercher une solution, je n'en trouve pas. Vous connaissez père autant que moi. Il ne change pas facilement d'idée et maman non plus.

Je refuse de me marier, je suis bien trop jeune. J'ai dit à maman que j'aimais mieux entrer au couvent, mais je sais que je ne supporterais pas ce genre de vie, pas plus que je ne tolérerais de partager ma vie avec un parfait inconnu. Moi, je veux me marier avec un homme que j'aimerai et qui m'aimera. Comme Catherine et Charles, Lucie et Thomas, Jeanne et Louis-Marie. Je refuse de ressembler à mes parents.

La vie est trop injuste. L'autre jour, quand j'ai perdu du sang, maman m'a dit que j'étais maintenant en âge d'avoir des enfants. Mais il n'est pas question que j'aie des enfants, car je suis encore moi-même une enfant. Comment une enfant peut-elle avoir des enfants ? Et je ne sais même pas si je veux en avoir un jour ! Je ne sais plus quoi faire ! Je ne sais pas comment je vais tenir le coup.

Je ne comprends rien. Comment peuvent-ils seulement songer à me marier alors que je n'ai même pas encore levé les yeux sur un seul garçon ? Hier encore, je jouais avec ma poupée...

Je vous en supplie, grand-mère Marie, prenez-moi avec vous, à Verchères. Je refuse de vivre plus longtemps dans cette maison où tout le monde ne souhaite que mon malheur.

Avec toute ma tendresse,

Votre petite-fille,

Marguerite

Une fois de plus, Catherine essaie de raisonner sa nièce.

— Voyons, Marguerite ! Tu ne vas pas en vouloir éternellement à ta mère, elle n'y est pour rien. C'est ton père qui a décidé de te marier, pas elle. Elle l'a appris seulement quelques heures avant toi. Tu sais bien qu'elle va tout faire pour t'aider.

— La seule façon de m'aider, c'est de raisonner père pour lui faire abandonner son projet de mariage pour moi.

— Tu connais ton père autant que moi. Quand il a une idée dans la tête, personne ne peut le faire changer d'avis. Pas même l'intendant, d'après moi…

— Vous ne comprenez pas ! Je ne peux pas me marier, je suis bien trop jeune.

Puis, sur le ton de la confidence, Marguerite ajoute :

— Moi aussi, je veux me marier avec un homme que j'aime, comme Charles et vous. Ce n'est pas juste.

— Je ne sais plus quoi te dire, ma belle fille. Je te comprends tellement, mais j'ai bien peur que tu n'aies d'autre choix que de te marier avec celui que ton père a choisi pour toi.

— Jamais ! hurle Marguerite. Je me sauverai en forêt s'il le faut, mais jamais je ne me marierai avec un inconnu seulement pour enrichir père.

— Tu aurais pu tomber bien plus mal dans la vie, tu sais. Tu vis dans un manoir. Tu as des serviteurs. Tu n'as jamais manqué de rien. Tu dois avoir plus de deux cents rubans pour mettre dans tes cheveux. Tu n'es pas obligée d'abîmer tes mains pour faire la lessive. Tu as tout le temps que tu veux pour lire. Tu…

Marguerite ne laisse pas Catherine finir sa phrase :

— Mais tout cela n'est rien si je suis obligée de me marier avec un étranger. Vous ne comprenez pas la chance que vous avez de vivre avec l'homme que vous aimez. Imaginez-vous seulement vivre avec Jean Ricard, par exemple.

Malgré elle, Catherine fait la grimace. C'est de loin le plus laid des hommes qu'il lui a été donné de rencontrer. Chaque fois qu'elle le croise, elle est prise d'un haut-le-cœur incontrôlable et se demande comment sa femme peut simplement le regarder. Quand elle pense aux enfants Ricard, c'est encore bien pire. Il lui est arrivé plusieurs fois de se dire qu'ils doivent avoir peur de leur père.

— Je n'y arriverais pas, tu as raison. C'est vrai que j'ai beaucoup de chance de vivre avec Charles. Mais revenons à toi. Tu devrais parler à ta mère. C'est la seule personne qui puisse plaider ta cause auprès de ton père. Je ne peux pas te promettre qu'elle pourra le faire changer d'idée, mais si au moins elle peut retarder les choses, cela te laissera le temps de t'y faire.

— Jamais je ne m'habituerai à l'idée de me marier avec quelqu'un que je n'aime pas! Ni maintenant ni plus tard!

— Je te le répète : parles-en avec ta mère. Tu te fais du mal pour rien.

Puis, sur un ton joyeux, Catherine ajoute :

— Tu veux que je t'apprenne à faire des brioches? J'ai promis à Charles de lui en faire. Allez, cela te changera les idées.

Sur le chemin qui la ramène au manoir, Marguerite réfléchit aux paroles de sa tante. « Catherine a raison. Maman est la seule personne qui puisse m'aider auprès de père. Et puis, c'est vrai qu'elle n'a rien fait. Je vais lui parler. »

Quand elle rentre au manoir, ses frères l'accueillent chaleureusement. Alors que Jean Baptiste Léon trottine tranquillement jusqu'à elle, Louis Joseph et Charles François Xavier courent se jeter dans ses bras. D'un tempérament plutôt froid, elle doit bien admettre que ces petites marques d'amour ne la laissent pas indifférente, même qu'elles lui font bien plus d'effet qu'elle le souhaiterait. Elle ne le dit pas souvent, mais elle adore ses frères. Même quand ils lui empoisonnent la vie, elle est incapable de leur en vouloir longtemps. Ils n'ont qu'à battre des cils et elle leur pardonne tout. Elle les aime de tout son cœur.

À son tour, elle les serre dans ses bras. C'est fou ce qu'ils lui font du bien, en particulier aujourd'hui. Quand Jean Baptiste Léon tire sur sa jupe, elle le prend dans ses bras pour ensuite l'embrasser sur la joue.

— Marguerite, pourquoi tu fais de la peine à maman ? demande Louis Joseph à brûle-pourpoint. Hier, elle était triste.

Touchée par ce qu'elle vient d'entendre, Marguerite est soudainement envahie par une vague de remords. Comme elle se prépare à répondre, la porte s'ouvre sur sa mère. Elle dépose doucement son petit frère par terre et court se jeter dans les bras de Magdelon.

— Je vous demande pardon, maman, car je n'ai pas bien agi avec vous.

Surprise, Magdelon prend quelques secondes avant de dire doucement à sa fille :

— Si tu veux, nous parlerons tranquillement de tout cela ce soir. Venez tous, ajoute-t-elle en se raclant la gorge, allons manger. Viens, dit-elle à Jean Baptiste Léon en le prenant par la main. Je ne sais pas pour vous, mais moi, je suis si affamée que je mangerais un bœuf.

— Moi aussi, moi aussi ! s'écrient les garçons.

Même le bébé se met de la partie. Il crie si fort que tout le monde se bouche les oreilles, ce qui l'encourage davantage.

— Moi, j'ai si faim que je mangerais deux bœufs ! hurle Louis Joseph.

— C'est impossible, réplique Charles François Xavier. Tu es bien trop petit pour manger deux bœufs !

— Venez, allons voir ce que Louise a préparé, suggère Magdelon. Moi, je gage que c'est un coq d'Inde.

— À moins que ce soit un morceau de cochon, lance Marguerite. Vous ne trouvez pas que ça sent le cochon bouilli ?

— Non, je ne trouve pas, répond Magdelon. Et vous les garçons, qu'en pensez-vous ?

— Moi, je crois bien que Louise a fait un gros bouilli, dit Louis Joseph.

— Vous vous trompez tous, claironne Charles François Xavier. Je suis certain que Louise a fait cuire les lièvres que maman et moi avons rapportés ce matin.

— Celui qui aura deviné juste aura droit de venir se choisir quelque chose dans mon coffre aux trésors ! clame joyeusement Magdelon. Si c'est moi qui gagne, je donnerai congé de vaisselle à Louise et c'est vous qui la laverez.

— J'espère que vous ne gagnerez pas ! lance Louis Joseph. Je déteste laver la vaisselle.

— Pas autant que moi, dit Charles François Xavier. Et puis, la vaisselle, c'est un travail de fille. C'est papa qui me l'a dit.

— Laisse ton père en dehors de tout cela, gronde Magdelon. Si je gagne, tu laveras la vaisselle avec les autres. Dépêchez-vous, Louise nous attend.

Ils n'ont pas encore mis un pied dans la cuisine que Louis Joseph s'écrie :

— Louise, Louise, qu'est-ce qu'on mange pour souper ?

— J'ai fait cuire le dernier morceau de chevreuil avec un jarret de cochon.

— J'ai gagné ! triomphe Marguerite, le sourire aux lèvres. Je le savais que c'était du cochon.

— Tu n'as pas gagné, tu n'as pas dit que c'était du chevreuil ! s'indigne Charles François Xavier. Personne n'a gagné.

Mais Magdelon saisit l'occasion et tranche en faveur de sa fille :

— Ne sois pas mauvais perdant, mon fils. Ta sœur a dit que c'était du cochon et c'est vrai. Tout le monde à table.

Puis, à l'adresse de Marguerite, elle ajoute :

— Après le repas, tu viendras avec moi dans ma chambre te choisir quelque chose dans mon coffre aux trésors.

— Tu en as de la chance, se permet de dire Louise. Qu'as-tu fait pour mériter cela ?

— J'ai deviné ce que nous mangerons ce soir, répond fièrement Marguerite.

— Je suis bien contente de voir que tu as retrouvé le sourire. J'étais si triste de te voir pleurer.

Marguerite se contente de sourire à Louise. Pour le moment, elle n'a pas envie de lui confier qu'elle n'est pas moins triste. Comment pourrait-elle l'être d'ailleurs ? Aux dernières nouvelles, rien n'a changé dans sa vie. Elle a seulement décidé de faire la paix avec sa mère. Mais cette seule décision lui fait déjà le plus grand bien. Ce soir, quand les garçons seront couchés, sa mère l'emmènera avec elle dans sa chambre et ouvrira son grand coffre de bois dans lequel elle range beaucoup de trésors. C'est chaque fois une fête. Après, Marguerite lui dira tout ce qu'elle a sur le cœur. Même si sa mère ne pourra pas faire de miracle, juste le fait de savoir qu'elle peut compter sur elle la rassure. « Pourvu que maman réussisse à convaincre père d'attendre que j'aie seize ans ! Cela me laisserait un peu de temps pour le faire changer d'idée. »

Une fois les garçons couchés, Magdelon entraîne sa fille dans sa chambre. Elle invite Marguerite à s'asseoir sur son lit, à côté d'elle, et met un bras autour de ses épaules.

— Raconte-moi tout, je t'écoute.

Marguerite n'a pas encore prononcé deux phrases que de grosses larmes coulent sur ses joues. Magdelon est bouleversée par la peine de sa fille. Mais elle ne l'interrompt pas, elle se contente de tenir ses mains dans les siennes. Quand Marguerite s'essuie enfin les yeux, elle lui dit :

— Je te promets de faire tout ce que je peux pour convaincre ton père d'attendre tes seize ans avant de te donner en mariage. Mais pour le reste, je ne crois pas pouvoir rien changer. Je pense qu'il serait préférable que tu ne le boudes pas trop quand il reviendra. Laisse-moi au moins le temps de lui parler. Tu es prête maintenant à fouiller dans mon coffre aux trésors ?

Pour toute réponse, Marguerite s'essuie les yeux et sourit à sa mère avant de s'approcher du coffre.

Chapitre 9

— Tout le monde est prêt ? demande Charles. Il faut qu'on y aille si on veut arriver à Saurel avant la nuit.

— Moi, je suis prêt, dit fièrement Charles François Xavier, son bagage à la main.

— Attendez-moi ! s'écrie Marguerite en laissant tomber son sac. Je reviens tout de suite, j'ai oublié mon ruban bleu.

— Est-ce vraiment nécessaire ? demande Magdelon avec une pointe d'impatience dans la voix. Tu en as sûrement déjà pris plusieurs avec toi.

Mais Marguerite ne l'entend pas, elle a déjà grimpé la moitié de l'escalier qui mène à sa chambre. Depuis que sa mère lui a offert de l'accompagner à Verchères, elle ne porte plus à terre. Son premier voyage à vie en dehors de la seigneurie ! C'est tout un événement dans sa vie de jeune fille. Elle est si excitée qu'elle n'a pratiquement pas fermé l'œil depuis une semaine. Elle a hâte de faire enfin la connaissance de tous les gens dont sa mère lui parle depuis si longtemps. Et ce n'est pas là son unique motivation pour aller à Verchères. Au fond d'elle-même, elle espère beaucoup de ce voyage. En fait, elle a bien l'intention de tout faire pour convaincre sa grand-mère de la garder avec elle à Verchères. Si elle se fait oublier un peu à Sainte-Anne, peut-être que son père changera d'idée quant à son avenir. Cela tiendrait pratiquement du miracle, mais elle pourra à tout le moins profiter de chaque minute de liberté qu'il lui reste avant d'être enchaînée. À la seule pensée d'imaginer que son couple pourrait ressembler à celui de ses parents, elle frissonne. Même après autant d'années, on dirait presque de purs étrangers. Elle ne supporterait pas une telle vie. Il lui arrive souvent de penser que sa mère est une sainte femme d'endurer tout cela. Quand elle rêve à son avenir, c'est aux couples que forment Catherine et Charles, Jeanne et Louis-Marie, Lucie et Thomas qu'elle veut que le sien ressemble, rien de moins. Elle sait bien que les mariages d'amour ne sont pas légion, mais c'est une telle union qu'elle souhaite de tout son cœur. « Je serais même prête à me marier avec un colon si nous nous aimions. Les serviteurs et tout ce qui vient avec, c'est bien peu si je dois passer ma vie avec un homme que je n'ai pas choisi, songe-t-elle de plus en plus souvent. Mais jamais père n'acceptera que je me marie avec un colon. Et si je prenais le voile ? Ça non, je ne peux m'y résoudre, c'est au-dessus de mes forces. De quelque côté que je me tourne, j'ai l'impression d'être piégée comme un vulgaire lièvre. »

Dès que Marguerite revient, le petit convoi se dirige vers le quai. La voie maritime reste encore le moyen le plus rapide pour se déplacer entre deux points, et aussi le plus sûr. Certes, il est maintenant possible de se rendre à Batiscan à cheval par le chemin du Roy, mais les travaux de construction empêchent d'aller plus loin, ce qui complique la vie des voyageurs. C'est certain que Louis-Marie se serait fait un plaisir de prêter son canot à Magdelon et aux siens, mais celle-ci a vite tranché. Elle aura enfin l'occasion de mettre ses muscles à l'épreuve ; il y a trop longtemps qu'elle n'a pas manié les rames. Elle est si occupée à la seigneurie qu'elle ne se permet pas d'aller en canot si ce n'est pour pêcher, ce qui lui demande plus souvent qu'autrement seulement quelques coups de rames.

Une fois au quai, Charles détermine la place de chacun et invite ensuite les voyageurs à monter.

— Charles François Xavier, tu veux ramer avec moi ? propose-t-il au jeune garçon.

— Avec plaisir, à la condition que vous me montriez comment faire. Je sais tirer, mais je ne sais pas encore ramer.

— Laisse, dit Magdelon en mettant la main sur l'épaule de son fils. Je vais faire le premier tour et tu me remplaceras.

— Vous voulez vraiment ramer ? interroge Charles, surpris.

— Ne vous inquiétez pas pour moi. Je n'en suis pas à ma première expérience et j'en ai très envie. Allez, montez ! Si on ne part pas, on n'arrivera jamais à Saurel.

Charles regarde sa belle-sœur. Il sait qu'elle est capable de beaucoup de choses, mais il ignorait qu'elle savait ramer. Enfin, il verra assez vite si ce sont des paroles en l'air.

Comme si elle avait lu dans les pensées de son mari, Catherine raconte :

— Rassure-toi, Magdelon est une excellente rameuse. Papa disait que c'était la championne de toute la seigneurie. Elle a fait la leçon à tous les colons qui se croyaient meilleurs qu'elle. Chaque été, papa organisait un concours et, à l'exception d'une fois, c'est toujours elle qui a gagné.

— La seule fois où j'ai perdu, raconte Magdelon d'une voix espiègle, je faisais de la fièvre depuis deux jours. J'avais tellement insisté pour participer au concours que papa avait fini par céder, croyant que je renoncerais après deux coups de rames. C'était bien mal me connaître. Je n'ai pas gagné la course, mais j'ai chauffé les oreilles des participants jusqu'à la fin. Sitôt la course terminée, je me suis dépêchée de revenir au quai, j'étais à bout de forces. J'ai laissé tomber les rames sur la rive et j'ai pris mon courage à deux mains pour me rendre à ma chambre. Je me suis jetée sur mon lit et quand je me suis réveillée au matin, je ne faisais plus de fièvre. Je suis vite descendue à la cuisine et je me suis écriée : « Je suis morte de faim ! Vite, donnez-moi quelque chose à manger ! »

— Tu étais tellement drôle à voir ! s'esclaffe Catherine.

— Maman, vous allez pouvoir me montrer à ramer ? demande Charles François Xavier.

— Bien sûr ! Mais pour l'instant, observe-moi. Quand je n'en pourrai plus, je te donnerai ma place.

— Je veux faire ma part aussi, annonce Marguerite.

Tous sont étonnés par les paroles de la jeune fille. Une fois l'effet de surprise passé, Charles propose :

— Si tu veux, Marguerite, je te montrerai à ramer quand ta mère n'en pourra plus… ce qui ne devrait pas tarder, ajoute-t-il d'un ton moqueur en regardant Magdelon.

— Si j'étais à ta place, Charles, je mesurerais mes paroles, prévient Catherine. Quelques coups de rames suffiront à te convaincre que tu n'as pas affaire à une débutante.

— Laisse-le faire, déclare Magdelon en souriant à Charles. Il verra bien par lui-même qu'il n'est pas de taille.

La réaction de Charles ne se fait pas attendre. Il met la main dans l'eau et, d'un geste rapide, éclabousse sa belle-sœur en plein visage. Surprise par la fraîcheur de l'eau, Magdelon prend quelques secondes pour se ressaisir avant d'éclater de rire. La seconde d'après, c'est toute l'eau qu'une rame peut soulever qu'elle lance sur Charles. Il éclate de rire à son tour, imité par les enfants. Seule Catherine n'entre pas dans le jeu.

— Arrêtez ! somme-t-elle Magdelon et Charles. Vous êtes pires que des enfants et vous allez prendre froid.

— Qu'est-ce que tu racontes ? s'exclame Magdelon. On est en plein mois d'août et il fait un temps magnifique. Un peu d'eau fraîche, cela m'a fait le plus grand bien. Tu en veux un peu ?

— Non merci. Je veux surtout partir. Tu sais à quel point je déteste être sur l'eau. Moins longtemps cela dure, mieux je me porte.

— Excuse-moi, j'avais oublié. Alors, tout le monde est prêt ?

Sans attendre de réponse, Magdelon descend ses rames et, d'un geste sûr, fend l'eau, le sourire aux lèvres. Impressionné, Charles est incapable de détacher son regard de sa belle-sœur.

— Vous êtes certaine que vous avez besoin de moi ? demande-t-il finalement en souriant.

— Voyons, Charles ! lance Catherine. Tu ne vas quand même pas regarder faire Magdelon jusqu'à Saurel !

Les enfants n'ont pas les yeux assez grands pour tout voir. À cette période de l'année, la forêt est à son plus beau. Les arbres sont d'un vert franc et brillant. On dirait que quelqu'un a pris soin de frotter les feuilles une par une pour les rendre encore plus lustrées. Les fleurs sauvages garnissent le bord de l'eau. Les oiseaux s'en donnent à cœur joie. On dirait qu'ils participent à un concours de chant. En cette période de l'année, le fleuve est magnifique. Ses eaux prennent toutes les teintes de bleu, du plus pâle au plus obscur. Ici et là, des petites criques embellissent le décor. Il y a un petit remous par ici, un poisson qui saute pour manger des mouches par là. Tout respire la vie et la tranquillité.

— Maman, croyez-vous que nous allons voir des Indiens ? s'enquiert Marguerite d'une toute petite voix.

Contrairement à son frère, Marguerite a une peur bleue des Indiens, et ce, depuis son plus jeune âge. Un jour, le curé de Batiscan est venu au manoir et, pendant le souper, il a raconté une histoire d'Indiens qui avaient massacré tous les habitants d'une seigneurie au début de la colonie. Ils avaient attaqué en pleine nuit. Comme d'habitude quand il y avait des visiteurs, Marguerite était assise dans l'escalier et écoutait les conversations jusqu'à ce qu'un adulte vienne à passer et l'envoie se recoucher. Ce soir-là, sitôt l'histoire terminée, elle est montée en courant à sa chambre et s'est réfugiée sous ses couvertures, morte de peur. Quand sa mère est venue la border, elle ne dormait pas encore et elle s'est jetée dans ses bras. Magdelon a tout tenté pour la rassurer, mais rien n'y a fait. Des années ont passé depuis ce jour-là et Marguerite refuse toujours d'aller en forêt même si elle en rêve. C'est au-dessus de ses forces. La seule pensée de croiser un Indien, même le plus pacifique, la rend malade. Elle sait bien qu'elle ne courrait aucun danger avec sa mère, mais c'est plus fort qu'elle. Sa peur est viscérale. Et sa mère semble avoir oublié ce fameux soir où le curé de Batiscan leur a rendu visite. Elle croit que sa fille est trop précieuse pour aller en forêt alors qu'il en va tout autrement. Chaque fois que sa mère l'invite à l'accompagner en forêt, elle fait mine de détester les moustiques alors qu'en réalité son refus cache une peur bien réelle qu'elle refuse de dévoiler à qui que ce soit. Au fond d'elle-même, elle envie Charles François Xavier d'avoir connu le grand chef indien, d'aller rencontrer l'aïeule, mais plus que tout d'aller et venir à son aise dans le village indien. Une partie d'elle-même sait qu'elle n'a rien à craindre alors que l'autre n'arrive pas à surmonter sa peur. Même pour ne pas renoncer au voyage à Verchères pourtant si important pour elle, elle a dû se raisonner plus d'une fois et se convaincre qu'elle ne risquait rien, que Charles, Catherine et sa mère la protégeraient si les Indiens attaquaient. Si ce n'avait été des plans de son père de la marier à un parfait inconnu, elle serait restée bien sagement au manoir, même si elle aurait dû pour cela se priver du plaisir de rencontrer enfin tous ceux qui font partie de la vie de sa mère depuis toujours.

— Mais non, ne t'inquiète pas, répond Magdelon. Il n'y a même pas d'Iroquois par ici. Et même s'il y en avait, ils auraient bien mieux à faire que d'attaquer un pauvre petit canot avec cinq personnes à son bord.

— Vous n'avez rien dit pour me rassurer, loin de là, se permet de commenter Marguerite.

Charles François Xavier tente de tranquilliser cette dernière :

— Tu n'as pas à avoir peur. Pourquoi ne m'accompagnerais-tu pas la prochaine fois que j'irai au village indien ? Tu verrais à quel point ses habitants sont gentils.

Sans attendre la réponse de sa sœur, Charles François Xavier s'adresse à sa mère :

— Est-ce que Marguerite pourrait venir avec nous la prochaine fois que nous irons voir l'aïeule ? Elle pourrait monter avec moi.

— Bien sûr ! Je n'ai jamais interdit à Marguerite de venir en forêt, bien au contraire. Je serais très fière qu'elle nous accompagne.

— Alors c'est réglé ! s'exclame Charles François Xavier. Nous irons tous les trois au village dès que nous reviendrons à la maison.

La jeune fille sent son sang se figer dans ses veines. Elle est une fois de plus partagée entre l'envie d'aller en forêt et la peur d'être attaquée par des Indiens. Mécontent du silence de sa sœur, Charles François Xavier insiste :

— Allez, arrête de réfléchir, ce n'est pas sorcier. Tu n'as qu'à dire « oui » et c'est tout.

Voyant le malaise de Marguerite, Catherine intervient :

— Ne sois pas si impatient, dit-elle à l'adresse de son neveu. Ta sœur a bien le temps de te répondre. Pour l'instant, je propose qu'on profite entièrement de notre petite sortie. Nous reprendrons les choses de Sainte-Anne quand nous reviendrons à Sainte-Anne. Qu'en dites-vous ?

— C'est une très bonne idée, se dépêche d'approuver Marguerite.

Puis elle se tourne vers sa mère :

— Maman, vous n'êtes pas encore fatiguée ? Il y a pourtant un bon moment que vous ramez…

— Non, je me sens très bien. Merci, ma fille.

— Je dois dire que vous m'impressionnez, Magdelon, lance Charles. J'ai vu bien des rameurs, mais peu comme vous. Vous savez, je vous envie un peu.

— Vous n'avez pas à m'envier, dit Magdelon en riant. Vous n'avez qu'à profiter de tous les coups de rames que je vais vous éviter de donner.

Charles plaisante à son tour :

— Vous avez bien raison ! Mais ne vous surprenez pas si je vous sollicite pour m'accompagner chaque fois que j'irai sur le fleuve. Je ne voudrai plus partir sans vous.

Tout le monde éclate de rire. Pour détourner l'attention de sa personne, Magdelon entonne une chanson à répondre. La seconde d'après, tous chantent le refrain.

* * *

Pendant ce temps à Saurel, la seigneuresse fait les cent pas. Elle ne sait pas exactement quel jour son amie va arriver. Mais comme la température est clémente aujourd'hui, elle croit avoir des chances de siroter une bonne ration d'alcool avec Magdelon avant la tombée de la nuit. Elle a tellement hâte de la revoir ! Elle et son amie sont si occupées chacune de leur côté qu'il leur est difficile de trouver du temps pour se voir. Ce ne sont pourtant pas les occasions qui manquent à madame de Saurel de rendre visite à Magdelon. À l'image de Pierre-Thomas, son mari brasse de bien plus grosses affaires à Québec qu'à sa seigneurie. Et de plus en plus de projets unissent les deux hommes : le commerce du chêne, de l'alcool, de la farine et, bien sûr, les esclaves. On pourrait même dire que monsieur de Saurel a plus de chance que Pierre-Thomas à ce chapitre… enfin, de son point de vue. Lui a toujours une esclave à son service et ce n'est pas parce que madame de Saurel n'a pas essayé de s'en débarrasser. Elle a tout fait pour arriver à ses fins, mais tout ce qu'elle a pu obtenir, c'est une atmosphère de plus en plus tendue entre elle et son mari. Chaque fois qu'elle a fait une tentative, il le lui a fait payer au centuple. Il lui est arrivé plus d'une fois de ne pas lui adresser la parole pendant des semaines ou encore de fuir le lit conjugal plusieurs nuits. Ce n'est pas tellement que cela lui manque ; faire son devoir conjugal, comme dit le curé, n'est pas ce qu'elle préfère le plus au monde. Mais juste le fait de savoir qu'il réchauffe les draps d'une autre – plus jeune qu'elle et qu'il risque de mettre enceinte – la rend furieuse, surtout que tout se passe sous son toit.

En fait, tout ce qu'elle a récolté de ses nombreuses croisades pour se débarrasser de l'esclave, ce sont des problèmes. Le pire dans tout cela, c'est qu'au début elle était enchantée d'avoir enfin une esclave. Elle s'en vantait auprès de chaque personne qui croisait son chemin. À ce moment, elle ne comprenait pas Magdelon quand celle-ci lui disait que c'était un cadeau empoisonné. Au contraire, elle était tellement fière de faire partie des quelques personnes possédant une esclave. Et elle aurait été encore plus fière si elle avait pu en avoir deux. Aujourd'hui, elle paierait cher pour se défaire de la seule esclave du manoir.

Dans la lettre où elle lui faisait part de sa visite, Magdelon écrivait que les récoltes s'annonçaient tellement abondantes qu'elle et son mari pensaient agrandir la grange. Bien que les deux seigneuries ne soient pas si éloignées l'une de l'autre, la situation n'est pas la même à Saurel. Il a tellement plu ce printemps que les colons ont dû retarder les semences et, depuis, rien n'est comme d'habitude. On dirait que le sol n'en finit plus d'absorber toute l'eau qui est tombée. Tout ce qui pousse est en retard. Même le potager laisse à désirer, lui habituellement si beau. Si la situation ne s'améliore pas, les réserves de fruits et de légumes pour l'hiver se feront rares. Mais au fond, tout cela n'inquiète pas particulièrement madame de Saurel. Les dix dernières années ont été si généreuses que personne ne manquera de rien, elle en est certaine. Dans le pire des cas, il faudra seulement aller plus souvent à la chasse et à la pêche, ce qui a tout pour la réjouir. Tout comme Magdelon, elle adore chasser. En général, au grand désespoir de son mari, elle part seule des journées entières. Il a une peur bleue des Indiens, tandis que cette peur ne l'a jamais effleurée, elle. Elle adore chasser plus que tout. Elle peut compter sur les doigts d'une seule main les fois où elle est revenue bredouille. Est-ce de la chance ou parce qu'elle est vraiment douée ? En tout cas, son mari ne perd jamais une occasion de l'étriver là-dessus.

— Vous êtes la personne la plus chanceuse qu'il m'ait été donné de connaître. Heureusement qu'on n'a pas gardé les têtes de tous les chevreuils que vous avez tués parce que nous n'aurions pas assez de murs pour les exposer.

— Ce n'est pas seulement de la chance. Admettez donc une fois pour toutes que je manie le mousquet mieux que vous.

— C'est normal. Vous vous en servez bien plus souvent que moi.

— Cela ne vous tuerait pas de me faire un compliment, vous savez… Je vous rappelle que ce n'est pas grâce à vous si nous mangeons du chevreuil aussi souvent. Essayez donc d'imaginer votre vie sans une seule bouchée de cette viande savoureuse…

Mais monsieur de Saurel n'a rien de l'homme qui complimente. Il fait mine de ne pas avoir entendu et sort de la pièce.

Il y a longtemps que madame de Saurel n'a pas trouvé une journée aussi longue. De toutes les femmes qu'elle connaît, Magdelon est de loin celle qu'elle préfère. Avec elle, les choses sont toujours si simples. Dommage que toutes deux demeurent aussi loin l'une de l'autre… Elles pourraient aller chasser ensemble et échanger sur leurs façons de gérer leur seigneurie. Elles ont bien de la chance de pouvoir diriger la grande majorité des travaux de la seigneurie, ce dont leurs époux bénéficient grandement. En effet, rares sont les hommes qui peuvent compter sur des femmes comme elles. Si la fortune de la famille augmente, c'est grâce à eux, mais si la seigneurie progresse, c'est sans contredit grâce à elles.

Certaine que son amie n'arrivera finalement pas ce soir, madame de Saurel se résout enfin à manger. Au moment où elle prend la première bouchée, des cris d'enfants parviennent jusqu'à elle. D'un bond, elle se lève et court jusqu'à la porte, le cœur léger. Elle relève ses jupes et ouvre vivement la porte, prête à courir jusqu'au quai. C'est là qu'elle voit Magdelon en tête d'un petit groupe. Madame de Saurel accourt jusqu'aux voyageurs, le sourire aux lèvres.

— Enfin, vous êtes là ! s'écrie-t-elle. Je vous ai attendus toute la journée. Venez, vous devez être affamés.

Chapitre 10

Le lendemain matin, le soleil est à peine levé quand Magdelon sonne le départ pour Verchères. Elle est impatiente de voir les siens. C'est le cœur gros que madame de Saurel regarde partir les visiteurs.

— Vous me jurez d'arrêter sur le chemin du retour? demande-t-elle à son amie.

— C'est sûr que nous allons arrêter. Vous savez comme moi que la route est trop longue entre Verchères et Sainte-Anne pour faire le trajet en une seule journée. Nous devrions repasser dans quatre ou cinq jours.

— Je vous attendrai avec impatience. À bientôt!

— À bientôt! répond Magdelon. Et merci encore!

Une fois tout le monde installé dans le canot, les voyageurs prennent vite la direction de Verchères.

— Bravo, Charles François Xavier! s'exclame Magdelon. Je te félicite car tu t'en tires très bien. Mais tu n'oublies pas que si tu es fatigué, je te remplacerai.

— Ne vous inquiétez pas, maman. Je vais vous mener jusqu'à Verchères avec Charles.

— Tu ne trouves pas que tu exagères un peu? lance Marguerite d'un ton chargé de colère. Avant de monter dans ce canot hier, tu n'avais jamais manié une rame de toute ta vie, et voilà qu'aujourd'hui tu te penses aussi bon que maman.

— Laisse-le tranquille, Marguerite, tempère Magdelon. Moi, je crois qu'il est capable de nous emmener à Verchères. Sinon, tu pourras le remplacer.

— Mais personne ne m'a encore montré à ramer, se plaint Marguerite.

— Si tu veux, je te donne ma place maintenant, dit Charles, et je vais t'apprendre.

— D'accord, répond Marguerite en souriant.

Charles fait signe à Charles François Xavier d'arrêter de ramer. Quand le canot est immobilisé, il change de place avec Marguerite, puis il montre les rudiments de base à sa nièce. À la grande surprise de tous, la jeune fille apprend très vite. Magdelon regarde fièrement Marguerite : « Et moi qui la comparais à sa grand-mère paternelle. On dirait qu'elle a cela dans le sang ; j'ai l'impression de me revoir à son âge. Je croyais connaître ma fille ! »

Quand le canot touche enfin le quai de Verchères, il y a belle lurette que les deux enfants se sont fait remplacer par Magdelon et Charles. C'est Catherine qui a fini par trancher. Elle regardait faire Marguerite et Charles François Xavier depuis un moment : ils étaient en sueur et tout rouges. Elle se demandait lequel des deux abandonnerait le premier, mais elle s'est vite aperçue qu'ils étaient prêts à aller au-delà de leurs forces pour remporter la partie. N'écoutant que son cœur, elle a simulé une « urgence forêt », ce qui a permis de faire un changement de rameurs par la suite sans que ni Marguerite ni Charles François Xavier perde la face devant l'autre. Fiers d'eux, les deux nouveaux rameurs par la suite ont repris chacun leur place de passager sans se faire prier et ont profité du paysage pendant tout le reste du voyage. Ils étaient si heureux que, si le soleil s'était caché derrière un nuage un moment, ils l'auraient remplacé haut la main sans que personne s'aperçoive du changement. Ils étaient tout simplement rayonnants, et Magdelon aussi !

Sitôt que les voyageurs retrouvent la terre ferme, Magdelon prend le chemin qui mène au manoir, suivie de Catherine et de Marguerite.

— Je vais rester pour aider Charles, décide Charles François Xavier. Dites-moi seulement dans quelle direction est le manoir.

— Laisse faire, lance Charles, elles ne t'entendent déjà plus. Heureusement que je sais où il se trouve !

Les femmes sont si pressées d'arriver au manoir que ce n'est qu'une fois sur le perron qu'elles reprennent leur souffle. Quelques secondes plus tard, elles entrent en coup de vent :

— Où est donc passée votre politesse ? crie Magdelon. Il n'y avait personne pour nous accueillir au quai !

Instantanément, tous les membres de la famille présents se regroupent autour des visiteuses. Des cris de joie fusent de toutes parts. Un peu surprise par la bonne humeur qui règne dans cette famille, Marguerite reste légèrement en retrait, ce qui n'échappe pas à son oncle François.

— Viens, Marguerite, dit-il en prenant la jeune fille par le bras. Je vais te présenter toute la tribu. Voici Jean-Baptiste, Jacques et Marie-Louise.

Marguerite rougit un peu plus à chaque personne que François lui présente. Elle est contente de pouvoir enfin mettre un visage sur les noms. Il y a si longtemps que sa mère et Catherine lui parlent de leur famille.

— Maintenant, tu connais tout le monde, annonce François.

— Non, pas tout le monde, dit Marie-Jeanne. Elle n'a pas encore vu mon prétendant ni ta bien-aimée.

— Tu as raison. Elle fera leur connaissance demain à la fête.

Puis, sur le ton de la confidence, il ajoute :

— Tu es vraiment devenue une belle jeune femme, Marguerite. Si je ne me fiançais pas à Pâques, je crois bien que je te demanderais en mariage.

— Espèce de fou! s'écrie Marie en frappant son fils sur l'épaule. Tu sais bien que tu ne pourrais pas te marier avec Marguerite, car elle est ta nièce. Je suis si contente que tu sois venue, ma belle fille. Viens ici que je t'embrasse. Et toi, Catherine, comment vas-tu? Et comment vont les enfants? Vous avoir tous ici avec moi me comble de joie.

— Vous n'allez pas me faire croire que vous êtes venues toutes seules ici? déclare François. Ça prend des bras pour ramer.

— Je te ferai remarquer que tu as devant toi deux excellentes rameuses, répond Catherine.

— Toi, tu rames? s'étonne François. Depuis quand? Tu n'as jamais réussi à tenir correctement une rame dans tes mains.

— Je ne suis pas meilleure qu'avant. Mais Marguerite et Magdelon excellent toutes les deux dans ce domaine.

— Alors, Marguerite, tu es vraiment la digne fille de ta mère! complimente Marie. Mais sérieusement, qui vous accompagne?

— Charles et Charles François Xavier, répond Magdelon. Ils ne devraient pas tarder.

— François, va aider ton neveu et ton beau-frère, demande Marie.

— À vos ordres, mon commandant! acquiesce celui-ci, le sourire aux lèvres.

— Venez tous à la cuisine, invite Marie. J'ai préparé un gros bouilli et des tartes aux framboises.

— Allons-y avant que François revienne et mange toutes les tartes! s'exclame Magdelon.

Pendant le repas, les conversations vont bon train. Chacun a sa minute de gloire pour parler de lui. Quand vient son tour, Marguerite raconte que son père veut la marier et qu'elle est désespérée. Chacun y va de son commentaire pour la réconforter. Seul Charles François Xavier n'abonde pas dans le même sens que les autres.

— Mais je ne comprends pas que tu ne veuilles pas te marier, dit-il. Toutes les filles en rêvent, à moins qu'elles désirent entrer chez les sœurs.

— Ce qui me dérange, c'est que papa a décidé qui j'allais épouser. Toi, est-ce que tu aimerais que maman choisisse ta femme ?

— Ma femme, c'est moi qui la choisirai, répond fièrement le garçon.

— Alors, est-ce que tu comprends maintenant pourquoi je refuse de me marier avec un parfait inconnu ?

Magdelon ne laisse pas le temps à son fils de répondre. Elle interroge Marie-Jeanne :

— Alors, quand va-t-on avoir le plaisir de rencontrer ton prétendant ? Il doit être bien exceptionnel pour t'avoir convaincue de te marier une troisième fois. Jamais je n'aurais pensé que tu céderais là-dessus.

— Moi non plus ! J'ai été prise à mon propre jeu. L'amour s'est installé entre nous sans qu'on s'en rende compte. Alors, quand il m'a demandée en mariage, je n'avais pas d'autre choix que de dire « oui ». Je ne pouvais déjà plus imaginer ma vie sans lui.

— Comme c'est beau l'amour, s'émerveille Magdelon. Tu en as de la chance, ma sœur. Mais tu n'as pas répondu à ma question : quand vas-tu nous présenter ton prince charmant ?

— À la fête de maman, après-demain. Je suis certaine que vous allez l'adorer, n'est-ce pas maman ?

— Oui, ma fille. Pierre est un homme de très agréable compagnie et il respire la bonté. Tu ne pouvais pas mieux tomber.

— Assez discuté ! intervient François. Quelqu'un a-t-il envie d'une petite partie de cartes ?

— Pas tout de suite pour moi, répond Magdelon. J'ai encore plusieurs choses à discuter avec maman. Si tu veux, tu pourrais initier Marguerite et Charles François Xavier.

— C'est bon ! Charles, Jean et Jacques, venez jouer avec nous. Suivez-moi, on va s'installer dans la salle à manger.

À la cuisine, les femmes poursuivent leur conversation. Magdelon et Catherine ont une foule de questions à poser.

— Qui sera à la fête ? veut savoir Magdelon.

— Tout le monde de la seigneurie, répond Marie-Jeanne, les Marie, Geneviève et des amis de maman et de papa qui habitent Montréal. On devrait être près d'une centaine.

— Ouf ! Cela fait beaucoup de bouches à nourrir ! s'exclame Catherine. Que servirez-vous ?

— Des tas de choses, indique Marie-Jeanne. D'abord, on a demandé aux colons d'apporter chacun un plat de viande et des légumes, assez pour nourrir au moins leur famille. De notre côté, on préparera un énorme ragoût, et François a fumé plusieurs truites ces derniers jours. Le jour de la fête, François ira à la pêche et on fera cuire les poissons qu'il aura pris. Et pour finir, Marie-Louise va faire demain plusieurs recettes de pain et des tartes. Je pense que je n'ai rien oublié…

— Tu as oublié une toute petite chose, dit Marie. J'ai fait plusieurs pots de confiture avec les fruits que Marie-Louise est allée cueillir. Avec un quignon de pain, ça permettra aux dents sucrées d'y trouver leur compte si on manque de tartes. Vous savez, je trouve que vous vous donnez beaucoup de mal juste pour moi.

— Arrêtez tout de suite, maman, proteste Marie-Jeanne. Vous avez tellement fait pour nous tous qu'il est tout à fait normal qu'on vous rende un peu la pareille.

— Marie-Jeanne a raison, approuve Magdelon. Laissez-vous gâter un peu, vous le méritez bien.

Puis, sur un ton humoristique, Magdelon ajoute :

— Je pourrais faire des brioches si vous voulez…

Toutes rient à gorge déployée avant que Marie réponde :

— C'est très gentil à toi, ma fille, mais je crois que tu serais plus utile si tu m'aidais à faire le ragoût.

— D'accord, consent Magdelon en faisant mine d'être offusquée. Moi, tout ce que je veux, c'est être utile. Mais au fait, quand les Marie et Geneviève sont-elles supposées arriver ?

— Seulement le jour de la fête, comme la plupart des invités de Montréal d'ailleurs, dit Marie-Jeanne. Ils feront l'aller-retour la même journée.

— Dommage qu'elles ne restent pas plus longtemps. J'aurais bien aimé passer un peu de temps avec elles. Marie-Charlotte va chanter au moins ?

— Bien sûr ! Et maman a choisi les chansons qu'elle veut entendre. D'ailleurs, je ne sais pas si tu es au courant, mais Marie-Charlotte est enceinte.

— Ah oui ? s'exclame Magdelon. Je suis si contente pour elle. Et Marie-Joseph ?

— La dernière fois que je l'ai vue, répond Marie, le notaire chez qui elle travaille lui avait présenté le fils d'un collègue. Tu aurais dû la voir, elle avait les yeux pétillants. Pour sa part, Geneviève a enfin pris le voile comme elle le souhaitait. J'ai dû demander une permission spéciale à la supérieure pour qu'elle l'autorise à venir à Verchères.

— On peut dire que vous avez plus d'influence que Pierre-Thomas! s'écrie Magdelon. Quand sa mère est morte, il a tout essayé pour que sa sœur puisse venir au service funèbre, sans succès.

— Chaque fois que je suis allée visiter Geneviève au couvent, j'ai pris soin d'aller saluer la mère supérieure.

— Et parmi vos amis, lesquels ont confirmé leur présence? s'enquiert Catherine.

— À ma grande surprise, répond Marie, plusieurs ont accepté l'invitation : Jean Boucher, Louis Cloutier, Marin Hébert... Mais vous ne vous souvenez sûrement pas d'eux?

— Bien sûr que si! lance Magdelon. Mon préféré était votre ami Louis, sa charmante épouse et leur fils... Comment s'appelait-il déjà?

— Jacques. C'est leur seul fils, au grand désespoir de Louis d'ailleurs. Ils ont ensuite eu six filles qui sont toutes vivantes. Ironie du sort, toutes ses filles n'ont eu que des garçons.

— Si je me rappelle bien, dit Magdelon, Louis Cloutier travaillait dans le commerce.

— Il y travaille toujours, même qu'il mise beaucoup sur ses petits-fils pour prendre la relève. Je ne serais pas étonnée qu'il se fasse accompagner par l'un d'entre eux. La dernière fois que lui et sa femme sont venus à Verchères, ils m'ont dit qu'ils ne voyageraient plus seuls.

— Quel âge ont les petits-fils des Cloutier? s'informe Catherine.

— Les plus vieux sont dans la vingtaine.

— J'ai vraiment hâte de revoir tout le monde! s'enthousiasme Magdelon. Ah oui, j'oubliais, Jeanne et madame de Saurel m'ont chacune remis un mot pour vous. Tenez, les voici!

— Merci, je les lirai plus tard. Maintenant, mes filles, parlez-moi de vous et de vos familles.

C'est Catherine qui ouvre le bal. Elle parle de ses enfants avec tant d'émotion que toutes sont suspendues à ses lèvres. À l'entendre, personne ne peut douter à quel point elle les aime.

— Voilà ! C'est à ton tour, Magdelon, dit la jeune femme à sa sœur en terminant.

— Attends, tu n'as pas oublié quelque chose ?

— Non… répond Catherine en fouillant dans sa mémoire.

— Tu as promis de lire un poème à la fête. Tu sais, celui sur la chute que papa appréciait tant.

— Je croyais qu'on devait faire une surprise à maman ? formule Catherine sur un ton un peu irrité. En tout cas, là, c'est raté !

— Désolée ! s'écrie Magdelon. Je suis si fière de toi que j'ai oublié. Peut-être pourrais-tu lire le poème à maman ce soir… Qu'en penses-tu ?

— Je préférerais le lui lire demain. Là, je ne suis pas certaine de bien voir mes mots.

— Catherine ne l'a pas encore dit, mais c'est elle qui a écrit le poème, annonce Magdelon.

— Vraiment ? s'étonne Marie, soudain très intéressée. Alors là, je suis impatiente de l'entendre. Tu ne vas quand même pas me faire attendre jusqu'à demain ?

— Bien sûr que non, répond Catherine.

Celle-ci sort une feuille de la poche de sa jupe et s'exécute.

— C'est un très beau poème ! s'exclame Marie. J'avais l'impression d'entendre la chute couler à chacune de tes lignes. C'est ton père qui aurait été fier de toi. Bravo, ma fille, tu as beaucoup de talent! Tu pourras me transcrire ton poème demain?

— Avec plaisir, maman! accepte Catherine, le cœur léger.

— Et j'aimerais que tu le lises le jour de la fête. Tous ont tellement entendu parler de cette chute que je suis certaine que ton poème les touchera.

Quand les femmes montent se coucher, les joueurs de cartes sont toujours à l'œuvre. C'est sous leurs éclats de rire qu'elles sombrent dans un sommeil profond. Au matin, elles sont les premières debout. Elles poursuivent leur conversation comme s'il n'y avait eu aucune coupure, ni de nuits, ni de jours, ni de mois… Une fois qu'elles ont avalé leur déjeuner, Marie-Jeanne dirige les opérations de main de maître. Il y a encore beaucoup à faire pour préparer la fête de Marie et son mariage. Elle ne l'a dit à personne, mais elle est un peu nerveuse à l'idée de se remarier. «Et si Dieu venait me le prendre comme mes deux premiers maris… Je crois bien que j'en mourrais!» songe-t-elle. Chaque fois que cette pensée la surprend, elle se dépêche de penser à tout le bonheur que son Pierre lui apporte. Depuis le jour où il est apparu dans son champ de vision, sa vie a changé du tout au tout. On dirait qu'elle flotte sur un nuage tellement elle est heureuse. Contrairement à la coutume, elle n'ira pas habiter chez le fils de Pierre. Elle et son futur mari ont plutôt décidé d'habiter au manoir avec Marie et le reste de la famille. Cela plaît beaucoup à Marie; le manoir lui aurait paru beaucoup trop grand sans sa fille aînée. Certes, Marie-Jeanne en a discuté avec François avant de prendre sa décision; celui-ci n'y voyait aucune objection, bien au contraire. Il a aussi ajouté qu'il était fier que Pierre fasse maintenant partie de la famille de Verchères, ce qui a réjoui Marie-Jeanne.

— Si tu veux, a dit François à sa sœur, Pierre et toi pourrez vous installer dans ma chambre. Puisqu'elle est un peu en retrait des autres, vous y serez plus tranquilles.

— Et toi, où dormiras-tu?

— En attendant que je me marie, je prendrai ta chambre. Pour le reste, n'en parle à personne, mais j'aimerais bien me construire une petite maison près du moulin banal.

Marie n'a pas voulu que Marie-Jeanne mette la même robe pour se marier qu'à ses deux précédents mariages. Elle a insisté pour qu'elle en achète une nouvelle et l'a accompagnée à Montréal, même si ses genoux la font de plus en plus souffrir. De nature pourtant peu superstitieuse, Marie a dit à Marie-Jeanne qu'elle devait mettre toutes les chances de son côté pour que cette fois son mariage dure longtemps. Voyant à quel point sa mère y tenait, Marie-Jeanne a joué le jeu. Sa robe est magnifique et ce sera le plus beau jour de sa vie, il ne pourrait en être autrement. Son fils jouera du violon pendant la fête. Ensuite, sa lune de miel commencera, lune de miel qu'elle espère éternelle. Elle a aimé ses deux premiers maris, mais jamais autant qu'elle aime son Pierre. Au premier, elle était si jeune qu'elle ne savait pas très bien ce qu'elle faisait. Elle l'aimait, mais comme on aime à dix-huit ans. Au deuxième, il lui fallait quelqu'un pour l'aider à élever son fils. C'était un gentleman, mais il n'y avait aucune passion entre eux.

Tout cela, c'est maintenant du passé. Dans deux jours, elle deviendra la femme de Pierre et elle a bien l'intention d'aimer son mari jusqu'à la fin de ses jours et d'être très heureuse.

* * *

Depuis l'arrivée de Marguerite à Verchères, Marie n'a pas eu une seule minute à elle pour parler à la jeune fille. Pour avoir vécu la même chose à son âge, elle peut comprendre les sentiments qui habitent sa petite-fille. Marie peut aussi comprendre que Marguerite aura peut-être moins de chance qu'elle-même en a eu. Elle avait bien plus de risques de ne jamais aimer son mari que le contraire. Tout compte fait, elle est bien tombée. Elle est prête à garder Marguerite à Verchères, mais elle n'est pas prête à affronter la foudre paternelle. En effet, elle se doute que Pierre-Thomas réagira assez violemment si elle se met en travers de son chemin. Ce sera à Magdelon de décider si Marguerite restera chez sa grand-mère.

Juste avant que les premiers invités se pointent, elle prend Marguerite à part et lui annonce qu'elle est la bienvenue si elle veut rester quelques mois à Verchères. Sa petite-fille est si contente qu'elle lui saute au cou, ce qui déséquilibre un peu Marie.

— Il faut maintenant en parler à ta mère. C'est elle qui va décider ce qui est mieux pour toi. Préfères-tu que je lui en parle moi-même ?

— Je pense que ce serait mieux, répond la jeune fille. Vous verrez, grand-mère, je ne serai pas une charge pour vous. Je participerai aux travaux de la seigneurie, c'est promis.

— Jamais je n'en ai douté, assure Marie en souriant. Je sais que tu es une jeune fille vaillante, il faut juste te donner l'occasion de le démontrer. Va dire à ta mère que je veux la voir.

Quand Magdelon rejoint sa mère dans sa chambre, celle-ci lui demande de fermer la porte :

— Vous allez bien au moins ? s'inquiète Magdelon.

— Moi, je vais très bien, rassure-toi. C'est ta fille qui ne va pas bien. Elle m'a écrit pour me raconter que son père voulait la marier à un jeune homme de Québec.

— C'est vrai. Mais j'ignore l'âge de l'homme en question. Tout ce que Pierre-Thomas m'a dit la dernière fois qu'il est passé au manoir, c'est qu'il avait trouvé un mari pour Marguerite. Vous savez à quel point Pierre-Thomas est têtu. Mais cette fois, je trouve qu'il exagère. Marguerite est bien trop jeune pour se marier, elle n'est encore qu'une enfant.

— Elle m'a demandé de la garder à Verchères. Quel est ton avis ?

— Ce n'est peut-être pas une si mauvaise idée. Cela me donnerait le temps de faire retarder son mariage jusqu'à ce qu'elle ait au moins seize ans. Et vous, qu'en pensez-vous ?

— Je lui ai dit que j'accepterais de la garder ici à la condition que tu sois d'accord. Il faudra qu'elle comprenne bien que si elle reste au manoir elle risque de ne pas vous revoir avant le printemps.

— De toute façon, ce sera préférable qu'elle se fasse un peu oublier par son père. Moi, si j'étais elle, je ne prendrais pas le risque d'aller et venir à Sainte-Anne. Ce serait trop dangereux qu'il lui interdise de revenir à Verchères.

— Mais toi, tu te sens capable de l'affronter quand il saura que sa fille est restée avec moi ?

— Ne vous en faites pas pour moi, maman, je suis habituée. Je vous le répète, je la trouve bien trop jeune pour se marier et surtout avec un illustre inconnu, affaires ou pas.

— Alors, c'est réglé. Je vais avertir Marguerite.

— Laissez, je m'en charge.

* * *

Le manoir ressemble à une ruche d'abeilles. Il y a des gens partout. La bonne humeur règne et le plaisir est roi. Marie est heureuse comme jamais. Elle discute avec l'un et avec l'autre, et un grand sentiment de satisfaction se lit sur son visage. Aujourd'hui, elle a près d'elle tous ceux qu'elle aime, tous ceux qui ont meublé sa vie jusqu'à maintenant et elle est très fière. Ses vieux amis la font rire. Ses petits-enfants viennent l'embrasser à tour de rôle. Ses enfants s'occupent des invités. Et les colons viennent lui serrer la main. Elle a encore des tas de projets en tête, mais elle n'aurait pu rêver d'une plus belle vie. Elle a partagé ses meilleures années avec un homme qu'elle aimait profondément et maintenant elle retrouve un peu de lui dans chacun des siens. Elle n'est pas pressée de s'en aller, mais elle a eu plus que ce que la majorité des gens n'ont même jamais osé espérer. Elle est contente que Marguerite reste à Verchères, car depuis la naissance de sa petite-fille, elle n'a pas eu tellement d'occasions de la voir. Vivre sous le même toit qu'elle lui permettra de la connaître et, qui sait, de l'aider à devenir une meilleure femme. Elle ne veut pas la convaincre d'accepter l'homme que son père a choisi pour elle, mais elle pourra au moins l'aider à traverser cette phase de son existence.

Quand Marie-Charlotte s'approche d'elle, Marie sent son cœur s'emballer. Elle aime profondément cette jeune femme, qui ne pouvait pas lui offrir un plus beau cadeau que de chanter pour elle.

— Que diriez-vous si je chantais vos chansons maintenant ?

— J'en serais ravie, répond Marie.

— Le temps de trouver Nicolas et son violon et je reviens chanter juste pour vous.

Dès que Marie-Charlotte entonne la première note, tous arrêtent de parler. On dirait un ange descendu du ciel. Elle regarde Marie droit dans les yeux et lui sourit en chantant. Marie est au septième ciel. Elle se laisse porter par cet instant magique et savoure chaque note. Le violon et la voix ne font qu'un.

Marie avait demandé trois chansons. Après la dernière, les gens applaudissent tellement que Marie-Charlotte accepte d'en chanter une autre et une autre. C'est Magdelon qui met fin au récital. La chanteuse est enceinte et elle doit se reposer. Magdelon remercie la jeune fille du fond du cœur au nom de sa mère et de tous les invités. Elle remercie aussi Nicolas. Il y avait bien longtemps qu'elle ne l'avait pas entendu jouer. Il s'est beaucoup amélioré. Marie-Jeanne doit être très fière de lui.

La fête bat son plein jusqu'au souper. Les gens de Montréal s'apprêtent à partir, car ils veulent rentrer avant la noirceur. Comme prévu, Louis s'est fait accompagner par un de ses petits-fils, Zacharie, un beau grand blond aux cheveux bouclés. Curieusement, depuis qu'il est arrivé, il a disparu et Marguerite aussi. Magdelon demande à Charles François Xavier de trouver le jeune homme. Au bout de quelques minutes, celui-ci revient en riant :

— Il était avec Marguerite, sur le bord de la rivière. Ils parlaient. Je le trouve bien patient d'endurer ma sœur aussi longtemps. Je lui ai dit que son grand-père l'attendait pour partir.

Au fond d'elle-même, Magdelon sourit. Sa fille a vraiment grandi.

Une fois les derniers invités partis, toute la famille se retrouve au salon du manoir. Marie en profite pour remercier chaleureusement tout le monde :

— C'est de loin la plus belle fête qu'on ait jamais organisée pour moi. Merci à chacun d'entre vous. Je suis tellement fière de ma famille, ajoute-t-elle, les larmes aux yeux. Bon, c'est bien assez d'émotions pour aujourd'hui. Que diriez-vous d'un dernier petit verre avant d'aller dormir ?

Personne ne se fait prier. Chacun tend son verre. Marie verse des portions bien plus généreuses qu'à l'habitude. Quand tout le monde a fini son verre, toute la fatigue de la journée tombe soudain sur les épaules de Marie.

— Nous rangerons demain, dit-elle en bâillant.

— Laissez faire, maman, répond Magdelon. Catherine et moi nous en occuperons. Allez dormir en paix, et toi aussi Marie-Jeanne. N'oublie pas que demain, c'est le grand jour.

— Comment voudrais-tu que je l'oublie ?

Pendant qu'elles rangent, Catherine et Magdelon échangent sur leur journée.

— Il y avait bien longtemps que je ne m'étais pas autant amusée, confie Catherine. Dans ces occasions, il m'arrive de trouver difficile d'habiter loin des miens.

— Tu n'es pas la seule ; c'est pareil pour moi. Quand le chemin du Roy sera enfin terminé, ce sera plus facile pour tout le monde de voyager.

— C'est vrai que Marguerite va rester à Verchères ?

— Oui, et je pense que c'est une bonne chose pour elle.

— Je préfère ne pas être à ta place quand tu apprendras la nouvelle à Pierre-Thomas. Je sens qu'il ne sera pas content du tout…

— Tu sais, ce ne sera pas la première fois qu'il tempêtera. Mais je dois l'obliger à retarder ses projets de mariage. Ne t'en fais pas, il va s'en remettre.

* * *

Le lendemain, Marie-Jeanne épouse son Pierre dans la plus stricte intimité. Seule la famille est invitée à la noce. La mariée respire le bonheur par tous les pores de sa peau. Elle ressemble à une princesse dans sa belle robe. En la regardant, Marie se dit qu'elle a eu raison d'insister pour que sa fille porte une nouvelle robe de mariée. Tôt dans la soirée, les époux s'éclipsent dans leur chambre. Le reste de la famille ne tarde pas à se retirer également. Deux jours de fête de suite, c'est bien plus que tous sont capables de supporter.

Au premier chant du coq, personne n'ouvre un œil de crainte de se réveiller. Les animaux attendront un moment pour cette fois.

Chapitre 11

Quand Magdelon et les siens reviennent à Sainte-Anne, Pierre-Thomas brille toujours par son absence. Louise apprend à Magdelon qu'il est passé au manoir, mais qu'il y est resté seulement une journée. Magdelon se dit que c'est mieux ainsi. Cela lui donnera le temps de réfléchir à ce qu'elle dira à son mari pour défendre sa décision d'avoir permis à Marguerite de rester à Verchères quelque temps. Elle sait d'avance que la partie n'est pas gagnée. Qu'elle ait osé contrer les plans de Monsieur ne plaira pas à celui-ci, elle en est certaine. Elle doit réussir l'exploit de lui faire reporter le mariage de Marguerite de deux ans. Heureusement, il ne va plus à Montréal depuis la mort de sa mère parce qu'il aurait été chercher sa fille sans tarder. Mais aujourd'hui, ses affaires l'occupent tellement à Québec que de ce côté elle peut dormir tranquille. Pour le reste, elle est un peu perdue cette fois : « J'ai beau tourner et retourner les choses dans ma tête, je ne sais vraiment pas comment je vais arriver à lui faire entendre raison. S'il veut la marier maintenant, c'est qu'il y trouve son compte aujourd'hui et non dans deux ans. Enfin, je verrai bien. »

Magdelon trouve la maison bien vide sans sa grande fille. Le voyage à Verchères lui a donné l'occasion de voir Marguerite sous un tout autre jour. De la copie conforme de sa grand-mère paternelle, elle est passée à une charmante jeune fille que sa mère regrette d'avoir négligée. Alors que Magdelon croyait que Marguerite était aussi guindée que madame de Lanouguère, sa fille était morte de peur à la simple idée de croiser un Indien. Alors qu'elle donnait l'impression de préférer ne rien faire et se laisser servir, la jeune fille aime apprendre et faire des choses. Pendant ce seul petit voyage à Verchères, Magdelon a eu l'occasion de voir ramer sa fille – avec une grande aisance –, aider à la cuisine et aux travaux. On aurait cru que quelqu'un avait donné un coup de baguette magique à Marguerite et qu'elle avait ensuite changé du tout au tout. Magdelon est ravie de la jeune fille qu'elle a découverte au cours de ces quelques jours passés parmi les siens. C'est le cœur heureux qu'elle a laissé Marguerite chez sa mère, rassurée sur le fait que sa fille ne sera pas un poids pour personne mais plutôt une aide précieuse.

Quelque chose intrigue tout de même Magdelon depuis que Marguerite lui a fait ses adieux sur le quai de Verchères. Elle était tellement radieuse que c'en était trop. Magdelon en a parlé à Catherine :

— Il y a quelque chose qui m'échappe quand même. Tu trouves cela normal qu'elle nous ait laissé partir sans manifester la moindre tristesse ? Il ne faut pas oublier que c'est la première fois qu'elle vivra loin des siens.

— Tu t'inquiètes pour rien, a répondu Catherine. Elle ne vivra pas avec des étrangers, tout de même. Et puis, mets-toi à sa place. Que choisirais-tu entre un mariage obligé et un séjour chez ta grand-mère que tu adores ? Le choix est facile : n'importe quoi d'autre que ce mariage dont elle ne veut rien savoir. Mais il y a peut-être une petite chose qui t'a échappée…

— Quoi ? Allez, vas-y ! Tu sais à quel point j'ai horreur qu'on me fasse languir !

— Tu n'as pas remarqué comment Marguerite et Zacharie se regardaient ?

— Zacharie ?

— Mais oui, le petit-fils de l'ami de maman.

— Tu ne vas pas me dire que…

— C'était la première fois que je voyais une étincelle briller dans les yeux de Marguerite en présence d'un garçon. Tu devrais être fière. Zacharie est plutôt beau garçon et il a devant lui un avenir solide.

— On voit bien que tu ne connais pas aussi bien Pierre-Thomas que moi. Parvenir à lui faire retarder le mariage de sa fille tiendra de l'exploit. S'il faut en plus qu'il y ait un changement de prétendant, alors cela compliquera drôlement l'affaire. En tout cas, j'espère que tu te trompes.

— Tu verras bien.

— Ah oui, je voulais te parler d'autre chose. Maman m'a donné une partie de la seigneurie, étais-tu au courant?

— Non, mais je suis bien contente pour toi.

— Tu n'es pas jalouse?

— Pourquoi le serais-je? Ce n'est pas moi qui ai travaillé aussi fort pendant toutes ces années, c'est toi. Je trouve cela tout à fait normal. S'il y a quelqu'un qui le mérite, c'est bien toi.

— Mais je ne sais pas trop quoi faire. Je me demande même si je vais annoncer la nouvelle à Pierre-Thomas.

— Tu as tout ton temps. Maman n'est pas morte et je ne crois pas que tu aies envie de retourner vivre à Verchères. Tu pourras vendre ta part à ceux qui prendront la relève. Quant à Pierre-Thomas, tu le connais mieux que moi. Mais si tu veux mon avis, il n'est peut-être pas nécessaire que tu le mettes au courant.

Les garçons étaient très contents de revoir leur mère et elle aussi. C'était la première fois qu'elle laissait Jean Baptiste Léon aussi longtemps. À l'arrivée de Magdelon, il était déjà au lit, mais elle n'a pas pu s'empêcher d'aller l'embrasser. Elle avait à peine posé les lèvres sur son front qu'il a ouvert les yeux et lui a tendu les bras en souriant. Il s'est alors collé sur elle et est resté ainsi sans bouger jusqu'à ce qu'elle le dépose dans sa couchette. Elle est ensuite allée embrasser Louis Joseph. Il ne dormait pas encore. Quand il a vu sa mère, il s'est jeté dans ses bras et s'est mis à pleurer:

— Je pensais que vous étiez partie pour toujours.

— Voyons donc, tu sais bien que je ne ferais jamais cela. J'étais allée voir grand-maman Marie et tante Marie-Jeanne.

— Est-ce que je vais pouvoir y aller avec vous la prochaine fois ? Je suis grand maintenant !

— On verra ! Dors tranquille, je suis là. Demain, si tu veux, on ira pique-niquer sur le bord de la rivière.

* * *

La vie reprend vite son cours. Les colons sont sur le point de commencer les récoltes. Le soleil est radieux, et même un peu trop chaud d'après Magdelon qui ne supporte pas plus la chaleur intense que le froid mordant. Quand elle finit sa journée, elle est épuisée. Elle a les cheveux collés au visage et n'a qu'une hâte : aller se rafraîchir à la rivière avec les enfants. Elle a même réussi au fil des ans à entraîner quelques colons et leur famille. La baignade de fin de journée est devenue une sorte de rituel où tous se retrouvent et laissent sortir la fatigue de la journée dans l'eau fraîche du cours d'eau. Les enfants s'en donnent à cœur joie et prennent plaisir à arroser leurs parents. Magdelon ne comprend pas ceux qui se privent de ce moment pourtant si simple mais combien bienfaisant. Mais à Sainte-Anne comme dans bien des seigneuries de la Nouvelle-France, plusieurs croient encore que la crasse les protège, alors que chez les de Verchères il en est tout autrement. Pour eux, un peu d'eau n'a jamais tué personne, bien au contraire. La baignade terminée, tous rentrent chez eux le sourire aux lèvres.

La période des récoltes est une période très prenante pour tout le monde. Les colons se lèvent avant le coq et travaillent sans relâche jusqu'au soir, prenant à peine le temps de manger. Magdelon coordonne tous les travaux du moulin. Cette année encore, Thomas est venu prêter main-forte au meunier, ce qui facilite la corvée. Le meunier est à la hauteur, mais la seigneurie ne cesse de s'agrandir, alors cela fait toujours plus de grains à moudre. Si on ne veut pas que les colons aillent faire moudre leurs grains ailleurs, il faut être vigilant et efficace. Là-dessus,

Magdelon se fait un point d'honneur de moudre dans un délai raisonnable tous les grains récoltés à la seigneurie. Elle a compris depuis longtemps que c'est de cette activité que provient la base des revenus du domaine. Elle a aussi compris que c'est une manière sûre d'éviter les affrontements avec Pierre-Thomas.

Quand le seigneur se pointe enfin à son manoir, il n'est pas à prendre avec des pincettes. Il a les traits tirés et la chaleur intense l'incommode comme chaque été. Peu de temps après son retour, il demande à Magdelon où est Marguerite.

— Je voulais justement vous en parler. Notre fille est restée à Verchères.

Pierre-Thomas explose :

— À quoi avez-vous pensé ? hurle-t-il. Ne vous ai-je pas dit que je voulais la marier ? Je vais aller la chercher de ce pas. Sa place est ici et pas ailleurs. J'ai tout organisé.

— Vous n'irez nulle part ! s'écrie Magdelon d'un ton qui ne tolère aucune réplique. Assoyez-vous. Marguerite était traumatisée à l'idée de se marier et elle a demandé à ma mère de la garder un moment avec elle. Je vous rappelle qu'elle n'a que quatorze ans. C'est facile pour vous, vous dictez des ordres et vous partez alors que moi je reste aux prises avec les conséquences de vos décisions. J'en ai plus qu'assez. Cette fois, vous allez m'écouter. Vous retarderez ce mariage tant qu'elle n'aura pas fêté ses seize ans. M'avez-vous bien comprise ?

— Vous n'y pensez pas ! Tout est déjà organisé avec le père de son futur mari. On voit bien que vous ne connaissez rien aux affaires. Je me suis engagé et je ne peux absolument pas revenir en arrière. C'est mon honneur qui est en jeu et je ne vous laisserai pas l'entacher.

— Eh bien, cette fois vous n'avez pas le choix. Il n'est pas question que je vous laisse briser la vie de notre fille pour une histoire d'argent. Vous n'en manquez pas, à ce que je sache. D'accord pour la marier à l'homme de votre choix, ce ne sera pas la première fille à qui cela arrivera, mais pas à l'âge qu'elle a. Les choses se passeront à ma manière et pas autrement.

— C'est ce que nous verrons… siffle Pierre-Thomas entre ses dents.

— Attendez, je n'ai pas terminé. Je dois aller à Québec pour affaires après les récoltes.

— Allez où vous voulez, mais sans moi.

Sur ces mots, Pierre-Thomas sort de la pièce et fait claquer la porte. Magdelon sourit. Elle est plutôt fière d'elle. Même s'il a menacé d'aller chercher Marguerite, elle sait pertinemment qu'il n'en fera rien. Elle a gagné cette manche… mais pas la partie.

Cette fois encore, Pierre-Thomas ne traîne pas longtemps au manoir, mais il trouve quand même le moyen de faire enrager ses colons. Le jour suivant son départ, ces derniers défilent tous dans le bureau de Magdelon pour se plaindre du seigneur. Celle-ci les écoute patiemment et leur sert un petit verre d'alcool pour les réconforter avant de les laisser repartir. C'est la seule façon qu'elle a trouvée pour faire baisser la pression une fois que son cher mari a encore tout fait pour les prendre en défaut au lieu de les féliciter de leur excellent travail. « C'est lamentable de voir que Pierre-Thomas n'a pas encore compris que, sans ses colons, il n'y a pas de seigneurie. Parviendra-t-il à les respecter un jour ? J'en doute. »

* * *

Un soir, alors qu'elle vient tout juste de s'asseoir, quelqu'un frappe à la porte.

— Venez vite, madame Magdelon, mon père s'est fait mordre par un chien enragé.

— Attends, je prends ma trousse et je te suis.

Lorsqu'ils arrivent chez Mathurin, celui-ci se tord de douleur. L'animal l'a mordu si fort qu'il est parti avec une partie de la chair de la cuisse gauche du colon. L'homme a perdu beaucoup de sang et il est fiévreux.

— Que s'est-il passé ? demande Magdelon à la femme de Mathurin.

— Il était allé se promener en forêt et un chien a sauté sur lui. Il s'est traîné jusqu'ici comme il a pu. C'est notre fils qui l'a trouvé par terre à l'entrée du bois. C'est peut-être un loup…

— Non, les loups ne sautent pas sur les humains.

Magdelon fait son possible pour garder son sang-froid, mais il ne lui est pas arrivé souvent de voir une aussi mauvaise blessure. Elle réfléchit à ce qu'elle pourrait faire pour soulager le blessé. Aux grands maux, les grands moyens : elle sort une bouteille d'alcool de sa trousse et en donne à Mathurin en lui recommandant de boire jusqu'à ce qu'il ne puisse plus avaler une seule goutte. De cette façon, il finira par moins sentir la douleur qui doit être insoutenable. Elle nettoie la plaie du mieux qu'elle peut et tente de rapprocher les chairs avant d'étendre une pommade qui favorisera la cicatrisation – du moins elle l'espère.

— C'est tout ce que je peux faire pour le moment, annonce-t-elle à la femme de Mathurin. Votre mari devrait dormir un bon moment. S'il se réveille, faites-lui boire une tisane de ces herbes. Cela aidera à faire baisser la fièvre. Je repasserai le voir demain matin.

Lorsque Magdelon revient au manoir, tout le monde dort depuis longtemps. Elle se sert un grand verre d'alcool et s'assoit au salon. C'est plus fort qu'elle, elle ne peut pas aller se coucher sans reprendre son souffle, sans se reposer comme elle disait à sa mère chaque fois que celle-ci lui conseillait d'aller se coucher.

Chapitre 12

— Vous m'avez bien comprise ? demande Magdelon à Louise. Vous direz à Monsieur que je suis partie à Québec pour quelques jours. Il n'a pas besoin d'en savoir davantage, c'est d'accord ?

— Je ne veux pas vous manquer de respect, mais je ne pourrais pas lui en apprendre plus, car c'est tout ce que je sais.

— Je vous ai laissé un paquet d'herbes pour Mathurin, au cas où il n'irait pas mieux.

Magdelon ajoute, pour rassurer Louise :

— Tout devrait bien se passer pour lui. Quand je suis allée le visiter hier, il avait meilleure mine. Quant à sa plaie, c'est une autre histoire. En tout cas, j'espère que l'infection ne se mettra pas de la partie. Une dernière chose : essayez de m'attendre pour accoucher !

— Je vais faire mon possible, vous le savez bien. Mais j'ai vu la dernière fois que ce n'est pas moi qui décide. Allez, partez en paix, je m'occupe de tout.

— Je ne sais vraiment pas ce que je ferais si je ne vous avais pas. Merci d'être là, Louise. Vous saluerez les enfants pour moi.

* * *

Confortablement installée dans le canot avec Antoine et Catherine, Magdelon est heureuse. Malgré la raison qui l'amène à Québec, elle a bien l'intention de profiter de chaque instant. De ses rames, Antoine fend l'eau d'un geste sûr. Ce simple mouvement l'émeut. Depuis qu'elle a fait sa connaissance, c'est un plaisir renouvelé chaque fois qu'elle le voit. Bien sûr, elle ne saura jamais ce qu'aurait été sa vie si elle s'était mariée avec lui, mais elle peut tout de même penser sans grande chance de se tromper qu'elle aurait été belle et remplie de petits plaisirs. Avec Antoine, tout est si simple. Le moindre événement devient une fête. Cueillir des petits fruits, pêcher, chasser, fumer la truite, se balader en forêt sont autant de choses qu'elle aime faire avec lui. Unir son corps au sien, sentir la chaleur de sa main, l'embrasser tantôt fougueusement, tantôt tendrement, sont autant de gestes qui la font frémir rien qu'à y penser.

Elle vivrait sûrement plus modestement. Avec Antoine, pas de manoir, pas de serviteurs, pas d'esclaves non plus, mais une charmante petite maison de bois rond ou de pierres des champs avec le strict minimum, une maison qu'ils auraient construite de leurs mains. Ils auraient une ribambelle d'enfants qui adoreraient leur père, il ne pourrait en être autrement. Tout le monde aime Antoine, même si tous savent très bien qu'il va et vient librement autant chez les Indiens que chez les Blancs. C'est un homme tellement intègre. Lui et Magdelon chasseraient ensemble, le plus souvent possible. Ils vendraient leurs fourrures pour acheter ce que la forêt ne peut pas fournir. Ils riraient ensemble. Ils auraient des projets. Chaque jour de leur vie, ils seraient heureux.

Mais tout cela n'est que pure fiction. La réalité de Magdelon est tout autre. Au lieu d'une vie tranquille et heureuse avec un homme qu'elle aime, elle partage ses jours depuis plus de quinze ans avec un homme froid et austère, un homme qui se fout éperdument de son bonheur à elle. Pierre-Thomas est de loin l'être le plus égoïste qu'il lui a été donné de connaître, et il a fallu qu'elle le marie. Elle l'a choisi, c'est vrai. Personne ne l'a obligée à dire « oui », mais il y a des moments où elle voudrait bien pouvoir revenir en arrière et faire un autre choix.

— Magdelon, es-tu sourde ? lance Catherine. Cela fait deux fois que je te pose la même question.

— Excuse-moi, marmonne l'interpellée, j'étais ailleurs.

— J'ai bien vu cela. En tout cas, au temps que cela t'a pris pour me répondre, tu devais être à des lieues d'ici. Alors, je répète ma question une troisième fois : Qu'est-ce qu'on va dire au meurtrier de Tala et d'Alexandre ?

— Je n'en sais toujours rien, avoue Magdelon en haussant les épaules. J'espère seulement que les mots me viendront quand il sera en face de moi.

— Mais on ne peut pas se présenter devant lui sans avoir rien planifié ! Il ne faut pas prendre les choses à la légère. Je n'ai aucune envie de me retrouver en prison pour le reste de mes jours parce que nous nous serons mal préparées pour cette rencontre.

— Rassure-toi, tu n'as rien à craindre. C'est Antoine et moi qui irons le voir.

— Non, il n'est pas question que tu y ailles sans moi. Je ne veux pas avoir fait tout ce chemin pour rien. Je te signale que nous avons découvert Tala et Alexandre ensemble, toutes les deux. Et moi aussi, j'ai besoin de voir le meurtrier en face. Ce n'est qu'ainsi que je pourrai enfin vivre en paix.

Catherine éclate en sanglots. Vu l'étroitesse du canot et le danger d'y faire un mouvement brusque, tout ce que Magdelon peut faire pour l'instant est de parler à sa sœur.

— Voyons, petite sœur, ne pleure pas ! Si tu y tiens tant, tu viendras avec moi. Si je voulais y aller seule, c'était pour te protéger, mais je comprends. Moi aussi, j'ai besoin de voir le visage du meurtrier, de le regarder dans les yeux et de chercher à y voir ne serait-ce que l'ombre d'un remords pour les crimes qu'il a commis. Finalement, je sais ce que je vais lui dire. Je vais d'abord lui raconter l'histoire de Tala, son viol, sa souffrance. Puis je lui parlerai d'Alexandre, de son amour pour elle, et aussi de la rencontre de Tala avec celui qui l'a violée, insultée. Je lui demanderai ensuite de me révéler pour le compte de qui il a fait ce sale boulot. Enfin, je lui cracherai que je n'aurai pas assez de ma vie pour le haïr.

— Cela me rassure parce que je ne voudrais pas que tu poses un geste que tu regretterais. J'ai besoin de toi. J'ai besoin de savoir que je pourrai toujours compter sur toi.

— Ne t'inquiète pas pour moi. Trop de personnes comptent sur moi pour que je fasse une bêtise. Après toutes ces années, ma colère envers le meurtrier a diminué, mais pas ma haine. Par contre, elle, je peux la vivre tranquillement jusqu'à la fin de mes jours. Et n'oublie pas, Antoine viendra avec nous.

— J'y compte bien, intervient celui-ci. Jamais je ne vous laisserais y aller seules. Regardez sur votre droite, s'écrie-t-il soudainement, il y a un faucon. Le voyez-vous ?

— Oui, je le vois ! s'exclame Catherine.

— Moi aussi ! dit Magdelon. Le fleuve est magnifique aujourd'hui. Il est si calme qu'on dirait que toutes les vagues l'ont fui.

— Rassurez-vous, elles ne sont pas loin. Il est rare que je le voie ainsi. Vous devez me porter chance.

À l'arrivée au quai de Québec, Magdelon prend les choses en main.

— Suivez-moi ! Je ne sais pas si vous êtes comme moi, mais je mangerais bien quelques pâtisseries.

Catherine taquine sa sœur :

— Comme celles de la boulangerie où Michel travaille, par exemple ?

— À bien y penser, c'est une excellente idée. Je suis certaine qu'il sera très content de nous voir. Il y a une petite auberge juste à côté, nous pourrions réserver deux chambres. C'est en plein cœur de Québec.

— Nous te suivons, lance Catherine. Moi, je suis affamée. Et vous, Antoine ?

— Un peu, oui.

Quelques minutes plus tard, ils sont devant la boulangerie. Sans prendre le temps de reprendre son souffle, Magdelon ouvre la porte et tombe nez à nez avec Pierre-Thomas. L'espace de quelques secondes, elle fige sur place.

— Mais avance, Magdelon ! commande Catherine. J'ai failli te rentrer dedans. Euh… Pierre-Thomas ? Que faites-vous ici ?

— C'est plutôt à moi de vous le demander. Vous n'êtes pas sans savoir que je fournis cette boulangerie en farine depuis des années ?

— Oh, j'avais oublié… répond nerveusement Catherine. Vous connaissez Antoine ?

— Bien sûr. Qui ne le connaît pas ?

Puis Pierre-Thomas se tourne vers Magdelon :

— Que faites-vous ici ?

— Je vous avais dit que je devais venir à Québec pour affaires. Eh bien, me voilà !

— Cela ne m'explique pas la raison de votre présence ici.

— Cela ne vous regarde pas. Retournez à vos affaires et laissez-moi faire les miennes.

Avant de sortir, Pierre-Thomas s'adresse à Antoine :

— Si elles sont venues ici pour ce que je pense, alors veillez sur elles. Ne les lâchez pas d'une semelle. Je compte sur vous.

— Vous pouvez compter sur moi, répond Antoine.

Une fois Pierre-Thomas sorti de la boulangerie, le trio s'avance jusqu'au comptoir pour commander.

— Tu m'as bien dit que c'est ici que Michel travaille? s'enquiert Catherine auprès de sa sœur.

— Oui. Attends, je sonne pour qu'on vienne nous servir et je m'informe.

Un vieil homme pousse le rideau de l'arrière-boutique et s'avance jusqu'au comptoir.

— Bonjour, mesdames, monsieur! Que puis-je vous servir?

— D'abord, nous aimerions voir Michel, répond Magdelon.

— Mais Michel ne travaille plus ici depuis un bon moment. Il a ouvert sa propre boulangerie à quelques rues d'ici.

— Où exactement? demande Magdelon.

— Vous prenez à droite en sortant d'ici, puis vous tournez à gauche à la deuxième rue. Vous trouverez facilement. La boulangerie de Michel s'appelle «Le pain béni».

— Merci, monsieur, salue Magdelon en entraînant Catherine et Antoine à sa suite.

Une fois dans la rue, la moutarde monte au nez de Magdelon. Elle est furieuse contre Pierre-Thomas. Il aurait au moins pu lui dire que Michel avait maintenant sa propre boulangerie.

— Il ne changera donc jamais, siffle-t-elle entre ses dents.

— De qui parles-tu? veut savoir Catherine.

— De qui d'autre veux-tu que je parle sinon de mon adorable mari? Pas plus tard que la dernière fois qu'il est revenu de Québec, je lui ai demandé des nouvelles de Michel comme je le fais chaque fois. Et lui, tout innocemment, il m'a répondu qu'il allait bien. Pas de danger qu'il m'apprenne que Michel possédait sa propre boulangerie. Non, après tout, c'est une nouvelle tellement banale. Et je ne suis que sa femme, pourquoi me tiendrait-il au courant de ces choses-là ?

— Arrête ! Tu perds ton temps à te mettre en colère comme cela. Tu ferais mieux d'en rire. Viens, ajoute Catherine en prenant sa sœur par le bras, allons voir Michel. Je suis encore plus affamée que lorsqu'on est débarqués.

Lorsqu'ils arrivent devant la boulangerie de Michel, ils prennent quelques secondes pour admirer la façade. C'est de loin la plus belle bâtisse de la rue.

— Entrons, dit Magdelon.

Dès qu'elle ouvre la porte, Magdelon aperçoit Michel derrière le comptoir. Il a la tête baissée.

— Vendez-vous des pâtisseries ici ? lance-t-elle sans prendre le temps de le saluer.

— Madame de la Pérade, je ne rêve pas, c'est bien vous ? s'écrie Michel. Avec madame Catherine ? Quel bon vent vous amène toutes les deux ? Je suis si content de vous voir. Venez, installez-vous, je vais vous apporter mes meilleures pâtisseries.

— Pas trop de sucreries pour moi, demande Antoine. J'aimerais mieux un quignon de pain avec du jambon ou du fromage si cela est possible.

— Au fait, Michel, je vous présente Antoine, un ami de la famille, dit Magdelon.

— Tout le plaisir est pour moi, monsieur. Et vous, mesdames, que prendrez-vous ?

— Ce que vous avez de meilleur et de plus sucré, répondent-elles en chœur avant d'éclater de rire.

Quand Michel revient, il dépose devant les deux femmes un plein plateau de petites pâtisseries, et un bon morceau de pain fourré au jambon et au fromage devant Antoine.

— Racontez-moi tout, dit Magdelon au boulanger. Si j'ai bien compris, vous êtes propriétaire de ce commerce. Vous auriez dû m'écrire pour m'annoncer la bonne nouvelle.

— Désolé, mais je n'ai pas eu beaucoup de temps à moi ces derniers mois. Laissez-moi vous expliquer. En fait, ce n'est pas tout à fait juste de dire que je suis propriétaire de la boulangerie. Disons plutôt que je suis associé avec votre mari et un commerçant de Québec avec qui il travaille de plus en plus.

— Il n'aurait pas un fils à marier, par hasard, ce commerçant ? demande Magdelon d'un ton un tantinet sarcastique.

— Je crois bien qu'il en a un en âge de se marier, mais je ne le connais pas.

— Ils sont justes avec vous au moins, vos associés ? veut s'assurer Magdelon.

— Oui, et bien plus que je ne pouvais l'espérer. En tout cas, pour l'instant, les choses se passent très bien entre nous, et je suis très satisfait. Je fais ce que j'aime et j'ai carte blanche pour développer la boulangerie. Tant qu'elle rapporte, ils me laissent aller. Vous n'avez pas idée à quel point les affaires se développent à Québec. La population grossit jour après jour. J'adore cette ville. Ah ! mais n'allez pas croire que je n'aimais pas Sainte-Anne. Cependant, la ville, c'est différent, vous comprenez.

— Vous n'avez pas à vous justifier. En autant que vous êtes heureux, c'est tout ce que je souhaite pour vous.

— Vous êtes vraiment une femme extraordinaire. Chaque soir, je remercie le ciel de vous avoir mis sur ma route. Sans vous, je ne sais pas ce que je serais devenu. Il m'arrive de penser que j'aurais fini par baisser les bras à force de vivre échec après échec.

— Oubliez le passé et pensez à l'avenir, cela vaut mieux. En tout cas, je suis très fière de vous.

— Avant de vous demander des nouvelles de tout le monde à la seigneurie, j'aimerais savoir comment vous allez, madame Catherine… Il y a si longtemps que je ne vous ai vue.

Avant même d'ouvrir la bouche pour répondre à Michel, Catherine est rouge jusqu'à la racine des cheveux. Elle n'ignore pas qu'il en pinçait pour elle lorsqu'il travaillait au manoir. Et si Charles n'avait pas partagé ses sentiments, elle n'aurait pas été malheureuse de vivre avec Michel, mais pas à Québec. Elle est vraiment une fille de la campagne, pas du tout une fille de la ville. Elle aime bien y venir quelques jours à l'occasion, mais sans plus. Elle a besoin du grand air pour être bien, de grands espaces autour d'elle. Et par-dessus tout, elle a besoin de l'environnement varié que seule la campagne peut offrir : la forêt, l'eau, la terre, les grands espaces…

Après que Catherine a répondu à Michel, Magdelon reprend, en souriant :

— Vous savez tout maintenant, Michel. Connaissez-vous une petite auberge où nous pourrions réserver deux chambres pour au moins deux nuits ?

— J'ai bien mieux que cela. Vous n'avez qu'à venir dormir chez moi. J'ai un deux pièces au-dessus de la boulangerie. Cela me ferait réellement plaisir de vous y accueillir.

Ce n'est pas exactement ce que Magdelon avait prévu. Elle pensait plutôt partager sa couche avec Antoine pendant que Catherine dormirait dans l'autre chambre. Elle doit trouver un moyen de sortir de cette impasse.

— Une autre fois peut-être, c'est très gentil à vous. Nous risquons d'aller et venir à de drôles d'heures. Je préfère que vous nous indiquiez l'adresse d'une auberge.

— Comme vous voulez, dit Michel. Je peux vous en recommander deux.

— Pas la même que celle où Pierre-Thomas descend, je vous en prie.

— Pas de crainte, il a son pied-à-terre depuis longtemps. Désolé, je n'aurais pas dû vous dire cela… Alors, il y a une auberge juste de l'autre côté de la rue. Il paraît qu'elle est très bien. On y sert le repas du soir. Et l'autre est au bout de la rue. Elle me semble fort convenable elle aussi. Mais au moins, promettez-moi de venir prendre votre petit-déjeuner et votre repas du midi avec moi.

— C'est promis, confirme Catherine, et ce sera avec grand plaisir.

Une fois dans la rue, les trois complices décident d'un commun accord d'aller voir l'auberge d'en face. Après avoir visité les chambres, ils en réservent deux. Pendant que les femmes se reposeront un moment, Antoine ira à la recherche du meurtrier.

Avant de partir, il lance à la rigolade :

— N'oubliez pas, je dois veiller sur vous. Alors ne me faites pas regretter de vous avoir laissées seules un moment.

— Allez en paix, dit Magdelon. Je sais très bien me défendre et je défendrai Catherine par la même occasion.

À son retour, Antoine apprend à ses compagnes qu'il a déjà repéré l'homme en question. Il propose à Magdelon et à Catherine d'aller le rencontrer le lendemain.

— Avez-vous pensé à un endroit particulier ? s'informe Magdelon.

— Je lui ai donné rendez-vous au port à midi. Il vaut mieux qu'on lui parle en pleine rue plutôt que dans un petit coin noir.

— Vous avez probablement raison, admet Catherine.

— Je vous rappelle que nous ne devons avoir aucune arme sur nous, dit Antoine. De cette manière, nous éviterons les embêtements.

— Comment l'avez-vous convaincu de se présenter au rendez-vous ? interroge Magdelon.

— Je lui ai dit que j'avais un petit travail à lui confier. C'est le genre d'homme à qui je ne donnerais pas le bon Dieu sans confession. Il m'a semblé être un homme prêt à tout faire pour de l'argent. Mais je peux me tromper. Vous et votre sœur verrez par vous-mêmes demain.

— Si on allait manger ? propose Catherine. On pourrait aussi faire une promenade dans les rues. Je dois avouer que je préfère largement Québec à Montréal. Pourtant, j'y suis venue bien moins souvent, mais cette ville ressemble à un grand village. Je m'y sens plus en sécurité qu'à Montréal. On pourrait aussi faire un petit saut dans les magasins, qu'en pensez-vous ?

Lorsqu'ils reviennent à l'auberge, les rues sont pratiquement désertes. Ils montent à l'étage et, mine de rien, Magdelon fait un petit signe de tête à Catherine et tire sur le bras d'Antoine pour l'entraîner avec elle dans une des chambres. La seconde d'après, Catherine entre dans l'autre chambre et ferme sa porte à clé.

Au matin, Catherine a l'air bien plus reposée que Magdelon et Antoine… Tous trois vont prendre leur petit-déjeuner à la boulangerie de Michel. Les gens font la file pour acheter du pain. Magdelon et ses deux compagnons se fraient un passage jusqu'à la porte et vont s'asseoir au fond du magasin. Michel les salue et vient leur porter un pot de café brûlant. L'activité qui règne dans la boulangerie occupe le trio et leur évite de penser à la rencontre à venir. Magdelon et Catherine n'en diront rien, mais elles sont nerveuses. Elles ont beau avoir décidé de la marche à suivre, elles ne savent rien de l'homme qui a tué Tala et Alexandre, sauf ce qu'Antoine leur en a dit hier. Catherine se demande ce qu'elle fait là alors que Magdelon se répète qu'il faudra qu'elle se contrôle pour ne pas sauter à la gorge de l'assassin. Quant à Antoine, il fait office d'ange gardien. Pour tout l'or du monde, il ne voudrait pas qu'on fasse du mal à sa Magdelon.

À onze heures trente, ils prennent le chemin du port. Il y a foule à cette heure.

— Suivez-moi, déclare Antoine. Je lui ai donné rendez-vous près de la petite église.

Sans un mot, les deux femmes obtempèrent. Une fois sur place, elles s'appuient au mur de l'église et tournent nerveusement les cordons de leur chapeau entre leurs doigts. Heureusement, l'homme ne les fait pas attendre. À midi pile, il se pointe devant Antoine.

— Me voilà, lance-t-il sans aucune manière. Parlez-moi de votre petit travail, je n'ai pas beaucoup de temps.

— Avant, vous allez écouter ces deux dames. Rassurez-vous, cela ne prendra que quelques minutes.

L'homme fait un pas en arrière, se préparant à s'enfuir. Antoine l'attrape par le bras et lui dit :

— Je vous conseille fortement de les écouter.

Magdelon prend une grande respiration, regarde l'homme droit dans les yeux pendant quelques secondes et commence à parler. Au début, sa voix se brise, mais plus elle parle, plus elle prend de l'assurance. Catherine reste en retrait. Elle tremble de tout son corps et tente d'imprimer dans sa mémoire chacun des traits de celui qui a tué son frère et Tala. L'homme écoute Magdelon sans l'interrompre une seule fois.

— Pour finir, je veux savoir pour le compte de qui vous avez tué mon frère et sa femme. Après, vous n'entendrez plus jamais parler de nous. Tout ce que j'emporterai de vous, c'est votre visage. Je pourrai ainsi vous haïr jusqu'à la fin de ma vie pour m'avoir pris deux êtres à qui je tenais comme à la prunelle de mes yeux. Parlez ! Qui a commandé les meurtres ?

Avant de répondre, l'homme tourne la tête de côté et inspire fortement. Il regarde ensuite Catherine et Magdelon tour à tour.

— N'allez jamais rapporter aux autorités ce que je vous raconterai parce que je nierai tout, jusqu'au dernier mot. D'abord, je suis désolé. Je ne connaissais pas votre frère ni sa femme. Le jour où je les ai tués, c'était la première fois que je les voyais. Tout ce qu'on m'avait dit, c'est que la femme avait tué un soldat, mais je ne connaissais pas les conditions dans lesquelles elle l'avait fait. J'aurais agi comme elle.

L'homme s'interrompt quelques instants avant de poursuivre :

— C'est la marine qui m'a passé la commande. C'est tout ce que je sais, je vous le jure. Je peux y aller maintenant ?

— Allez-y, dit Antoine. C'est tout ce que nous voulions savoir.

Après le départ de l'homme, Antoine agrippe les deux sœurs par le bras et les emmène prendre un verre à la première taverne qui se présente. Elles sont défaites. Antoine commande à boire. Il a déjà pris une bonne ration d'alcool quand Catherine interroge sa sœur :

— Tu crois que Pierre-Thomas est mêlé à l'histoire ?

— Je n'en sais rien. Mais je finirai bien par le savoir, crois-moi.

Ce soir-là, Catherine pleure sur l'épaule de sa sœur une bonne partie de la nuit alors que Magdelon lui caresse les cheveux. Elle aussi, elle a le cœur en miettes. On dirait que quelqu'un presse sa poitrine depuis qu'elle a parlé au meurtrier de son frère et de Tala. Elle sait déjà que ce malaise ne la quittera plus.

Chapitre 13

— Ils n'ont pas cessé de traquer les loups depuis que Mathurin nous a quittés, s'indigne Magdelon. J'ai beau leur répéter que l'homme n'a pas été mordu par un loup mais bien par un chien enragé, rien n'y fait. S'ils continuent de cette façon, il n'y aura plus un seul loup dans toute la Nouvelle-France. Il va pourtant falloir qu'ils arrêtent de croire à toutes ces bêtises.

— Tu es bien sévère envers eux, dit Catherine. Comment peux-tu être certaine que c'est un chien enragé qui a mordu Mathurin et non un loup?

— Parce que l'humain n'est pas une proie pour un loup. Il y a plus pour lui dans la forêt qu'il ne pourra jamais en manger.

— Comment tu le sais?

— C'est papa qui me l'a appris. Quand j'étais toute petite, j'avais peur des loups-garous comme la majorité des gens. Un jour que je suis allée en forêt avec lui, je lui en ai parlé. Il s'est assis avec moi sur un tronc d'arbre et il m'a raconté tout ce qu'il savait sur les loups. Savais-tu que c'était son animal préféré?

— Non!

— Quand tu iras à Verchères, demande à maman de te sortir les livres de papa. Tu verras, plusieurs parlent des loups. Il y a même des dessins. C'est comme les loups-garous, cela existe juste dans les livres d'histoires. À force de suspendre la peau des loups qu'ils tuent à leur porte, les colons ne pourront même plus entrer dans leur maison. Sans compter que c'est déprimant à voir. Ils ont le don d'alimenter leurs peurs.

— Ne m'en parle pas, j'ai la chair de poule chaque fois que j'entre ou que je sors de chez nous. Tu pourrais glisser quelques mots à Charles ? Je n'en peux plus de le voir revenir jour après jour avec de nouvelles peaux. J'ai parfois l'impression que les colons participent tous à un concours, à savoir qui en accrochera le plus à sa porte.

— S'il veut m'écouter, ce sera avec grand plaisir. Maintenant, il faut que je te parle de quelque chose. J'ai besoin d'aide au manoir. Depuis que Louise a accouché de ses jumeaux, elle a beau vouloir m'aider, mais elle et Jacques ne peuvent pas tout faire, et moi non plus d'ailleurs. Je t'avoue que je commence à être essoufflée. Si cela continue, je n'aurai même plus le temps de dormir.

— En as-tu parlé à Pierre-Thomas ?

— Pour qu'il me ramène une esclave ? Plutôt mourir à la tâche que lui faire ce plaisir. Non, il vaut mieux que je me débrouille toute seule. Mais si tu pouvais me donner un coup de main, ce ne serait pas de refus.

Catherine réfléchit avant de répondre.

— J'ai peut-être une idée. Tu pourrais demander à Lucie de t'envoyer Marie-Anne. Mais je t'avertis, celle-ci n'est pas de tout repos ces temps-ci. Tu ferais ainsi d'une pierre deux coups. Tu réglerais ton problème et tu ferais une bonne action en éloignant Marie-Anne de la maison.

— Tu n'es pas gênée de vouloir te débarrasser de ta belle-sœur !

— C'est pour te rendre service ! Blague à part, Marie-Anne est très vaillante. Et je crois savoir qu'elle a toujours envié un peu Marguerite de vivre au manoir.

— J'irai voir Lucie cet après-midi. Autre chose, j'ai reçu une lettre de Marguerite.

— Elle ne s'ennuie pas trop au moins ?

— Pas assez à mon goût. Tiens, lis la lettre.

Ma chère maman,

J'espère que vous allez bien et tout le reste de la famille aussi. Moi, je me plais beaucoup à Verchères. J'ai enfin l'occasion de mieux connaître ma famille. Tous sont adorables. La semaine dernière, je suis retournée à Montréal avec tante Marie-Jeanne et son mari. Nous avons dormi dans une auberge près de l'hôpital. Nous sommes allés voir les Marie et Geneviève. La sœur supérieure nous a dit que c'était la dernière fois que nous pouvions rendre visite à Geneviève parce que le lendemain elle prononçait ses vœux. Moi, je ne comprends pas qu'on empêche les gens de voir ceux qu'ils aiment. Nous avons aussi rendu visite à l'ami Louis de grand-mère. Elle nous avait demandé d'aller lui porter un colis.

Attendez de savoir la meilleure. Zacharie, le petit-fils de Louis, était là. Nous avons discuté ensemble lui et moi. Je ne sais pas ce qui m'arrive, mais quand je suis avec lui j'ai des papillons dans l'estomac et des sueurs froides sur le front. Croyez-vous que c'est ce qui se passe entre tante Catherine et Charles ? Si c'est cela, alors je dois bien avouer que c'est très agréable. J'ai l'intention d'en glisser un mot à grand-mère et à tante Marie-Jeanne.

J'ai appris des tas de choses avec grand-mère. Vous ne le croirez pas, mais je sais cuisiner maintenant. Aux dires de grand-mère, je m'en tire très bien. Elle a même ajouté en riant que je faisais de bien meilleures brioches que vous. Mais comme je n'ai jamais goûté aux vôtres, il m'est difficile de juger. Ah oui, je suis allée me balader en forêt avec oncle François et sa fiancée à quelques reprises. La première fois, je tremblais de tout mon corps et je surveillais chaque arbre pour m'assurer qu'aucun Indien ne se cachait derrière. Je suis très contente d'avoir vaincu ma peur. J'ai demandé à oncle François de m'emmener chasser avec lui. Pour finir, tous les soirs, je joue aux cartes avec vos frères et sœurs. Je n'ai pas gagné une seule fois à ce jour. Ils sont vraiment forts à ces jeux !

Embrassez pour moi les garçons, papa, tante Catherine et Charles… Et n'oubliez pas Louise et tous les autres.

Je ne vous remercierai jamais assez de m'avoir permis de rester à Verchères.

Votre fille qui vous aime beaucoup,

Marguerite

— Elle est vraiment mignonne. Je te l'avais dit qu'il se passait quelque chose entre elle et Zacharie. Que comptes-tu faire ?

— Pour le moment, j'aime autant ne pas y penser. Pierre-Thomas ne m'a pas encore pardonné d'avoir laissé Marguerite à Verchères, alors je me verrais très mal lui dire qu'elle est en train de tomber amoureuse. C'est au-dessus de mes forces.

— Il va pourtant falloir que tu t'y fasses. Mon petit doigt me dit que Marguerite ne reviendra pas vivre à Sainte-Anne. Montréal est aussi une très belle ville, tu ne crois pas ?

— Je te rappelle qu'avant ses vingt-cinq ans Marguerite a besoin du consentement de son père pour se marier. Retarder les plans de Pierre-Thomas, c'est une chose. Les changer totalement, c'est… comment dire… impossible.

— Arrête, il n'y a rien d'impossible pour toi. Tu trouveras bien le moyen de le faire changer d'idée le temps venu.

— Non, je te le répète, c'est au-dessus de mes forces. Tu lui parleras, toi, à Pierre-Thomas. Il t'écoute plus que moi.

— Pour défendre le bonheur de Marguerite, ce sera avec plaisir. Bon, il faut que j'y aille, Charles m'a fait promettre de l'accompagner à la chasse.

Quand elle se retrouve seule, Magdelon reste un moment à réfléchir. D'un côté, elle est très contente de tout ce qui arrive à Marguerite. En fait, elle ne pouvait espérer mieux. Sa petite fille est en train de devenir une femme. D'un autre côté, elle est aussi très déçue de voir la tournure que prend son séjour à Verchères. Même si Catherine croit que Magdelon est au-dessus de tout, elle se trompe. Juste l'idée de devoir affronter Pierre-Thomas si les choses évoluent entre Marguerite et Zacharie lui donne la chair de poule. Des mois plus tard, son cher mari la boude encore pour l'avoir obligé à reporter ses projets de mariage pour leur fille. Elle n'ose même pas imaginer ce que cela sera si elle lui demande de les oublier. Mais il y a autre chose qui la fatigue. «Comment ai-je pu ignorer ce qui se cachait chez Marguerite pendant tout ce temps ? Comment ai-je pu être une aussi mauvaise mère et ne rien voir de sa vraie nature ? » Elle a beau tourner tout cela dans sa tête, elle n'arrive pas à voir où elle a failli. Elle a l'impression d'avoir été totalement absente pour Marguerite et elle s'en veut de toutes ses forces.

Les cris de Jean Baptiste Léon la tirent brusquement de sa réflexion. Elle se lève d'un trait et se précipite vers l'escalier. Il vaut mieux qu'elle y aille si elle ne veut pas qu'il réveille les jumeaux de Louise. Ces derniers ont très mal dormi la nuit dernière et, du même coup, toute la maisonnée. Quand elle se pointe dans l'embrasure de la porte, son fils lui sourit. Il n'en faut pas plus pour la mettre dans de meilleures dispositions. Elle prend l'enfant dans ses bras et le serre contre elle. Son fils lui rend son étreinte.

— Viens dans mon bureau, mon beau garçon, tu vas travailler avec maman jusqu'à ce que Louise revienne.

Le petit garçon est heureux. Il sait que c'est un privilège de pouvoir entrer dans le bureau de sa mère, endroit habituellement interdit à ses petites jambes. Magdelon assoit Jean Baptiste Léon par terre et lui donne un livre avec des images. Il tourne les pages comme s'il savait lire. Elle l'observe, émue. Il lui arrive encore de penser qu'elle aurait passé à côté de tous les petits bonheurs que cet enfant lui apporte si Catherine ne l'avait pas obligée à poser son regard sur lui le jour suivant sa naissance. Elle ne peut pas imaginer sa vie sans la présence de sa sœur. « Je ne lui dis pas assez souvent à quel point je suis contente qu'elle fasse partie de ma vie. La prochaine fois que je la verrai, je le lui répéterai. Elle est bien plus sage que moi, ma sœur. On dirait que c'est elle, l'aînée. »

Lorsque Louise rentre du jardin, elle monte à la chambre de Jean Baptiste Léon. Comme l'enfant n'y est pas, elle part à sa recherche. Quand elle arrive devant le bureau de Magdelon et qu'elle l'entend marmonner, elle sourit. Elle pousse doucement la porte. Quand l'enfant la voit, il se colle contre sa mère.

Magdelon le regarde faire et elle rit. « Il a à peine deux ans et il sait déjà ce qu'il veut », songe-t-elle. Lorsque Louise s'accroupit pour prendre le petit, celui-ci se met à pleurer et serre sa mère encore plus fort.

— Laissez-le-moi, dit Magdelon. Il ne m'empêche pas de travailler. Il tourne les pages du livre que je lui ai donné depuis une bonne heure. S'il devient agité, je vous l'amènerai, mais pour l'instant ça va. Mais dites-moi, vos jumeaux ont beaucoup pleuré cette nuit. Rien de grave, j'espère ?…

— Je suis désolée. Cela a pris beaucoup de temps pour les rendormir. Ils ont sûrement réveillé tout le monde ! Je pense qu'ils avaient mal au ventre. Jacques et moi avions peine à les garder dans nos bras tellement ils se tordaient de douleur.

— La prochaine fois, venez me chercher, je vous donnerai quelque chose pour les calmer.

— Vous êtes trop bonne. Jamais je n'oserais aller vous déranger en pleine nuit. En tout cas, une chance que Monsieur n'était pas au manoir.

— Monsieur n'aurait pas eu le choix de supporter la situation comme nous tous.

— Depuis que mes jumeaux sont nés, chaque fois qu'ils pleurent, j'ai peur que vous nous mettiez à la porte, ma famille et moi. Et malgré tous mes efforts, je n'arrive pas à tout faire comme avant.

— Ne vous en faites pas, j'ai trouvé quelqu'un pour vous aider.

À ces mots, Louise se met à pleurer. Magdelon s'approche d'elle et la prend par les épaules.

— Regardez-moi, Louise. Tant que je vivrai, personne ici ne vous remerciera de vos services parce que vous avez des enfants. Quand j'ai accepté que vous vous mariiez avec Jacques, j'étais consciente que vous alliez fonder une famille. Écoutez-moi bien. J'ai parlé à Lucie, la femme de Thomas, et elle a accepté que Marie-Anne vienne nous aider. Celle-ci commence demain matin. Elle sera sous vos ordres ; je compte donc sur vous pour lui expliquer ce qu'il y a à faire. Ça ira maintenant ?

— Oui, souffle Louise. Sans vous, je ne sais pas ce que je deviendrais.

— Et moi, sans vous, je ne sais pas ce que je ferais, alors on est quittes. Disons qu'on a besoin l'une de l'autre. Allez, souriez. Si vous voulez, je vais vous donner un coup de main pour préparer le souper, cela me changera des chiffres.

— Je peux très bien m'en tirer toute seule, vous savez.

— Vous n'avez pas le droit de refuser mon offre !

Chapitre 14

— Maman, souffle Charles François Xavier en secouant doucement le bras de sa mère, réveillez-vous, il est l'heure !

— Déjà ? s'étonne Magdelon d'une voix rauque. Prépare ce qu'il faut, je descends dans une minute.

— Tout est prêt. Prenez votre temps, je vais vous faire du café en vous attendant.

— Merci, mon grand.

Il est très rare que Magdelon passe tout droit. En réalité, cela ne lui ressemble pas du tout. D'habitude, elle se fait un point d'honneur de ne pas faire attendre les gens. Elle a tellement travaillé ces dernières semaines, comme chaque année à cette période d'ailleurs, qu'une grande fatigue l'habite. Mais c'est la première fois qu'elle ressent une fatigue de cette ampleur. Est-ce à cause de son âge ? Elle n'est quand même pas si vieille !

L'après-récolte est toujours très astreignant pour elle. Elle doit veiller à ce que les travaux au moulin se déroulent rondement. Les colons et le meunier étant ce qu'ils sont, c'est-à-dire des gens aux intérêts tout à fait opposés, il lui arrive de devoir intervenir plusieurs fois par jour pour ajuster les humeurs de certains. D'un côté, les colons sont si pressés de connaître le résultat de leur récolte qu'ils deviennent invivables. Et le meunier, quant à lui, au lieu de les calmer, se fait un malin plaisir de les provoquer. Le seul moment où Magdelon n'a pas à intervenir au moulin, c'est lorsque Thomas va y donner un coup de main. Étant un colon lui-même, il sait comment s'y prendre avec les autres colons.

Magdelon doit également tenir les comptes bien serrés pour remettre à chacun son dû et garder ce qui revient à la seigneurie.

Là-dessus, à la moindre petite erreur, elle trouve un Pierre-Thomas intraitable sur son chemin. Et le pire, c'est qu'elle doit assigner les colons à des tâches afin qu'ils s'acquittent de leurs obligations envers ce seigneur peu accommodant qu'est son époux. Bien sûr, ce dernier lui a remis une liste, mais l'odieux lui revient. Distribuer les tâches n'est pas une chose simple. Comme chacun doit donner trois jours de travail au seigneur chaque année, Magdelon doit absolument être équitable envers tous. Au bout du compte, malgré toute l'attention qu'elle apporte à cette répartition, tous les colons sortent de son bureau en criant à l'injustice. En plus de tout ça, elle doit répondre aux cris de détresse des uns et des autres, et ce, peu importe l'heure du jour ou de la nuit. La maladie ne dort jamais, elle. Et de ce côté, les derniers jours ont été très exigeants. On croirait que les habitants de la seigneurie se sont fixé comme objectif d'essayer toutes les maladies. Elle a même dû aller deux fois au village indien pour demander à l'aïeule de l'aider. Au moins, jusqu'à maintenant, tous les malades ont survécu. Et elle doit aussi passer du temps avec ses enfants. « Heureusement, c'est ce qui me permet de tenir le coup ! » songe-t-elle souvent ces derniers temps.

Elle se brosse les cheveux rapidement, se fait un chignon, se pince les joues pour se donner des couleurs et court rejoindre Charles François Xavier à la cuisine. Cette partie de chasse lui fera le plus grand bien. Ils en profiteront pour faire un saut au village indien, car elle veut remercier l'aïeule de sa coopération. Sans elle, elle ignore comment elle y serait arrivée. Elle a beau connaître plusieurs plantes pour soigner, elle est loin de tout savoir.

— Je bois mon café en vitesse et nous partons. Es-tu certain d'avoir tout pris ?

— Ne vous inquiétez pas. Il ne nous reste plus qu'à tuer au moins deux chevreuils pour la fête des moissons.

— Tu es ambitieux, mon fils. Allons-y, nous n'avons pas une minute à perdre si nous voulons revenir les bras chargés.

— Depuis le temps que je vous accompagne à la chasse, nous ne sommes jamais revenus bredouilles, alors pourquoi aujourd'hui serait-il différent?

— Tu as bien raison.

Le seul fait de se retrouver sur son cheval redonne des forces à Magdelon. Elle adore trotter tranquillement en prenant le temps d'écouter les nombreux bruits de la forêt, et ses silences aussi. Elle a besoin de ces petites escapades comme de l'air qu'elle respire. « Je devrais me gâter bien plus souvent. Je ne me suis pas beaucoup occupée de moi ces derniers temps et j'en paie le prix. »

Derrière Magdelon, Charles François Xavier s'émerveille : il est le plus heureux des garçons. Il est si content d'aller chasser avec sa mère ; chaque fois, cela représente une sorte de récompense pour lui. À ces occasions, il a Magdelon pour lui tout seul pendant quelques petites heures. Et quand il est sur son cheval, il se sent à l'épreuve de tout. Avec sa monture, il pourrait parcourir le monde. D'ailleurs, c'est ce dont il a le plus envie depuis qu'il est tout jeune. Il aime beaucoup vivre à Sainte-Anne, mais il y a une force au-dedans de lui qui lui donne envie d'aller voir ailleurs. Ces derniers temps, son père l'a emmené à quelques reprises avec lui à Québec. Chaque fois, il lui a tenu le même discours : « Il est grand temps que tu voies comment on fait des affaires, mon fils. Un jour, tu prendras ma relève. Tu épouseras la charmante fille d'un riche commerçant de Québec. Tu en as de la chance, tu sais. » Ce n'est pas que les affaires ne l'intéressent pas, mais pas ce genre d'affaires. Il en fera mais de manière plus libre. Une chose est certaine, il ne veut pas vivre dans une grande ville comme Québec et encore moins à Montréal. Il préfère vivre en pleine nature. Une cabane en bois rond au beau milieu d'une grande forêt près de laquelle coule lentement une rivière lui suffirait amplement. Évidemment, il n'a pas encore eu le courage de parler de tout cela à son père. « Il y a bien assez de Marguerite qui l'a obligé à changer ses plans, je crois que je suis mieux d'attendre un peu avant de lui faire part de mes projets si je tiens à la vie. » Il n'a même pas soufflé mot de ses ambitions à sa mère, quoiqu'il soit certain qu'elle s'en doute. Tous deux parlent peu quand ils vont en forêt, mais elle sait pertinemment à quel point il aime aller à la chasse, à la pêche, au village indien. Depuis la mort du chef, il a beaucoup appris sur les plantes et leurs bienfaits et il adore cela. Plus il accompagne sa mère auprès des malades, plus il prend de l'assurance. Aider les gens lui apporte une grande satisfaction. Et puis, chaque fois qu'il se rend au village, il s'y sent chez lui. Comme les Indiens, il aime prendre le temps de faire les choses et de vivre simplement, au gré des saisons.

Quand ils arrivent près de la petite crique, leur endroit favori pour chasser, ils débarquent de cheval le mousquet à la main et, sans faire de bruit, prennent le sentier qui les mènera à l'eau. Une fois de plus, ils ont de la chance. Une dizaine de chevreuils s'abreuvent tranquillement. C'est tout un spectacle pour les yeux. Sans attendre, la mère et le fils se préparent à tirer. C'est en harmonie parfaite que deux balles vont toucher deux bêtes qui s'effondrent par terre la seconde d'après. Quant aux autres, elles ont fui si vite que ni Magdelon ni Charles François Xavier ne sauraient dire quelle direction elles ont prise.

Le garçon est fou de joie. Il saute sur place et s'écrie :

— Vous avez vu cela, maman ? Nous sommes les meilleurs ! Attendez de voir quand les colons sauront cela. Vous ne pouvez pas savoir à quel point je suis heureux.

— J'en ai une petite idée quand même ! se moque gentiment Magdelon en souriant. Il faudrait être aveugle pour ne pas voir comme tu es content. Tu es vraiment un excellent chasseur, je suis très fière de toi.

— Merci ! Si on allait saigner les bêtes maintenant ?

— Tu en prends une et je prends l'autre, cela te va ?

— Allons-y! Si on ne revient pas trop tard au manoir, nous pourrions aller chasser les oies. J'en ai vu des milliers dans les champs sur le bord du fleuve.

— Commençons par nous occuper de nos chevreuils et nous verrons. Si nous n'allons pas aux oies aujourd'hui, nous nous reprendrons demain, c'est promis.

Comme les bêtes sont à une certaine distance l'une de l'autre, la mère et le fils travaillent en silence jusqu'à ce qu'un grand cri se fasse entendre du côté de Magdelon. En une fraction de seconde, elle se retrouve avec un grand gaillard sur le dos. Il pousse des cris de guerre et la martèle de ses poings. Elle met quelques secondes à comprendre ce qui lui arrive et lui crie de la lâcher. Elle se débat de toutes ses forces, mais l'agresseur est bien plus fort qu'elle. Elle sent ses jambes faiblir de plus en plus. Au moment où elle va s'effondrer, elle entend un grand bruit. L'instant d'après, l'homme s'écroule sur elle. Il est tellement lourd qu'elle a peine à respirer.

— Ne bougez pas, maman, je vais vous débarrasser de votre assaillant. Il est aussi pesant qu'une roche et il empeste l'alcool à plein nez.

Une fois libérée, Magdelon se retourne sur le dos en se tenant la poitrine. Elle n'a jamais eu aussi mal de toute sa vie. On dirait que tous ses os se sont rompus sous le poids de son agresseur. Elle respire difficilement. Voyant l'état de sa mère, Charles François Xavier dit:

— Je vais vous emmener au village indien. L'aïeule vous soignera.

— Ce ne sera pas nécessaire. Laisse-moi le temps de reprendre mon souffle et ça ira.

— Comme vous voulez. Est-ce qu'il est mort? Quand je l'ai vu sur vous, j'ai couru jusqu'à vous et je l'ai frappé de toutes mes forces avec le premier bout de bois qui m'est tombé sous la main.

— Peux-tu vérifier si son cœur bat ? demande-t-elle d'une voix lasse.

Le jeune garçon se penche et colle son oreille sur la poitrine de l'homme.

— Il bat. Mais ce rustre empeste tellement l'alcool que cela me donne mal au cœur. Est-ce que vous le connaissez ?

— Non, et il vaut mieux pour lui qu'il en soit ainsi. Va voir aux alentours si tu ne trouverais pas son cheval.

— Mais je ne veux pas vous laisser seule.

— Ne t'en fais pas, mon mousquet est chargé. Vas-y.

Quelques minutes plus tard, Charles François Xavier revient avec un grand cheval brun.

Magdelon prend la parole :

— Je vais t'aider et on va coucher l'homme sur son cheval. Ce dernier ramènera son cavalier d'où il vient. Aurais-tu un bout de papier et un crayon avec toi ?

— Vous savez bien que j'ai toujours de quoi écrire. Sinon, je n'arriverais jamais à me souvenir de tout ce que m'apprend l'aïeule. Tenez !

D'une main tremblante, Magdelon griffonne quelques mots :

Ne vous avisez plus jamais de m'attaquer ou de toucher à un cheveu d'un des membres de ma famille, sinon je vous tuerai de mes mains.

Marie-Madeleine de Verchères

Elle dépose ensuite rageusement le petit billet dans la poche de son agresseur. Si elle ne se retenait pas, elle le frapperait de toutes ses forces.

— Il faut le coucher sur son cheval maintenant. Il est si lourd que nous ne serons pas trop de deux pour y arriver. Aide-moi à me lever.

Une fois Magdelon debout, la douleur qui lui transperce la poitrine semble s'estomper un peu. Elle et son fils parviennent à installer l'homme sur sa monture.

— Attache les rênes pour qu'elles ne traînent pas par terre. Puis amène le cheval et son paquet en haut du sentier et donne un bon coup sur le derrière de la bête pour qu'elle parte à galoper.

Quand Charles François Xavier revient, Magdelon est adossée à un arbre. Chaque respiration la fait souffrir au plus haut point, mais ce n'est pas le temps de s'apitoyer sur son sort. Ils ont deux chevreuils à rapporter au manoir et une bonne distance à parcourir.

— Mon fils, je tiens à te remercier de tout mon cœur de m'avoir sauvé la vie. Jamais je n'oublierai ce que tu as fait pour moi.

— C'est normal, maman. Quand je l'ai entendu crier et que je ne vous voyais plus nulle part, je ne savais pas quoi faire. J'ai mis quelques secondes à comprendre qu'il était allongé sur vous de tout son long. J'ai alors couru jusqu'à vous, j'ai ramassé un bout de bois et j'ai frappé l'homme de toutes mes forces.

— C'est parfait, mon grand, tu as de quoi être fier de toi. Maintenant, il va falloir que tu vides les deux chevreuils tout seul. Je ne pourrai pas t'aider.

— Vous êtes certaine que vous allez bien ? Je peux vous conduire au village, c'est tout près.

— Ne t'en fais pas. De toute façon, l'aïeule ne pourrait rien faire pour moi. Allez, au travail !

Magdelon regarde travailler son fils. Il manie le couteau d'une main de maître. Elle a l'impression de voir son frère Alexandre au même âge. Elle est envahie à la fois d'une grande fierté et d'une grande tristesse. Elle sait que son fils adore la forêt. Elle sait aussi qu'il y passera sa vie même si son père fera tout pour l'en dissuader. Elle n'est pas sans connaître les dangers qui guetteront Charles François Xavier chaque jour de sa vie. Pourtant, elle l'encouragera de toutes ses forces à suivre sa voie. Il est un excellent chasseur et deviendra un très bon soigneur. «Pourvu qu'au moins un de nos enfants prenne la voie que Pierre-Thomas lui aura choisie…» Mais elle n'est pas encore certaine que cela arrivera.

Une fois sa tâche accomplie, le jeune garçon va à la rivière se laver les mains et nettoyer son couteau. Quand il revient auprès de sa mère, il annonce :

— Je vais mettre les deux chevreuils sur mon cheval. Je vous laisserai passer devant pour que vous avanciez à votre rythme. Moi, je guiderai mon cheval à pied.

— Je vais t'aider à installer les chevreuils.

— Ce ne sera pas nécessaire. Reposez-vous. Vous m'avez l'air très mal en point.

Magdelon ne se fait pas prier. Pendant que son fils travaille, elle reste appuyée contre l'arbre sans bouger. Elle aura bien assez de monter sur son cheval pour retourner au manoir.

Quand Charles François Xavier et Magdelon arrivent enfin dans la cour, cette dernière est sur le point de s'évanouir. La douleur est de plus en plus forte. Le moindre petit mouvement lui coupe le souffle. Sa vue est brouillée. Avant même qu'elle pense à descendre de cheval, Louise et Jacques accourent jusqu'à elle.

— Qu'est-il arrivé ? s'inquiète Jacques.

— Maman s'est fait attaquer par un grand gaillard bourré d'alcool.

— Un Indien ?

— Non, un Blanc comme nous. Maman ne l'avait jamais vu.

— Venez, Madame, je vais vous aider à descendre, propose Jacques. Ne forcez pas.

Magdelon perd connaissance au moment où sa tête touche l'oreiller. Des voix lui parviennent de très loin. Elle flotte dans les airs. Ce n'est que lorsqu'une compresse d'eau glacée se pose sur son front qu'elle revient difficilement à elle.

— Madame Magdelon, s'écrie Louise en tapotant la main de sa maîtresse, restez avec moi. Jacques est allé chercher Lucie, elle ne devrait pas tarder.

— Je veux juste dormir. Apportez-moi la bouteille d'alcool et une tasse. J'ai tellement mal, on dirait que tout un troupeau de bœufs m'a passé sur la poitrine.

— Je reviens tout de suite.

Chapitre 15

Cette année, la fête des moissons a battu son plein sans que Magdelon puisse vraiment y participer. Et pour une fois, Pierre-Thomas a bien joué son rôle de seigneur. Il est même allé jusqu'à féliciter ses colons de leur travail exceptionnel. Plus encore, il a remis à chacun une bonne bouteille de vin – alcool qu'il avait commandé directement de France. Tous étaient fiers et surtout prêts à se dépenser sans compter pour ce seigneur habituellement si froid et si distant.

Magdelon se rétablit tranquillement de sa mésaventure, mais elle ne peut pas faire de mouvements brusques ni forcer. Elle ne peut même pas prendre son plus jeune si personne ne l'assoit sur ses genoux. Elle n'a peut-être rien de cassé, mais elle a l'impression que tous les os de sa poitrine ont craqué, sans exception. Au moins, elle respire maintenant beaucoup plus facilement. À son grand désespoir, elle n'a pas pu mettre la main à la pâte à son goût pour organiser la fête. Elle avait plutôt l'impression d'avoir été promue au poste de général. Elle dictait plus qu'elle n'agissait. Chaque fois qu'elle demandait à un des enfants de faire ceci ou cela, il lui répondait : « Oui, mon général ! » Même Jean Baptiste Léon imitait ses frères, ce qui faisait rire tout le monde.

Ce qui lui manque le plus depuis qu'elle est clouée au manoir, c'est de ne pas aller en forêt, sans compter qu'elle risque de manquer toute la période de la chasse. Elle pourra certes se reprendre à la petite chasse pendant tout l'hiver, mais piéger des lièvres n'a rien de comparable avec la chasse au gros gibier.

Charles François Xavier a mis plusieurs jours à se remettre de ses émotions. Nuit après nuit, il rêvait que sa mère était morte. Chaque fois, il se précipitait dans la chambre de celle-ci pour s'assurer qu'elle respirait toujours. Il s'approchait si près de son visage qu'il la réveillait. Magdelon le rassurait et il retournait se coucher. Au matin, elle lui répétait à quel point il avait été brave. Lui aussi trouve le temps bien long. Sans sa mère à ses côtés, il n'est pas autorisé à aller en forêt. «Je sais me servir d'un mousquet, j'ai sauvé la vie de maman et ce n'est pas encore assez pour me permettre d'aller chasser. C'est injuste!» songe-t-il inlassablement.

Quand il a vu dans quel état l'inconnu avait mis sa femme, Pierre-Thomas fulminait. Il a demandé à plusieurs reprises à Magdelon de lui décrire l'agresseur. Il lui a même juré de tout faire pour le retrouver et la venger.

— Il va regretter de s'en être pris à vous. Ce ne sont pas des choses à faire, attaquer une pauvre femme. Je vous ai dit des dizaines de fois aussi à quel point c'est dangereux d'aller seule en forêt.

— Mais je n'étais pas seule! objecte Magdelon.

— Heureusement que Charles François Xavier était avec vous, mais ce n'est encore qu'un enfant. Vous n'auriez pas dû l'entraîner avec vous.

— Vous êtes drôle, vous. Quand vous voulez les marier, ils sont assez vieux, alors que pour aller en forêt, ils sont toujours trop jeunes.

— Mes enfants n'ont pas d'affaire à traîner en forêt. Ils ne manquent de rien à ce que je sache.

— Vous ne comprenez rien. Nous n'allons pas en forêt parce que nous manquons de quelque chose. Nous allons en forêt parce que nous aimons nous y promener, et aussi parce que nous aimons chasser et pêcher. C'est donc si difficile à comprendre pour vous?

— Impossible, madame, impossible. Jamais vous ne me verrez prendre plaisir à aller en forêt.

— Êtes-vous en train de me dire que vous souffrez chaque fois que vous devez y aller pour les travaux de préparation du chemin du Roy ?

— D'une certaine façon, oui. Mais là, au moins, j'en retire quelque chose. Vous n'allez pas me faire croire que vous aimez vous faire dévorer par les moustiques. En tout cas, moi, je préfère nettement siroter un bon petit verre d'alcool bien à l'abri.

— C'est votre droit, mais laissez-nous notre plaisir. Autant vous le dire, ce n'est pas ce petit incident qui va m'arrêter d'aller à la chasse ou tout simplement de faire une balade à cheval. Au nombre de fois que j'y suis allée depuis ma naissance, c'est la première fois qu'il m'arrive d'être attaquée, et par un des nôtres par-dessus le marché. Croyez-vous encore que les Indiens sont dangereux ?

Sans attendre la réponse de Pierre-Thomas, Magdelon poursuit sur sa lancée :

— Je vous l'ai dit plus d'une fois : nous, les Blancs, sommes plus barbares entre nous que tous les Indiens peuvent l'être à notre égard.

— C'est votre point de vue, madame. Moi, je pense tout autrement. À partir de maintenant, je vous interdis d'entraîner mon fils dans vos sorties en forêt. Il sera plus en sécurité à la seigneurie.

— Vous n'avez pas d'ordres à me donner. N'oubliez pas que c'est aussi mon fils. Je continuerai à l'emmener avec moi tant qu'il y trouvera son compte, que cela vous plaise ou non.

— Je lui parlerai.

— Comme vous voulez.

Voyant qu'il n'aura pas le dernier mot – il ne l'a d'ailleurs jamais avec Magdelon –, Pierre-Thomas soupire avant de dire :

— J'espère au moins que votre fille sera revenue à Sainte-Anne pour Noël…

— Je n'en sais rien. De toute façon, depuis plusieurs années, vous n'êtes jamais au manoir pour Noël. Alors, que Marguerite soit ici ou à Verchères, cela ne changera pas grand-chose dans votre vie.

— C'est une question de principe. Sa place est ici, avec sa famille. N'oubliez pas que j'ai donné sa main.

— Comment pourrais-je l'oublier ? Vous ne cessez de me le rappeler.

Pierre-Thomas change brusquement de sujet :

— J'ai vu que les colons avaient tous fait les journées de travail qu'ils me devaient. Puis-je me fier à vos écrits ?

— Vous en avez de drôles de questions ! Si je l'ai écrit, c'est que c'est vrai. Au risque de me répéter, vous avez de très bons colons, à l'exception d'un ou deux. Une fois qu'ils se sentent respectés, ils se dévouent corps et âme pour vous. Vous devriez m'écouter un peu quand je vous parle, vous ne pourriez qu'en sortir gagnant.

— Ne m'attendez pas pour manger, je vais rendre une petite visite au meunier.

Sur ses mots, Pierre-Thomas sort sans même la saluer. Bien que Magdelon ne s'attende à aucune civilité de sa part – il ne connaît pas la politesse –, le comportement de son mari la laisse perplexe chaque fois.

Il n'y a pas deux minutes que Pierre-Thomas est sorti que Charles François Xavier vient la voir. Il commence par lui parler de tout et de rien, mais elle voit bien à son air qu'il a quelque chose à lui demander. Alors qu'intérieurement elle sourit, extérieurement elle observe son fils avec la plus grande patience. Charles François Xavier lui ressemble beaucoup. Chaque fois qu'elle avait quelque chose à demander à son père, elle se répétait ce qu'elle voulait lui dire jusqu'au moindre mot. Elle pensait à tous les arguments qu'elle devrait sortir pour répondre à chacune des objections de son père. Elle était devenue si habile qu'elle a du mal à se souvenir de la dernière fois où son père a refusé d'accéder à une de ses demandes. C'était devenu une sorte de jeu entre eux. Elle demandait. Il objectait. Ils négociaient. Et elle gagnait la partie. Cette manière de faire, elle ne l'avait pas développée toute seule, c'est son père lui-même qui la lui avait apprise. Alors qu'elle était toute jeune, il lui disait souvent : « Ma fille, quand tu tiens à quelque chose de toutes tes forces, ne te laisse pas décourager par personne, pas même par moi. » C'est aussi ce qu'elle essaie de transmettre à ses enfants, plus particulièrement à ses fils. Pourtant, ce n'est pas faute de croire que les filles aussi ont droit à une vie heureuse. Mais avec Marguerite, elle a manqué à ses devoirs en tant que mère. À cet égard, elle s'en veut tellement !

Au bout d'un moment, Charles François Xavier en vient enfin à la vraie raison de sa présence auprès de sa mère. Celle-ci sourit.

— Maman, je sais que vous n'êtes pas capable de monter à cheval, ni d'aller chasser le chevreuil, mais j'ai eu une idée. Que diriez-vous si nous allions tirer des oies ? Enfin, peut-être pas vous, mais moi. Nous pourrions marcher lentement jusqu'aux champs près du fleuve. Je vous tiendrais par le bras, rassurez-vous, et nous nous arrêterions chaque fois que vous en auriez besoin. Vous pourriez vous asseoir, vous adosser contre un arbre peut-être, pendant que je tirerais sur des oies. Il y en a des milliers, vous devriez voir cela, c'est tellement beau. Je les arrangerais toutes avec Louis Joseph et… Louise pourrait les faire cuire pour le souper. Ne vous inquiétez pas, c'est déjà tout arrangé avec elle. Moi, je pense qu'un peu d'air frais vous ferait le plus grand bien. Mon projet vous plaît-il ?

Magdelon a écouté Charles François Xavier avec grande attention, sans l'interrompre. Elle fait mine de réfléchir avant de donner sa réponse, mais elle est enchantée par l'idée. Elle est loin d'être certaine de pouvoir tirer, mais elle pourra au moins regarder faire son fils et prendre l'air.

De son côté, Charles François Xavier respecte le silence de sa mère. Alors qu'au-dedans de lui une grande envie de provoquer la réponse de Magdelon gronde, il transmet une image posée et confiante. Il souhaite de tout son cœur que sa proposition soit acceptée. Mais si elle est refusée, il a en réserve quelques arguments pour tenter de convaincre sa mère.

La petite minute d'attente lui semble une éternité. Quand Magdelon ouvre enfin la bouche, il recommence à respirer. Il attendait la réponse comme le condamné attend le verdict. La chasse est toute sa vie.

— Je trouve que c'est une très bonne idée, mon grand. Nous pourrions peut-être emmener Louis Joseph avec nous. Qu'en dis-tu ?

— Je vais aller lui demander.

— Attends avant d'aller voir ton frère. Je prendrai mon mousquet même si je ne sais pas si je pourrai m'en servir. Prends un grand sac de toile pour mettre les oies. Dernière chose, demande à Louise de te donner une couverture pour moi. La terre commence à être trop fraîche pour s'asseoir directement dessus. Je vais t'attendre devant le manoir. Fais vite. Si on veut que les oies aient le temps de cuire pour le souper, il vaut mieux qu'on y aille sans trop tarder.

Lorsqu'ils reviennent de la chasse aux oies, le soleil d'automne a déjà amorcé sa descente. Les garçons sont tellement heureux qu'ils babillent allègrement. Le sac de toile est si lourd qu'ils ne sont pas trop de deux pour le porter.

— Tu es le meilleur chasseur que je connaisse, Charles François Xavier ! crie Louis Joseph. Tu as tué dix oies ! Moi aussi, je veux apprendre à tirer et devenir un aussi bon chasseur que toi. Quand allez-vous me montrer à me servir d'un mousquet, maman ?

— Peut-être l'année prochaine, répond Magdelon.

— Mais, Louis Joseph, il ne faut pas en parler à père, lance Charles François Xavier d'un ton très sérieux.

— Pourquoi ?

— Parce que père ne veut pas qu'on aille chasser.

— Pour quelle raison ?

— C'est compliqué. Disons simplement que ce sera notre petit secret à nous trois, suggère Magdelon. Qu'en penses-tu, Louis Joseph ?

— C'est d'accord. Mais est-ce que je pourrai aller chasser avec vous moi aussi ?

— Bien sûr. Je te montrerai comment faire la chasse aux lièvres si tu veux.

— Quand ?

— Cet hiver.

— Je deviendrai le meilleur chasseur de lièvres du monde ! s'écrie le jeune garçon.

— Ne t'énerve pas trop, émet Charles François Xavier. Ce n'est pas de la vraie chasse. Tu mets des pièges un jour et le lendemain tu fais la cueillette de tous les lièvres qui se sont fait prendre.

À ces mots, Louis Joseph fait la moue. Son frère est en train de lui enlever son plaisir de chasser le lièvre.

— Ne l'écoute pas, Louis Joseph, conseille Magdelon. Lui aussi, il a commencé par faire cette chasse-là, et cela a été pareil pour moi. Dépêchons-nous ! Si on veut manger de l'oie pour le souper, il vaut mieux aller les préparer. Je pourrais vous aider, qu'en dites-vous ?

— Suivez-moi, lance Charles François Xavier. Je propose que nous nous installions dans la grange. Mais avant, j'ai une idée : est-ce que je pourrais aller porter deux oies à tante Catherine ? Je sais qu'elle adore manger de l'oie.

— Pas de problème, répond Magdelon. C'est toi qui les as tuées, tu peux en faire ce que tu veux, à la condition que tu en gardes quelques-unes pour le souper, bien entendu.

Au bout du compte, le souper doit être retardé d'une heure, mais jamais une viande n'a goûté aussi bon. Charles François Xavier et Louis Joseph ne se lassent pas de dire à quel point la viande est délicieuse.

Ce soir-là, aucun des deux garçons ne se fait prier pour aller dormir. Tout de suite après avoir mangé, ils embrassent leur mère et leur petit frère et ils montent dans leur chambre.

Tard dans la soirée, Pierre-Thomas se pointe enfin au manoir. Il demande à Louise de lui servir à manger. À sa première bouchée, il affirme qu'il n'a jamais mangé quelque chose d'aussi bon. Une fois passé le plaisir d'avoir enfin reçu un compliment de son seigneur, Louise dit en souriant :

— C'est à vos fils que vous devriez dire cela. Ils ont tué dix oies sauvages cet après-midi. Vous auriez dû voir à quel point ils étaient fiers. Ils les ont arrangées, puis ils m'ont ensuite aidée à les nettoyer et à les assaisonner. Ils ont bien grandi dernièrement.

— Ne me dites pas qu'ils sont allés seuls à la chasse ! s'indigne Pierre-Thomas.

— Rassurez-vous, ils étaient avec Madame. Je vais vous laisser manger tranquille. Bon appétit, Monsieur. S'il vous manque quoi que ce soit, appelez-moi, je serai à la cuisine.

— Vous pourriez m'apporter une belle grosse poitrine bien rôtie et une cuisse aussi ? Je n'ai pratiquement rien avalé depuis ce matin. Apportez-moi aussi une bouteille d'alcool et une tasse. Ensuite, vous pourrez disposer.

Pendant qu'il mange avec grand appétit, Pierre-Thomas réfléchit à ce que lui a confié Louise : « Ils ont bien grandi dernièrement. » Il passe peu de temps avec ses garçons ; en fait, il néglige toute sa famille. À part les rares fois où il a emmené Charles François Xavier avec lui à Québec, il ne voit pas beaucoup son fils, même s'ils dorment sous le même toit et que c'est avec lui qu'il passe le plus de temps. Souvent, il sort du manoir alors que ses enfants dorment encore, et quand il revient, ils sont déjà couchés. Il serait peut-être bon qu'il leur consacre un peu de temps.

Il doit aussi reconnaître qu'il n'est pas le meilleur mari de la Nouvelle-France. Quand il parle de sa femme à l'intendant ou à ses nombreuses relations d'affaires, il ne tarit pas d'éloges envers Magdelon. Toutefois, lorsqu'il est en présence de sa femme, il lui accorde bien peu de considération. Il est vrai qu'il n'a pas été éduqué à faire des compliments, mais il pourrait au moins faire un peu attention à elle et à ses enfants. « Le problème, c'est que j'ignore totalement comment faire. Je suis bien meilleur pour blesser les miens que pour reconnaître leurs mérites. » Il dévore la cuisse et la poitrine que Louise lui a servies jusqu'à la dernière bouchée. Il se rend ensuite au salon, se sert un dernier verre et s'assoit. Perdu dans ses pensées, il n'a pas réalisé qu'il n'était pas seul. C'est pourquoi il sursaute quand Magdelon lui demande :

— Vous voulez bien m'en servir un ?

Heureusement, il fait si noir que, même lorsqu'il s'approche de sa femme pour lui donner son verre, elle ne peut pas voir les deux petites larmes qui perlent au coin de ses yeux.

Chapitre 16

Depuis le jour où les femmes ont joué un tour à Catherine pour qu'elle arrive à l'heure à la soirée de broderie, elle n'a plus jamais été en retard. Lors de chaque nouvelle soirée, toutes se plaisent à lui rappeler qu'elles l'ont bien eue.

— Il fallait me le dire si cela vous fatiguait autant, se dépêche de répondre Catherine en haussant les épaules. Moi, je voulais juste vous laisser le temps d'arriver.

Catherine ne le criera pas haut et fort, mais arriver à l'heure est vraiment contre sa nature. Plus que tout au monde, elle déteste avoir un horaire à respecter. Même dans son quotidien, elle doit faire de gros efforts pour servir les repas à sa famille à la même heure, coucher les enfants à une heure raisonnable, se discipliner pour se coucher et se lever. Depuis qu'elle est toute petite, elle s'est toujours fait un réel plaisir à organiser son temps au gré de ses envies du moment, ce qui lui a valu plusieurs réprimandes de la part de ses parents.

Depuis que Catherine est mariée et qu'elle a une famille, elle a dû faire quelques petits changements dans sa façon d'être, du moins sur le plan de l'horaire à respecter. Elle a quand même gardé bien précieusement sa soif de liberté qui se résume en seulement quelques mots : vivre et laisser vivre. Pour elle, il y a bien assez d'espace pour que tout un chacun puisse vivre à son aise. Il y a beaucoup de choses qu'elle ne comprend pas. Pourquoi se bat-on pour un bout de terrain alors qu'il y en a pour tout le monde ? Pourquoi certains Blancs veulent-ils exterminer les Indiens à tout prix alors qu'ils sont sur leurs terres ? Pourquoi les femmes doivent-elles être fidèles alors que plusieurs hommes, dont son beau-frère, vont et viennent d'une couche à l'autre sans aucune retenue ? Pourquoi les pères donnent-ils leurs filles en mariage pour augmenter leur fortune ? Pourquoi les esclaves existent-ils alors que tous les êtres humains devraient être libres ? Pourquoi la vie est-elle si injuste ? Pourquoi y a-t-il des riches et des pauvres ? D'après elle, personne ne mérite d'être pauvre. En résumé, le monde dans lequel elle vit lui semble un peu fou. C'est la raison pour laquelle elle est heureuse de vivre dans une seigneurie, loin des villes et de tous les problèmes qui viennent avec.

— Catherine, où es-tu ? interroge Magdelon. Cela fait trois fois que je te pose la même question.

— Désolée ! Qu'est-ce que tu m'as demandé ?

— As-tu pensé à apporter ce dont je t'ai parlé hier ?

Catherine réfléchit quelques secondes avant de répondre :

— Oui, oui, je l'ai avec moi, dans mon sac de broderie. Veux-tu l'avoir tout de suite ?

— Non, tout à l'heure, émet Magdelon.

Puis elle s'adresse au petit groupe de femmes penchées sur leur broderie :

— Vous vous souvenez sans doute que nous nous étions donné jusqu'après Noël pour vous apprendre à lire et à écrire. C'est donc ce soir que nous allons voir si nous avons atteint notre objectif. Je propose que vous lisiez chacune une page de mon livre. Vous verrez, c'est écrit dans un langage simple. Qui veut commencer ?

— Moi ! s'écrie Lucie. Je serai plus tranquille une fois que je serai passée.

— Si vous voulez mettre votre broderie de côté un moment, dit Magdelon aux autres femmes, nous allons écouter Lucie.

Cette dernière commence sa lecture en hésitant quelque peu. Des gouttes de sueur perlent sur son front, mais à mesure qu'elle avance dans sa lecture, elle prend de l'assurance. Sa voix ne tremble plus et elle lit à un rythme plus soutenu. Quand elle finit de lire sa page, au lieu de s'arrêter, elle passe à la suivante. Magdelon n'ose pas l'interrompre de peur de briser le charme. Lucie a travaillé très fort pour arriver à lire avec cette facilité. Juste à la regarder, on peut sentir la fierté qui l'habite. Elle termine de lire sa deuxième page et s'arrête. Elle lève la tête et sourit avant de s'exclamer :

— Je sais lire ! Vous ne pouvez pas savoir l'effet que cela me fait. Je suis tellement contente ! Je jure de ne plus jamais arrêter de lire. Merci à vous deux, ajoute-t-elle à l'intention de Catherine et de Magdelon, vous avez fait de moi une femme heureuse.

Magdelon la félicite :

— Bravo, Lucie ! Mais n'oubliez jamais que c'est vous qui avez fait tout le travail. Nous, nous vous avons simplement soutenue. Qui veut poursuivre ?

Les femmes s'exécutent à tour de rôle avec plus ou moins d'aisance. Mais au bout du compte, on peut affirmer que toutes savent maintenant lire. Magdelon est très fière d'elles.

— Bravo à chacune d'entre vous ! Vous êtes vraiment des femmes exceptionnelles. Je ne sais pas si vous le savez, mais nous sommes sûrement la seule seigneurie où les femmes des colons savent lire et écrire. Vous êtes des modèles pour vos filles et même pour toute la Nouvelle-France. Il faudra maintenant montrer à lire et à écrire à vos filles, tout comme Catherine et moi l'avons fait avec vous. J'écrirai à l'intendant et au roi pour leur apprendre la bonne nouvelle. Mais en attendant, pour vous récompenser de tous vos efforts, j'ai un petit cadeau pour vous. Chacune recevra un livre. Catherine et moi avons acheté plusieurs livres différents à Québec l'automne dernier. Ainsi, quand vous aurez terminé votre livre, vous pourrez l'échanger avec une compagne, et ainsi de suite. Cela devrait vous permettre d'avoir de la lecture une bonne partie de l'année. Et quand vous serez à court, vous n'aurez qu'à venir me voir. J'ai des dizaines de livres qui n'attendent que d'être lus.

Catherine procède à la distribution. Les femmes tiennent précieusement leur livre dans leurs mains comme s'il s'agissait d'un trésor. Magdelon sourit. Elles sont si belles à voir. Une fois qu'elles sont remises de leurs émotions, l'une d'entre elles prend la parole :

— Nous aussi, nous avons chacune un cadeau pour vous. Nous vous avons préparé des pots de confitures de petits fruits.

Les deux sœurs sont touchées par cette délicate attention. Elles remercient chaleureusement les femmes.

— Maintenant, que diriez-vous si je nous servais un petit verre d'alcool pour fêter ça ? demande Magdelon.

— Moi, je trouve que c'est une très bonne idée, répond Lucie. Ce n'est pas tous les jours qu'on apprend à lire !

Ce soir-là, c'est le sourire aux lèvres que les femmes quittent le manoir. Malgré le froid mordant de janvier, aucune ne se plaint. Toutes sont tellement heureuses et fières. À la demande de Magdelon, Catherine est restée. Charles viendra la chercher dans une petite heure.

— Alors, de quoi voulais-tu me parler ? s'informe-t-elle à Magdelon.

— J'ai reçu une lettre de Marguerite.

— Alors, elle va bien au moins ?

— On peut dire cela, oui. Je pense même qu'elle n'a jamais été aussi bien de toute sa vie.

— Mais tu n'as pas l'air très contente. Qu'est-ce que tu me caches ? Allez, ne me fais pas languir trop longtemps, tu sais que j'ai horreur de cela, tout comme toi.

— Elle est amoureuse de Zacharie et ils veulent se marier en septembre prochain.

— Oups! Je comprends maintenant… Tout va bien pour elle, mais c'est loin d'être la même chose pour toi.

— Tu as tout compris. Je ne sais pas du tout comment je vais apprendre la nouvelle à Pierre-Thomas. Je l'entends déjà entrer dans une grande colère et m'ordonner de faire revenir Marguerite à Sainte-Anne. J'ignore toujours à qui il a donné son unique fille en mariage, mais le père du futur marié doit être drôlement important pour lui. Déjà que j'aie réussi à retarder le mariage tenait de l'impossible, alors tu imagines ce que ce sera quand je dirai à Pierre-Thomas de tout annuler. Je peux te l'avouer, je me sens totalement impuissante dans toute cette affaire. D'un côté, je comprends très bien Marguerite de vouloir faire un mariage d'amour. De l'autre, si je me mets à la place de Pierre-Thomas, je comprends son geste. Tu sais comme moi qu'il n'est pas le premier père à planifier le mariage de ses enfants. Peu d'enfants de familles nobles y échappent.

— J'ai un peu de difficulté à te suivre. Serais-tu en train de me dire que tu trouves cela normal qu'un père choisisse le mari de sa fille? Quant à moi, il n'y a rien de plus anormal que cette pratique.

— Détrompe-toi! Je ne suis pas d'accord avec les façons de faire de Pierre-Thomas, loin de là. Mais je vis avec lui. Et, bien franchement, j'en ai plein le dos de me battre contre lui jour après jour.

— À mon avis, ce n'est pas le temps que tu baisses les bras. Tu ne vas tout de même pas laisser tomber Marguerite? Voyons, cela ne se fait pas! Tu es la seule sur qui elle peut compter, tu n'as pas le droit de l'abandonner maintenant. Réalises-tu que son bonheur dépend totalement de toi? Voudrais-tu qu'elle ait la même vie que toi, cette vie qui te gruge de l'intérieur?

— C'est certain que je veux une meilleure vie que la mienne pour ma fille. Mais le combat est au-dessus de mes forces cette fois. J'ai besoin que tu m'aides.

— Je te le répète, il n'y a pas de problème pour que je parle à Pierre-Thomas. Mais avant, il faudra que je me prépare. J'ai besoin d'en savoir plus sur le prétendant de Marguerite. Pour l'instant, tout ce que j'en sais, c'est qu'il s'appelle Zacharie. Tu conviendras avec moi que c'est bien peu pour me présenter devant Pierre-Thomas pour défendre la cause de ta fille. Qu'est-ce que le père du garçon fait comme travail, à combien se monte sa fortune, quelles sont ses relations ? J'ai aussi besoin de savoir où Marguerite et Zacharie habiteront, quelles seront leurs conditions de vie. Enfin, tu vois ? Crois-tu que maman pourrait nous instruire là-dessus ?

— Je vais lui écrire dès demain. Elle doit au moins détenir quelques informations. Le grand-père de Zacharie était un bon ami de papa.

— Tu n'auras qu'à me faire signe quand tu recevras des nouvelles de maman. Je parlerai à Pierre-Thomas ensuite.

— Et s'il reste sur ses positions, qu'est-ce qu'on fera ?

— Je n'en ai aucune idée pour le moment. Mon unique intention est de le faire changer d'idée, pas qu'il reste sur ses positions. Pour cela, il faut absolument qu'il trouve son compte dans cette union. Pour ma part, je refuse de priver Marguerite d'un mariage d'amour et, pour le lui offrir, je ferai tout pour faire changer Pierre-Thomas d'opinion. Je te le jure sur la tête de maman.

— Merci, Catherine. Je ne sais pas ce que je ferais sans toi.

— C'est simple, répond celle-ci en riant, tu deviendrais une femme soumise.

— Même dans tes rêves les plus fous, jamais je ne deviendrai une femme soumise. Tu es pourtant bien placée pour savoir que j'ai un peu de caractère.

— Un peu de caractère ? Tu es pire qu'une lionne enragée. Je plains le pauvre Pierre-Thomas d'avoir à te supporter jour après jour.

— Pour le peu de temps qu'il passe au manoir, je t'assure qu'il n'est pas à plaindre. C'est plutôt moi que tu devrais plaindre.

— Je trouve que tu t'en tires plutôt bien la plupart du temps. Allez, tu pourrais au moins nous servir à boire avant que Charles vienne me chercher. Autrement, comment cela se passe-t-il à Verchères pour Marguerite ?

— On ne peut mieux. Je ne la reconnais plus. Elle cuisine, elle participe aux travaux de la seigneurie. Elle a même appris à broder et à coudre.

— Moi, je ne suis pas surprise du tout. C'est la Marguerite que je connais. Chaque fois qu'elle venait chez moi, elle m'aidait à la cuisine et aux travaux. C'est une très charmante jeune fille. Elle ira loin, tu verras. Sans exagérer, je pense qu'elle a autant de caractère que toi. Tu n'as pas à t'en faire pour elle.

— Tu sais, ce qui me fait le plus mal, c'est de ne pas la connaître comme tu me la décris alors que c'est ma propre fille. Tu la connais mieux que moi. Je croyais qu'elle était la copie conforme de la mère de Pierre-Thomas alors que la jeune fille que j'apprends à connaître grâce à ses lettres n'a rien de comparable avec la chipie capricieuse et froide qu'était madame de Lanouguère. Chaque fois que j'y pense, mon cœur se serre comme dans un étau.

— C'est inutile de t'en vouloir pour ce qui est passé. Quoi que tu fasses, tu ne pourras rien y changer. Regarde devant et tâche de faire mieux avec tes fils.

— Là, tu vois, c'est une autre affaire. Alors que Pierre-Thomas compte sur Charles François Xavier pour prendre sa relève, celui-ci préfère de loin la forêt, les plantes, les Indiens, la chasse… En un mot, tout ce que son père déteste au plus haut point.

— Il ne lui a pas encore trouvé une femme, au moins ? plaisante Catherine.

— Pas encore. Mais tu le connais, cela ne saurait tarder. Pierre-Thomas m'a interdit d'emmener Charles François Xavier en forêt avec moi après que je me suis fait agresser. S'il fallait qu'il sache que nous allons régulièrement au village indien, sa colère contre moi serait terrible. Mais tu ne sais pas la meilleure… Figure-toi que mon mari m'a interdit de retourner en forêt seule.

— Que comptes-tu faire ? Vas-tu rester bien sagement au manoir ?

— Il n'en est pas question. Si je ne peux plus aller en forêt, plutôt mourir. Et je continuerai à y aller avec Charles François Xavier, que cela plaise ou non à Pierre-Thomas. J'ai même commencé à initier Louis Joseph à la chasse.

— Là, je te reconnais !

— Mais changeons de sujet, si tu veux bien. J'ai reçu une lettre de Jeanne hier.

— Comment va-t-elle ? Et les enfants ? Et Louis-Marie ?

— Elle va très bien et les enfants aussi. Et son Louis-Marie est toujours de loin le meilleur mari de toute la Nouvelle-France.

— Je ne suis pas d'accord. C'est moi qui ai le meilleur mari de la Nouvelle-France.

— En tout cas, une chose est sûre, ce n'est pas moi ! Jeanne pense venir à Sainte-Anne aux alentours de Pâques. Louis-

Marie doit aller à Québec. Sa mère ne va pas très bien et ses beaux-parents doivent venir s'installer à Batiscan l'été prochain. Je sens que cela inquiète notre amie.

— C'est un peu normal. Vont-ils habiter avec eux ?

— Au début seulement, car Louis-Marie est en train de leur construire une petite maison tout près de chez lui et Jeanne. Mais tu sais, ils ne sont plus très jeunes, les parents de Louis-Marie. J'ai bien peur qu'ils soient plus une charge de travail pour Jeanne qu'une aide. Même si elle n'en a rien dit, il est évident que l'arrivée de ses beaux-parents l'inquiète, sans compter qu'elle ne les a encore jamais rencontrés. J'ai bien hâte de voir Jeanne, elle me manque tellement.

Une fois seule, Magdelon se sert un dernier verre d'alcool et s'assoit près du feu. Elle remonte son châle sur ses épaules et ferme les yeux. Elle est très contente que Catherine ait accepté de l'aider pour le mariage de Marguerite. Alors que tous croient Magdelon forte et invincible, il y a parfois des moments où elle se sent totalement impuissante, comme c'est d'ailleurs le cas pour plaider la cause de sa fille auprès de Pierre-Thomas. On dirait qu'en vieillissant elle se fatigue plus vite de devoir toujours se battre, défendre ses idées et ses croyances. Pourtant, c'est maintenant qu'elle devrait se battre, défendre ses enfants comme seule une mère peut le faire. Ce n'est pas parce que Pierre-Thomas est l'homme de la maison qu'il a forcément raison.

Magdelon et son mari ont eu une enfance tellement différente. Alors qu'elle a été élevée dans la liberté d'action, son éducation à lui s'est passée sous le signe des restrictions. Alors qu'elle rêvait de faire un mariage d'amour, lui rêvait de faire un mariage payant. Avec une telle distance entre leurs deux rêves, il ne faut pas se surprendre qu'ils se disputent plus souvent qu'à leur tour. Heureusement qu'elle a Antoine pour adoucir sa vie, pour lui donner un peu de chaleur. Avec lui, elle se sent importante et cela lui fait le plus grand bien. « Au fait, il y a bien longtemps qu'il n'est pas passé au manoir. J'espère qu'il ne lui est rien arrivé… »

Chapitre 17

Il est près d'une heure de l'après-midi quand Pierre-Thomas rentre au manoir. À peine a-t-il ouvert la porte qu'il s'écrie :

— Il fait un temps magnifique ! Qui veut venir patiner avec moi ?

Charles François Xavier et Louis Joseph délaissent instantanément leurs activités et courent rejoindre leur père, heureux comme des rois. Jean Baptiste Léon, quant à lui, suit ses frères à la vitesse que ses petites jambes lui permettent. Dès que l'enfant est à sa hauteur, Pierre-Thomas se penche et le prend dans ses bras.

— Habillez-vous chaudement, dit-il à ses aînés. Je vais demander à Louise de préparer votre petit frère, ensuite je sortirai les patins. Je vais vous attendre devant la grange.

Bien emmitouflée dans son châle, Magdelon laisse tomber son crayon et va aux nouvelles. Elle se dit qu'elle a dû mal entendre, ou alors Charles a imité une fois de plus Pierre-Thomas, ce qu'il réussit très bien d'ailleurs. Une chose est certaine, ces mots n'ont pas dû sortir de la bouche de son mari, elle en mettrait sa main au feu. Quand elle arrive devant la porte d'entrée et qu'elle se retrouve face à Pierre-Thomas, elle ne comprend plus rien.

— Dites-moi que je ne rêve pas ! Vous avez proposé aux enfants d'aller patiner ?

— Oui, et j'aimerais bien que vous nous accompagniez, répond Pierre-Thomas sans relever le commentaire quelque peu désobligeant de sa femme. Il fait très beau et le temps est doux.

— Mais Jean Baptiste Léon est encore trop jeune pour patiner. Il vaudrait peut-être mieux le laisser avec Louise. Ce serait plus facile pour tout le monde ainsi, vous ne trouvez pas ?

— Il n'est pas question que nous y allions sans lui, il fait partie de la famille. Habillez-vous chaudement et venez nous rejoindre à la grange.

Le sourire aux lèvres, Magdelon va chercher son manteau. Elle chausse ensuite ses bottes, couvre sa tête d'une grande écharpe et met ses mitaines, encore tout estomaquée par le geste de Pierre-Thomas. «Décidément, il me surprendra toujours. Pourquoi n'est-il pas comme cela plus souvent ? Ce n'est pas si compliqué pourtant ! »

Ses quatre hommes l'attendent devant la grange. Les aînés trépignent sur place alors que le plus jeune se la coule douce dans les bras de son père. Ils sont heureux, cela se voit. Même Pierre-Thomas affiche un air réjoui. Il regarde ses enfants et sourit, ce qui est plutôt rare dans son cas.

— Alors, qu'est-ce qu'on attend pour aller patiner ? s'écrie Magdelon une fois à la hauteur de son mari et de ses fils.

— Nous n'attendions que vous, madame, répond Pierre-Thomas d'un air solennel. Les garçons, vous avez bien les quatre paires de patins ?

— Oui, répondent-ils en chœur.

— Suivez-moi ! J'ai enlevé la neige sur la glace de la rivière, au tournant, juste avant d'arriver chez Catherine.

Les enfants babillent tout le long du court trajet pour se rendre à la patinoire improvisée. Leurs parents les écoutent et sourient. De son côté, Pierre-Thomas se dit que la vie a été bonne avec lui. Il a marié une femme d'exception qui lui a donné quatre beaux enfants dont il est très fier. Il est chaque fois surpris de voir que, malgré le peu d'attention qu'il leur accorde, tous sont encore contents de le voir chaque fois qu'il daigne passer au manoir. C'est bien plus qu'il n'aurait jamais espéré recevoir de la vie. En réalité, il n'a pas de quoi être fier de lui parce qu'au fond il n'a pas fait grand-chose pour mériter tout cela. Bien au contraire, il est très conscient qu'il ne se fait pas pire que lui en matière de père et de mari. Il a toujours mis sa façon d'être sur le compte de l'éducation qu'il a reçue, mais c'est trop facile. Après tout, il n'est plus un enfant depuis très longtemps. Le soir de Noël, à la messe de minuit, il a pris une résolution. Il s'est promis de passer du temps avec les siens, de faire au moins une activité avec eux chaque mois. Deux mois plus tard, il a enfin trouvé le courage de passer à l'action. Aller patiner avec ceux qu'on aime peut sembler un geste tout simple pour beaucoup de gens, mais pas pour lui. Jour après jour depuis le soir de Noël, il s'est répété qu'il devait le faire, mais il ne savait pas du tout comment s'y prendre. En désespoir de cause, il a fini par aller voir Catherine pour qu'elle l'aide.

Pour Magdelon, le simple fait d'aller patiner avec les siens la remplit de bonheur. « Dommage que Marguerite ne soit pas avec nous », se dit-elle. Magdelon ne demande pas grand-chose à Pierre-Thomas, seulement d'être présent avec sa famille de temps en temps. Pendant des années, elle a tout essayé pour l'intéresser aux siens, mais elle a fini par baisser les bras et a fait le deuil de tous les rêves qu'elle caressait pour elle et sa famille. Elle a tout pris sur ses épaules, essayant tant bien que mal d'être à la fois le père et la mère de ses quatre enfants. Quant à elle, elle trouve le réconfort dans les bras d'Antoine chaque fois qu'elle en a l'occasion. « C'est probablement ce qui m'a préservée de devenir une vieille femme aigrie et capricieuse bien avant mon temps, songe-t-elle en souriant. Pour les enfants, je peux encore penser que Pierre-Thomas peut devenir un meilleur père, mais pour moi il est trop tard. Il demeurera à jamais un mari froid et distant. »

Ils patinent déjà depuis plus d'une heure. Les enfants sont si contents qu'ils sont exubérants. Ils chantent. Ils parlent fort. Ils rient. Pas une seule fois Pierre-Thomas ne leur a ordonné de se taire. Il paraît même éprouver un réel plaisir à les écouter. Il fait si bon que personne n'a froid. Même Jean Baptiste Léon qui ne bouge pas beaucoup, car il est juché sur les épaules de son père, a les mains toutes chaudes.

Ils patient encore pendant une bonne demi-heure avant que Pierre-Thomas s'écrie :

— Y a-t-il quelqu'un qui prendrait un chocolat chaud ? Si oui, venez enlever vos patins !

Les garçons le suivent sans se faire prier, Magdelon sur leurs talons. Pierre-Thomas dépose son petit dernier par terre le temps d'enlever ses patins. Quand il vient pour reprendre Jean Baptiste Léon, Magdelon lui propose :

— Je peux le porter si vous voulez. Vous devez être mort, vous l'avez dans les bras depuis qu'on est partis du manoir.

— Laissez-moi faire, dit-il en prenant le petit garçon, je n'en mourrai pas.

Puis il ajoute à l'intention de ses deux autres fils :

— Allez-vous pouvoir me montrer comment faire un bon chocolat chaud ?

— C'est facile ! s'exclame Louis Joseph. On n'a qu'à demander à Louise de le préparer.

— Non, pas cette fois, répond Pierre-Thomas. Nous sommes bien assez grands pour nous débrouiller seuls, vous ne croyez pas ?

— Moi, je sais comment faire, lance fièrement Charles François Xavier. Je vous montrerai.

Pendant qu'ils boivent leur chocolat chaud, les enfants parlent et leurs parents les écoutent en souriant. C'est Louis Joseph qui fait basculer la conversation quand il dit à son père :

— Moi aussi, j'aimerais bien aller avec vous à Québec.

— Pourquoi ?

— Parce que je veux faire la même chose que vous quand je serai grand.

— Qu'est-ce que tu entends par là ?

L'enfant réfléchit avant de répondre.

— Eh bien, je veux avoir des colons, construire des routes, vendre du bois…

Il s'arrête quelques secondes avant de poursuivre :

— Et posséder aussi une boulangerie comme celle qui fait les pâtisseries que vous apportez à maman.

— Mais pourquoi veux-tu avoir tout cela ? demande Pierre-Thomas.

— C'est simple, déclare Louis Joseph en haussant les épaules : je veux faire beaucoup d'argent, comme vous.

Pierre-Thomas ne peut s'empêcher d'éclater de rire.

— Tu es bien le digne fils de ton père ! se réjouit-il en serrant le bras du garçon. Si ton frère veut bien te céder sa place la prochaine fois, je n'ai pas d'objection à t'emmener avec moi, bien au contraire.

Charles François Xavier saute sur l'occasion sans aucune hésitation. L'idée de ne pas accompagner son père à Québec ne le fait pas souffrir du tout.

— Il n'y a pas de problème pour moi, père.

— Alors, c'est réglé, annonce Pierre-Thomas. Cependant, Louis Joseph, il faudra que tu sois patient. Je te dirai quand je pourrai t'emmener avec moi, d'accord ?

— Oui, répond fièrement Louis Joseph.

C'est le cœur léger que Pierre-Thomas retourne ensuite à ses affaires. Avant de revenir au manoir, il ne peut s'empêcher de passer saluer Catherine. Elle lui propose de faire quelques pas à l'extérieur, ils seront ainsi plus tranquilles pour parler. Il lui raconte son après-midi avec les enfants et Magdelon. Il a l'air d'un jeune garçon qui vient de faire une bonne action. Il la remercie de l'avoir aidé. À son tour, Catherine en profite pour s'acquitter de sa tâche. Il y a une semaine qu'elle rumine la manière d'annoncer à Pierre-Thomas que Marguerite veut se marier avec le fils d'un noble de Montréal.

— Maintenant, c'est à mon tour de vous parler, commence-t-elle sur un ton solennel. Ce que j'ai à vous dire n'est pas facile, mais il faut bien que quelqu'un vous mette au courant. Magdelon m'a demandé de le faire, car elle ne s'en sentait pas la force.

— Rien de grave, j'espère ?

— Oui et non, soupire Catherine. Tout dépend de quel point de vue on se place. J'irai droit au but. Il s'agit de Marguerite. Je sais que vous avez donné sa main au fils d'un commerçant de Québec. Vous n'êtes pas sans savoir que cette décision n'a rien pour plaire à votre aînée. Comme toutes les jeunes filles de son âge, qu'elles soient riches ou pauvres, Marguerite rêve du prince charmant, pas de marier un parfait inconnu.

— Sans vouloir vous manquer de respect, Catherine, je vous rappelle que je suis son père et que j'ai le droit de choisir son mari. Vous savez comme moi qu'avant qu'elle ait vingt-cinq ans bien sonnés je peux tout décider pour elle.

— Je n'ignore rien de tout cela. Mais j'imagine que vous souhaitez avant tout son bonheur.

— C'est certain. J'ai choisi pour elle un homme bon. Elle devrait pouvoir l'aimer au fil du temps, mais pour cela, il faudra qu'elle y mette un peu du sien. Elle ne pourra pas jouer indéfiniment à l'enfant gâtée. Elle est assez vieille maintenant pour avoir sa propre vie.

— Là-dessus, nous sommes tous les deux d'accord.

— Et puis, Magdelon n'avait pas le droit de la laisser à Verchères sans m'en parler avant.

— Honnêtement, auriez-vous autorisé Marguerite à rester à Verchères ?

— Bien sûr que non ! Je m'y serais opposé de toutes mes forces. La place d'une jeune fille est avec sa famille, pas avec sa grand-mère.

— Saviez-vous qu'à partir du moment où Magdelon lui a appris que vous vouliez la marier Marguerite n'a pas arrêté de pleurer pendant des semaines ? Elle faisait pitié à voir, la pauvre enfant. Saviez-vous aussi qu'elle a boudé sa mère pendant tout ce temps alors que Magdelon n'avait rien à voir dans toute cette affaire ? Ce n'est qu'à force de parler à Marguerite que j'ai fini par lui faire entendre raison et qu'elle a recommencé à parler à sa mère. Saviez-vous que votre fille était si désespérée qu'elle a écrit à sa grand-mère pour lui demander de la prendre chez elle ?

— Non, je ne savais rien de tout cela.

— Dès son arrivée à Verchères, Marguerite a enfin retrouvé le sourire. Il était grand temps pour elle de revenir à la vie. Je dois vous avouer qu'elle m'a fait vraiment peur. Pendant un moment, j'ai bien pensé qu'elle était sur le point de sombrer comme Magdelon l'a fait quand elle a perdu son bébé. J'ai prié de toutes mes forces pour que cela n'arrive pas. La veille de notre départ, maman a dit à Magdelon qu'elle acceptait de garder Marguerite à Verchères un moment. Elle lui a aussi dit à quel point sa fille était désespérée de devoir épouser l'homme que son père a choisi pour elle. Jusque-là, Magdelon ignorait totalement que Marguerite avait écrit à maman. Moi, je le savais parce qu'elle m'avait demandé d'envoyer sa lettre après m'avoir fait promettre de ne pas en parler à Magdelon.

— Mais je ne voulais que son bonheur… Jamais je n'aurais pu penser que ce mariage l'affecterait autant.

— Vous n'allez tout de même pas me dire que vous ne trouvez pas votre compte dans ce mariage parce que je ne vous croirai pas.

— C'est certain que j'y trouve mon compte, répond fièrement Pierre-Thomas. Qui a dit que nous devions marier nos enfants à des moins que rien ? Je suis en affaires pour faire des affaires, seul ou avec l'aide d'autres. Ainsi va la vie.

— Je n'ai pas fini. Depuis son arrivée à Verchères, bien des choses ont changé pour Marguerite. Le jour de la fête organisée pour maman, elle a fait la connaissance du petit-fils d'un des amis de mes parents. Au fil du temps, il est arrivé ce qui devait arriver.

— Vous n'allez pas me dire que…

— Laissez-moi finir. Ils se sont revus et, un peu avant Noël, il a demandé Marguerite en mariage. En fait, Zacharie et votre fille veulent se fiancer à Pâques et se marier en septembre.

— Il n'en est pas question ! hurle Pierre-Thomas en frappant lourdement son poing droit dans sa main gauche. C'est moi qui déciderai avec qui elle se mariera !

— Il est inutile de vous emporter de la sorte. Laissez-moi finir. Vous m'avez confié que vous trouviez votre compte dans le mariage que vous avez planifié pour votre fille. Alors, écoutez-moi bien. Le jeune homme qu'elle veut épouser vient d'une famille noble de Montréal. Son grand-père a toujours travaillé dans le commerce. C'est un ancien général de la marine dont les nombreux contacts font l'envie de plusieurs. Quant à son père, il est le bras droit de l'intendant de Montréal depuis plusieurs années. Dans ses loisirs, il s'adonne au commerce du bois comme le chêne et le merisier. Et Zacharie suit les traces de son père et de son grand-père. Il est déjà considéré comme l'un des jeunes hommes les plus convoités par la gent féminine, tant à Montréal qu'à Québec et à Trois-Rivières. Moi, je pense que vous auriez intérêt à considérer son offre d'épouser Marguerite avant de la rejeter du revers de la main. Dans votre décision de choisir un mari pour votre fille, vous serez perdant sur toute la ligne au bout du compte. Je connais assez bien Marguerite pour vous garantir qu'elle vous fera payer toute sa vie de l'avoir obligée à se marier avec un illustre inconnu. Quant au plaisir d'avoir un jour des petits-enfants issus de son mariage, n'y pensez même pas.

— Mais elle n'a encore jamais vu le garçon que j'ai choisi pour elle, comment peut-elle décider qu'elle n'en veut pas ?

— C'est une question de principe, mon cher. Par contre, si vous la laissez épouser l'homme qu'elle aime, elle vous en sera redevable jusqu'à la fin de ses jours et vous pourrez profiter de vos petits-enfants allègrement. Je suis même certaine qu'elle fera tout en son pouvoir pour vous faciliter les choses en matière d'affaires avec sa belle-famille. Voilà, vous savez tout. C'est maintenant à vous de décider.

Pierre-Thomas arrête de marcher. Il baisse légèrement la tête et se frotte la barbe comme il le fait chaque fois qu'il réfléchit. Son intention n'était pas de faire du mal à sa fille. Aussi bien se l'avouer, si Catherine dit vrai, jamais il ne pourrait supporter de voir Marguerite dans un état végétatif comme celui dans lequel est resté Magdelon pendant près d'une année. Il veut bien faire des affaires, mais au fond de lui-même, il veut aussi le bonheur des siens, même s'il est totalement en désaccord avec la façon d'agir de sa fille.

— Marguerite aurait dû venir me parler de tout cela, lance-t-il autant pour lui-même que pour Catherine.

— L'auriez-vous vraiment écoutée ?

Il poursuit sa réflexion sans répondre. Certes, il a donné la main de sa fille au fils d'un de ses associés dans le but de faciliter les affaires entre eux. Il s'y est engagé formellement. Déjà qu'il a dû retarder le mariage, il se voit très mal revenir à la charge pour l'annuler. «Il y a des choses qui ne se font pas. D'un autre côté, je n'ai pas l'intention de rendre ma fille malheureuse pour le reste de ses jours.»

— Pierre-Thomas, murmure Catherine en pressant le bras de son beau-frère, vous pouvez prendre le temps d'y réfléchir. Pâques n'est pas dimanche prochain à ce que je sache.

— Il est inutile de réfléchir plus longtemps. Je ne sais pas comment je vais m'y prendre, je trouverai bien un moyen, mais je vais annuler la promesse de mariage que j'ai faite pour Marguerite.

Catherine se retient de toutes ses forces d'exprimer sa joie. Elle attend la suite en silence.

— Pour le reste, je vous fais confiance, à vous et à Magdelon, sur le choix que ma fille a fait pour son futur mari. Vous pourrez dire à Marguerite que je lui donne ma bénédiction et que je serai très content de faire la connaissance de son futur mari à Pâques. Vous pouvez aussi lui annoncer que je me rendrai à Verchères pour l'occasion, avec sa mère.

— Vous ne le regretterez pas, Pierre-Thomas. Croyez-moi, vous avez pris la bonne décision.

— En tout cas, ne manquez pas de faire savoir à ma fille qu'elle vous doit une fière chandelle. Si vous n'étiez pas une femme, je vous engagerais pour défendre mes intérêts. Je vous laisse maintenant, j'aimerais bien rentrer assez tôt au manoir pour manger avec les miens.

— Alors, vous informerez Magdelon vous-même?

— Non, je vous laisse ce plaisir. Vous avez travaillé assez fort.

Chapitre 18

— En tout cas, ma sœur, je te serai redevable toute ma vie d'avoir permis à Marguerite de se marier avec l'homme qu'elle aime. N'est-ce pas qu'elle était belle, ma fille ?

— Tu as bien raison, c'était la plus belle mariée que j'ai jamais vue, après nous, naturellement. À partir de maintenant, j'aimerais que tu arrêtes de me remercier parce que je n'ai fait que mon devoir de tante.

— Tu es un peu trop humble à mon goût. Tu sais comme moi que ce n'est pas simple de faire changer Pierre-Thomas d'idée et, pourtant, tu y es arrivée. Alors, je veux bien arrêter de te remercier, mais jamais je n'oublierai le tour de force que tu as réussi.

— Je dois reconnaître que je suis plutôt fière de mon coup. Je l'étais d'autant plus quand j'ai vu le bonheur briller dans les yeux de Marguerite le jour de son mariage. Rien qu'à la regarder, on pouvait deviner l'amour qu'elle ressent pour son Zacharie.

— Et pendant toute la soirée, Zacharie n'a pas cessé de me répéter à quel point il était fier que Marguerite ait accepté de devenir sa femme. Tu crois que je vais être grand-mère bientôt ?

— Cela ne m'étonnerait pas du tout. Si on se fie à ce qu'on a vu, il y a de fortes chances que nos jeunes mariés s'offrent quelques nuits torrides, si tu vois ce que je veux dire.

— Moi ? Comment veux-tu que je le sache ? répond Magdelon en riant. Il y a des mois que je suis au pain et à l'eau.

— Tu as quand même quelques vieux souvenirs…

— Heureusement! Mais ils commencent à être flous. Il serait grand temps qu'Antoine passe par ici. Bon, assez rigolé, passons aux choses sérieuses maintenant.

— Pourquoi?

— Parce qu'il faut que nous ayons une conversation, toi et moi.

— À propos de quoi?

— Jeanne aura cinquante ans en octobre et j'aimerais bien lui organiser une petite fête. J'en ai glissé un mot à Louis-Marie la dernière fois que je l'ai vu et il trouve que c'est une excellente idée.

— C'est vrai. Et cette fête, on la ferait ici ou à Batiscan?

— Je crois que ce serait plus simple de la faire ici. Louis-Marie m'a dit qu'il doit aller à Québec au début du mois d'octobre. Comme d'habitude, il laissera Jeanne à Sainte-Anne en passant. Madame de Saurel viendra nous rendre visite au même moment, je l'ai déjà avertie. Et nous fêterons Jeanne quand Louis-Marie reviendra la chercher.

— Attends, il y a quelque chose que je ne comprends pas. Comment vas-tu faire pour organiser la fête alors que Jeanne séjournera au manoir en même temps que madame de Saurel? Tu en auras déjà plein les bras.

— C'est justement pour cela que j'ai besoin de toi. Crois-tu que nous pourrions faire la fête chez toi?

— Il faut que j'en parle avec Lucie, mais je ne crois pas que cela présente un problème. Qui comptes-tu inviter?

— Toute la seigneurie, répond Magdelon d'une voix à peine audible.

— Ouf! On ne peut pas dire que tu y vas de main morte, toi! Je n'aurai jamais le temps de cuisiner pour nourrir tout ce beau monde.

— J'en ai parlé aux femmes à notre dernière soirée de broderie, avant que tu arrives, et toutes sont d'accord pour faire leur part. Tu sais à quel point tout le monde ici apprécie Jeanne.

— Si je comprends bien, j'étais la seule à ne pas être encore au courant…

— Ne t'offusque pas pour si peu. Il fallait bien que je vérifie tout le reste avant de te demander de tenir la fête chez toi.

— Et Lucie? Elle était à la soirée de broderie, si je me souviens bien…

— Oui…

— J'imagine alors qu'il est inutile que je lui demande la permission de recevoir les gens.

— Ne le prends pas mal, je t'en prie. Mais d'une affaire à l'autre, j'ai oublié de te parler de mon projet.

— Va droit au but, je t'en prie, lance Catherine d'un ton qui trahit sa frustration. Qu'attends-tu de moi exactement?

— Que tu prennes les choses en main et que tu écrives un poème pour Jeanne.

— Maintenant, c'est plus clair. D'accord, je vais m'assurer que tout est prêt pour la fête, mais ne me refais plus jamais le coup. Si j'accepte, c'est parce que j'aime beaucoup Jeanne. Pour ce qui est d'écrire un poème pour notre amie, tout ce que je peux te promettre, c'est d'essayer. Mais il va falloir que tu m'aides.

— Je n'ai jamais écrit de poèmes, moi! Tu ne sais pas dans quoi tu t'embarques.

— Je ne veux pas que tu écrives à ma place! Je veux simplement que tu me parles de Jeanne, de ce que tu aimes chez elle et de ce que tu aimes moins, de ton meilleur souvenir avec elle, de la façon dont elle est devenue ta meilleure amie, après moi bien sûr.

— Quand veux-tu que nous procédions ?

— Tout de suite, si tu me donnes une plume et une feuille de papier. Octobre viendra plus vite qu'on pense, il n'y a pas de temps à perdre.

Quand Catherine retourne chez elle, sa feuille de papier est noircie des deux côtés. Jeanne a beaucoup de chance d'avoir Magdelon comme amie. Si Catherine n'était pas déjà la sœur et l'amie de Magdelon, elle serait verte de jalousie. Jeanne a bien raison d'aimer Magdelon. Sans elle, elle pourrirait sûrement encore au service de Pierre-Thomas alors que maintenant elle a la chance d'avoir une vie normale, un mari, une famille. Elle a même la chance d'élever le fils d'Alexandre et de Tala. Catherine n'en a jamais parlé à personne, pas même à Magdelon, mais plus que tout au monde elle aurait voulu élever cet enfant elle-même. Ce n'est que parce qu'elle habite trop près de Pierre-Thomas qu'elle a laissé Jeanne emmener le petit. Tant qu'elle et Magdelon ne sauront pas si Pierre-Thomas est mêlé aux meurtres de Tala et d'Alexandre, il est préférable que le fils de ces derniers vive à Batiscan.

Pierre-Thomas en veut tellement à Jeanne de l'avoir abandonné qu'il l'évite comme la peste. Avec les années, il a peut-être oublié l'enfant. « Et nous ne ferons rien pour lui rappeler son existence », pense Catherine. Mais chaque fois que son frère lui manque, et cela arrive souvent, elle maudit le fait de rester trop près de Pierre-Thomas. Alexandre était, de tous ses frères, son préféré. Il la faisait tellement rire quand il imitait les colons. Elle aimait aller en forêt avec lui, et s'ennuie de leurs promenades en canot. Quand elle était avec lui, elle se sentait à l'abri de tous les dangers, même des Iroquois.

* * *

En fin d'après-midi, Magdelon va pêcher avec Charles François Xavier et Louis Joseph comme elle le leur avait promis. Assis dans le canot, les deux garçons lancent leur ligne à l'eau en babillant alors que leur mère en profite pour se reposer. Magdelon les observe du coin de l'œil et sourit. « Bientôt, ce seront des hommes et je serai vieille. C'est fou ce que la vie passe vite. Hier encore, c'est moi qui pêchais avec mon père sur ce même fleuve. Et me voilà à regarder pêcher mes garçons. »

— J'en ai un ! s'écrie Louis Joseph. Aidez-moi, maman. Il est sûrement très gros ; regardez, ma branche plie.

— Tiens bon ! conseille Magdelon. Maintenant, il faut entraîner ta prise jusque dans le canot. Tire doucement sur la corde. Tu vas y arriver. Tu y es presque. Ça y est ! Wow ! C'est vrai qu'il est gros, ton poisson. Il devrait suffire pour nourrir toute la famille ce soir.

— Je suis si content. Surveillez-le pour ne pas qu'il se sauve, moi je remets ma corde à l'eau. Si j'en prends un autre, j'irai le porter à tante Catherine.

— J'en ai un ! s'exclame à son tour Charles François Xavier. J'espère qu'il sera plus gros que le tien.

— C'est impossible, répond Louis Joseph, j'ai pêché le plus gros poisson.

— Tu peux toujours rêver. Attends de voir le mien.

Quand Charles François Xavier réussit enfin à sortir son poisson de l'eau, les deux garçons se dépêchent de comparer leurs prises.

— Vous voyez bien, ils sont de la même longueur, constate Magdelon. Continuez à pêcher pour voir qui prendra le plus gros poisson.

Au bout de quelques heures, les deux frères ont pris une bonne douzaine de poissons, majoritairement des truites. Ils sont fous de joie. Ils ont même oublié de vérifier qui a pêché le plus gros.

— Que diriez-vous si nous fumions quelques poissons ? suggère Magdelon.

— C'est une excellente idée ! répond Louis Joseph. J'adore le poisson fumé. Mais je vais donner au moins deux de mes prises à tante Catherine.

— Aucun problème ! approuve Magdelon en riant.

Louis Joseph a toujours une petite pensée pour Catherine, et ce, depuis toujours. Il parlait à peine, mais il était capable de prononcer correctement le prénom de sa tante. Chaque fois qu'il la voyait, alors qu'il marchait tout juste, il courait se jeter dans ses bras. De son côté, Catherine a toujours dit que si elle avait eu un fils, elle aurait voulu qu'il ressemble à Louis Joseph.

Quand ils reviennent sur la terre ferme, les deux garçons montrent leurs prises à toutes les personnes qu'ils croisent sur leur chemin. Ils vont même porter les deux poissons à Catherine avec toute leur pêche, ce qui fait bien rire cette dernière. Elle donne à chacun des garçons un gros bec sur les joues pour les remercier et leur fait promettre de lui apporter du poisson fumé dès qu'il sera prêt.

De retour au manoir, Louis Joseph et Charles François Xavier déposent leurs poissons devant la grange et vont chercher Jacques pour qu'il les aide à les nettoyer. Ils racontent à celui-ci leur pêche en long et en large sans oublier le moindre petit détail. Une fois le travail terminé, ils lui remettent deux poissons pour que Louise les fasse cuire pour le souper. Ils demandent à Jacques de prévenir leur mère qu'ils l'attendent pour fumer les autres poissons.

La journée s'achève ainsi dans la joie et le bonheur. Cette nuit-là, les deux garçons auront tout ce qu'il faut pour rêver à leur aise.

* * *

Au moment où Magdelon se prépare à se coucher, un des jumeaux se réveille en sursaut. La minute d'après, Louise descend avec l'enfant dans ses bras ; il est brûlant de fièvre. La jeune mère a les larmes aux yeux. Depuis leur naissance, les jumeaux ont été malades bien plus souvent qu'à leur tour. Chaque fois qu'un de ses rejetons souffre d'un quelconque mal, Louise est désespérée et arrête de vivre jusqu'à ce qu'il soit complètement rétabli. Magdelon prend l'enfant le temps que sa mère aille lui chercher de l'eau au puits. On appliquera ensuite des compresses fraîches sur le front du petit, histoire de faire baisser sa fièvre.

— Allez dormir, Louise, dit Magdelon, je vais m'occuper du bébé.

— Je vous remercie, mais je ne pourrai pas dormir tant qu'il n'ira pas mieux.

— Si la fièvre n'est pas tombée avant le lever du jour, venez me réveiller.

Le jour est levé depuis un moment déjà quand Magdelon réussit à ouvrir les yeux. Elle s'est endormie aux sons des pleurs du petit de Louise. Elle s'habille en vitesse et part aux nouvelles. Jacques est seul à la cuisine.

— Où est tout le monde ? s'informe-t-elle.

— Catherine est venue chercher les garçons il y a une heure pour aller cueillir des pommes.

— Et Louise ?

— Elle est couchée avec un des jumeaux.

— Fait-il toujours de la fièvre ?

— Tout ce que je sais, c'est qu'il a pleuré une bonne partie de la nuit.

— Quand Louise se lèvera, dites-lui de venir me voir.

Chapitre 19

Trois jours plus tard, le fils de Louise meurt dans ses bras. Elle le tient depuis des heures et refuse qu'on le lui enlève. Jacques est désespéré. En plus de perdre son fils, il a l'impression d'avoir aussi perdu sa femme. Louise a le regard absent et fixe. Seules les larmes qui coulent sans arrêt sur ses joues confirment qu'elle est toujours vivante. Elle n'a pas fermé l'œil depuis trois jours et n'a pas avalé une seule bouchée de toute la journée. Chaque fois que Jacques tente de lui enlever le bébé, elle se met à crier. Le pauvre homme n'en peut plus de la voir ainsi. Il fait pitié à voir. Trouvant que cela a assez duré, Magdelon décide de s'en mêler. Elle s'approche de Louise, lui met la main sur l'épaule et lui parle doucement à l'oreille. C'est alors qu'un miracle s'opère. Louise embrasse son fils sur le front et le tend à Magdelon. Celle-ci sort vite de la chambre avec le bébé. Il sera mis en terre dès le lendemain. « Le curé se plaindra que c'est trop vite, mais il fera avec. Au pire, cela lui fera une raison de plus de m'en vouloir. C'est déjà assez difficile pour Louise et Jacques, il ne faut pas les obliger en plus à veiller leur petit garçon pendant trois longs jours », songe-t-elle.

Magdelon écrit au curé. Elle demande ensuite à Charles François Xavier d'aller porter sa lettre au presbytère. Les yeux dans l'eau, car il aime les enfants de Louise autant que ses frères et sa sœur, le garçon court jusqu'au presbytère d'une seule traite. Il ne sent même pas la pluie qui lui fouette le visage. Il frappe trois petits coups secs à la porte. Quand la servante du curé vient ouvrir, il lui remet le mot de sa mère et retourne au manoir en courant. Il monte à sa chambre et, tout trempé, se jette sur son lit. Il peut enfin laisser libre cours à sa peine.

Il y a bien longtemps que le manoir n'a pas été aussi silencieux. En fait, cela remonte au jour où Marie-Madeleine est morte. Pendant les longs mois qui ont suivi, on aurait dit que le manoir tout entier se trouvait en état de veille. Même les enfants étaient devenus silencieux. D'ailleurs, tout le monde croyait que plus jamais aucun rire ne résonnerait entre les murs du manoir. Mais heureusement, un beau jour, deux bonnes fées sont venues rompre le mauvais sort et tranquillement le soleil a recommencé à briller, les enfants à s'amuser et les rires à éclater. Personne n'a jamais reparlé de ce temps maudit. Mais voilà qu'aujourd'hui tous les habitants du manoir sont en deuil parce qu'un des leurs vient de les quitter. Et demain, ils le mettront en terre.

Magdelon a tout fait pour que le bébé guérisse, mais rien n'a marché. Chaque fois qu'elle perd un malade, cela lui brise le cœur. «Nous aurions dû l'emmener à l'hôpital de Québec. Il serait probablement encore vivant. J'ai beau avoir quelques connaissances, je ne suis tout de même pas médecin. Je vais écrire à l'intendant. Ce n'est pas normal qu'il y ait des médecins seulement à Québec et à Montréal. On dirait que les gens des seigneuries sont moins importants que ceux des villes, alors que sans nous il n'y aurait pas de villes qui tiennent. C'est trop injuste. Le petit venait à peine de commencer sa vie.»

Tous les habitants de la seigneurie ont délaissé leurs travaux pour assister à la messe funèbre. La petite église est pleine. Dehors, la pluie bat son plein. On dirait que même le ciel pleure la mort du petit Jean-Charles. Perdre un être cher est une chose terrible. Perdre un enfant est encore pire. Magdelon est bien placée pour le savoir. Elle n'a aucun souvenir de l'enterrement de Marie-Madeleine. Elle errait dans un autre monde, un univers où la souffrance régnait en maître. Elle souffrait tellement qu'elle avait l'impression d'être une plaie ouverte. Sa souffrance l'avait coupée de tout ce qu'elle aimait. Elle mangeait parce qu'on lui apportait à manger. Elle buvait parce qu'on lui apportait à boire. Elle se lavait parce qu'on déposait une bassine d'eau fraîche au pied de son lit. Elle se changeait parce qu'on lui donnait des vêtements propres. Elle existait seulement, elle ne vivait plus. Elle ne s'intéressait à rien ni à personne.

La vue du petit cercueil lui donne froid dans le dos. Quand le curé commence son sermon, elle serre les poings pour ne pas hurler.

— Mes biens chers frères et sœurs, le seigneur a rappelé ce petit ange auprès de lui pour expier nos péchés. Il vous faudra prier pour son âme pour éviter qu'il pourrisse dans les limbes ou, pire encore, qu'il brûle dans les feux de l'enfer pour l'éternité. La mort est une punition que…

Plus le curé avance dans son discours, plus Magdelon sent la colère monter en elle. « Comment peut-il dire de telles choses ? Cet enfant a vécu à peine quelques mois. C'est au ciel direct qu'il doit aller, pas dans les limbes et encore moins en enfer. Et tous ces pauvres gens qui boivent les paroles de cet abruti qui ne sait rien de la douleur de perdre un enfant !... »

C'est sous une pluie battante que tous se rendent au petit cimetière pour mettre l'enfant en terre. Heureusement, pour une fois, le curé ne s'éternise pas. Quand Magdelon passe à sa hauteur avant de retourner au manoir, il ne manque pas de lui dire du bout des lèvres :

— Vous auriez dû écouter mon sermon au lieu de rêvasser à ce que vous allez dire sur mon compte encore.

— J'ai bien mieux à faire que de parler de vous, répond Magdelon de but en blanc.

— Un jour, vous paierez pour tout le tort que vous me faites. Vous n'avez aucune charité chrétienne.

— Arrêterez-vous un jour de m'en vouloir de vous avoir refusé de garder Marie-Charlotte ?

— Cela m'étonnerait beaucoup. Mais ne mélangez pas les choses, ce n'est pas de cela dont il est question. Cessez tout de suite de répandre des faussetés sur moi.

— J'en ai assez entendu ! s'insurge Magdelon. Dire que vous êtes supposé veiller sur les âmes de vos fidèles ! En tout cas, en ce qui me concerne, j'aime mieux veiller sur la mienne moi-même. En passant, votre sermon était nul !

Sans attendre son reste, elle part en courant en direction du manoir. Elle va se changer dans sa chambre avant de rejoindre tout le monde à la cuisine. Le spectacle qui s'offre alors à elle n'a vraiment rien de réjouissant. Tous sont assis autour de la table, la mine basse. Même les deux jeunes enfants de Louise ont l'air déprimé. Il faut qu'elle fasse quelque chose et vite. Elle ne peut pas les laisser ainsi trop longtemps. Elle a peur que tout le monde se change en statue de sel.

— Bon, écoutez-moi ! s'écrie-t-elle. C'est très triste ce qui est arrivé au petit Jean-Charles et nous avons tous de la peine parce que nous l'aimions. Mais nous, nous sommes vivants et nous n'avons pas le droit de nous laisser aller. Vous irez tous changer de vêtements. Ensuite, vous reviendrez ici et je vous ferai un bon chocolat chaud avec du sucre d'érable. Nous préparerons le dîner ensemble. Allez ! Le premier qui revient à la cuisine aura le droit de venir choisir quelque chose dans mon coffre aux trésors.

C'est Louis Joseph qui revient le premier à la cuisine. Il a tellement fait vite qu'il est tout essoufflé. Plutôt que de s'asseoir pour attendre les autres, il sort les tasses et le chocolat chaud. Quand sa mère entre dans la cuisine et qu'elle le voit à l'œuvre, elle lui dit :

— Merci, mon grand, c'est très gentil. Alors c'est toi qui viendras choisir un objet dans mon coffre aux trésors.

— Oui, répond le jeune garçon d'une voix plutôt neutre.

— Aujourd'hui, nous allons faire quelque chose de spécial. Nous ferons notre chocolat chaud avec du lait et de l'eau. Je suis certaine que cela va te plaire.

— Ce qui me plairait le plus, ce serait que Jean-Charles ne soit pas mort, maman.

— Je sais bien, mais personne ne peut le faire revenir à la vie. Comme je te l'ai déjà expliqué, nous sommes tous de passage sur la terre. Certains restent longtemps alors que d'autres ne font que passer, comme le petit Jean-Charles. Viens m'aider à faire chauffer l'eau et le lait. Tu pourrais sortir quelques galettes ? Il me semble que ce serait bon avec notre chocolat chaud.

Quand les autres arrivent, tout est déjà prêt. Magdelon entretient la conversation du mieux qu'elle peut. Au moins, elle a réussi à voir quelques demi-sourires et à entendre quelques petits éclats de voix. Elle sait bien qu'à partir de maintenant il faudra laisser le temps faire son œuvre. Personne n'oubliera Jean-Charles, mais chacun apprendra à vivre sans lui. Quant à ses parents, ils sentiront un vide leur vie durant et jamais ils n'oublieront leur fils. Mais plus le temps passera, moins ils parleront de l'enfant.

Une fois la vaisselle lavée et rangée, Magdelon propose à ses fils d'aller cueillir des pommes même si la terre est gorgée d'eau. Elle aide Jean Baptiste Léon à s'habiller, puis elle dit à Louise et Jacques avant de sortir :

— Allez vous coucher avec les petits, cela vous fera du bien. Je vous réveillerai quand nous rentrerons.

— Si je me couche, je ne suis pas certaine de pouvoir me relever tellement je suis fatiguée, confie Louise.

— Allez-y, vous avez ma bénédiction.

— Merci, vous êtes bien bonne pour nous.

Chapitre 20

— Magdelon, venez vite ! Je pense que j'ai trouvé votre homme.

Magdelon ferme son livre, relève sa jupe et marche jusqu'à la porte d'entrée. Elle croit bien avoir entendu la voix de Pierre-Thomas.

— Ne deviez-vous pas revenir seulement à la fin de la semaine ? formule-t-elle pour toute salutation.

— C'est exact. Mais j'ai enfin mis la main sur l'homme qui vous a agressée dans la forêt l'année dernière. Venez avec moi, il est à la grange.

— Vous l'avez amené ici ?

— Oui. Je veux que vous l'identifiiez. Et comme je ne sais pas dessiner, je n'avais d'autre choix que de le traîner jusqu'ici. Venez. Vous savez où est Charles François Xavier ? Il a vu l'agresseur lui aussi.

— Je ne sais pas où il est. D'ailleurs, vous me faites réaliser que cela fait déjà un bon moment que je ne l'ai pas vu. Il est peut-être allé chez Catherine. Je peux demander à Jacques d'aller vérifier si vous voulez.

— C'est une bonne idée. Je vous attends à la grange. Je préfère ne pas laisser mon invité seul trop longtemps.

— J'arrive dans une minute.

En voyant l'homme, Magdelon n'a aucun doute : il s'agit bel et bien du goujat qui s'est jeté sur elle alors qu'elle s'affairait à vider son chevreuil. Si elle ne se retenait pas, elle le frapperait de toutes ses forces. Pierre-Thomas la connaît suffisamment pour savoir ce qui lui passe par la tête à cet instant même. C'est pourquoi il prend les devants et interroge sa femme :

— Est-ce bien l'homme qui vous a agressée en forêt l'année dernière ?

— C'est bien lui, confirme Magdelon du bout des lèvres. Pourquoi m'avez-vous sauté dessus, espèce de brute ?

Avant de lui répondre, l'homme la regarde droit dans les yeux. Elle soutient son regard sans peine et sent une grande colère s'emparer de tout son corps. Elle est tellement furieuse qu'elle ne laisse même pas le temps à l'homme de répondre. Elle poursuit sur sa lancée :

— À cause de vous, j'ai souffert le martyr pendant des semaines. J'avais du mal à respirer à force d'avoir enduré votre gros corps sur le mien. Pourquoi m'avez-vous attaquée ? Allez-vous me le dire à la fin ?

L'homme hausse les épaules avant de baisser les yeux. Pierre-Thomas prend l'agresseur par le bras et lance :

— Je vous conseille de répondre à la dame et vite.

— Je n'avais pas de raison particulière. J'étais bourré et quand j'ai vu que vous aviez tué deux chevreuils, je me suis dit que je pourrais vous en prendre un sans trop de problème, mais j'ai mal évalué mon affaire. J'avais vu le jeune garçon qui était avec vous, mais jamais je n'aurais pensé qu'il me frapperait aussi durement. J'en ai eu pour des jours à avoir mal à la tête. Encore maintenant, quand le temps est mauvais, j'ai des migraines.

— C'est tout ce que vous méritez ! fulmine Magdelon. Si j'avais été face à vous, je vous aurais tiré une balle entre les deux yeux avant même que vous atterrissiez sur moi. Un conseil : ne vous avisez pas de croiser mon chemin une autre fois.

— Ne vous inquiétez pas, Magdelon, dit Pierre-Thomas. Dès demain, je le conduirai chez l'intendant de Québec. D'après moi, il risque de passer quelques années à l'ombre.

— Bon, je vous laisse, je l'ai assez vu. Je vous enverrai Charles François Xavier dès qu'il arrivera.

Personne ne sait où est passé Charles François Xavier. Magdelon fait de gros efforts pour ne pas laisser paraître l'inquiétude qui la gagne de minute en minute. «Pourvu qu'il ne soit pas allé au village indien, ce n'est vraiment pas le moment», pense-t-elle. C'est bien à contrecœur qu'elle a dû avouer à Pierre-Thomas qu'elle n'avait aucune idée de l'endroit où se trouvait leur fils. Il était furieux, pas après elle mais après Charles François Xavier. Magdelon imagine déjà l'accueil que son mari réservera au garçon.

Il est plus de sept heures du soir quand Charles François Xavier se pointe enfin au manoir. À peine a-t-il ouvert la porte qu'il s'écrie d'une voix on ne peut plus joviale :

— Maman, j'ai un cadeau pour vous. Je vous ai apporté du poi…

À la vue de son père bien installé dans le salon, il fige sur place.

— Où étais-tu passé mon garçon? Nous t'avons cherché dans toute la seigneurie.

Charles François Xavier comprend vite qu'il est pris au piège. Avec sa mère, il s'en serait tiré avec un petit sermon, mais les choses seront bien différentes avec son père. En fait, ce dernier est si peu souvent à la maison qu'il n'a aucune idée de ce qui l'attend et cela l'inquiète.

— Ne m'oblige pas à répéter ma question, jette sur un ton courroucé Pierre-Thomas.

— Je suis allé me balader en forêt, répond doucement le garçon.

— Tu ne penses tout de même pas me faire croire que tu as trouvé ton poisson fumé au pied d'un arbre... Il sent jusqu'ici.

Charles François Xavier baisse légèrement la tête. Il vaut mieux qu'il s'en tienne à la vérité.

— En fait, je suis allé au village indien.

— Depuis quand as-tu le droit d'aller au village indien et seul par-dessus le marché ? Je te l'ai déjà répété souvent, je ne veux pas que tu ailles en forêt seul, pas plus qu'au village indien. Est-ce bien clair pour toi ?

Charles François Xavier a compris depuis longtemps que toute vérité n'est pas bonne à dire et qu'il vaut mieux répondre seulement aux questions qu'on vous pose, sans ajouter de détails inutiles. C'est pourquoi il répond simplement à la dernière question de son père.

— Oui, père, c'est parfaitement clair pour moi. Je suis désolé, je n'ai pas réfléchi.

— Va porter ton poisson à la cuisine et viens me rejoindre. J'ai ramené avec moi l'homme qui a agressé ta mère. J'aimerais que tu confirmes qu'il s'agit du coupable avant que je le remette aux autorités. Après, tu monteras te coucher. Et pour ta punition, tu monteras te coucher tous les soirs à cette heure jusqu'à la fin du mois.

— Je reviens tout de suite murmure Charles François Xavier.

Magdelon n'a pas ouvert la bouche. Demain, elle dira à Charles François Xavier que ce n'est pas une manière d'agir. En son for intérieur, elle est néanmoins fière de lui. Il a su garder son sang-froid devant son père et avouer le strict minimum. Pour ce qui est du poisson fumé, elle a bien l'intention d'y goûter dès que les enfants seront couchés.

Quand Pierre-Thomas découvre que la porte de la grange est entrouverte, il suspecte quelque chose de louche. « Il me semblait pourtant l'avoir bien fermée. » Il prend la fourche à l'entrée et avance doucement. Lorsque sa chandelle éclaire le dernier box, l'endroit même où il avait attaché l'agresseur de Magdelon, la place est vide. Il jure entre ses dents, lance sa fourche et sort en vitesse de la grange. « Je me suis bien fait avoir ! Mais il ne perd rien pour attendre. Dès demain, je ferai porter un avis de recherche à l'intendant. »

* * *

Le lendemain matin, au lieu de prendre le chemin de Québec, Pierre-Thomas va à Montréal. Fidèle à ses habitudes, il donne ses consignes à Magdelon avant de partir.

— Je compte sur vous pour que la punition de Charles François Xavier soit appliquée. Aussi, quelques colons viendront vous voir pour payer ce qu'ils me doivent. J'ai laissé la liste sur le bureau. Soyez vigilante, vous savez comme moi que le calcul n'est pas leur force. Dernière chose : vous m'excuserez auprès de Jeanne, je ne crois pas que je serai revenu à temps pour sa petite fête.

— Vraiment, vous me surprenez ! ironise Magdelon.

— Que voulez-vous insinuer ?

— Rien. Seulement, je suis surprise d'apprendre que vous ne serez pas revenu à temps pour la fête de Jeanne. Mais pour ne rien vous cacher, le contraire m'aurait beaucoup étonnée.

— Je vous l'ai dit, je dois aller rencontrer le beau-père de Marguerite. Pensez-vous vraiment que j'ai les moyens de laisser passer cette chance ?

— Dois-je vous rappeler que si votre prisonnier ne s'était pas sauvé vous seriez déjà en route pour Québec ? Vous pouvez vous raconter toutes les histoires que vous voulez, mais pas à moi. Je trouve votre attitude vis-à-vis de Jeanne tout à fait enfantine, mais c'est votre droit. Et puis, c'est vous qui avez l'air fou, pas moi.

— Vous avez terminé? Il faut que je parte vite si je veux arriver à Saurel avant la nuit. Avez-vous un message pour madame de Saurel?

— Rappelez-lui simplement que je l'attends la semaine prochaine.

Magdelon sort une lettre de la poche de son tablier et la remet à Pierre-Thomas.

— C'est pour Marguerite. Embrassez-la bien fort pour moi. Dites-lui qu'elle me manque beaucoup.

— Si vous voulez, vous pourrez m'accompagner la prochaine fois que j'irai à Montréal.

— Je verrai. Pour le moment, j'ai beaucoup trop à faire pour songer à m'absenter.

Magdelon regarde Pierre-Thomas s'éloigner jusqu'à ce qu'il disparaisse de son champ de vision. Décidément, elle ne comprendra jamais son attitude envers Jeanne. Il se comporte comme un enfant gâté à qui on a dit « non » et qui boude dans son coin. « Tant pis pour lui! Nous fêterons les cinquante ans de Jeanne sans lui et ce sera une très belle fête. »

Au lieu d'entrer dans le manoir et de se mettre à l'ouvrage, Magdelon se dirige vers la rivière. Elle a envie de s'offrir une petite pause avant de commencer sa journée. Elle marche jusqu'au grand chêne et s'assoit, le dos bien appuyé contre le tronc. Ici, elle peut rêvasser à son aise. Elle ferme les yeux et se laisse porter par le bruit de l'eau. Il a tellement plu cet automne que le niveau de la rivière est à son maximum. Si ce n'était pas des feuilles qui achèvent de tomber des arbres, on pourrait se croire au printemps. La forêt sent bon. Magdelon respire profondément. Elle aime respirer la fraîcheur de l'automne. Ce qu'elle aime moins de ce temps de l'année, c'est qu'il est immédiatement suivi de l'hiver. Si ce n'était de son manteau de castor qu'elle a hâte de porter, elle s'enfermerait dans le manoir à la première neige et n'en ressortirait qu'au printemps. La dernière fois qu'Antoine est passé au manoir, il lui a donné trois belles peaux de castor en lui disant : « Votre manteau doit commencer à être élimé, alors j'ai pensé qu'il serait temps de vous en coudre un nouveau. » Elle les a tout de suite rangées dans son coffre. Quand le compte y sera, elle demandera à Lucie de l'aider à coudre son nouveau manteau. Si elle se fie à ce qu'Antoine lui a promis, elle devrait en avoir suffisamment d'ici l'an prochain.

Elle a reçu une autre lettre du cousin de Pierre-Thomas, ce qui n'est pas sans lui faire plaisir. Comme dans chacun de ses messages, il réitère qu'il la recevra avec plaisir si jamais elle décide de venir en France. Ce voyage la tente de plus en plus. Elle va laisser grandir les enfants encore un peu, mais elle se promet bien de fouler un jour le sol du pays qui a vu naître ses parents. Une fois là-bas, elle a l'intention d'en profiter pour demander une audience au roi. Elle veut le remercier en personne d'avoir reconnu son geste héroïque alors qu'elle n'avait que quatorze ans. À la suggestion de Catherine, elle a pris le temps de réécrire toute son histoire. Elle a fait porter le petit coffret dans lequel elle a déposé sa lettre chez Jeanne il y a quelques années déjà. Elle aimerait aussi faire la connaissance des membres de la famille de ses parents. Pour ce qui est du cousin, elle doit bien reconnaître qu'il est plutôt bel homme, mais il n'est pas son genre. Elle trouve qu'il a les traits trop fins. Si elle pousse son envie à son maximum, il est bien probable qu'elle rende une petite visite à Louis Desportes, son premier amoureux. Elle meurt d'envie de le revoir, pas pour se jeter dans ses bras, mais plutôt pour lui montrer qu'elle a réussi sa vie malgré qu'il l'ait laissée tomber comme une vieille chaussette.

Des bruits de pas sur les feuilles la ramènent à la réalité. Elle ouvre vivement les yeux et se retrouve face à Charles François Xavier.

— Je vous ai cherchée partout, maman.

— Viens t'asseoir près de moi, mon grand. Il faut qu'on reparle d'hier.

Le jeune garçon se laisse tomber aux côtés de sa mère. Il se lance bravement :

— Je ne sais pas quoi vous dire. Tout à coup, j'ai été pris d'une envie irrésistible d'aller au village indien. Comme vous étiez occupée, je n'ai pas voulu vous déranger et je suis parti sans réfléchir plus longtemps. Une fois au village, je suis resté presque toujours avec l'aïeule et j'ai perdu la notion du temps. Quand je suis sorti de la tente, le soleil avait déjà commencé à baisser. J'ai couru aussi vite que j'ai pu jusqu'au manoir. Vous connaissez la suite de l'histoire.

— Écoute-moi bien. Je sais à quel point tu aimes aller au village indien et je n'ai pas l'intention de te priver de ce plaisir. Je sais aussi que tu ne feras pas de bêtises et que tu sais te défendre. Mais de mon côté, je ne peux pas toujours t'accompagner, j'ai trop de travail. Alors, voici ce que je te propose : tu as ma permission d'aller au village indien seul, mais tu dois absolument m'aviser chaque fois avant de partir. Tu as compris ? Évidemment, il n'est pas question que tu y ailles quand ton père est dans les parages, parce que là je ne pourrai rien faire pour toi. Une dernière chose : je veux que tu me promettes de ne pas emmener tes frères avec toi, même si ceux-ci insistent. Est-ce bien clair pour toi ?

— Oui, répond joyeusement Charles François Xavier. Merci beaucoup, maman. Vous savez, j'ai appris un tas de nouvelles choses hier. Voulez-vous que je vous en parle ?

— Tu m'en parleras ce soir, après le souper, si tu veux bien. J'aurai alors tout mon temps pour t'écouter. Pour l'instant, il faut que j'aille travailler. Les colons sont supposés venir me voir. Et toi, que comptes-tu faire ?

— J'ai pensé retourner au village… Je peux ?

— Il faut que tu sois de retour à six heures au plus tard, si tu veux avoir le temps de manger avant d'aller te coucher.

— C'est promis !

Chapitre 21

Magdelon, Jeanne et madame de Saurel discutent allègrement depuis l'arrivée de cette dernière. Elles ont l'air de petites filles. Elles rient fort. Elles sont heureuses de se retrouver comme toujours. Une fois les potins de leur seigneurie passés au peigne fin et aussi les belles paroles de leur curé respectif, elles en viennent aux choses sérieuses.

— Vous ne me croirez pas, murmure madame de Saurel, mais notre esclave est encore enceinte.

— Vous n'êtes pas sérieuse ? lance Magdelon. Une fois ne lui a pas suffi ? Maudits hommes ! Après, ils voudraient que nous ouvrions encore les jambes comme si de rien n'était. Leur comportement me dépasse. Il y a des jours où je pourrais tous les endormir et leur couper l'objet de tous nos problèmes !

Les trois amies éclatent de rire. Elles imaginent assez difficilement un homme vivre sans ce simple petit bout de chair. Mais même si celui-ci est, bien souvent, la cause des problèmes des femmes, il faut bien qu'elles avouent qu'il est la source de leur plaisir à certains moments.

— Mais qu'allez-vous faire ? finit par demander Jeanne après avoir repris son souffle. Nous rions, mais ce n'est pas drôle du tout pour vous. Finalement, c'est moi qui ai le plus de chance. Je n'ai ni manoir, ni domestiques, ni esclaves, mais j'ai un homme qui m'aime et que j'aime de tout mon cœur. Et je mettrais ma main au feu qu'il m'est fidèle.

— Je ne sais pas quoi faire, dit madame de Saurel. La première fois que mon mari a mis enceinte notre esclave, nous avons interdit à celle-ci de sortir pendant toute la durée de sa grossesse, et le curé s'est chargé de nous débarrasser du bébé dès

sa naissance. Mais cette fois, je ne suis pas certaine qu'il acceptera de faire la même chose. Et mon mari refuse que l'esclave
quitte le manoir. Il tient à elle plus qu'à tout, en tout cas plus
qu'à moi, cela est bien clair. Je suis dépassée par les événements.
Je me sens de plus en plus de trop dans ma propre maison. C'est
plus que je ne peux en supporter. Il faut que vous m'aidiez.

Jeanne console son amie en lui tapotant l'épaule :

— Pauvre vous… Je ne sais vraiment pas quoi vous dire. Il
faudrait à tout prix que votre esclave quitte la seigneurie. Mais,
en même temps, la pauvre fille n'a pas à payer pour les bassesses
de votre mari. Oh ! Je suis désolée, je n'aurais pas dû dire cela !

— Vous n'avez pas à être désolée. Il faut appeler les choses
par leur nom. Mon mari est un salaud de la pire espèce comme
bien des hommes de sa classe.

— Vous avez raison, Jeanne, commente Magdelon. La jeune
fille n'a pas à payer ! Il faut qu'elle quitte le manoir et le plus vite
sera le mieux. Reste à trouver comment y arriver. Laissez-moi
réfléchir. Vous habitez assez près de Montréal. Je pourrais
demander à mon frère François d'aller la chercher. Votre mari
va-t-il toujours aussi souvent à Québec ?

— Au moins aussi souvent que le vôtre.

— Alors, c'est simple. Nous allons nous arranger pour que
l'intendant convoque Pierre-Thomas et votre mari en même
temps et, une fois que nous connaîtrons la date du rendez-vous,
j'écrirai à mon frère.

— Comment allez-vous vous y prendre ? demande madame
de Saurel.

— Laissez-moi organiser tout cela.

— C'est bien beau, mais que fera votre frère avec elle ?
s'enquiert madame de Saurel.

— Il va d'abord l'emmener à Verchères. Ma mère se chargera de lui trouver une place, comme elle l'a fait avec celles de Pierre-Thomas. Cette situation a assez duré. Êtes-vous prête à vous défaire de votre esclave ?

— Il y a très longtemps que je suis prête, croyez-moi. Mais il y a une chose qui m'inquiète. Comment vais-je expliquer son départ à mon mari ?

— Vous pourriez lui dire qu'elle est allée chercher de la farine au moulin et qu'elle n'est jamais revenue, suggère Jeanne. Vous pourriez même ajouter que vous l'avez cherchée dans toute la seigneurie, sans succès.

— Oui mais il va sûrement en vouloir une autre. Je vous le dis, si je réussis à me débarrasser de l'actuelle esclave, il faudra me passer sur le corps pour qu'une autre entre dans le manoir.

— Vous devriez le signifier à votre mari, conseille Magdelon. Vous pourriez lui promettre de ne plus l'embêter avec ses écarts de conduite en dehors de Saurel. Vous pourriez même lui dire qu'il a votre bénédiction, mais à une condition. Sous aucun prétexte vous n'accepterez qu'il ramène une autre esclave au manoir. Et vous pourriez finir en lui disant que désormais tous vos domestiques seront des hommes.

— Et s'il veut négocier ?

— Eh bien, répond Magdelon, vous devrez tenir votre bout jusqu'à ce qu'il cède.

— Vous êtes certaine qu'il finira par céder ? Il a du caractère, vous savez, et il n'accepte pas de se faire diriger, surtout par une femme.

— Il n'a certainement pas plus de caractère que Pierre-Thomas, et celui-ci a cédé. Je peux aussi demander à maman de vous trouver un ou deux jeunes garçons pour la remplacer. Alors, que pensez-vous de mon plan ?

— Je suis d'accord. Je vous remercie de m'aider. Sans vous, je ne serais jamais parvenue à m'en débarrasser.

— Attendez qu'elle soit partie avant de remercier Magdelon, énonce Jeanne. On ne sait jamais ce qui peut arriver.

— Je vous en prie, Jeanne, ne faites pas l'oiseau de malheur ! lance Magdelon.

Puis elle s'adresse à madame de Saurel :

— Je vous assure que tout se passera bien.

Quand les trois femmes se décident enfin à aller se coucher, la lune a pris la relève du soleil depuis un bon moment. En raison de la quantité d'alcool qu'elles ont ingéré, aucune n'a de difficulté à s'endormir ce soir-là. Au matin, Magdelon est la première debout. Elle file à la cuisine. Elle a envie d'un grand café de la mort. Elle en préparera aussi pour ses amies qui ne devraient pas tarder à se lever. Son café la calmera un peu, elle a les nerfs en boule. C'est aujourd'hui qu'ils vont fêter Jeanne. Pour une fois, elle n'a aucun contrôle sur l'organisation de la fête. Tout ce qu'elle a à faire, c'est de retenir Jeanne au manoir jusqu'au milieu de l'après-midi. « Je pourrais peut-être emmener madame de Saurel et Jeanne pêcher une petite heure… » À l'heure prévue pour la fête, elle offrira à ses deux amies d'aller rendre visite à Catherine. Quand elles arriveront, celle-ci sortira sur le perron pour les accueillir. Puis les portes de la grange s'ouvriront subitement et tout le monde viendra entourer Jeanne. « J'espère que cela lui plaira. J'espère aussi qu'elle aimera mon cadeau. »

Quelques minutes plus tard, ses deux amies viennent la rejoindre à la cuisine. Madame de Saurel a rêvé que son mari ne ramenait pas une, mais bien trois esclaves au manoir. À bout de ressources, elle avait chargé son mousquet et avait tiré sur son mari à bout portant. Elle avait ensuite ordonné aux trois jeunes filles de partir sur-le-champ avant que la même chose leur arrive. Puis elle s'était servie un grand verre d'alcool qu'elle avait bu d'un trait avant d'aller chercher le curé.

— Le simple fait de vous raconter mon rêve me fait frissonner. J'espère qu'il ne m'obligera pas à en arriver là.

— Ne dites pas de bêtises ! s'exclame Jeanne. Il ne mérite pas que vous passiez le reste de votre vie en prison. Le plan de Magdelon va fonctionner, vous verrez. Elle s'y connaît plutôt bien en matière d'esclaves. N'est-ce pas, Magdelon ?

— Avec Pierre-Thomas, je n'ai pas eu le choix. Il fallait que j'apprenne vite si je voulais garder le contrôle de ma maison. Je vous sers un café ?

— Un vrai café de la mort ? demande Jeanne en souriant.

— Depuis le jour où je suis débarquée au manoir, je ne bois que ce genre de café. J'en suis même arrivée à le trouver bon. Et plus souvent qu'autrement, je trouve infect le café qu'on me sert ailleurs tellement il est faible.

— Moi, dit madame de Saurel, je ne suis pas aussi endurante que vous deux. Alors, j'aimerais bien que vous ajoutiez du lait à mon café, beaucoup de lait.

— Avec plaisir ! répond Magdelon. Si nous manquons de lait, la vache est juste à côté

Il n'en faut pas plus pour déclencher un rire collectif. Après le déjeuner, comme prévu, Magdelon propose à ses amies d'aller pêcher.

— À une condition, formule madame de Saurel.

— Je vous écoute, fait Magdelon le plus sérieusement du monde.

— J'aimerais que vous fumiez toutes les truites que nous pêcherons et que vous me laissiez partir avec ce que nous n'aurons pas mangé. C'est à cette seule condition que j'accepte d'aller pêcher.

— Aucun problème, ma chère. Mais une sage précaution s'impose. Il serait préférable de vous mettre du poisson fumé de côté. C'est bien mal connaître mes garçons que de penser qu'ils en laisseront. J'aime beaucoup le poisson fumé, mais eux l'adorent et n'ont aucun remords à tout manger jusqu'à la dernière bouchée.

— Merci du conseil, déclare madame de Saurel. Il faudra que vous m'indiquiez une bonne cachette !

Magdelon et ses compagnes empruntent le sentier qui mène au quai. Elles montent dans le canot, s'assoient et placent leurs jupes. Comme elles connaissent les qualités de rameuse de Magdelon, ni madame de Saurel ni Jeanne ne proposent de prendre les rames. Au bout de quelques minutes seulement, Magdelon immobilise la petite embarcation et annonce à ses amies :

— Il est temps de taquiner le poisson si vous voulez qu'on en fume. La semaine dernière, Louis Joseph et moi avons pris ici huit grosses truites en moins d'une heure.

— Vous êtes certaine que ce n'est pas une histoire de pêche ?

— On ne peut plus certaine ! répond Magdelon. Faites-moi confiance un peu !

— Il faudra que vous m'appreniez à fumer le poisson, dit Jeanne. J'ai beau faire la même chose que vous, il n'a jamais le même goût. Et, bien sûr, Louis-Marie se fait un malin plaisir de me le faire remarquer : « Il est bon, mais il lui manque un petit quelque chose. Vous devriez demander à Magdelon de vous expliquer comment faire. » Chaque fois, j'ai envie de le frapper tellement il m'enrage. La dernière fois, je lui ai lancé un morceau de poisson à la figure et je lui ai hurlé qu'il n'avait qu'à le fumer lui-même.

— Vous m'étonnez, Jeanne! s'écrie Magdelon. Moi qui croyais que vous étiez toujours douce!

— Rassurez-vous, je suis loin d'être parfaite. Il m'arrive aussi d'avoir quelques petites sautes d'humeur et quelques petites susceptibilités. Vous auriez dû me voir avec les parents de Louis-Marie.

— Au fait, comment cela se passe-t-il avec eux?

— Dans l'ensemble, je peux dire que cela va très bien. Mais nous avons eu quelques accrochages depuis leur arrivée à Batiscan. C'est plus facile depuis que Louis-Marie a terminé leur maison. Mais quand nous vivions sous le même toit, certains jours je les aurais sortis à coups de balai. Ils se mêlaient de tout, de ce que nous allions manger, de ce que les enfants allaient porter, de l'heure à laquelle nous irions à la messe, et aussi de l'heure du coucher... Je n'en pouvais plus. Je faisais de gros efforts pour ne pas embêter Louis-Marie avec tout cela, mais il voyait bien par mon attitude qu'il devait terminer au plus vite la maison de ses parents. Depuis qu'ils habitent à côté, tout va beaucoup mieux. Au moins, quand nous fermons notre porte, nous faisons ce que nous voulons.

— Et vos enfants ont maintenant leurs quatre grands-parents... remarque madame de Saurel. Comment le vivent-ils?

— Les enfants ont tout de suite adopté mes parents et cela a été la même chose avec ceux de Louis-Marie. Il m'arrive d'envier mes enfants. Ils ne s'en font avec rien en autant qu'ils ont un toit, des vêtements et quelque chose à se mettre sous la dent. À notre âge, cette simplicité propre aux enfants est bien loin derrière, même qu'il m'arrive de me demander si j'ai déjà été aussi insouciante qu'eux.

— Vous avez l'air bien triste, Jeanne, s'inquiète Magdelon.

— Ce doit être à cause de mon grand âge, répond Jeanne en haussant les épaules. Vous n'êtes pas sans savoir que j'aurai cinquante ans la semaine prochaine. J'ai du mal à imaginer que j'ai déjà cet âge. Avouez que la vie est injuste. Je suis trop vieille pour avoir des enfants, mais encore trop jeune pour avoir des petits-enfants. Je n'ai plus la même résistance que j'avais à quarante ans. Quand je me couche le soir, je suis épuisée alors qu'avant je pouvais veiller des heures et des heures et me lever à l'aurore sans aucun problème. Pire que cela, j'ai de plus en plus de mal à manger du cochon rôti le soir alors que c'est mon plat préféré. Chaque fois que je m'y risque, c'est une nuit pratiquement blanche que je me paie. Et regardez-moi, j'ai des tas de petits plis dans le cou et des points bruns sur les mains. J'ai des bouffées de chaleur épouvantables et je m'emporte pour des riens. Tenez, si je ne me retenais pas, je pleurerais ici, au beau milieu de la rivière, et je ne saurais même pas pourquoi. C'est terrible ce qui m'arrive, vous ne trouvez pas ? Suis-je donc la seule à vivre cela ?

— Ma pauvre Jeanne ! s'exclame Magdelon. Je ne savais pas que le fait de vieillir vous touchait à ce point.

— Attendez d'avoir mon âge, intervient madame de Saurel. C'est encore bien pire.

— Taisez-vous ! s'écrie Magdelon. Vous ne voyez donc pas que Jeanne est au bord de la crise de larmes ? Ce n'est pas le temps d'en rajouter.

Puis elle prend les mains de Jeanne dans les siennes et poursuit :

— Écoutez-moi, Jeanne. Vieillir n'est pas si terrible. Moi, en tout cas, je ne voudrais pas revenir en arrière, ne serait-ce que d'un seul jour. Je suis contente de ce que je suis devenue au fil des années. Tout comme vous, la vie ne m'a pas toujours ménagée, mais je la trouve chaque jour un peu plus belle. J'ai quatre enfants adorables et j'espère être grand-mère bientôt. J'ai carte blanche pour gérer la seigneurie à la condition qu'elle rapporte. Je suis libre d'aller et de venir où je veux, avec qui je veux. J'ai la chance d'avoir une famille en or, deux très bonnes amies et une sœur que j'adore par-dessus tout. Je n'ai jamais manqué de rien et je ne crois pas que cela risque de m'arriver d'ici à ce que je meure. Moi qui croyais que vous étiez heureuse, Jeanne…

— N'allez pas croire que je sois malheureuse! réplique Jeanne. Tout ce que vous venez de dire, je l'ai à la mesure de mes moyens et je ne changerais pas de vie pour tout l'or du monde. C'est juste qu'en dedans de moi on dirait que quelqu'un a branché les mauvais fils ensemble. Il y a des jours où je ne me reconnais plus.

— Cela va passer, rassurez-vous, dit madame de Saurel. Patientez un peu, et d'ici quelques mois, une année tout au plus, tout cela ne sera plus qu'un mauvais souvenir. Je vous le promets.

— Je crois bien que j'ai un poisson! s'écrie tout à coup Jeanne. Vite, aidez-moi à le sortir de l'eau.

— Moi aussi, j'en ai un! s'enthousiasme madame de Saurel.

Elles reviennent au manoir les bras chargés de truites. Louise nettoie les poissons pendant que Magdelon prépare le nécessaire pour les fumer. Les trois femmes sont de très bonne humeur. Au dîner, elles font honneur au ragoût de chevreuil qu'a préparé Louise.

— Vous souvenez-vous de la première fois où vous m'avez emmenée chasser? demande Jeanne à Magdelon. Vous aviez tué deux chevreuils.

— Comment pourrais-je l'oublier? répond tranquillement Magdelon. C'est le jour où nous avons trouvé Tala.

— Je suis désolée, s'excuse Jeanne. Vous voyez comme je suis bête! Je ne voulais surtout pas ramener cet affreux souvenir.

Après quelques instants de silence, elle reprend:

— Est-ce qu'on pourrait rendre une petite visite à Catherine après avoir fait la vaisselle ? J'ai tellement hâte de la voir !

— Vous allez devoir patienter jusqu'au milieu de l'après-midi, annonce Magdelon. Elle m'a fait dire par Jacques qu'elle serait de retour chez elle seulement à ce moment-là.

— Dites-moi au moins comment elle va.

— Elle va très bien. Elle est aussi pétillante qu'avant. Elle s'adonne toujours à la poésie et je l'encourage à continuer à écrire. Je lui ai même offert un livre rempli de pages blanches où elle transcrit ses poèmes. Vous auriez dû entendre celui qu'elle a lu à la fête de maman. Tout le monde est venu la féliciter. Je lui ai proposé de montrer ses poèmes à un éditeur quand j'irai en France.

— Vous allez en France ? s'étonne Jeanne. Quand ?

— Je ne sais pas encore quand, mais je sais que j'irai en France un jour.

— Décidément, il n'y a rien à votre épreuve, vous !

— Vous faites bien, Magdelon, déclare madame de Saurel. J'aimerais beaucoup avoir seulement le quart de votre audace.

* * *

Les trois femmes arrivent chez Catherine à l'heure prévue. En les entendant parler, celle-ci sort de la maison et accourt vers elles. Elle serre Jeanne dans ses bras et l'embrasse sur les deux joues. Elle salue ensuite madame de Saurel. Bien qu'elle soit moins proche d'elle que de Jeanne, elle l'aime beaucoup. Elle apprécie son franc-parler et sa fidélité. L'avoir pour amie est tout un honneur. «Magdelon a beaucoup de chance», songe-t-elle chaque fois qu'elle voit madame de Saurel.

Au lieu d'inviter les visiteuses à entrer, Catherine leur propose de rester à l'extérieur pour profiter du beau temps. Puis elle lance :

— Lucie ? Vous pourriez nous apporter à boire ?

Sur le coup, Jeanne trouve Catherine effrontée de demander ainsi à sa belle-mère de les servir alors que Lucie a sûrement bien autre chose à faire. Au moment où elle s'apprête à en faire la remarque à Catherine, les portes de la grange s'ouvrent d'un seul coup et, en chœur, tous les gens de la seigneurie entonnent une chanson pour lui souhaiter bon anniversaire. Elle met quelques secondes à réaliser ce qui se passe. Les chanteurs et les chanteuses s'avancent vers elle avec soit une fleur à la main, soit un petit pot de confiture ou un petit mouchoir brodé… Jeanne n'a pas assez d'yeux pour tout voir. Elle sent une grande vague d'émotions l'envahir d'un seul coup. De grosses larmes inondent ses joues, mais ce sont des larmes de bonheur. Elle sait déjà qu'elle se souviendra de ses cinquante ans jusqu'à la fin de ses jours. Même son Louis-Marie est là. Il n'a jamais eu l'intention d'aller à Québec. Alors qu'elle croyait qu'il était à des lieues d'ici, il a dormi juste à côté, dans la grange de Catherine.

La fête bat son plein jusque tard en soirée. Jeanne a pris le temps de parler avec chacun. Elle repart de chez Catherine les bras chargés de cadeaux. C'est de loin le plus bel hommage qu'on lui ait jamais rendu de toute sa vie. Elle a aimé tous les habitants de la seigneurie et pense encore souvent à eux. Ils ont fait partie de sa vie pendant de nombreuses années, et plus d'un est rattaché à ses souvenirs du temps qu'elle était au service des de la Pérade.

De retour au manoir, elle se laisse tomber sur une chaise berçante et dit à ses amies :

— Je vous remercie du fond du cœur pour cette belle soirée. Peu de gens ont la chance d'avoir des amies comme vous. Jamais je n'oublierai la fête de mes cinquante ans.

Chapitre 22

Pierre-Thomas revient de Montréal le sourire aux lèvres. Il marche la tête encore plus haute qu'à l'habitude. Dès qu'il met le pied sur la terre ferme, il part à la recherche de Magdelon. Il faut qu'il la voit et vite. Elle n'est ni au manoir, ni au moulin, ni chez Catherine. En fait, personne ne l'a vue depuis le déjeuner. Et son cheval est dans l'étable. « Où peut-elle être passée ? se demande-t-il. À moins qu'elle soit allée poser ses collets, mais il est encore tôt dans la saison. Enfin, elle finira bien par revenir. En attendant, je vais aller voir Thomas. J'ai deux ou trois petites choses à discuter avec lui. »

Malgré le fait qu'il ait donné son accord pour le mariage de Marguerite et de Zacharie, toute cette affaire lui est restée en travers de la gorge pendant un sacré bout de temps. Même le jour du mariage, alors que tous étaient au comble du bonheur, il a été tenté plusieurs fois de faire marche arrière. Une partie de lui était sûre qu'il avait fait le bon choix mais, en même temps, son sang bouillait de colère. Pourtant, l'entretien avec le père du jeune homme qu'il avait choisi pour sa fille s'était déroulé au-delà de ses espérances. Tous deux avaient traité la situation en hommes. Pierre-Thomas avait vidé son sac d'un seul coup et, sans laisser le temps à l'autre de réfléchir, il lui avait tendu la main. Il n'y a rien de mieux qu'une bonne poignée de mains pour sceller une nouvelle entente. Ils étaient ensuite allés boire un coup et, le lendemain, ils s'étaient donné rendez-vous pour parler de leurs affaires futures. Vu comme cela, les choses paraissent simples. Mais Pierre-Thomas considère qu'il a une dette envers cet homme. Il s'est donné comme point d'honneur de le faire profiter de ses nouveaux contacts avec la belle-famille de Marguerite. Il lui doit au moins cela.

Pierre-Thomas a toujours eu un faible pour Québec et ce n'est pas seulement à cause de sa proximité avec Sainte-Anne. D'abord, il a toujours entretenu d'excellentes relations avec l'intendant de la place alors qu'il connaît mal celui de Montréal. Ensuite, il trouve la vie meilleure à Québec qu'à Montréal. Il y a des tavernes à tous les coins de rue. Les femmes sont belles et chaudes. Et, fait non négligeable, les bateaux en provenance de France finissent tous leur course à Québec, ce qui représente de nombreux avantages quand on est en affaires. Par contre, à force de côtoyer la belle-famille de Marguerite, il s'est rendu compte qu'il y a autant d'occasions d'affaires à Montréal. Jouer sur les deux tableaux ne peut être que rentable pour lui. Il lui a fallu quelques rencontres avec le père de son gendre pour bien saisir toutes les subtilités de ce nouveau terrain de jeu et, il va sans dire, pour que se développe un lien de confiance entre les deux hommes. Aujourd'hui, il peut dire « mission accomplie ». Pas plus tard qu'il y a deux jours, monsieur Cloutier l'a présenté à plusieurs commerçants avec qui il compte faire des affaires, ce qui lui plaît beaucoup.

Une autre chose qui lui fait bien plaisir, c'est que, chaque fois qu'il rend visite à Marguerite, il est impressionné par ce qu'il voit. Jamais elle n'a eu l'air aussi heureuse. La voir ainsi lui fait chaud au cœur. En quelques mois seulement, elle s'est transformée en une femme du monde exemplaire. Même sa conversation a changé du tout au tout. Quand elle a quitté Sainte-Anne, elle n'était qu'une enfant alors que maintenant elle est devenue une femme accomplie, ce qui le rend plutôt fier. Mais à ce chapitre, il doit bien admettre que le plus grand mérite revient à Magdelon. Elle a bien éduqué Marguerite. Il prend un réel plaisir à passer du temps avec sa fille. Jusqu'à il y a deux jours, jamais la pensée d'avoir des petits-enfants ne l'avait effleuré. Ses quatre beaux enfants représentaient plus que tout ce qu'il avait jamais espéré. Quelle ne fut pas sa surprise quand Marguerite lui a appris qu'elle était enceinte ! Il a mis quelques secondes à réaliser ce qu'elle venait de lui apprendre. « Tu veux dire que je vais être grand-père ? » a-t-il demandé, le cœur battant. La seconde d'après, mû par il ne sait trop quoi, il s'est approché d'elle, l'a soulevée de terre et l'a fait tourner. Il entend encore son rire résonner dans ses oreilles. Quand il l'a posée par terre, elle a dit : « Vous me jurez de le dire à maman ? » Elle n'a aucune inquiétude à avoir parce que, depuis ce moment, il ne pense qu'à cela.

* * *

Tout de suite après le déjeuner, Magdelon est partie avec Charles François Xavier. Ils ont décidé d'aller poser leurs collets et, par la même occasion, de faire un petit saut au village indien. Magdelon manque de plusieurs herbes et elle sait que l'aïeule pourra lui en donner. En échange, elle a apporté à la vieille femme des herbes qu'elle fait venir directement de France. La première fois qu'elle lui en a apporté, l'aïeule les a senties une à une et s'est informée sur leurs propriétés. Magdelon lui a lu ce qui concernait chacune dans le petit livret qui accompagnait les herbes. La vieille femme a pris beaucoup de notes, qui ressemblaient plus à des dessins d'enfant qu'à des lettres. Lorsque Magdelon est retournée lui rendre visite quelques semaines plus tard, l'aïeule l'a entretenue des cas qu'elle avait traités avec certaines des herbes et des bons résultats qu'elle avait obtenus. Elle lui a aussi parlé de Charles François Xavier. Il est un très bon élève, il retient beaucoup de choses et il a cette capacité de faire des combinaisons de plantes à prime abord opposées pour arriver à de meilleurs résultats. « Il deviendra un très bon soigneur. On viendra de partout pour le consulter. »

Magdelon a été très touchée par les paroles de la vieille femme. Elle observe son fils depuis qu'il vient voir l'aïeule régulièrement. Il est plus calme. Il observe plus qu'il ne parle. Et chaque fois que sa mère est appelée au chevet d'un malade, il lui demande s'il peut l'accompagner. Entre eux existe maintenant une grande complicité qui ne peut qu'être bénéfique aux personnes dans le besoin. Particulièrement ces derniers mois, Magdelon a remarqué une plus grande maturité dans ses propos, un souci réel de soulager ses semblables et une fierté à les remettre sur pied le plus rapidement possible. De plus en plus souvent, elle le laisse agir et intervient seulement comme soutien. Elle sait maintenant hors de tout doute qu'il ne suivra pas les traces de son père, du moins pas dans le sens où celui-ci l'entend. «Je devrais aborder le sujet avec Pierre-Thomas. Le plus tôt sera le mieux. Je serais bien étonnée qu'il saute de joie. À mon avis, il misait beaucoup sur Charles François Xavier. »

Plus elle vieillit, plus Magdelon trouve que la vie est remplie de surprises. Alors que tout était planifié pour le mariage de Marguerite, celle-ci a fait un mariage d'amour comme elle le souhaitait. Alors que Pierre-Thomas ne jurait que par Québec, voilà maintenant qu'il passe autant de temps à Montréal. Alors qu'elle rêvait que sa fille suive ses traces pour soigner les gens, voilà que c'est un de ses fils qui prend la relève. «On propose et Dieu dispose», songe-t-elle en souriant.

Sur le chemin du retour, la mère et le fils échangent sur ce qu'ils viennent d'apprendre auprès de l'aïeule.

— Cette femme est un puits sans fond de connaissances, s'émerveille Charles François Xavier. D'une visite à l'autre, je me dis toujours qu'elle ne pourra plus rien m'apprendre. Mais chaque fois elle me surprend avec une nouvelle plante, un nouveau mélange…

— Tu as bien raison. Et tu as beaucoup de chance qu'elle t'ait pris sous son aile et qu'elle t'apprenne tout ce qu'elle sait. Dis-moi, t'arrive-t-il parfois de douter de ce que tu feras de ta vie ?

— Jamais. D'aussi loin que je me souvienne, les plantes m'ont toujours intéressé au plus haut point. Mais ce que j'apprécie le plus, c'est de soigner les gens.

Charles François Xavier fait une pause avant de poursuivre :

— Mais, pour être tout à fait honnête, il y a quelque chose que j'aimerais par-dessus tout…

— Vas-y, je t'écoute.

— J'aimerais étudier la médecine. Avec les connaissances que je possède sur les plantes, je pense que je pourrais être un bon médecin.

— T'installerais-tu à Québec ou à Montréal pour pratiquer ?

— Non, jamais je ne vivrai en ville. Je me déplacerais d'une seigneurie à l'autre et d'un village indien à l'autre. C'est là où il n'y a pas d'hôpital que les gens ont le plus besoin d'un médecin. Vous savez à quel point j'aime chasser et pêcher ; passer ma vie en ville me tuerait.

— Je trouve que c'est une excellente idée que tu veuilles faire des études en médecine. Mais pour cela, il te faudra vivre en ville au moins un certain temps.

— Je suis prêt à faire ce sacrifice parce que je sais que ce sera temporaire. Croyez-vous que père acceptera ?

— Je ne peux rien te promettre à ce sujet, mon grand. Tu sais comme moi qu'il nourrit d'autres ambitions à ton égard. Il compte sur toi pour prendre sa relève. Mais sache que je ferai tout mon possible pour le convaincre de te laisser étudier.

— L'autre jour, Louis Joseph m'a confié qu'il adorait accompagner père à Québec. Passer des heures à l'écouter discuter avec des commerçants ne l'embête pas du tout, bien au contraire. Il m'a dit qu'il apprenait beaucoup ainsi, alors que moi je m'ennuie mortellement chaque fois que père me demande d'aller avec lui. Il pourra se reprendre avec Louis Joseph.

— Ce n'est pas aussi simple que cela, et tu le sais. Mais il y a de l'espoir. La preuve, c'est qu'il a fini par comprendre que le bonheur de Marguerite n'était pas avec celui qu'il avait choisi pour elle, mais ailleurs. Il a failli me rendre folle, je dois l'avouer. J'ai recommencé à respirer à mon aise juste après le mariage. Mais ne te fais pas de fausse joie… Ton père est si imprévisible.

— Merci, maman. Je ne sais pas si c'est la même chose pour vous, mais Marguerite me manque beaucoup.

— À moi aussi. Il m'arrive de penser que la vie est drôlement faite. On partage notre quotidien avec des gens qu'on aime et pourtant, plus souvent qu'autrement, ce n'est qu'une fois qu'ils sont sortis de notre vie qu'on réalise à quel point ils comptaient pour nous.

Ils sont à peine sortis de la forêt que Louis Joseph vient à leur rencontre en courant.

— Maman, papa vous cherche partout. Venez, il est au manoir.

— Qu'y a-t-il de si urgent ? demande Magdelon.

— Tout ce que je sais, c'est que depuis son retour il vous cherche dans toute la seigneurie. Mais personne ne savait où vous étiez.

— J'avais pourtant averti Jacques.

— Charles est venu le chercher pour qu'il lui donne un coup de main. Il avait besoin de lui pour sortir des grosses bûches du bois.

— Ton père attendra bien quelques minutes de plus. Il faut d'abord que je passe chez tante Catherine pour voir comment va sa petite Louise. Dis à ton père que je ne tarderai pas.

Louis Joseph reprend sa course en direction du manoir alors que Charles François Xavier accompagne sa mère chez Catherine.

— Vous ne trouvez pas que Louise est malade plus souvent qu'à son tour ? demande le garçon.

— C'est vrai qu'elle a toujours quelque chose qui ne va pas. Quand elle ne fait pas une poussée de fièvre, elle devient couverte de boutons. Mais tout le monde n'a pas la même résistance. On peut dire que de ce côté Louise n'a pas été choyée par la vie. Quand je vivais à Verchères, il y avait une femme qui était toujours malade, mais cela ne l'a pas empêchée d'avoir treize enfants et encore plus de petits-enfants. Je l'ai même revue à la fête de ta grand-mère. Elle est aussi maigre et blême à faire peur qu'avant, mais elle vit toujours. Et je mettrais ma main au feu qu'elle remercie Dieu de l'éprouver à ce point. Elle doit même penser qu'elle mérite tout ce qui lui arrive.

— Avouez que ce n'est pas une vie d'être toujours malade.

— De notre point de vue, c'est certain. Chez nous, tout le monde est pétant de santé. Mais la maladie fait partie de la vie de Louise. Tout ce que nous pouvons faire pour elle, c'est de l'aider de notre mieux.

— Quand même, maman, vous n'allez pas me faire croire que vous êtes d'accord avec le curé quand il dit que la maladie est une punition divine. En tout cas, moi, je ne suis pas d'accord. Comment peut-il expliquer la mort d'un petit enfant quelques jours seulement après sa naissance ?

Aux propos du garçon, Magdelon sourit intérieurement. Il est bien le fils de sa mère. Il ne fait pas plus confiance au curé qu'elle-même. Heureusement, elle n'aura pas à lui répondre, car ils viennent d'arriver chez Catherine.

Leur visite terminée, ils prennent ensuite la direction du manoir. Dès qu'ils ouvrent la porte, Pierre-Thomas accourt.

— Je vous ai cherchée partout et personne ne savait où vous étiez ! s'écrie-t-il sans même faire attention à son fils.

— J'avais pourtant avisé Jacques que je partais en forêt avec Charles François Xavier. Nous sommes allés poser nos collets.

— Tout comme vous, Jacques avait disparu. Il n'est d'ailleurs pas encore revenu.

— Qu'avez-vous de si urgent à me dire ? demande Magdelon sans plus de façon.

— Prenez le temps de vous asseoir, ce sera mieux pour ce que j'ai à vous annoncer.

— Vous commencez à m'énerver à la fin. Allez-y, je vous écoute.

— Venez, j'insiste. Je vais nous servir un verre.

Magdelon suit Pierre-Thomas jusqu'au salon. Elle s'assoit et prend le verre qu'il lui tend.

— Allez-vous parler à la fin ? s'impatiente-t-elle. J'ai encore des tas de choses à faire…

— Je suis allé voir Marguerite, prononce-t-il lentement.

— Il ne lui est rien arrivé de malheureux au moins ? s'inquiète soudainement Magdelon en posant son verre sur une petite table.

— Rassurez-vous, elle va bien, très bien même. Elle m'a appris une grande nouvelle.

— Elle vient s'installer à Sainte-Anne ?

— Non, vous n'y êtes pas du tout. Mais laissez-moi parler. Nous allons être grands-parents…

Magdelon met quelques secondes à réaliser ce que Pierre-Thomas vient de lui apprendre :

— Vous êtes sérieux ? finit-elle par lancer. Marguerite est enceinte et nous allons être grands-parents ?

Magdelon est si heureuse qu'elle se lève d'un bond et saute au cou de son mari. Contrairement à son habitude, Pierre-

Thomas n'offre aucune résistance. Bien au contraire, il en profite pour la serrer dans ses bras. Ils ont l'air de deux enfants. Ils piétinent sur place et rient de toutes leurs dents. Alertés par les cris, les trois garçons entrent en courant dans le salon pour voir ce qui se passe. Dès qu'elle les voit, Magdelon leur fait signe de venir les rejoindre et leur communique la bonne nouvelle. Pendant au moins une minute, les de la Pérade ont l'air d'une vraie famille. Ces moments d'exubérance sont si rares que chacun s'en souviendra longtemps.

Le reste de la journée, tout le monde au manoir ne parle que du bébé que Marguerite attend. Magdelon a déjà dressé une liste des choses qu'elle veut lui offrir. Pierre-Thomas a indiqué qu'il se chargeait de faire fabriquer un berceau. Quant à eux, les garçons ont hâte de voir leur sœur avec un gros ventre. Louis Joseph a même mis un oreiller sous sa chemise pour faire rire ses frères. Il imite sa sœur à la perfection, enfin celle qui vivait au manoir il n'y a pas si longtemps.

Au moment d'aller dormir, Pierre-Thomas remet une lettre de madame de Saurel à Magdelon.

— Désolé, mais avec la grande nouvelle de Marguerite, j'ai oublié de vous la remettre.

Magdelon prend une chandelle et va s'installer à la cuisine. Elle a bien hâte de voir ce que madame de Saurel lui a écrit.

Ma très chère Magdelon,

Grâce à vous, la place est enfin libre. J'ai suivi vos conseils à la lettre et me voici à nouveau maître chez moi. Je dois dire que les choses se sont plutôt bien passées. Tellement que je me suis demandé si mon mari n'attendait pas que je le débarrasse de son esclave. Quand je lui ai annoncé qu'elle avait disparu, il m'a répondu que c'était un bon débarras. Quand je lui ai dit que désormais il n'y aurait que des hommes comme domestiques au manoir, il a reconnu que c'était une excellente idée. Pour tout vous avouer, je ne comprends pas très bien sa réaction, mais je n'ai pas envie de me poser trop de questions.

Notre relation n'a pas changé pour autant. Il n'a même pas réclamé son dû depuis que l'esclave est partie. Mais je peux très bien vivre sans ses petites chevauchées, si vous voyez ce que je veux dire. Pour le reste, je me doute bien qu'il trouve son compte ailleurs et, sincèrement, cela ne me touche pas du tout. J'ai passé l'âge de tout cela depuis longtemps.

Votre mère m'a envoyé un jeune garçon pour travailler au manoir. Il est vraiment très bien et très poli. Je pense qu'il se plaît chez nous. Vous savez à quel point je vous enviais quand Michel travaillait chez vous et qu'il vous concoctait des pâtisseries qui faisaient engraisser juste à les regarder? Eh bien, ce n'est pas pour vous relancer, mais mon Thomas en fait des meilleures. Vous n'êtes pas obligée de me croire sur parole, vous en jugerez vous-même quand vous viendrez.

Je ne pourrai jamais vous remercier assez pour tout ce que vous avez fait pour moi. Vous avoir pour amie est ce que j'ai de plus précieux. J'aimerais tout de même offrir un petit quelque chose à votre frère et à votre mère pour leur grand dévouement à ma cause. Pourriez-vous me faire quelques suggestions?

Au plaisir de vous lire très bientôt.

Votre amie,

Madame Angélique de Saurel

Magdelon replie la lettre de son amie, satisfaite de la tournure des événements. Une seule petite chose la chicote. Monsieur de Saurel a été beaucoup trop docile dans toute cette affaire. Il y a anguille sous roche, mais cette partie-là elle la laisse volontiers à son amie. Elle met la lettre dans la poche de son tablier et va se coucher.

* * *

Au matin, ce sont les cris des enfants qui la tirent de son sommeil. Autant les siens que ceux de Louise sont intenables. Ils crient comme des perdus. Magdelon s'habille en vitesse avant d'aller les rejoindre à la cuisine.

— Voulez-vous bien me dire quelle mouche les a piqués ? demande-t-elle à Louise d'une voix encore tout endormie.

— Regardez dehors, c'est tellement beau. Si je ne me retenais pas, je crierais avec eux.

Magdelon va jusqu'à la fenêtre. Elle se frotte les yeux pour être certaine de bien voir.

— C'est cela qui vous met dans cet état ?

— Vous n'allez pas me dire que vous ne trouvez pas cela beau ? C'est impossible. Personne ne peut détester voir tomber la première neige.

— Comme je vous le répète chaque année, je hais l'hiver et la première neige, surtout pour la simple et unique raison que des dizaines d'autres chutes de neige la suivront. Je pense que je ferais mieux d'aller me recoucher.

Sur ces paroles, Magdelon sort de la cuisine et retourne dans sa chambre. C'est chaque fois la même chose : quand elle voit la première neige, elle déprime au plus haut point, au moins le temps de se faire une raison et de se convaincre qu'elle va passer à travers l'hiver une fois de plus. Allongée de tout son long sur son lit, elle cherche les avantages de l'hiver dans sa mémoire ; ils ne se bousculent pas à la sortie...

Au bout de quelques minutes, elle retourne à la cuisine. La pièce est vide : tous sont allés jouer dans la neige. Elle se sert un grand café et se coupe un bon morceau de pain sur lequel elle étend un gros carré de beurre. Elle s'assoit et prend le temps de savourer chaque gorgée et chaque bouchée. C'est sa manière à elle de changer de saison. Dans quelques minutes, elle ira rejoindre les enfants et leur lancera des balles de neige en riant.

Ce jour-là, tous ceux qui passent au manoir sont aussi excités que les enfants. Ils parlent du tapis blanc dont est couvert le sol, de la grosseur des flocons, de leur goût sur la langue… Magdelon en entend de toutes sortes. Chaque fois, elle sourit bêtement en se demandant comment les gens peuvent éprouver tant de plaisir à voir tomber quelques petits flocons blancs aussi insignifiants.

À la fin de l'après-midi, deux femmes du groupe de broderie viennent échanger leurs livres. Magdelon est chaque fois surprise de la rapidité avec laquelle les femmes lisent. Comme il a été convenu, les lectrices doivent lui livrer quelques commentaires sur l'histoire qu'elles viennent de lire avant d'avoir un nouveau livre.

— Il va falloir que je demande à Pierre-Thomas de me rapporter d'autres ouvrages de Québec. Bientôt, vous aurez lu tous les livres de ma bibliothèque.

— Et nous avons lu tous ceux de Catherine aussi. Quand je commence un livre, je ne peux plus m'arrêter de lire tant que je ne l'ai pas fini, au grand désespoir de mon mari d'ailleurs. Il m'a même dit qu'il maudissait le jour où j'ai appris à lire et à écrire.

— C'est pareil pour le mien, raconte l'autre femme. Il m'arrive de penser qu'il est jaloux que j'en sache plus que lui.

— Moi, je suis prête à montrer à lire et à écrire à vos maris, propose Magdelon.

— Si vous pensez qu'il va s'abaisser à se faire montrer quelque chose par une femme, eh bien, vous vous trompez. À ce compte-là, il préfère de loin rester ignorant le reste de ses jours.

— Les hommes sont parfois si bêtes que j'ai du mal à les comprendre, émet sa compagne. Moi, si j'avais su tout le plaisir que m'apporterait le fait de savoir lire et écrire, j'aurais appris bien avant. Et je vous jure sur la tête de ma mère que tous mes enfants, garçons et filles, vont savoir lire et écrire.

— Moi aussi, renchérit l'autre femme. Bon, il faut que j'y aille, je n'ai pas envie que mon mari brûle vos livres sous prétexte que le souper n'est pas prêt.

Chapitre 23

— Va chercher deux beaux navets, quelques oignons et un gros chou dans le caveau, demande Magdelon à Louis Joseph. On va faire une surprise à Louise et préparer un gros bouilli pour le souper.

— J'y vais tout de suite, maman, répond le garçon d'une voix enjouée. Mais est-ce que je serai obligé de manger du navet ? Vous savez bien que je déteste le navet de toutes mes forces ! Beurk !

À voir la figure que fait son fils, Magdelon ne peut s'empêcher de sourire. Comment pourrait-elle oublier qu'il déteste le navet ? Il n'était qu'un bébé et, chaque fois qu'elle lui en présentait, il le recrachait. Même le plus petit morceau bien mélangé à sa viande et à d'autres légumes lui faisait lever le cœur. Et ce n'est pourtant pas faute d'avoir essayé de lui faire aimer cet aliment. À mesure que Louis Joseph a grandi, son dédain du navet est allé en augmentant. Magdelon a eu beau lui servir les plus grandes leçons de vie, lui dire à quel point il est privilégié de manger trois repas par jour, que des tas de garçons de son âge prendraient volontiers sa place, qu'ils accepteraient même de manger du navet à tous les repas, rien n'y a fait.

Mais Magdelon est bien placée pour comprendre son fils. D'aussi loin qu'elle se souvienne, jamais elle n'a aimé le boudin. Elle déteste cela à un point tel que, dès qu'elle entend le premier cri lâché par un cochon sur le point de mourir, elle a déjà le goût du sang coagulé sur les lèvres, ce qui lui donne mal au cœur. D'ailleurs, quand elle était enfant, son dégoût pour le boudin lui a valu de sauter plusieurs repas. Ses parents étaient de nature plutôt conciliante, mais quand l'un de leurs enfants levait le nez sur un mets par pur caprice, enfin c'est ce qu'ils croyaient, ils se montraient impitoyables. La règle était très claire : vous mangez ce qu'il y a dans votre assiette, et si cela ne vous convient pas, vous mangerez plus au prochain repas. Et bien sûr, ils n'avaient alors droit à rien d'autre, pas même à un petit quignon de pain ou à un verre de lait. « Heureusement qu'on ne faisait pas boucherie trop souvent, songe Magdelon, sinon je serais devenue aussi maigre qu'une branche de peuplier dégarnie de ses feuilles. »

Les repas de boudin ont tellement marqué Magdelon qu'elle s'est juré d'être moins sévère avec ses enfants. Heureusement, malgré sa tolérance, aucun d'eux ne profite de sa bonté à outrance. Chacun déteste un aliment ou deux, mais c'est tout. Elle n'a jamais forcé ses enfants à manger quelque chose qu'ils n'aiment pas. Sa règle : ils doivent simplement le mettre de côté dans leur assiette. Il faut dire que Louise leur facilite la vie sur ce plan. Comme elle connaît les goûts de chacun, elle ne fait pas exprès de remplir leurs assiettes de choses qu'ils n'aiment pas. Au contraire, elle se fait un réel plaisir de faire un premier tri. Mais les choses sont un peu différentes lorsque Pierre-Thomas est là. Bien que l'homme ait toujours été élevé dans l'abondance, sa mère n'a jamais toléré qu'un de ses enfants lève le nez sur quoi que ce soit qui lui était servi. Si par malheur l'un d'entre eux ne vidait pas son assiette, il pouvait être certain de ravoir le tout au repas suivant, et froid par surcroît. Tant qu'il étirait la sauce, il n'avait rien d'autre à manger. Tous ont vite compris qu'ils n'avaient d'autre choix que d'avaler tout rond ce qui leur faisait horreur, et de vite le noyer avec un grand verre de lait s'ils ne voulaient pas souffrir trop longtemps.

— Attends ! lance Magdelon alors que Louis Joseph s'apprête à fermer la porte de la cuisine. Peux-tu vérifier ce qu'il reste dans le caveau ?

— Avec plaisir, maman.

Magdelon sort la grande marmite, la dépose dans l'évier. Elle met ensuite son châle et sort sur la galerie. Elle ouvre le grand coffre de bois et prend deux lièvres, un gros morceau de chevreuil et deux oies blanches. «Il ne manquera plus qu'un jarret de porc et un morceau de lard. Je demanderai à Louis Joseph d'aller en chercher à la grange.» Elle dépose la viande dans la marmite, ajoute une poignée de gros sel et verse une pleine cruche d'eau sur le tout. «Il va falloir aller puiser de l'eau, il n'en reste presque plus. Je demanderai à Jacques d'y aller quand il rentrera de chez Catherine.»

C'est la deuxième journée que Jacques et plusieurs colons passent chez Catherine. La trop grande quantité de neige tombée en quelques jours seulement a fait s'effondrer le toit de la grange. Comme celle-ci regorge de foin, il pressait de refaire le toit. Si tout va bien, les travaux seront terminés aujourd'hui. Louise et Marie-Anne sont allées aider Catherine et Lucie à la cuisine. Nourrir une dizaine d'hommes demande plus que deux paires de bras. Le temps de laver la vaisselle et de tout ranger, Louise ne reviendra pas au manoir avant le milieu de l'après-midi, ce qui lui laisse peu de temps pour préparer le souper. Depuis la mort de son fils, elle n'a pas vraiment repris la forme. Elle fait ses journées du mieux qu'elle peut, mais on dirait qu'une partie d'elle-même est morte en même temps que son enfant. Depuis la mise en terre de Jean-Charles, elle n'a plus jamais prononcé le prénom de l'enfant. Mais Magdelon l'a vue plus d'une fois la larme à l'œil. Elle la comprend tellement. Il ne se passe pas une seule journée sans qu'elle-même ne pense à sa petite Marie-Madeleine. «Perdre un enfant est la pire chose qui puisse arriver. C'est trop injuste.»

Cette année, on dirait que l'hiver a oublié de débarquer à Sainte-Anne. Jamais un mois de janvier n'a été aussi doux. La grange de Catherine n'est pas la seule à avoir subi les conséquences du temps doux. Les colons en sont à refaire un troisième toit depuis le début du mois. Il faut dire qu'il ne s'est pas passé une seule journée sans qu'il neige, ce qui complique les déplacements en dehors de la seigneurie. D'ailleurs, Pierre-Thomas a dû ronger son frein à quelques reprises. La neige était parfois si abondante qu'on ne voyait ni ciel ni terre. Dès qu'il se levait, il tirait le rideau, regardait dehors et soupirait fortement avant de se résigner à rester au manoir. Ces jours-là, il n'était pas à prendre avec des pincettes. Il s'enfermait dans son bureau dès le matin et n'en ressortait que pour prendre une bouchée. Si par malheur les enfants lui adressaient la parole, il leur répondait à peine. Heureusement, la clémence des derniers jours lui a permis de partir pour Montréal, au grand soulagement de Magdelon et de toute la maisonnée.

Même si Pierre-Thomas se fait un point d'honneur de faire des activités avec sa famille, il n'est pas devenu pour autant un père exemplaire, pas plus d'ailleurs qu'un mari exceptionnel. Au moins, il consacre maintenant un peu de temps à ses enfants. La semaine dernière, il a joué dehors avec eux pendant au moins deux heures. Quand ils sont rentrés, ils étaient tous trempés jusqu'aux os. Au souper, alors que Charles François Xavier et Louis Joseph parlaient fièrement du bonhomme de neige qu'ils avaient fait avec leur père, Jean Baptiste Léon avait peine à garder les yeux ouverts, tellement que sans crier gare il est tombé endormi la tête dans son assiette. Tout le monde a éclaté de rire, même Pierre-Thomas. Il se tenait les côtes tellement il riait de bon cœur. Alertée par les rires, Louise a accouru. Quand elle a vu Jean Baptiste Léon, elle s'est écriée :

— Pauvre enfant, je vais aller le coucher !

— Vous pourriez le débarbouiller un peu avant ? a demandé Magdelon entre deux éclats de rire.

— Bien sûr, a répondu Louise d'un ton très sérieux.

Le reste du repas s'était déroulé dans le plaisir. Ils n'avaient qu'à penser à Jean Baptiste Léon et, sans échanger une seule parole, ils éclataient de rire à nouveau. Le petit était tellement drôle à voir ! Et Magdelon était heureuse, comme chaque fois qu'elle et les siens ont l'air d'une vraie famille, enfin au sens où elle l'entend au plus profond d'elle-même.

Louis Joseph entre dans la cuisine comme un coup de vent et s'écrie :

— Il reste trente-huit navets et trente choux, à part ceux que j'ai apportés. C'est beaucoup trop de navets pour moi. Il reste aussi deux poches d'oignons et trois de patates. Croyez-vous que nous en aurons assez ?

Magdelon rassure son fils :

— Cela devrait suffire, ne t'inquiète pas. J'ai encore besoin de ton aide. Pourrais-tu aller chercher un jarret de porc et un morceau de lard à la grange ? Ensuite, si tu veux, nous pourrons jouer une petite partie de cartes avant que les autres reviennent.

À l'annonce d'une partie de cartes avec sa mère, Louis Joseph sourit. Il est plutôt rare qu'il ait la chance de faire quelque chose seul avec elle.

— Je reviens dans une minute, dit-il avant de se précipiter à l'extérieur.

Magdelon observe son fils par la fenêtre. « Louis Joseph ira loin dans la vie. Je mettrais ma main au feu que Pierre-Thomas a là une bien bonne relève. » Chaque fois qu'il revient d'un voyage à Québec ou à Montréal avec son père, Louis Joseph ne manque pas de raconter à sa mère tout ce qu'il a appris. Autant son frère aîné aime la forêt et les gens et s'embête quand il accompagne son père à la ville, autant Louis Joseph aime les chiffres et les affaires. Ces derniers temps, Pierre-Thomas a emmené avec lui bien plus souvent Louis Joseph que Charles François Xavier, ce qui convient fort bien à ce dernier. Chacun des voyages de son père avec ou sans son frère lui permet de filer au village indien et d'apprendre encore plus aux côtés de l'aïeule.

— Maman ! s'écrie Louis Joseph, après avoir ouvert la porte. Vous voulez bien venir à la grange ? J'ai l'impression que le toit est sur le point de s'effondrer.

— J'espère que le toit tiendra bon ! lance Magdelon. Le temps de prendre mon manteau et j'arrive. Mets les deux morceaux de porc dans la marmite et allons-y.

Une fois dans la grange, quelques secondes suffisent à Magdelon pour confirmer les craintes de Louis Joseph.

— Il va au moins falloir installer des piquets pour soutenir le toit jusqu'à demain. Allons vite avertir les hommes chez tante Catherine avant qu'ils retournent tous chez eux. T'ai-je déjà dit à quel point je déteste l'hiver ?

Sans attendre la réponse de son fils, Magdelon poursuit :

— Quand ce n'est pas le froid qui mord, c'est la neige qui détruit tout… Pas moyen d'avoir la paix un instant dans ce maudit pays. Viens, dépêchons-nous avant que le toit nous tombe sur la tête.

Le soleil est couché depuis un bon moment quand les hommes se pointent enfin au manoir. Magdelon confie les enfants à Louise et sort les rejoindre. Dès qu'il voit sa belle-sœur, Charles s'approche :

— Nous allons mettre des piquets pour soutenir le toit et demain nous ferons le nécessaire. Retournez au manoir, je m'occupe de tout.

— Aimeriez-vous au moins que je vous apporte du café ?

— Ce ne serait pas de refus. Nous en avons pour au moins une heure. Et même si le temps est doux, l'humidité nous transit jusqu'aux os.

— Je vais en chercher et je reviens.

Puis, à l'adresse des hommes, Magdelon ajoute :

— Merci à vous tous ! Je sais que la journée a été longue et que vous avez hâte d'avoir les pieds sur la bavette du poêle. Que diriez-vous si j'ajoutais de l'alcool dans le café ?

Magdelon connaît assez bien les colons pour ne pas avoir besoin d'attendre leur réponse. Même le plus raisonnable d'entre eux ne refuse jamais deux doigts d'alcool dans son café, et ce, peu importe l'heure. L'alcool est d'ailleurs un problème de plus en plus présent dans les seigneuries. Outre le rhum qui vient des îles et le vin de France, nombreux sont les seigneurs qui se sont improvisés fabricants d'alcool. Plusieurs offrent maintenant des produits de qualité de plus en plus recherchés par les gens de la ville et, bien sûr, par les Indiens. Pour ces derniers, la qualité de l'alcool importe peu. Ce qu'ils recherchent, c'est l'effet que le liquide leur procure. Les échanges de toutes sortes se multiplient entre eux et les Blancs. Évidemment, Pierre-Thomas fait partie des seigneurs qui fournissent de l'alcool aux Indiens. Magdelon a eu beau l'avertir de toutes les façons possibles qu'un jour ou l'autre il paiera le gros prix, il n'entend rien, pas plus que les autres seigneurs d'ailleurs. Pour l'instant, chacun n'y voit que son profit. Pourtant, Pierre-Thomas s'est déjà fait attaquer par un Indien à la boisson mauvaise. Si Magdelon n'avait pas été là, il y aurait peut-être laissé sa peau. Mais là-dessus il a la mémoire courte, bien trop courte selon elle.

Avant de rentrer chez lui, Charles arrête dire quelques mots à Magdelon. Somnolant sur sa chaise, elle sursaute quand il pose une main sur son épaule.

— Je ne vous ai pas entendu entrer, émet-elle d'une voix rauque. Alors, vous croyez que le toit va tenir le coup jusqu'à demain ?

— Si le vent ne se lève pas, il tiendra. Les hommes vont venir tout de suite après le déjeuner et on fera le nécessaire.

— Merci, Charles. À demain.

Charles n'a pas encore tourné le coin du manoir que Magdelon se glisse déjà sous ses couvertures après avoir soufflé sa chandelle. « Pourvu qu'il ne vente pas trop cette nuit », espère-t-elle avant de sombrer dans un sommeil profond.

* * *

Au matin, ce sont les cris des enfants qui réveillent Magdelon. Elle se lève en vitesse et regarde par la fenêtre. Les hommes sont déjà au travail. Elle s'habille et se dirige vers la cuisine où elle est accueillie par des cris de joie. Les enfants parlent tous en même temps. À moitié réveillée, elle les entend mais elle ne comprend pas ce qu'ils disent. Elle les salue à tour de rôle. Puis elle prend une bonne respiration avant de s'adresser à Louise :

— Il y a longtemps que les hommes sont arrivés ?

— Ils sont là depuis un peu plus d'une heure.

— Vous auriez dû venir me réveiller.

— Charles m'a dit de vous laisser dormir. Jacques est allé donner un coup de main lui aussi.

— Savez-vous si les hommes en ont pour toute la journée ?

— Je l'ignore. Mais je peux aller m'informer si vous voulez.

— Ce n'est pas la peine, je vais y aller moi-même. Toutefois, je prendrais bien un café avant.

— Je vous en sers un tout de suite.

Quand Magdelon sort pour aller à la grange, elle reste saisie. Elle remonte le col de son manteau. Ce matin, le froid est mordant. Malgré la courte distance à parcourir entre le manoir et la grange, elle glisse ses mains dans les poches de son manteau en frissonnant. La froidure de janvier vient d'arriver. «Il va falloir bien du café pour que les hommes finissent le travail. Et aussi beaucoup de courage pour passer à travers l'hiver, en tout cas pour moi.»

Dès qu'il voit Magdelon, Charles vient la rejoindre.

— Dans une heure, tout sera terminé, annonce-t-il. Vous avez eu plus de chance que nous.

— Tant mieux. La grange est tellement pleine qu'il valait mieux ne pas imaginer ce qui aurait pu arriver, d'autant que

Pierre-Thomas n'est même pas là. J'aime mieux ne pas penser à sa réaction si le toit de la grange s'était effondré. Enfin, tout est bien. Je vais dire à Louise de rapporter du café aux hommes, il fait un froid de canard.

— C'est normal, on est en plein cœur de janvier. Mais au moins, il a fait beau la première quinzaine. Allez, un peu de courage, vous allez traverser cet hiver-ci, comme chaque année d'ailleurs.

— Je sais bien, mais vous ne pouvez même pas vous imaginer à quel point je déteste cette saison.

— Depuis le temps que je vous entends le dire, lance Charles d'un ton taquin, j'en ai quand même une petite idée ! Mais il y a quelque chose que je ne comprends pas. Comment faites-vous pour aller si souvent en forêt si vous détestez autant l'hiver ?

— C'est la seule façon pour moi d'oublier cette saison. Quand je suis en forêt, j'oublie même le temps qu'il fait. Ce n'est qu'une fois de retour au manoir, quand mes mains et mes pieds dégèlent, que je réalise à quel point j'ai eu froid. Mais changeons de sujet, voulez-vous… Comment va votre petite Louise ? Je l'ai trouvée bien mal en point hier.

— Je ne sais pas trop, elle dormait encore quand j'ai quitté la maison. Catherine s'est levée plusieurs fois cette nuit pour la veiller. Elle commence à m'inquiéter sérieusement, cette enfant. Elle a toujours quelque chose.

— Je passerai la voir cet après-midi. Bon, j'y vais. Encore merci à vous et à tous les hommes.

De retour au manoir, Magdelon se laisse tomber sur une chaise sans prendre la peine d'enlever son manteau. Elle grelotte de la tête aux pieds. Les enfants sont encore attablés. Elle les observe et sourit. Leur joie de vivre la réchauffe sans même qu'elle s'en rende compte. Soudain, la scène la ramène à sa propre famille et elle se dit que le temps a passé bien trop vite. Alors qu'il n'y a pas si longtemps elle n'était elle-même qu'une enfant, la voilà maintenant sur le point d'être grand-mère. Elle ne saurait trop dire ce que cela lui fait. Elle est partagée entre deux sentiments : le plaisir d'avoir un descendant et la tristesse d'être déjà rendue là. Les années ont passé si vite et si lentement à la fois. Jusqu'à ce qu'elle reçoive la lettre l'informant du mariage de son Louis, on dirait qu'elle a flotté sur un nuage rose. Après, il y a eu de longs mois de peine, cette peine qui vous gruge en dedans tellement elle est violente et présente. Si ce n'avait été du soutien constant des siens, jamais elle n'en serait sortie. Elle avait mis de côté ses rêves de fonder une famille, rêves pourtant si importants à ses yeux. Sans son Louis, tout perdait son sens. Un matin de mai, elle s'en souvient comme si c'était hier, elle s'est réveillée avec le sentiment qu'elle devait tout faire pour fonder une famille comme elle l'avait toujours souhaité. Même Louis ne méritait pas qu'elle sacrifie son rêve à cause de lui. Ce matin-là, elle est entrée dans la cuisine en proclamant : « Je vais me marier et fonder une famille. » Ses frères et sœurs ainsi que sa mère lui avaient souri, sans poser de questions. C'est alors que Pierre-Thomas est entré dans sa vie. Bien sûr, cette vie n'est pas celle dont elle rêvait depuis qu'elle était une toute petite fille, mais elle aurait pu être bien pire. Cette vie lui a permis d'avoir ce à quoi elle tenait par-dessus tout : sa famille. Et là-dessus, elle a de quoi être très fière.

— Maman, maman, dit Charles François Xavier en lui secouant le bras, puis-je aller au village ?

Magdelon cligne des yeux pour revenir à la réalité. Au moment où elle s'apprête à demander à son fils de répéter sa question, Louis Joseph dit :

— Tu sais bien que papa ne veut pas que tu ailles au village indien. La dernière fois que je suis allé avec lui à Québec, il m'a demandé si tu y allais encore.

— Que lui as-tu répondu ? s'inquiète aussitôt Charles François Xavier.

— Que je ne le savais pas, lâche Louis Joseph en haussant les épaules.

— Il ne faut jamais lui apprendre que j'y vais encore.

— Laisse-moi m'occuper de cela, conseille Magdelon. Tu peux aller au village, mais habille-toi chaudement parce qu'il fait très froid.

— Moi aussi, j'aimerais aller voir les Indiens, lance Louis Joseph.

— La prochaine fois que j'irai, je t'emmènerai, promet Magdelon. Aujourd'hui, j'aimerais que tu m'accompagnes à la pêche. J'ai une petite envie de poisson fumé, pas toi?

— Oui! Je vais tout de suite préparer ce qu'il nous faut.

Sur ces paroles, Louis Joseph se lève de table, va chercher son manteau et file à la grange.

Chapitre 24

— Maman, maman ! crie Charles François Xavier en ouvrant la porte. Il est arrivé quelque chose à Antoine. Il est au village. L'aïeule m'a demandé de venir vous chercher. Où êtes-vous ?

De son bureau, Magdelon n'a pas entendu les paroles de son fils. Tout ce qu'elle a saisi, c'est l'urgence liée aux mots. Elle accourt auprès de Charles François Xavier.

— Prenez votre manteau et suivez-moi ! s'écrie Charles François Xavier, les larmes aux yeux. Il faut faire vite.

— Arrête un peu, dit-elle en prenant doucement le garçon par les épaules. Je ne comprends rien à ce que tu racontes. Prends le temps de respirer et parle tranquillement.

— C'est Antoine, gémit Charles François Xavier. Il s'est fait attaquer. Les Indiens l'ont trouvé en forêt et l'ont ramené au village. L'aïeule m'a demandé de venir vous quérir. Antoine ne va pas bien du tout. Je vais chercher votre mallette. Habillez-vous chaudement, on gèle.

Magdelon met quelques secondes à assimiler la nouvelle.

— Il est arrivé quelque chose à Antoine, répète-t-elle comme pour elle-même.

Si elle ne prenait pas sur elle, elle s'effondrerait, mais ce n'est pas le moment. Antoine a besoin d'elle.

— Oui, répond Charles François Xavier. Il faut faire vite. Il délire et n'arrête pas de prononcer votre nom. Je vais seller les chevaux, ce sera plus rapide.

— Mais il y a trop de neige, énonce Magdelon comme un automate. Les chevaux vont caler.

— Ne vous inquiétez pas, le froid des derniers jours a fait une bonne couche de neige dure. Je vous attends dehors.

Magdelon est désespérée. Elle est incapable de réfléchir. Elle a l'impression que la terre vient de s'ouvrir sous ses pieds. Sans Antoine, elle ne sait pas si elle aura la force de vivre. Sans plus de réflexion, elle s'habille et sort rejoindre son aîné dans le froid. La minute d'après, ils prennent le chemin du village indien. Une fois à cheval, Magdelon réalise qu'elle n'a averti personne de son départ. «Nous serons sûrement revenus avant le souper», songe-t-elle avec optimisme. Charles François Xavier avait raison, les chevaux avancent facilement sur la piste durcie par le froid des derniers jours.

La mère et le fils gardent le silence. Chacun est prisonnier de ses pensées. Charles François Xavier tient énormément à Antoine. Il lui arrive même de penser que s'il avait pu choisir son père, c'est lui qu'il aurait voulu. Évidemment, il n'en a jamais parlé à personne, pas même à sa mère. Avec Antoine, il a l'impression d'être quelqu'un. Chaque fois qu'il lui parle, Antoine prend le temps de l'écouter, il lui arrive même de le conseiller. Il l'encourage à faire ce qu'il aime. Il le fait rire. Antoine est le modèle de Charles François Xavier.

Pour Magdelon, Antoine est sa pleine lune. Il n'apparaît jamais au même moment, ni au même endroit, mais chaque fois il illumine sa vie et la fait se sentir belle. Sans ses rares visites, son corps et son cœur se dessécheraient. Avec lui, elle est une femme, alors qu'avec Pierre-Thomas, elle est une simple mère de famille. Chaque fois qu'Antoine pose ses mains sur elle, tout son corps est envahi par une vague de passion qui n'a de fin que lorsqu'ils parviennent à séparer leurs corps. Elle a besoin de lui comme de l'air qu'elle respire. Elle n'ose même pas imaginer sa vie sans l'espoir qu'il débarque au moment où elle s'y attend le moins. «Jamais je ne pourrai vivre sans lui. Mon Dieu, ne me faites pas cela, je vous en prie. Pas lui! Pas Antoine!»

Jamais le sentier n'a paru aussi long à Magdelon et à son fils. Sur leur passage, ils n'ont pas remarqué plusieurs lièvres pris dans leurs pièges. De toute façon, aujourd'hui, ils ont plus important à faire. Lorsqu'ils arrivent enfin à l'entrée du village, ils descendent vite de cheval.

— Allez-y, déclare Charles François Xavier, je m'occupe des chevaux. Il est dans la tente de l'aïeule. Je vais vous apporter votre mallette.

Sans attendre, Magdelon relève ses jupes et marche aussi vite qu'elle le peut. Une fois devant la tente, elle s'arrête, prend une grande respiration et lève la toile. Elle a l'impression que son cœur va exploser. Ses yeux mettent quelques secondes à s'habituer à la pénombre. Quand elle voit enfin Antoine, elle se retient de hurler. Il est là, étendu sur le sol, respirant à peine. Elle s'approche et se laisse tomber à ses côtés.

— Il a de vilaines blessures à la poitrine, aux jambes et aux bras, dit doucement l'aïeule. Il est aussi brûlant que la braise et son âme se détache de son corps.

— Je vous interdis de dire cela ! s'écrie Magdelon. Il ne peut pas mourir, pas lui.

— On ne peut pas empêcher la mort de venir le chercher si c'est son heure, vous le savez bien.

— Et moi je vous répète qu'il ne peut pas mourir. Je vais faire tout ce que je peux pour le sauver.

— Il n'a cessé de vous demander depuis qu'on l'a amené ici. Faites-lui vos adieux, aidez-le à partir. Vous n'avez pas le droit de le retenir.

— Vous ne comprenez rien ! Je ne veux pas qu'il meure, j'ai besoin de lui !

— D'où il sera, il veillera sur vous comme le chef le fait pour chacun d'entre nous. Je vais vous laisser seule avec lui un moment.

Une fois l'aïeule sortie, Magdelon prend la main d'Antoine dans les siennes et la porte à ses lèvres. Elle y dépose doucement un baiser. Elle lui caresse ensuite les cheveux et se penche pour lui parler à l'oreille :

— Je vous ai aimé dès que votre regard s'est posé sur moi et je vous aimerai jusqu'à la fin de mes jours.

Magdelon sait qu'elle ne pourra pas sauver Antoine. La seconde d'après, elle se laisse tomber sur lui comme une poupée de chiffon. Son bien-aimé vient de partir dans un souffle léger. Si elle le pouvait, elle partirait avec lui.

Quand Charles François Xavier entre avec l'aïeule, Magdelon se relève et annonce :

— Il est trop tard.

Charles François Xavier s'approche de sa mère :

— Maman, vous pleurez ? Votre visage est inondé de larmes.

Surprise, Magdelon touche son visage de ses deux mains.

— Tu as raison, mes yeux se sont remis à couler… Mais Antoine est mort. Je ne voulais pas qu'il meurt.

— Moi non plus, répond-il en se jetant dans les bras de sa mère.

— Venez avec moi, invite l'aïeule. Allons prendre une tisane dans la tente des femmes. Il est inutile de rester ici plus longtemps. Je m'occuperai de lui plus tard.

Quand Magdelon et Charles François Xavier quittent le village indien, le soleil est couché depuis un bon moment déjà. Ils se sont attardés dans la tente des femmes. Ils avaient besoin de temps pour réaliser ce qui venait de se passer. Ils ne prononcent pas un seul mot jusqu'au manoir. Ils ramènent leurs chevaux à la grange et entrent par la cuisine. Ils n'ont pas fait un pas que Pierre-Thomas les apostrophe :

— Où étiez-vous ? s'écrie-t-il. Nous vous avons cherchés dans toute la seigneurie.

— Et nous n'avons même pas fumé notre poisson, se plaint Louis Joseph.

— C'est pourtant facile à comprendre, reprend Pierre-Thomas sans se soucier de ce que vient de dire son fils. Vous devez avertir Louise quand vous partez. Avec tous ces barbares, on ne sait jamais ce qui peut arriver.

S'il y a une chose dont Magdelon se serait passé, c'est bien de la présence de Pierre-Thomas. Prenant son courage à deux mains, elle explique :

— Nous étions au village indien. Antoine s'est fait attaquer et il est mort.

— Il s'est fait attaqué par qui ?

— Je l'ignore et c'est sûrement mieux ainsi, du moins pour aujourd'hui. Vous allez m'excuser. Je vais aller dormir, la journée a été longue.

Charles François Xavier emboîte le pas à sa mère et file à sa chambre sans manger. Une grosse boule lui étreint la poitrine depuis qu'il a quitté le village indien. Dans sa chambre, il pourra enfin laisser libre cours à sa peine.

* * *

Magdelon n'a pas fermé l'œil de la nuit. Elle a pleuré en silence, couchée à côté de Pierre-Thomas. Quand elle se décide enfin à se lever, le soleil brille depuis un bon moment et la place est vide à côté d'elle. Elle a promis à Catherine d'aller l'aider à confectionner des rideaux. Entre rester au manoir et risquer de croiser Pierre-Thomas à tout moment et aller chez Catherine, le choix est facile. Elle va aller chez sa sœur. Là, au moins, elle pourra parler plus librement qu'ici. Elle a une sensation de vide immense au fond d'elle-même. « Et si c'était seulement un cauchemar ? » Mais elle sait très bien qu'elle n'a pas rêvé. Plus jamais Antoine ne viendra la surprendre. Elle ne sentira plus ses mains sur son corps, ses lèvres dans son cou. Elle ne respirera plus son odeur sucrée. Elle ne discutera plus avec lui. Elle ne l'entendra plus rire. « Que vais-je devenir sans lui ? » se désespère-t-elle.

Dès que Catherine aperçoit Magdelon, elle s'inquiète :

— Qu'est-ce qui t'arrive ? On dirait que tu as pleuré toute la nuit.

Deux grosses larmes coulent sur les joues de Magdelon.

— Mais tu pleures, ma parole ! s'étonne Catherine. Depuis quand pleures-tu ?

— Depuis hier après-midi. Antoine est mort.

— Ton Antoine ? J'ai sûrement mal compris.

— Il s'est fait attaquer en forêt et il n'a pas survécu à ses blessures. Je ne sais pas ce que je vais devenir sans lui, ajoute Magdelon en se laissant tomber sur une chaise.

Catherine est très secouée par la nouvelle. Elle tire une chaise et s'assoit à son tour.

— Qui pouvait bien en vouloir à Antoine à ce point ? Quel salaud a osé lui faire cela ?

— Je ne sais pas. Les Indiens l'ont trouvé en forêt et l'ont amené au village. Il est mort dans mes bras.

— Je suis tellement désolée, ma sœur, compatit Catherine en prenant les mains de Magdelon dans les siennes. J'ai peine à y croire tellement c'est horrible. Je vais nous préparer un café bien fort.

Avant l'heure du souper, les rideaux sont déjà accrochés aux fenêtres. Normalement, une journée comme celle-là aurait été marquée de nombreux éclats de rire. Aujourd'hui, elle s'est passée dans le plus grand sérieux et un silence de mort. Catherine embrasse Magdelon avant son départ :

— Je suis vraiment désolée. Je ne sais pas quoi dire si ce n'est qu'il me manquera à moi aussi. Je passerai au manoir demain.

— Ce n'est pas la peine. Tu as bien d'autres choses à faire que de t'occuper encore de moi.

— Mais j'y tiens. Tu es ma sœur, mais tu es aussi mon amie et je sais à quel point Antoine comptait pour toi.

— Il faut que j'y aille, je dois parler à Charles François Xavier avant que Pierre-Thomas rentre.

Sur le chemin qui la mène au manoir, Magdelon avance à petits pas. On croirait qu'elle porte le monde entier sur ses épaules. Elle a beau essayer de penser à autre chose, elle n'y arrive pas. Seul le visage d'Antoine occupe ses pensées. Il lui sourit doucement.

Chapitre 25

Depuis la mort d'Antoine, la vie bat au ralenti au manoir. Tout le monde respecte la peine de Magdelon et de Charles François Xavier sans trop chercher à comprendre pourquoi ils ont si mal. Même Pierre-Thomas se fait discret, ce qui n'est pourtant pas dans ses habitudes. Charles François Xavier n'est pas retourné au village indien, l'idée ne lui a même pas effleuré l'esprit. Il s'est plutôt enfermé dans un mutisme que seule sa mère peut briser. Il erre comme une âme en peine toute la journée. Lui habituellement si porté vers ses frères et les enfants de Louise, voilà qu'il les ignore totalement, à un tel point que lorsqu'il pénètre dans une pièce tous en sortent. Pourtant, Charles François Xavier fait d'énormes efforts pour combattre sa douleur. Il n'y arrive pas, c'est tout. Chaque fois qu'il parvient à trouver la force de sourire, l'image d'Antoine s'impose à lui et il retombe dans sa peine. Magdelon a parlé à plusieurs reprises à son fils, mais sans succès. Il faut dire qu'elle n'en mène pas large elle non plus. Elle vaque à ses occupations comme à l'habitude, mais son cœur est ailleurs. Chaque fois qu'elle le peut, elle reste à l'écart des siens pour penser à Antoine. C'est plus fort qu'elle. Elle sait pertinemment qu'elle devrait passer à autre chose, mais elle en est incapable. Elle a tellement pleuré depuis sa mort qu'elle s'est largement reprise pour toutes les années où elle n'a pas versé une seule larme. Antoine, son rayon de soleil, son île aux trésors... « Il n'avait pas le droit de m'abandonner », s'afflige-t-elle.

Perdue dans ses pensées, Magdelon joue avec le bijou qu'Antoine lui avait offert. Elle roule la petite perle entre ses doigts et se prend soudain à sourire. Au bout de quelques secondes, elle parle à voix haute sans même s'en rendre compte :

— Vous serez toujours avec moi, Antoine.

La seconde d'après, elle a bon espoir de pouvoir reprendre sa vie en mains. Elle replace ses cheveux et sort de sa chambre. Il faut qu'elle aille voir Charles François Xavier. Il est grand temps d'aller inspecter leurs collets. Ils en profiteront pour passer au village indien.

Quand la mère et le fils reviennent au manoir en fin de journée, ils rapportent de nombreux lièvres. Mais ce n'est pas le plus important. Au grand plaisir de tous, Magdelon et Charles François Xavier ont retrouvé le sourire. Ce soir-là, même le petit morceau de navet déposé par erreur dans l'assiette de Louis Joseph a été dévoré sans une goutte de lait pour le faire passer.

Jamais Pierre-Thomas ne l'avouera, mais quand il a vu rentrer Magdelon et son fils le soir de la mort d'Antoine, cela a allégé ses épaules d'un bon poids. Il ignore pourquoi le décès de cet homme a affecté autant sa femme et son fils, et il n'a pas l'intention de chercher à le savoir. Tout comme lui, ils ont droit à leurs petits secrets.

Au moment où il se prépare à se retirer pour la nuit, Pierre-Thomas sort une enveloppe de sa poche et la remet à Magdelon :

— Marie-Jeanne m'a donné cette lettre pour vous. J'ai failli oublier de vous la remettre.

— Merci, répond Magdelon en souriant. J'espère au moins que les nouvelles sont bonnes.

— Je l'espère aussi. Vous allez devoir m'excuser. J'ai une très grosse journée demain, je vais donc aller dormir.

— Moi, je vais lire ma lettre avant. Bonne nuit !

Sans un mot de plus, Pierre-Thomas monte à l'étage. Avant d'ouvrir sa lettre, Magdelon se sert un verre.

Ma chère sœur,

J'ai tellement de nouveau à te raconter que je ne sais trop par quoi commencer. Bon, commençons par parler de moi alors. Je file le parfait bonheur avec mon Pierre. Quand je pense à tout ce dont je me serais privée si je m'en étais tenue à mon intention de ne plus jamais me marier, j'en ai la chair de poule. C'est comme si la vie me redonnait d'un seul coup tout ce qu'elle m'a enlevé. Quand j'ouvre les yeux le matin et que je le vois à mes côtés, je suis remplie de bonheur. C'est un homme exceptionnel comme il y en a trop peu. Je n'ai jamais rencontré ton Antoine, mais de la manière dont tu m'en as parlé, je pense qu'ils doivent se ressembler. Et moi, contrairement à toi, j'ai la chance de partager sa vie.

À la lecture de ces mots, Magdelon lève la tête et prend une grande respiration avant de poursuivre sa lecture. « Elle en a de la chance, ma sœur, songe-t-elle. Son Pierre est toujours vivant, lui. »

Depuis deux mois, Pierre et moi nous occupons des enfants de son fils pendant la journée. Sa femme a fait une chute à cheval, elle s'est cassé les deux jambes. Entre toi et moi, je commence à douter qu'elle marche de nouveau… Dommage que tu sois si loin ! Après tout ce temps, elle souffre encore le martyr. Pauvre femme ! Les enfants sont adorables, mais je t'avoue que j'ai hâte de retrouver ma liberté. Enfin, on doit s'entraider. À part Pierre et moi, je ne vois vraiment pas qui pourrait s'occuper des enfants.

François nous a appris une grande nouvelle : il va enfin être papa. Tu aurais dû le voir, il était tellement fier. Je suis contente pour lui et je suis certaine qu'il fera un excellent père. Il a demandé à Marie-Louise d'être la marraine. Il lui aurait offert un cheval qu'elle n'aurait pas été plus touchée. Jean-Baptiste et Jacques aident François à préparer le bois pour construire sa maison. Si tout se passe comme il le souhaite, elle devrait être prête pour la naissance du bébé. La maison se vide lentement.

Maman se porte plutôt bien pour son âge. Elle ne se plaint pas, tu la connais, mais on voit qu'elle a des douleurs aux jambes. La dernière fois que je lui ai offert de m'accompagner à Montréal, elle m'a dit qu'elle n'en avait pas envie alors qu'au fond je sais que c'est parce qu'elle ne s'en sentait pas capable. Je trouve cela fort triste de la voir vieillir. Plus triste encore de penser que bientôt ce sera à notre tour. S'il y a une chose que je n'ai jamais comprise, c'est bien qu'on doive souffrir avant de mourir. Si tu crois pouvoir la soulager, envoie-lui vite ce qu'il faut. Voir souffrir les gens qu'on aime n'a rien de réjouissant. Tu sais, elle attend toujours tes lettres avec impatience.

J'ai rendu visite à Marguerite la dernière fois que je suis allée à Montréal. Tu devrais la voir avec son petit ventre bien rond, elle est jolie comme tout. Même son visage s'est arrondi. Je suis très contente que Pierre-Thomas ait changé d'idée pour ce mariage. Le bonheur de ta fille fait plaisir à voir. Elle est devenue en peu de temps une maîtresse de maison hors pair. Ce n'est pas pour te blesser, mais ses brioches sont bien meilleures que les tiennes. Tu devrais peut-être lui demander de t'apprendre…

Il a tellement neigé chez nous que les hommes de la seigneurie ont dû travailler aussi fort qu'en plein mois des récoltes pour déneiger le toit des granges et des maisons. J'espère que vous n'avez pas eu de problème à Sainte-Anne. Il paraît qu'à Montréal plusieurs toits se sont effondrés.

Je m'arrête ici, il faut que j'aille dormir parce que les enfants arrivent à sept heures demain matin. Comme je ne suis plus de la première jeunesse, j'ai besoin d'un peu plus de sommeil. Embrasse les garçons pour moi. Prends soin de toi et écris-moi. Au nombre de fois que Pierre-Thomas passe à Verchères, tu n'as pas d'excuses.

Marie-Jeanne

« Ma sœur a raison, songe Magdelon, je ne suis pas celle qui écrit le plus souvent. Contrairement à Catherine, j'aime mieux lire qu'écrire, mais je répondrai à Marie-Jeanne cette semaine. À moins que je le fasse avec Catherine… Je pourrais dicter et elle écrirait. Il ne me resterait plus qu'à signer. »

* * *

Au matin, alors que le soleil est à peine levé, Magdelon se réveille en sursaut. On frappe à la porte du manoir avec énergie. Elle se frotte les yeux avant de sauter du lit. Elle a à peine posé les pieds sur le plancher glacé que le visiteur redouble d'ardeur. « Il va finir par arracher la porte s'il continue de frapper de la sorte, sans compter qu'il va sûrement réveiller toute la maisonnée ! » En sortant de sa chambre, elle se retrouve nez à nez avec Louise.

— Laissez, je vais aller ouvrir, dit celle-ci.

— Maintenant que je suis réveillée, répond Magdelon, je vais au moins voir ce qu'il y a de si urgent pour venir nous réveiller à cette heure.

Dès que Louise ouvre la porte, Charles s'écrie :

— Venez vite, c'est Louise, elle ne va vraiment pas bien. Elle tousse à en devenir verte. On ne sait plus quoi faire. Catherine est désespérée.

— Le temps de m'habiller et je vous suis, lance Magdelon. Assoyez-vous en m'attendant.

— Il faut faire vite. Croyez-moi, elle ne va vraiment pas bien.

— Je m'habille en vitesse et j'arrive.

Puis, à l'adresse de sa servante, Magdelon ajoute :

— Préparez un café bien fort pour Charles.

— Ce n'est pas la peine, proteste le visiteur. De toute manière, je ne pourrai rien avaler.

Magdelon file à sa chambre. Elle entre sur la pointe des pieds sans faire de bruit et s'habille en vitesse. Au moment où elle s'apprête à sortir de la chambre, Pierre-Thomas lui demande ce qui se passe. Magdelon lui explique rapidement la situation.

— Dites à Catherine de m'envoyer chercher si elle a besoin de moi. Pauvre petite !

C'est chaque fois pareil quand il est question de Catherine, Pierre-Thomas est prêt à tout, ce qui touche Magdelon au plus haut point. Elle ne sait toujours pas pourquoi il porte autant d'attention à Catherine, mais ce n'est pas si important. Au fond, ce qui compte, c'est que Pierre-Thomas soit au moins sensible à une personne, au point de tout faire pour elle, même de changer d'idée pour le mariage de Marguerite. Magdelon n'éprouve pas une once de jalousie envers sa sœur. Mais elle serait prête à gager qu'il est plus sensible à ce qui arrive à Catherine qu'à elle, sa propre femme. Cela lui fait quand même un petit quelque chose. Elle aurait tellement aimé vivre avec un homme aimant, un homme qui aurait veillé sur elle ; un homme comme Antoine, en fait... Au lieu de cela, elle vit avec un homme froid, même en plein cœur de juillet. Au moins, depuis quelques mois il passe un peu de temps avec les enfants. Ils sont chaque fois très contents quand leur père daigne s'intéresser à eux. « Pourquoi ne le fait-il pas plus souvent ? » s'interroge Magdelon.

Dès que sa belle-sœur se pointe à la cuisine, Charles s'empare de sa mallette et se dirige vers la porte. « Depuis la mort d'Anne, songe Magdelon, jamais je n'ai vu Charles dans cet état. » Sitôt dehors, elle remonte son col le plus haut possible et fourre ses mains dans ses poches. Il fait un froid extrême. Comme si ce n'était pas encore assez, le vent siffle de toutes ses forces, tellement que Magdelon et Charles peinent à avancer. Ils n'échangent aucune parole jusque chez Charles. Une fois devant la maison, les plaintes de Louise parviennent jusqu'à eux. Sa toux est aussi creuse que la plus profonde des cavernes. « Cela ne présage rien de bon, songe Magdelon. J'espère que je me trompe. »

Ce que Magdelon voit en poussant la porte n'a rien de réjouissant. Catherine a les traits tirés comme si elle n'avait pas fermé l'œil depuis des jours. Quant à Louise, elle est couchée sur une paillasse près du poêle. Elle a les cheveux collés sur le visage et les yeux vitreux. Magdelon s'approche de la petite et pose sa main sur son front. Elle est bouillante de fièvre. Elle tousse tellement qu'entre deux quintes de toux elle a peine à reprendre son souffle.

— Depuis combien de temps tousse-t-elle ainsi ? demande Magdelon.

— Depuis deux jours, répond Catherine. Je ne sais plus quoi faire. Je lui ai mis des compresses d'eau glacée. Je l'ai frottée avec la pommade que tu m'as donnée la dernière fois. Je lui ai donné du sirop contre la toux. Rien n'y fait. Plus les heures passent, plus elle est mal en point. Il faut que tu la guérisses. Elle ne peut pas être toujours malade. Je t'en prie, fais quelque chose pour elle !

— Je vais d'abord l'examiner, se contente de dire Magdelon. Il faudrait l'installer dans un lit. Elle fait trop de fièvre pour la laisser à côté du poêle.

— Je vais l'emmener dans notre chambre, décide Charles, en se penchant pour prendre sa fille. Elle y sera plus tranquille.

Au contact des mains fraîches de son père, la fillette sursaute et se met à grelotter.

— Il va falloir la déshabiller et la laisser grelotter si on veut que la fièvre tombe. Je vous avertis, il y a fort à parier qu'elle va pleurer en plus de tousser. J'espère que les autres dorment dur.

— Ne vous en faites pas pour eux, émet Charles. Ce n'est pas la première fois qu'ils entendent pleurer Louise.

— J'aurais besoin d'un seau rempli de neige et d'une guenille.

— Je m'en charge, lance Charles. S'il vous faut autre chose, vous n'avez qu'à me le demander.

— Je peux aussi faire ma part, propose Catherine d'un ton plaintif.

Charles rassure sa femme :

— Tu en as déjà bien assez fait. Tu devrais profiter du fait que Magdelon s'occupe de Louise pour aller dormir un peu. Va te coucher dans le lit de la petite.

— Promets-moi de venir me réveiller si son état empire.

— Promis, répond doucement Charles. Vas-y maintenant.

Magdelon ne s'était pas trompée. Dès qu'elle déshabille la fillette, celle-ci se met à hurler, ce qui la fait tousser davantage. Elle tousse tellement qu'elle n'arrive plus à reprendre son souffle. Magdelon colle son oreille sur la poitrine de l'enfant. Ce qu'elle entend ne lui plaît pas du tout. On croirait entendre le grincement que font deux pièces de métal que l'on frotte l'une contre l'autre. Malheureusement, toutes les personnes qui râlaient de la sorte qu'il lui a été donné de soigner n'ont pas fait long feu. Elle espère de tout son cœur que les choses seront différentes cette fois. Elle sait à quel point Catherine aurait de la difficulté à surmonter la mort de la petite. Même si Louise est la fille d'Anne, Catherine la considère comme sa propre fille depuis toujours. Et Magdelon est bien placée pour savoir ce qu'on ressent quand on perd un enfant. C'est de loin ce qui lui a été donné de pire à vivre de toute sa vie. Pire que l'attaque des Iroquois, que l'abandon de son beau Louis, que la mort d'Antoine... Quand votre enfant meurt, c'est comme si on vous arrachait un morceau du cœur.

Quand Magdelon revient au manoir, à la fin de la journée, il ne reste plus que Pierre-Thomas à la table. Il sirote tranquillement son café pendant que Louise fait la vaisselle. Il demande des nouvelles de l'enfant.

— J'espère me tromper, répond Magdelon, mais j'ai bien peur que la petite ne s'en sortira pas cette fois. Elle râle si fort que cela fait mal aux oreilles. J'ai fait tout ce que je pouvais, mais c'est bien peu dans son cas. C'est trop injuste. Tous les médecins sont à Québec et à Montréal, comme si les gens des seigneuries n'avaient aucune importance. Pourtant, si nous n'étions pas là, il n'y aurait même pas de villes. Je vais écrire à l'intendant ce soir pour lui demander de nous envoyer un médecin. Vous pourrez lui apporter ma lettre ?

— Bien sûr. Je ne veux pas vous décourager, mais consulter un médecin n'est pas une garantie de guérison. Si vous saviez tout ce que j'ai vu à Québec et à Montréal. N'allez pas croire que les médecins sauvent tous les patients qu'ils traitent. Je suis presque certain que votre moyenne est meilleure que la leur.

— Voyons donc, vous n'allez pas me faire croire que mes remèdes à base de simples plantes sont mieux que ceux que les médecins administrent ! Si je me fie à ce que m'a raconté votre cousin, ils étudient pendant au moins six ans.

— Je veux bien croire qu'ils étudient autant d'années, mais on dirait que tout ce qu'ils ont appris, c'est la saignée.

— Je vais quand même écrire à l'intendant. Si un médecin et moi joignions nos connaissances, nous viendrions peut-être à bout de sauver quelques vies.

— Vous faites déjà des miracles, madame. Vous avez de quoi être fière de vous. Dois-je vous rappeler le nombre de personnes que vous avez soignées depuis votre arrivée à Sainte-Anne ? Il n'y a pas une seule famille qui ne vous soit pas redevable pour au moins un des siens.

Les paroles de Pierre-Thomas font du bien à Magdelon. Chaque fois qu'elle ne peut soulager un malade, elle a envie de tout laisser tomber. Et là, c'est encore pire puisqu'il s'agit de la fille de Charles et de Catherine.

— Je vais vous servir à manger, propose Louise à Magdelon.

— Ce n'est pas la peine, je ne pourrais pas avaler une bouchée. Je vais prendre seulement un café.

— Je vous en apporte un tout de suite.

Au moment où Magdelon va se mettre au lit, on frappe à la porte d'entrée. Elle se dépêche d'aller ouvrir. C'est Catherine.

Sans dire un mot, celle-ci se jette dans les bras de sa sœur et pleure à chaudes larmes. Elle n'a pas besoin de parler. Magdelon comprend très vite que Louise est allée rejoindre sa mère. Elle emmène Catherine au salon et lui sert une généreuse portion d'alcool. Pour une fois, Catherine ne se fait pas prier. Elle boit à grandes gorgées en silence. On dirait que le monde entier vient de s'écrouler sur elle. Elle est dévastée par la douleur. «Ma pauvre petite sœur, s'émeut Magdelon. Si au moins je pouvais faire quelque chose pour l'aider...»

Chapitre 26

— Au fait, j'ai remis votre lettre à l'intendant en mains propres, annonce Pierre-Thomas à sa femme.

— Lui avez-vous parlé de ma demande ?

— Oui, nous avons même échangé sur la question. De Saurel était là et de Batiscan aussi. À nous trois, nous avons expliqué à l'intendant qu'il serait grand temps que nous ayons un médecin dans les seigneuries. L'intendant a même pris le temps de lire votre lettre.

— Et alors ? Qu'en pense-t-il ?

— En gros, il a dit qu'il n'était pas contre l'idée d'avoir un médecin pour plusieurs seigneuries, mais que nous devrons nous occuper d'en trouver un nous-mêmes. Il a ajouté que les médecins étaient rares et qu'il n'en tenait qu'à nous d'en convaincre un de venir s'installer à la campagne. Il paraît que leur nombre est insuffisant autant à Québec qu'à Montréal.

— Trouver un médecin… Facile à dire, mais comment croit-il que nous y arriverons ? J'imagine que ceux qui sont installés à Québec et à Montréal ne sont pas prêts à quitter le confort de la ville pour soigner les colons de quelques seigneuries. À moins… à moins d'aller en chercher un en France ? Mais attendez, j'ai une meilleure idée. Si on envoyait un des nôtres étudier la médecine à Montréal ou à Québec, ou même en France, il pourrait revenir pratiquer ici. Qu'en dites-vous ?

— L'idée n'est pas mauvaise en soi, mais qui voyez-vous aller apprendre la médecine ? Moi, j'avoue que je manque d'inspiration. Les enfants des colons ne savent pas lire pour la plupart.

— La situation est en train de changer. Ils sont de plus en plus nombreux à savoir lire et écrire. N'oubliez pas que plusieurs mères le leur apprennent.

— Mais vous savez comme moi que nous avons besoin de toute la relève possible sur nos terres.

— Écoutez-moi, mais d'abord, promettez-moi de me laisser finir avant de vous emporter.

Magdelon fait une pause de quelques secondes avant de poursuivre doucement :

— Je pense que Charles François Xavier serait le candidat idéal…

— Notre Charles François Xavier ? s'écrie Pierre-Thomas. Ai-je bien entendu ? Il n'en est pas question. Votre savez très bien que j'ai d'autres plans pour lui.

— Ne vous mettez pas dans cet état, et prenez le temps de m'écouter. Je sais que vous avez conçu d'autres plans pour lui, mais Charles François Xavier adore soigner les gens. Je ne sais pas si vous l'avez remarqué, mais chaque fois que je suis appelée au chevet d'un malade il m'accompagne. Il est très doué pour soigner les gens. Il apprend vite. Je pourrais ajouter qu'il en sait autant que moi, peut-être même plus. Je sais que vous voulez qu'il prenne la relève de vos affaires, mais ce serait une erreur de l'y obliger.

— Vous n'allez tout de même pas me dire quoi faire avec mes enfants ! fulmine Pierre-Thomas. C'est l'aîné des garçons et c'est à lui que reviendra tout ce que j'ai bâti. Ce n'est pas parce que j'ai changé d'idée pour le mariage de Marguerite que je vais le faire une autre fois. Depuis quand les enfants font-ils ce qu'ils veulent ? hurle-t-il. Je vous le répète, Charles François Xavier prendra ma relève, que cela lui plaise ou non. Je lui parlerai demain. Médecin ? Jamais ! J'aimerais bien savoir qui lui a fourré cette idée dans la tête.

Sur ces paroles, Pierre-Thomas sort du salon et va s'enfermer dans son bureau. Magdelon hausse les épaules et se dit : « Il va réfléchir à tout cela. Demain, je lui apprendrai que Louis Joseph adore travailler avec lui. Je ne peux pas croire que je n'arriverai pas à le faire changer d'avis. Il a fini par accepter que Marguerite se marie avec un autre homme que celui qu'il avait choisi pour elle… S'il le faut, je demanderai à Catherine de m'aider. » Elle file ensuite à la cuisine. Dans quelques minutes, les femmes arriveront pour la soirée de broderie. « J'espère que Catherine viendra cette fois, sinon j'irai la chercher moi-même. Il est grand temps qu'elle sorte de chez elle. Je comprends sa peine, mais ce n'est pas en restant enfermée qu'elle ira mieux. Je suis bien placée pour le savoir. »

Mais une fois de plus, Catherine brille par son absence.

— Catherine s'excuse, annonce Lucie en arrivant. Elle est trop fatiguée pour venir.

— Tout cela a assez duré ! s'exclame Magdelon. Je vais aller la chercher. Commencez sans moi.

Sans plus tarder, elle se dirige vers la porte d'entrée. Pierre-Thomas vient à sa rencontre :

— Retournez avec les femmes, j'y vais. Il y a trop longtemps que cela dure. Je vais vous amener Catherine dans quelques minutes.

Comme promis, Pierre-Thomas revient au manoir avec Catherine. Quand les femmes la voient, elles déposent leur travail et viennent la saluer une à une. Émue, Catherine se met à pleurer doucement. Magdelon la prend dans ses bras. C'est alors qu'une des femmes raconte :

— Je comprends très bien ce que vous ressentez. Moi aussi, j'ai perdu un enfant. Il avait cinq ans. Je l'ai pleuré pendant des mois. Personne ne savait plus quoi faire pour m'aider. J'avais trois autres enfants, mais je ne les voyais plus. Je savais qu'ils étaient là, mais j'étais incapable de m'intéresser à eux tellement ma douleur était grande. Un jour, le curé est venu me voir et m'a dit que j'irais en enfer si je continuais à être une aussi mauvaise mère.

Magdelon se retient pour ne pas réagir. « Comment un curé peut-il débiter de telles inepties ? » se demande-t-elle.

— Ses paroles m'ont saisie, poursuit la femme, et lentement j'ai réussi à m'en sortir. Il ne se passe pas une seule journée sans que je ne pense à mon enfant. Chaque fois que j'en vois un de son âge, mon cœur se serre. Jamais vous n'oublierez Louise, et c'est normal. Mais vous avez un mari et d'autres enfants qui ont besoin de vous, ne les abandonnez pas.

— Vous avez raison, intervient une autre femme. Moi, j'ai perdu des jumeaux quelques heures seulement après leur naissance. C'étaient mes premiers bébés. J'ai bien pensé ne jamais m'en remettre. C'est ma belle-mère qui m'a aidée. Chaque matin, elle me parlait. Sans elle, je serais sûrement morte de chagrin. Nous ne vous laisserons pas vous enfoncer plus longtemps. Nous vous aiderons toutes à surmonter l'épreuve, n'est-ce pas ? lance-t-elle aux autres femmes.

— C'est sûr ! répondent-elles en chœur.

— Je vais nous servir un petit verre d'alcool, offre Magdelon. Je pense que nous en avons toutes besoin.

— Que brodez-vous ces temps-ci ? demande une des femmes à Catherine.

Cette dernière répond d'une voix chevrotante :

— Une chemisette pour le bébé de Marguerite. Il vaut mieux que je me mette au travail si je veux que le vêtement soit prêt à temps.

— Tu pourrais venir avec Pierre-Thomas et moi visiter Marguerite, propose Magdelon. Nous comptons y aller quand elle va accoucher. Mais avant, il faudra finir les semences.

— J'en parlerai avec Charles. Vous savez, ce n'est pas plus facile pour lui. La seule différence, c'est qu'il n'en parle pas. Depuis qu'on a mis Louise en terre, jamais il n'a prononcé son prénom. Je ne prétends pas qu'il vaut mieux pleurer toute la journée, mais au moins la douleur sort un peu.

— Charles pourrait nous accompagner, suggère Magdelon. Je vais lui en parler la prochaine fois que je le verrai.

— Il doit venir me chercher tout à l'heure.

— Parfait ! Je profiterai de l'occasion.

Puis elle s'adresse à toute l'assemblée :

— Je viens d'avoir une idée. Chacune d'entre nous pourrait parler de sa broderie et de ce qu'elle lit. Qu'en pensez-vous ?

— Je commence, répond joyeusement Lucie. Moi, je brode des napperons pour offrir en cadeau.

— À qui ? s'informe aussitôt Catherine.

— Ah mais, c'est une surprise ! Et je n'ai plus rien à lire.

— Vous êtes certaine que vous ne faites pas que cela, lire ? taquine Magdelon. Moi qui croyais que je lisais rapidement…

— Ne vous inquiétez pas, je travaille du matin au soir, comme chacune de nous. Je lis quand tout le monde est couché. Je me prive volontiers de quelques heures de sommeil pour lire. C'est devenu une vraie passion. Je ne peux plus voir un livre sans avoir envie de l'ouvrir.

Les femmes éclatent de rire. Elles en ont fait du chemin depuis le jour où Magdelon et Catherine leur ont offert de leur apprendre à lire et à écrire. Elles ont de quoi être fières. Aujourd'hui, à la seigneurie, à part les nombreux hommes qui refusent de se faire montrer quoi que ce soit par une femme, tout le monde peut apprendre à lire et à écrire.

— J'aimerais vous parler d'une idée que j'ai eue l'autre jour, expose Lucie. Nous pourrions organiser une soirée de lecture avec les enfants qui apprennent à lire. Ce serait une belle occasion de constater leurs progrès. Cette activité pourrait se tenir à Pâques. Qu'en dites-vous ?

— C'est une excellente idée ! s'écrie Catherine. Je pourrais lire quelques poèmes, si vous voulez. Je pourrais même montrer aux enfants comment écrire de la poésie.

— Et moi, je pourrais choisir les passages à lire, propose Lucie.

— Pendant que vous relirez quelques passages, cela me donnera un peu de temps pour vous trouver d'autres livres, plaisante Magdelon.

— Ne vous en faites pas pour moi ! lance Lucie. Je peux patienter encore un moment, car je suis en train de relire tous les livres.

— Vous voulez les apprendre par cœur ? taquine Magdelon.

— Non, rassurez-vous. Mais je refuse d'arrêter de lire de peur de ne plus être capable de le faire. La lecture a changé ma vie.

— La mienne aussi, affirme une autre femme.

— Alors, il ne me reste plus qu'à demander à Pierre-Thomas de nous acheter des livres la prochaine fois qu'il ira à Québec.

— Et à Montréal aussi, renchérit Lucie.

— Et à Montréal aussi, répète Magdelon en riant. Je vais commander des caisses et des caisses de livres !

Quand Charles vient chercher Catherine, Magdelon en profite pour lui parler.

— Vous me semblez bien songeur depuis la mort de votre fille.

— Je ne sais plus où j'en suis, répond Charles simplement. C'est moi qui aurais dû mourir, pas elle.

— Ne dis pas cela ! proteste Catherine avec véhémence. J'ai besoin de toi et les enfants aussi.

— Louise ne méritait pas de mourir, pas à son âge. Ce n'est pas juste.

— Personne ne mérite de mourir, peu importe son âge, déclare Magdelon. Et la vie est injuste, effectivement. Mais on ne peut rien y faire, sauf surmonter du mieux que l'on peut les épreuves qui nous frappent. Et cessez d'affirmer que c'est vous qui auriez dû mourir. Votre famille a besoin de vous, plus que jamais. Vous avez la chance d'avoir une femme qui vous aime et que vous aimez et de beaux enfants, alors ne gâchez pas tout à ressasser votre peine. Profitez de la vie et de tout ce qu'elle vous offre. N'effacez pas votre fille de votre mémoire, mais vivez avec les vivants et non avec les morts. Je sais, je suis plutôt mal placée pour vous faire la morale, mais croyez-moi, c'est la meilleure chose à faire pour vous en sortir.

— Vous avez raison, reconnaît Charles en lâchant un grand soupir. Il faut que je reprenne goût à la vie et vite.

— Justement, on se demandait Catherine et moi si vous accepteriez de venir avec nous à Montréal. Nous irions voir Marguerite et mon petit-fils.

— À moins que ce ne soit une petite-fille ! lance Catherine.

— Ah ! tu sais, pour moi tout ce qui compte c'est que le bébé soit en santé… et la mère aussi bien sûr. Pour ce qui est du sexe, avec un peu de persévérance, on finit bien par avoir garçon et fille. Cependant, j'en connais un qui serait très déçu si le bébé est une fille…

— Pierre-Thomas ? demande Catherine.

— Qui d'autre que lui ? Il a sûrement déjà trouvé la femme idéale pour son petit-fils parmi ses relations.

— Vous êtes bien dure avec lui, dit Charles en se retenant de rire. Quand pensez-vous aller visiter Marguerite ?

— Dès que les récoltes seront terminées.

— D'accord ! Je vais vérifier avec Thomas et ma mère s'ils peuvent s'occuper de la maisonnée quelques jours et je vous en reparle.

— Parfait ! Vous boiriez bien un petit verre d'alcool ?

— Non, pas pour moi, répond Charles, je préfère aller dormir. Demain, nous devons abattre des arbres pour finir le pont qui enjambe la rivière. Le printemps va venir très vite.

— Pas assez vite pour moi, dit Magdelon d'un ton ironique. Mais rassurez-vous, je ne vous casserai pas les oreilles avec mon amour pour l'hiver, car vous savez déjà ce que j'en pense. Allez, prenez bien soin de vous. Demain, si vous voulez, venez souper avec les enfants.

— C'est une excellente idée ! se réjouit Catherine. Cela nous fera du bien de sortir de la maison. À demain !

Magdelon accompagne ses visiteurs jusqu'à la porte. Même si celle-ci est restée ouverte seulement le temps que Catherine et Charles sortent, un vent glacial s'est glissé à l'intérieur, ce qui la fait frissonner. Elle prend son châle au passage et va s'asseoir au salon, près du feu. Elle est contente que Catherine soit venue à la soirée de broderie. Il faudra qu'elle demande à Pierre-Thomas comment il a fait pour la convaincre de venir. « La vie est remplie de mystères. Il a plus d'influence sur ma sœur que j'en ai moi-même. Et à l'inverse, elle a plus d'influence sur lui que moi. C'est à n'y rien comprendre. J'espère qu'ils vont s'en sortir elle et Charles. Les voir dans cet état me fait mal au cœur. La vie n'est vraiment pas facile sur cette terre. »

Magdelon se souvient alors que Pierre-Thomas lui a remis une lettre de Jeanne. Elle a été si occupée aujourd'hui qu'elle n'a même pas eu une minute pour la lire. Elle prend une chandelle et la pose sur la table à côté d'elle. Elle commence à lire :

Ma chère Magdelon,

J'espère que vous allez bien. En tout cas, de mon côté, jamais un hiver n'a été aussi dur. Les mauvaises nouvelles s'additionnent de jour en jour. D'abord notre fils est tombé du fenil. J'étais désespérée quand je l'ai trouvé gisant par terre, inconscient. J'ai fini par reprendre sur moi et j'ai fait un effort pour me souvenir de tout ce que vous m'aviez appris. Au bout d'un moment, il est revenu à lui. Je lui ai alors demandé où il avait mal et il m'a dit qu'il avait juste un peu mal à la tête. Je l'ai soigné du mieux que j'ai pu et tout est rentré dans l'ordre. J'ai tellement peur !

Le lendemain, ma mère est morte des suites d'une mauvaise grippe. Nous la mettrons en terre au printemps. Même si ce n'était pas l'amour fou entre elle et moi, vous ne pouvez pas vous imaginer à quel point elle me manque. Et mon père est perdu sans elle, tellement que je lui ai offert de venir s'installer avec nous, ce qu'il a refusé. Il préfère rester dans sa maison et je le comprends très bien. La semaine d'après, Louis-Marie s'est blessé à la cuisse avec sa hache en fendant du bois. Vous auriez dû le voir, il pissait le sang. Vous le connaissez, il travaille tout le temps. J'ai eu beau lui dire de se reposer, il n'a rien voulu entendre. Résultat : sa plaie ne cessait de se rouvrir. Il a bien fallu qu'il prenne quelques jours de repos. Je m'arrête là, mais je pourrais vous en raconter encore bien d'autres.

« Pauvre Jeanne, songe Magdelon en repliant la lettre, la vie est vraiment dure avec elle ces temps-ci. Je suis si contente qu'il ne soit rien arrivé de grave au fils d'Alexandre. Si ce maudit hiver peut finir, je vais enfin pouvoir aller visiter Jeanne et les siens. »

Chapitre 27

Magdelon ne tient plus en place depuis le départ de Sainte-Anne. Jamais elle n'a ramé avec autant d'ardeur, tellement que les hommes ont peine à soutenir son rythme. C'est plus fort qu'elle, elle ne parvient pas à se détendre. Comme le printemps a tardé à s'installer, les semences ont été faites près de deux semaines plus tard qu'à l'accoutumée, ce qui a eu pour effet de repousser le voyage à Montréal. Avec un peu de chance, Marguerite n'accouchera pas avant l'arrivée de sa mère. Magdelon se rassure en se disant que, puisque c'est le premier bébé de sa fille, il y a de fortes chances pour que l'accouchement retarde. Enfin, c'est ce qu'elle souhaite de tout son cœur. Elle ne peut pas imaginer que sa fille accoucherait sans elle. Assister à la naissance de son premier petit-enfant représenterait un véritable cadeau pour Magdelon. Elle en rêve depuis le jour où Pierre-Thomas lui a appris qu'elle allait être grand-mère.

Habituellement fascinée par les paysages qu'offre le printemps, elle n'en a remarqué cette fois-ci aucun de tout l'aller. Même ceux que Catherine lui a désignés sont passés à la vitesse de l'éclair dans son champ de vision. Magdelon a la tête ailleurs. Jamais elle n'aurait pensé être aussi excitée à l'idée d'être grand-mère.

— Est-ce que Marguerite habite très loin du port? demande-t-elle nerveusement à Pierre-Thomas.

— À une dizaine de minutes tout au plus.

— Vous croyez qu'il y aura des calèches au port?

— Rassurez-vous, il y en a toujours. Vous me paraissez bien fébrile, madame…

— Mais non, j'ai seulement hâte de voir ma fille.

— En tout cas, intervient Catherine, moi je te trouve bien nerveuse, ma sœur. Tu n'as pas dit un mot de tout le voyage, toi qui parles tout le temps habituellement. Tu n'as même pas regardé le paysage ; tu as manqué quelque chose. C'était à couper le souffle. Tu aurais dû voir les criques, les baies, les rapides…

— J'aurai bien le temps de les admirer au retour, ne t'en fais pas. Là, je n'ai qu'une envie : aller trouver ma fille rapidement.

Charles rassure Magdelon :

— Nous y serons dans moins d'une heure. Je vous en prie, ne sautez pas en bas du canot !

Pour toute réaction, Magdelon fait une grimace à Charles. Sans attendre, il lui rend la pareille, ce qui a pour effet de la dérider pendant quelques secondes.

Quand le canot arrive enfin au port, Magdelon se dépêche de sortir de l'embarcation avant tout le monde. Une fois sur le quai, elle lance à ses compagnons :

— Allez, venez vite ! Le bébé ne nous attendra pas indéfiniment.

— Tu devrais te détendre un peu, conseille Catherine. Tu t'en fais pour rien. Tu sais bien que Marguerite n'a pas accouché toute seule.

— Justement, je ne le sais pas. Mais elle n'a peut-être pas encore accouché. Si c'est le cas, je m'en voudrais de ne pas arriver à temps, d'autant plus que je suis tout près. Allez, dépêchez-vous !

Tous s'empressent de prendre les valises et de suivre Magdelon. Une fois dans la calèche, Pierre-Thomas donne l'adresse de Marguerite au cocher. Les rues de Montréal sont inondées de monde. La calèche a peine à avancer.

— Vous ne pourriez pas passer par un autre chemin ? demande Magdelon au cocher. Nous n'avons pas toute la journée.

— Magdelon, calmez-vous à la fin ! s'impatiente Pierre-Thomas. Le cocher fait son possible.

Au bout de quelques minutes qui paraissent interminables à Magdelon, la calèche s'arrête devant une grande maison de pierres grises.

— C'est ici qu'habite Marguerite ? s'informe Magdelon auprès de son mari.

— Effectivement, confirme Pierre-Thomas.

Sans attendre que le cocher l'aide à descendre, Magdelon saute à terre et se dirige vers la porte d'entrée. Elle relève ses jupes et se met à courir, tellement elle a hâte de voir sa fille. Elle frappe à la porte. Après un temps qui lui paraît interminable, un serviteur vient ouvrir. Sans même prendre le temps de le saluer, Magdelon lance :

— Je suis la mère de Marguerite. Dites-moi où est ma fille.

— Si vous voulez bien vous donner la peine d'entrer et d'attendre au salon, je reviens.

— Vous n'avez pas bien compris. Je veux voir ma fille maintenant. Indiquez-moi où est sa chambre.

— Vous ne pouvez pas y aller, le docteur est avec elle.

— Est-ce qu'elle a accouché ?

— Pas encore, mais je crois que c'est une question d'heures.

— Conduisez-moi à sa chambre.

— Je regrette, mais on m'a dit de ne pas déranger Madame jusqu'à nouvel ordre.

— Dites-moi où est sa chambre et vite, sinon je vais hurler jusqu'à ce que Marguerite m'entende.

C'est alors que Pierre-Thomas entre avec Catherine et Charles. D'un ton neutre, il explique à sa femme :

— Sa chambre est à l'étage, tout de suite à droite en haut de l'escalier.

Magdelon relève ses jupes aussitôt et monte l'escalier en courant. Une fois devant la porte de la chambre de Marguerite, elle frappe deux petits coups et tourne la poignée sans attendre qu'on l'invite à entrer. Elle a eu raison de se dépêcher : Marguerite est en train d'accoucher. Elle est en sueur et a le visage déformé par la douleur. Quand elle voit sa mère, elle s'écrie entre deux contractions :

— Maman, je suis si contente de vous voir ! J'ai tellement mal, faites quelque chose pour me soulager, sinon je n'y arriverai pas. C'est trop dur !

Magdelon s'approche de sa fille, dépose un baiser sur son front et lui passe une main dans les cheveux.

— Je suis là maintenant, tout ira bien, tu vas voir. Ton père est en bas avec Catherine et Charles.

Puis à l'adresse du docteur, Magdelon ajoute :

— Si je peux vous être utile, faites-le-moi savoir. C'est moi qui soigne les gens à la seigneurie.

La seconde d'après, Marguerite est prise d'une violente contraction. Elle hurle de douleur et serre la main de sa mère si fort que Magdelon doit se faire violence pour ne pas la lui retirer. Pour avoir accouché elle-même à cinq reprises, elle sait à quel point c'est rassurant de tenir la main de quelqu'un.

— Poussez, madame ! s'écrie le docteur. Poussez, je vois sa tête.

— Pousse fort, ma grande, tu vas y arriver, encourage Magdelon. Dans quelques minutes, tu tiendras ton bébé dans tes bras.

— C'est trop dur, je n'en peux plus, je pense que je vais m'évanouir.

— Ne t'en fais pas, tu ne t'évanouiras pas. Je suis là. Pousse plus fort, encore plus fort.

— Je n'en peux plus, je n'ai plus de forces.

— Encore un petit effort, ma grande, allez ! N'oublie pas que tu es une de la Pérade. Vas-y, pousse, pousse !

— Je tiens les épaules du bébé, annonce le docteur. Une dernière poussée et ce sera terminé. Poussez, madame.

Marguerite fournit un dernier effort. Elle est exténuée.

— Toutes mes félicitations, madame ! s'exclame le docteur. C'est un beau garçon. Il a tous ses membres, et de très bons poumons aussi. Je l'enveloppe dans une couverture et je vous le donne.

— C'est ton père qui va être content ! déclare Magdelon après avoir embrassé Marguerite. Tu es bien brave, ma fille, et je suis très fière de toi. C'est le plus beau bébé que j'ai jamais vu. Regarde, il a tes yeux et ta bouche. Si tu veux, je m'occuperai de lui le temps que le docteur en ait fini avec toi. Il doit bien y avoir une bassine d'eau chaude ici, je vais le débarbouiller un peu.

— La bassine est près du pot de chambre, dit Marguerite d'une voix faible. Il y a des linges propres et tout ce qu'il faut pour habiller le bébé dans le petit meuble. Est-ce que je pourrais manger ? Je suis affamée !

— Dès que le docteur aura fini, j'irai demander qu'on t'apporte à manger. Comment vas-tu appeler ton fils ?

— Nicolas, comme le grand-père de Zacharie.

— Ce prénom te plaît au moins ?

— Oui, nous l'avons choisi ensemble, mon mari et moi. Maman, si j'avais su qu'accoucher était aussi terrible, j'aurais tout fait pour ne pas avoir d'enfant. Jamais je n'aurais réussi si vous n'aviez pas été près de moi.

— Ne t'en fais pas, dans une semaine tu auras déjà tout oublié et tu seras prête à recommencer.

— C'est impossible que j'oublie à quel point c'est douloureux d'accoucher. N'oubliez pas que j'ai une excellente mémoire.

— Crois-moi, toutes les femmes finissent par oublier. Et ton mari, où est-il ?

— Il est allé travailler. Je l'ai envoyé chercher, il ne devrait pas tarder.

Lorsque Zacharie arrive, il monte les marches deux à deux et entre en coup de vent dans la chambre. Il se précipite vers Marguerite et l'embrasse. Il pose ensuite son regard sur le bébé. De grosses larmes coulent sur ses joues.

Marguerite fait les présentations :

— Zacharie, je te présente Nicolas. Regarde comme il est beau !

— Merci, Marguerite, répond Zacharie, la voix remplie d'émotions. Tu fais de moi un homme heureux. Est-ce que je peux le prendre ?

— Bien sûr ! Tiens, mais fais bien attention.

Magdelon est émue à la vue de Marguerite, de Zacharie et de leur fils. Ils sont si jeunes et si beaux. Alors qu'il n'y a pas si longtemps Marguerite n'était encore qu'une enfant, la voilà maintenant maman. Si elle ne se retenait pas, Magdelon verserait bien quelques larmes tellement elle est heureuse. Sa petite fille vient de mettre au monde le plus beau des bébés qu'il lui ait été donné de voir. Et elle a fait les choses comme une grande. «J'ai de quoi être fière d'elle. C'est une vraie de la Pérade. »

— Je vais aller avertir les autres que tout va bien, indique Magdelon pendant que les nouveaux parents admirent leur rejeton.

— Dites-leur de monter me voir, mentionne Marguerite. En même temps, pouvez-vous demander qu'on m'apporte à manger ? J'ai une de ces faims !

— Je m'en charge.

À la vue de son petit-fils, Pierre-Thomas sourit béatement. On dirait qu'il contemple un trésor. Il touche le bébé du bout de ses doigts avec la plus grande délicatesse. Il sait déjà qu'il sera fou de cet enfant. Au bout d'un moment, alors que deux petites larmes coulent sur ses joues, il détache son regard de l'enfant, se racle la gorge et déclare à Marguerite :

— C'est du beau travail, ma fille, du très beau travail. Tu as de quoi être fière. Et vous aussi, mon garçon. Vous ne pouviez pas me rendre plus heureux. Merci.

Restés en retrait jusque-là, Catherine et Charles s'approchent.

— Venez voir comme il est beau, mon Nicolas ! s'écrie Marguerite. Je suis si contente que vous soyez venus.

— Nous aussi, répond Catherine.

— Maman m'a dit pour Louise. Je suis vraiment désolée.

— Pas autant que nous, murmure Charles. Mais grâce à tout le monde à la seigneurie, Catherine et moi allons beaucoup mieux maintenant.

— Assez parlé de cela, intervient Catherine. Marguerite, je t'ai apporté un cadeau et je suis très impatiente de te le donner.

— Et moi de l'ouvrir ! plaisante Marguerite. Vous savez à quel point j'aime recevoir des cadeaux.

— Je l'ai fait moi-même, j'espère que cela te plaira. Tiens !

Dès que Marguerite voit la chemisette blanche brodée de roses minuscules, elle s'exclame :

— C'est la plus belle chemisette que j'ai jamais vue. Merci, Catherine ! Merci, Charles !

— Moi, tu sais, je n'ai pas grand-chose à voir là-dedans !

* * *

Le lendemain soir, les parents de Zacharie viennent souper. Les conversations sont animées. Tous célèbrent la naissance de Nicolas avec entrain. À tour de rôle, ils montent à l'étage pour tenir compagnie à Marguerite et aussi pour prendre le bébé. Même Pierre-Thomas ne se fait pas prier. Non seulement il y est allé à son tour, mais il a même offert des écus à Charles pour le remplacer, ce qui a fait rire tout le monde. Pierre-Thomas ne saurait dire pourquoi, mais il se sent déjà proche de cet enfant. Ce qu'il sait, c'est qu'à partir de maintenant il va multiplier les voyages à Montréal rien que pour le voir. Certes, il est fier de ses enfants même s'il ne le leur dit pas souvent, mais avoir un petit-fils le rend doublement fier. « Ma fille m'a donné un fils, songe-t-il, je suis un père comblé. Il ne manque plus que Charles François Xavier prenne la relève et tout sera parfait. »

* * *

Trois jours plus tard, Magdelon et les siens reprennent le chemin de Sainte-Anne, le cœur gros. Ils appréciaient grandement leur séjour chez Marguerite et sa petite famille. Ils s'arrêteront à Verchères, le temps de saluer la famille de Magdelon, puis ils reprendront leur route au matin. Les semences ont beau être terminées, il y a beaucoup à faire à la seigneurie, d'autant que les travaux de préparation pour la construction de la route doivent reprendre. Si tout va comme prévu, le pont qui enjambe la rivière Sainte-Anne devrait être terminé d'ici la fin du mois. En plus, les travaux d'agrandissement de la grange doivent être complétés avant les récoltes. Il y a aussi le moulin banal qui a besoin de quelques petits travaux. « Il faudra que je vois de Saurel dans les prochaines semaines, songe Pierre-Thomas. Notre commerce de bois tourne au ralenti et cela n'augure rien de bon. Il faudra aussi penser à ouvrir une autre boulangerie à l'autre bout de la ville de Québec. La population augmente en flèche là-bas. Le plus difficile est de trouver un homme de confiance. À moins que je demande à Jacques… »

Chapitre 28

— Vous auriez dû voir Marguerite quand elle m'a affirmé que ses brioches sont meilleures que les miennes! s'écrie Magdelon. Elle avait son petit bec pincé des grands jours. Vous savez, ce petit air qu'elle seule est capable d'avoir quand elle est convaincue de quelque chose. Elle m'expliquait sa technique avec le plus grand sérieux. « Regardez, maman, c'est simple… » Je ne cessais de me dire que c'est elle qui aurait dû être en train de m'écouter, et non l'inverse. Comme si je ne savais pas faire des brioches!

— Je ne veux pas vous blesser, déclare Jeanne, mais soyez réaliste, ce n'est pas difficile de faire mieux que vous là-dessus. Tous ceux qui ont goûté à vos brioches se sont juré de ne plus jamais s'y faire prendre! Sérieusement, vous êtes bourrée de talent pour beaucoup d'autres choses, mais quand il s'agit de brioches vous ne faites pas le poids. En fait, je devrais plutôt dire, ajoute-t-elle en riant, que vos brioches font le poids entre toutes tellement elles sont massives et indigestes.

— Vous êtes bien dure avec moi, lance Magdelon en feignant d'être blessée. Vous savez à quel point je m'applique quand je fais des brioches.

— C'est peut-être justement ça le problème. Vous voulez tellement réussir que vous les pétrissez trop. Vous devriez envisager sérieusement de demander à Marguerite de vous montrer comment faire.

— Jamais! tonne Magdelon en brandissant le poing dans les airs. Plutôt mourir que de me faire montrer la technique par ma propre fille! Et puis, j'ai une bien meilleure idée: chaque fois que je verrai Marguerite, je lui demanderai de me faire des brioches. Elle, elle sera flattée, et moi, je pourrai me régaler. Je salive juste à y penser !

— Vous aimez vraiment les brioches, n'est-ce pas ? se moque Jeanne.

— Je ne les aime pas, je les adore autant que les pâtisseries, vous le savez bien. D'ailleurs, un de ces jours il nous faudra goûter les pâtisseries que fait le serviteur de madame de Saurel. D'après ce qu'elle dit, ce sont les meilleures. Quelle chance pour moi d'être entourée de maîtres pâtissiers ! Sérieusement, Jeanne, je suis si contente d'être ici, avec vous. Vous m'avez tellement manqué ! Avec ce foutu hiver qui n'en finissait plus de finir, on était prisonniers dans nos chaumières. Chaque fois, je me demande sérieusement si je vais passer à travers cette dure saison.

— L'hiver finit toujours par s'en aller. C'est chaque fois pareil. Vous aussi, vous m'avez manqué. Si cela peut vous rassurer, je commençais également à ronger mon frein à rester en dedans, surtout avec tout ce qui nous est arrivé ces derniers mois. Je peux vous assurer que j'avais très hâte de passer à autre chose.

— Et votre père, comment s'en tire-t-il sans votre mère ?

— Pas si mal en fin de compte, du moins en apparence. J'ai simplement remarqué qu'il travaille encore plus fort, ce qui n'est pas peu dire dans son cas. Du vivant de ma mère, il était déjà infatigable. Alors maintenant qu'il n'a plus personne pour l'arrêter, il redouble d'ardeur… Mais si c'est sa manière de vivre son deuil, pourquoi pas ?

— À moins qu'il se remarie.

— Vous allez rire, mais maman était à peine en terre qu'une veuve de la seigneurie lui a dit qu'elle pourrait prendre soin de lui.

— Comment votre père a-t-il réagi ?

— Il paraît qu'il a envoyé paître la dame. Mais entre vous et moi, pour combien de temps ?... Je connais peu d'hommes qui arrivent à vivre seuls, et je ne crois pas que mon père fasse exception. Je crois qu'il en aura vite assez de tout faire seul.

— Et les enfants, comment vont-ils ?

— Ils vont très bien et ils grandissent si vite que je n'arrête pas de leur coudre de nouveaux vêtements. Vous verrez par vous-même. Ils devraient arriver bientôt, ils sont allés aux champs avec leur père.

C'est plus fort que Magdelon, chaque fois qu'elle entend dire que Louis-Marie est le père de Jean, le fils d'Alexandre et de Tala, elle sursaute. Elle sait bien que Louis-Marie est un excellent père pour l'enfant. Elle sait aussi que c'est ce qui pouvait arriver de mieux au garçon. C'est seulement qu'elle aimerait crier haut et fort que Jean est le fils de son frère Alexandre, ce frère qu'elle aimait de tout son cœur et qui, après tant d'années, lui manque encore cruellement. Au lieu de cela, elle est condamnée au silence le plus total. Elle n'en a jamais rien dit à Jeanne et elle n'a pas l'intention de lui en parler non plus, mais aussi longtemps qu'elle vivra elle pensera à Alexandre quand elle verra son fils. Il y a des choses qu'on refuse d'oublier. Ce qu'elle a vu ce jour-là dans la cabane de bois rond l'empêche encore de dormir parfois. Si ce n'avait pas été de Pierre-Thomas, c'est avec Magdelon que Jean vivrait. Mais le mystère planant toujours sur les circonstances des meurtres de ses parents, Jean est beaucoup mieux avec Jeanne et Louis-Marie, à Batiscan.

— Je nous ai préparé tout un programme, poursuit Jeanne. J'espère que vous êtes en forme !

— Pour tout vous dire, je suis en très grande forme, enfin autant qu'une grand-mère puisse l'être.

— Vous n'avez rien d'une vieille grand-mère, voyons ! lance Jeanne d'un ton moqueur. D'abord, nous irons pêcher. J'ai découvert une petite crique pas très loin où les truites abondent. J'imagine que vous connaissez la suite…

— Je m'en doute un peu… Il faudra fumer nos prises.

— Et là, je dois dire que vous avez toute ma confiance, même que je vais tenter une fois de plus d'apprendre à fumer le poisson aussi bien que vous. Ensuite, j'ai pensé qu'on pourrait aller pique-niquer avec les enfants. Si le cœur vous en dit, il y a une petite île à moins d'une lieue du rivage et, vous verrez, c'est un endroit magnifique. Sur un côté de l'île, il y a une petite cascade. L'eau est si glacée qu'elle nous saisit dès qu'on met le gros orteil dedans, mais les enfants adorent s'y baigner. Sur cette île, les coqs d'Inde abondent. Si vous voulez, nous pourrons en rapporter quelques-uns, les enfants et Louis-Marie en sont fous. Nous pourrions aussi aller cueillir des fraises des champs. J'ai trouvé une grosse talle que personne ne semble connaître. Que diriez-vous d'un bon pudding avec de la crème fraîche comme dessert pour ce soir ? C'est tentant, non ? Bien sûr, en plus de cela, nous prendrons le temps de siroter un ou deux verres d'alcool sur la galerie, car j'ai tellement de choses à vous raconter. Alors, que pensez-vous de mon programme ?

— Tout est parfait ! Mais si on veut avoir le temps de tout faire, aussi bien commencer tout de suite. Quand va-t-on pêcher ?

— Venez avec moi. Tout est prêt dans la grange et j'ai demandé à Louis-Marie de préparer le canot.

— Heureusement que je ne vous ai pas dit non ! s'exclame Magdelon.

— Je commence à vous connaître. Le jour où vous refuserez une partie de pêche, ce sera parce que vous n'irez vraiment pas bien.

— Allons-y ! Si on veut avoir le temps de fumer le poisson avant d'aller dormir, il faut tout de suite nous y mettre.

Si les poissons avaient besoin de tranquillité pour mordre à l'hameçon, les deux amies seraient revenues bredouilles, alors que là elles ont les bras chargés de belles grosses truites. Elles avaient tant à se raconter qu'elles étaient comme deux moulins à paroles. Elles finissaient à peine un sujet qu'elles repartaient de plus belle sur un autre sans même reprendre leur souffle. Leurs éclats de rire devaient résonner dans toute la seigneurie – et probablement jusqu'au fond de l'eau aussi – tellement ils étaient clairs.

Chaque fois qu'elle voit Jeanne, Magdelon réalise sa chance de l'avoir comme amie. Avec elle, tout est toujours tellement facile, même le bonheur. Elle a cette capacité rare de prendre ce que la vie lui apporte de mauvais et de le transformer en positif. Chaque fois, elle se dit qu'elle a déjà vu pire et qu'elle va vite s'en sortir. C'est une vraie battante ! La côtoyer quelques jours donne des ailes à Magdelon. Elle se sent chaque fois remplie de joie et, du moins pendant les quelques heures qui suivent son retour au manoir, elle flotte sur un nuage.

Le soir, sur la galerie, les deux amies sirotent tranquillement un verre.

— Mes compliments à monsieur de la Pérade, lance Jeanne. Son alcool est de loin le meilleur qu'il m'ait été donné de goûter.

— Je peux lui transmettre vos compliments si vous voulez, répond Magdelon d'un air moqueur.

— Ce n'est pas la peine, car je ne pense pas que mes commentaires l'intéressent. Dites-moi plutôt comment va Catherine depuis la mort de la petite Louise.

— Il y a des jours où je pense qu'elle va mieux et le lendemain elle est aussi désespérée que si Louise venait de mourir.

— Il faut la comprendre. Perdre un enfant est la pire chose qui puisse arriver à une femme.

— Je suis bien placée pour le savoir. Mais toute la souffrance du monde ne fera pas revenir Louise. Les autres enfants ont besoin d'elle. Et Charles aussi.

— Je vais lui écrire.

— C'est une bonne idée, elle vous aime beaucoup. Parlant d'écrire, vous vous souvenez du paquet que je vous ai envoyé…

— Bien sûr ! Je l'ai rangé précieusement comme vous me l'avez demandé.

— J'aimerais le récupérer.

— Je vous le donnerai dès que nous rentrerons.

À part Magdelon, personne ne sait ce qu'il y a dans ce paquet. Même si Jeanne s'interroge sur son contenu, jamais elle n'oserait poser la question à son amie. Si Magdelon veut se confier, libre à elle. Jeanne a donc rangé précieusement le colis le jour où elle l'a reçu et elle s'est efforcée de ne plus y penser. D'après le format du paquet, elle se doute qu'il s'agit d'un écrit. Elle a certes quelques idées de ce dont il peut s'agir : les lettres d'amour de son Louis, le récit de tous ses démêlés avec le curé de Batiscan et celui de Sainte-Anne, l'histoire de la mort du frère de Pierre-Thomas, son contrat de mariage… À moins que ce ne soit son histoire d'amour avec son Antoine… Même si elle connaît bien Magdelon, elle n'ignore pas qu'il y a des aspects de la vie de son amie qui lui échappent. « Aussi bien en prendre mon parti : je ne saurai probablement jamais ce que renferme ce colis » se résigne Jeanne.

— Jeanne, cela fait déjà deux fois que je vous pose la même question. Où êtes-vous ?

— Je suis désolée, j'étais distraite. Que m'avez-vous demandé ?

— Voulez-vous savoir ce qu'il y a dans mon paquet ?

À ces mots, Jeanne doit se faire violence pour ne pas paraître trop curieuse. Même si elle est folle de joie, elle se contente de répondre :

— Je ne suis pas obligée de tout savoir, vous savez. Vous avez droit à vos petits secrets.

— Mais j'aimerais vous le dire.

— Je vous écoute, répond Jeanne le plus naturellement du monde.

— C'est mon récit. Je vous ai déjà raconté ce qui m'était arrivé quand j'avais quatorze ans. Les Iroquois nous avaient attaqués alors que mes parents étaient partis à Montréal. J'ai réussi à tenir les Indiens à distance jusqu'à ce qu'on vienne nous porter secours.

— Oui, je me souviens.

— Vous vous souvenez aussi que je vous avais dit que depuis ce temps-là je reçois une pension du roi en reconnaissance de mon geste ? Enfin, c'est François qui la reçoit depuis que je suis mariée.

Jeanne cherche dans sa mémoire. Elle se rappelle vaguement que Magdelon lui a parlé de tout cela, mais c'était à son arrivée à Sainte-Anne. Depuis ce jour, jamais plus les deux femmes n'en ont abordé le sujet. Même les quelques tentatives de Jeanne pour ramener l'événement sur la table ont été chassées du revers de la main par Magdelon elle-même. Elle refusait de parler de tout cela avec qui que ce soit, autant avec sa famille qu'avec Jeanne. On aurait dit qu'elle voulait oublier.

Mais un beau matin, Magdelon a décidé d'écrire son histoire. C'était important que ses enfants sachent ce qui lui était arrivé. Puis, tranquillement, l'idée d'aller en France pour rencontrer le roi a fait son chemin. Elle ne sait pas trop à quoi s'attendre, mais il faut qu'elle aille là-bas. C'est pourquoi elle récupère son paquet aujourd'hui. Retouchera-t-elle son texte ? Elle l'ignore, mais elle préfère le rapporter au manoir. Ainsi, le jour où elle décidera de s'embarquer sur le bateau royal, elle n'aura pas besoin de venir le chercher à Batiscan.

— Vous savez, sans cette rente, nous aurions sûrement perdu la seigneurie. Mon père est mort peu de temps après et mes frères étaient encore trop jeunes pour prendre la relève.

— Après tout ce que vous aviez fait pour les vôtres, vous la méritiez.

— Disons que pour une fois le bon Dieu s'est montré bienveillant avec moi. Je connais plusieurs personnes qui mériteraient une rente tout autant et pourtant elles n'ont jamais rien reçu. Pour tout vous avouer, ajoute-t-elle un peu gênée, j'ai légèrement embelli la vérité. C'était cela ou nous perdions tout, ma famille et moi.

— J'aurais fait la même chose.

— Oh non, pas vous ! Je suis certaine que vous auriez respecté la vérité. Mais j'ai fait ce que je croyais être le mieux pour les miens.

— Et là, qu'allez-vous faire ?

— Tout ce que je sais, c'est qu'un jour j'irai en France pour voir le roi et que je lui remettrai mon texte.

— Vous êtes plus courageuse que moi. Jamais je ne m'embarquerai pour la France. Si vous entendiez les parents de Louis-Marie raconter la traversée, je suis certaine que vous changeriez d'idée.

— Vous savez, j'en ai déjà entendu de toutes les couleurs sur le sujet, mais cela ne m'inquiète pas. Je me suis promis d'aller en France avant de mourir et de rencontrer la famille de mes parents. Et je ne vous cacherai pas que je ferai certainement une petite visite à mon Louis et à sa charmante épouse.

— Vous êtes sérieuse ? s'exclame Jeanne.

— On ne peut plus sérieuse, ma chère Jeanne. J'ai envie de voir de mes propres yeux quelle beauté me l'a enlevé… à moins qu'elle n'ait qu'une belle bourse.

— Vous ne l'avez donc jamais oublié ?

— Rassurez-vous, je ne ressens plus rien pour lui depuis fort longtemps. C'est seulement que je meurs d'envie de lui montrer que, même sans lui, j'ai très bien réussi.

Chapitre 29

— Je vous interdis d'importuner Jacques ! hurle Magdelon. M'avez-vous bien comprise ? J'en ai plus qu'assez de toutes vos manigances dans mon dos.

— Ne vous mettez pas dans cet état, madame, dit Pierre-Thomas d'un ton on ne peut plus calme. Vous n'allez tout de même pas vous en prendre à moi alors que tout ce que je veux, c'est donner un coup de main à Jacques pour améliorer son sort et celui de sa famille.

— Vous êtes l'être le plus ignoble que je connaisse, siffle Magdelon entre ses dents. Combien de fois vais-je devoir vous répéter de le laisser tranquille ? Vous l'avez entendu comme moi, il veut rester au manoir. Ce n'est pourtant pas difficile à comprendre, ma foi.

— C'est à cause de vous qu'il refuse mon offre. Vous devriez le laisser partir. Je suis certain qu'il vous en remercierait. Pensez-y un peu, ce n'est pas tous les jours qu'un serviteur se fait offrir de gérer une boulangerie, à Québec par surcroît.

— Sortez de mon bureau immédiatement avant que je ne vous sorte moi-même.

— Je vous ferai remarquer, madame, que c'est aussi mon bureau.

— Pour le temps que vous y passez, je considère que c'est plus le mien que le vôtre. Allez, dehors !

— Si vous changez d'idée, faites-le-moi savoir. Je serai au…

Magdelon ne laisse pas le temps à son mari de finir sa phrase. Elle s'empare du premier objet qui lui tombe sous la main, l'encrier, et le lance de toutes ses forces dans la direction de Pierre-Thomas. Ce dernier l'évite de justesse avant que l'objet aille frapper le mur près de la porte. Pour toute réaction, il fait mine d'essuyer ses vêtements et il franchit le seuil de la porte sans se retourner. Magdelon est tellement enragée qu'elle voit rouge. Bien calée dans sa chaise, elle regarde l'étendue des dégâts et soupire fortement. Ce projet de son cher mari sera marqué à l'encre noire pour des générations à venir. « Comment peut-il être aussi têtu ? se demande-t-elle. Nous avions pourtant conclu un marché. Jamais je ne comprendrai cet homme ; il ne pense qu'à ses intérêts. » Elle est si furieuse qu'elle a l'impression que son cœur va éclater. Elle se tient la poitrine à deux mains et prend de grandes respirations. Pierre-Thomas lui en a fait voir de toutes les couleurs depuis leur mariage. Magdelon ne sera jamais au bout de ses peines avec lui, ce dont elle est très consciente. Cette fois, il devra lui passer sur le corps s'il veut lui enlever Jacques. « À moins que Jacques veuille accepter l'offre… Il vaudrait peut-être mieux que je vérifie », se résigne-t-elle à contrecœur.

Une fois calmée, elle part à la recherche de Jacques. Il n'est pas au manoir, ni au jardin, ni à la grange, ni aux champs, ni au moulin banal. Pas plus que Louise d'ailleurs. Impossible de les trouver. Inquiète, Magdelon retourne s'enfermer dans son bureau. « Ils finiront bien par revenir », soupire-t-elle en haussant les épaules.

Ce n'est que quelques heures plus tard qu'elle entend enfin des voix d'enfants. Curieuse, elle dépose sa plume et sort de son bureau. Elle arrive nez à nez avec Jacques.

— J'allais justement vous voir, dit ce dernier d'un air gêné.

— Venez, allons dans mon bureau. Nous y serons plus tranquilles.

Une fois assise, Magdelon réalise qu'elle est sur la défensive alors que Jacques n'a pas encore prononcé le moindre mot.

— Je vous écoute, dit Magdelon d'un ton qu'elle s'efforce de rendre amical.

— Je ne sais pas trop par quoi commencer, murmure Jacques en regardant par terre.

— Si vous commenciez par le commencement, conseille Magdelon en souriant. Vous n'avez pas à être gêné avec moi depuis le temps que nous vivons sous le même toit.

Comme pour se donner du courage, Jacques prend une grande respiration avant de se lancer :

— Je ne vous apprendrai rien en vous disant que monsieur de la Pérade m'a offert de gérer sa nouvelle boulangerie à Québec. Je dois reconnaître que c'est une offre très intéressante. J'ai réfléchi très sérieusement avant de lui donner ma réponse.

— Et alors ? questionne Magdelon sur un ton qui trahit son impatience.

— J'en ai parlé avec Louise et, rassurez-vous, nous avons décidé de rester ici.

Si elle ne se retenait pas, Magdelon sauterait au cou de Jacques tellement elle est contente. D'un ton laissant voir sa joie, elle demande :

— Pourquoi avez-vous choisi de rester au manoir ?

— Pour vous et aussi pour les enfants. Québec est une bien belle ville, mais ce n'est pas l'endroit idéal pour élever une famille. Les occasions de sortir du droit chemin sont beaucoup trop nombreuses. Et nous sommes très attachés à vous tous. Ni Louise ni moi ne pouvons imaginer notre vie sans vous et les garçons.

— Vous me faites vraiment plaisir ! s'écrie Magdelon. Merci Jacques, vous ne le regretterez pas. Avez-vous avisé Pierre-Thomas ?

— J'en reviens justement. Inutile de vous dire qu'il attendait une tout autre réponse de ma part. J'espère seulement qu'il ne m'en tiendra pas rigueur.

— Ne vous inquiétez pas. Je ne le laisserai pas vous empoisonner la vie parce que vous avez refusé son offre.

Ce soir-là, avant d'aller dormir, Magdelon prend quelques minutes pour repenser à sa journée. Elle a gagné la bataille, mais rien ne garantit que Pierre-Thomas ne reviendra pas à la charge. Bien au contraire, elle serait prête à gager son nouveau manteau de castor qu'il est déjà en train de chercher comment convaincre Jacques. Elle peut comprendre que son mari dormirait sur ses deux oreilles si Jacques acceptait de déménager à Québec et de s'occuper de sa nouvelle boulangerie. Ce n'est pas facile de trouver une personne de confiance dans une grande ville comme Québec. Mais pourquoi Pierre-Thomas choisit-il toujours ceux qui travaillent au manoir ? Il semble croire que Magdelon a toujours une personne de rechange dans sa poche de tablier. Puisqu'elle désire qu'il lâche prise pour ce qui est de Jacques, elle doit trouver quelqu'un qui accepterait de s'établir à Québec. Histoire de poursuivre sa réflexion, elle se sert une bonne ration d'alcool et s'assoit au salon. Seule une petite chandelle éclaire la pièce, ce qui selon Magdelon favorise la réflexion. Elle repasse en mémoire tous les jeunes hommes qu'elle connaît. À la seigneurie, à part Jacques, aucun ne fait l'affaire. Elle pourrait écrire à Jeanne. Peut-être son amie connaît-elle quelqu'un... Elle pense ensuite à madame de Saurel, et c'est là qu'elle a une idée.

— J'ai trouvé ! s'écrie-t-elle. Comment n'y ai-je pas pensé plus tôt ?

Pierre-Thomas se pointe au salon :

— Tout va comme vous voulez, madame ? s'informe-t-il.

— Oui. Vous ne savez pas la meilleure ? Je vous ai trouvé quelqu'un pour gérer votre nouvelle boulangerie. Il ne reste plus qu'à le convaincre.

— De qui parlez-vous ? demande Pierre-Thomas, soudain intéressé.

— Vous vous souvenez de Thomas qui travaille chez les de Saurel ? Vous vous souvenez aussi que madame de Saurel ne cesse de vanter ses qualités de pâtissier ? Eh bien, à mon avis, vous auriez avantage à embaucher quelqu'un qui connaît déjà le domaine. Qu'en dites-vous ?

Pierre-Thomas se frotte le menton pendant quelques secondes avant de répondre :

— C'est une excellente idée. Croyez-vous être capable de persuader madame de Saurel de le laisser partir ?

— Laissez-moi y réfléchir. Vous connaissez madame de Saurel autant que moi. Elle serait sûrement très fière que son Thomas monte en grade. Il ne resterait alors qu'à lui trouver quelqu'un d'autre, ce qui ne devrait pas être très difficile. Je pourrais demander à maman. Je vais lui écrire dès demain.

— Il y a quand même quelque chose qui m'échappe…

— Je vous écoute.

— Vous ne voulez pas laisser partir Jacques, mais vous êtes prête à arracher Thomas aux de Saurel…

— C'est vous qui ne comprenez pas ! s'indigne Magdelon. Moi, c'est pour vous faciliter la tâche que j'ai pensé à Thomas. Contrairement à Jacques, il connaît déjà les bases de la boulangerie. Mais vous n'êtes pas obligé d'accepter ma suggestion… Je voulais vous aider, c'est tout.

Satisfait d'avoir signifié à sa femme qu'il a vu clair dans son jeu, Pierre-Thomas conclut la discussion :

— Tenez-moi au courant quand vous recevrez des nouvelles de madame de Saurel. Bonne nuit !

Ce soir-là, Magdelon rêve de pain et de fines pâtisseries. Et l'homme derrière le comptoir ne ressemble aucunement à Jacques, ce qui la rend très heureuse. Au matin, elle prend un grand café et s'enferme dans son bureau pour écrire à madame de Saurel. Elle demandera à Charles de faire porter la lettre à son amie dans les meilleurs délais.

Quand elle sort de son bureau, les enfants viennent de se lever. En la voyant, chacun y va de son petit mot pour attirer son attention. Elle sourit et prend la peine de dire quelque chose à chacun d'entre eux, même aux petits de Louise pour qui elle a beaucoup d'affection. Elle s'assoit à table et prend part à la conversation. Les enfants sont si beaux à voir, ils ressemblent à de petits anges en permission. Ils ont tellement de choses à raconter qu'au bout de quelques minutes seulement Magdelon est étourdie juste à les entendre. C'est alors que Charles François Xavier lui demande :

— Maman, cela vous dirait-il de venir au village indien avec moi ? Il y a bien longtemps que nous n'y sommes pas allés.

Sans hésiter, Magdelon acquiesce :

— C'est une excellente idée. Mais laisse-moi d'abord le temps d'aller porter une lettre à Charles.

— Je peux y aller si vous voulez.

— Merci, c'est gentil, mais je préfère y aller moi-même. J'en profiterai pour prendre des nouvelles de Catherine. Je vais faire vite, c'est promis.

— Pendant ce temps-là, je préparerai les chevaux.

Même s'il avait l'air très occupé à babiller avec les autres, Louis Joseph s'enquiert :

— Est-ce que je peux vous accompagner au village indien ?

Sans se faire prier, Magdelon accepte :

— Oui, si tu veux. Tu monteras avec ton frère.

— Merci, maman ! s'écrie le jeune garçon. Je suis très content que vous vouliez m'emmener !

— Tu devras m'écouter, dit Charles François Xavier d'un ton très sérieux. Je n'ai pas envie de tomber de cheval par ta faute.

— Tu sauras que je monte aussi bien que toi, rétorque Louis Joseph. Demande à papa si tu ne me crois pas.

— Ça suffit, les garçons ! Allez préparer les chevaux en attendant que je revienne de chez Catherine.

À la grande surprise des garçons, Magdelon revient avec Catherine juchée sur son cheval. Ils sont fous de joie à l'idée que leur tante les accompagne. Depuis que Louise est morte, ils la voient beaucoup moins souvent et, à leur grand désespoir, elle a beaucoup changé. Elle ne rit presque plus. Elle est beaucoup moins patiente. Et elle semble toujours sur le point de pleurer. Avant, elle venait les chercher pour aller pique-niquer ou pour aller cueillir des framboises, son fruit préféré. Elle les emmenait se baigner à la rivière et les arrosait avant même qu'ils aient touché l'eau de leur petit orteil. Et elle riait de bon cœur. Elle chantait avec eux. D'une certaine façon, Catherine était comme eux et faisait partie de leurs jeux chaque fois qu'elle en avait l'occasion. Mais maintenant, c'est à peine s'ils voient ses dents quand elle rit, tellement que l'autre jour le petit dernier de Louise lui a demandé si elle avait perdu ses dents. Après quelques secondes, elle a éclaté de rire avant de courir après le petit garçon et de faire semblant de le mordre pour lui montrer qu'elle avait encore toutes ses dents. L'enfant criait au meurtre pendant que les autres riaient à en perdre le souffle.

Quand elle est arrivée chez Catherine et qu'elle l'a vue en train de se bercer, le regard absent, Magdelon lui a annoncé qu'elle était venue la chercher pour une promenade jusqu'au village indien. Catherine a d'abord tenté de se défiler, mais cette fois Magdelon ne s'en est pas laissé imposer. Elle a dit à sa sœur que les garçons attendaient à la grange et qu'elle leur avait promis de la ramener avec elle. Voyant que cette fois elle n'y échapperait pas, Catherine a pris son châle et son manteau et a suivi Magdelon jusqu'à la grange pour seller son cheval. Une fois au village, Magdelon a bien l'intention de faire voir Catherine à l'aïeule. Elle espère de tout son cœur que la vieille femme pourra aider sa sœur.

Il fait un temps magnifique. Le soleil brille comme lui seul peut le faire au milieu du printemps. Les feuilles des arbres poussent si vite qu'on croirait que quelqu'un tire sur chacune d'entre elles. Dans quelques jours, quelques semaines tout au plus, les érables commenceront à couler. Magdelon se réjouit à l'avance du sucre qu'elle échangera avec l'aïeule. L'air est encore frais, mais c'est idéal pour aller à cheval. On dirait que la nature essaie de rattraper tout le temps perdu durant l'hiver. Les oiseaux chantent. Les animaux courent dans les bois et dans les champs. « J'adore le printemps, songe Magdelon. Dommage qu'il ne soit pas aussi long que ce foutu hiver… »

Au grand plaisir des visiteurs, l'aïeule leur remet un petit cornet de sucre d'érable. Les garçons sont fous de joie.

— La prochaine fois que Charles François Xavier viendra, je vous enverrai des cornets, promet la vieille femme. Là, les érables viennent juste de commencer à couler.

Comme le souhaitait Magdelon, Catherine repart avec quelques herbes qui devraient l'aider à retrouver sa joie de vivre. Elle a passé un peu plus d'une heure avec l'aïeule. Même si elle n'a pas assisté à la rencontre, Magdelon sait très bien que ce moment n'a pu être que bénéfique pour sa sœur. La relation des Indiens avec la mort est tellement différente de celle des Blancs. Pour les Indiens, la mort n'est qu'un passage de notre monde à un autre. Mourir ne rime pas avec fin, mais bien plutôt avec début, le début d'autre chose. Il faut laisser les morts là où ils sont et continuer à vivre sans eux. Magdelon approuve cette vision. Sans les bonnes paroles du chef indien à la mort de Marie-Madeleine et les mots de l'aïeule au décès d'Antoine, elle serait probablement encore en train de pleurer sur son sort alors qu'aujourd'hui elle mène une vie sereine malgré la perte de deux êtres chers. Le chef et l'aïeule lui ont appris à tourner la page, mais sans oublier les défunts. « Allez-y, lui avait conseillé le chef indien. Je vous écouterai tout le temps qu'il faudra, mais ce sera la dernière fois que vous en parlerez. Quand vous sortirez d'ici, vous devrez passer à autre chose. Vous ne pouvez pas pleurer vos morts toute votre vie. Vous avez des choses à faire ici avec les vivants. » Elle s'en souvient comme si c'était hier. Il l'avait écoutée pendant des heures pleurer la mort de sa petite fille, sans l'interrompre une seule fois. Quand elle l'avait quitté, elle se sentait libérée d'un grand poids.

Sur le chemin du retour, les garçons discutent tranquillement pendant que les deux sœurs gardent le silence. Au dernier tournant avant d'arriver à la seigneurie, Catherine dit à Magdelon :

— Je te remercie de m'avoir emmenée voir l'aïeule. Cela m'a fait le plus grand bien.

— J'aurais dû te conduire auprès d'elle bien avant aujourd'hui.

— Ne te fais pas de reproches. La vieille femme m'a expliqué que les choses se font quand il est temps et pas avant. Là, je suis prête à regarder devant. Je ne cesserai jamais de penser à Louise, mais je vais tout faire pour profiter du temps que la vie me prête sur cette terre avec tous ceux que j'aime.

Sans attendre que sa sœur commente, Catherine ajoute à l'adresse de ses neveux :

— Que diriez-vous si nous allions pique-niquer demain ?

— Oui ! s'écrient-ils tous deux en chœur.

— Est-ce que je peux me joindre à vous ? demande Magdelon. Il y a bien longtemps que je n'ai pas fait de pique-nique.

— Avec plaisir ! répond Catherine.

Chapitre 30

— Je meurs de faim ! lance joyeusement Charles François Xavier en entrant dans la cuisine. Qu'est-ce qu'on mange ?

— As-tu oublié que c'est jour de jeûne aujourd'hui ? demande gentiment Louise. Nous mangerons seulement à midi.

— Je déteste les jours de jeûne au plus haut point, grommelle le garçon entre ses dents. Comment l'Église peut-elle penser qu'on peut faire notre journée le ventre vide ?

— On croirait entendre les colons. Depuis quand travailles-tu aussi fort qu'eux ? Un petit jeûne n'a jamais fait mourir personne et c'est bon pour toi.

— Moi, j'ai besoin de manger trois fois par jour sinon je me sens mal, tu le sais bien. Regarde, je suis déjà tout pâle. Je risque de m'effondrer si je n'avale rien jusqu'au dîner.

— Ce n'est pas à moi qu'il faut te plaindre. Moi, je suis la servante et je ne fais qu'exécuter les ordres qu'on me donne.

— Je t'en prie, Louise, donne-moi un bout de pain. Je ne le dirai à personne, c'est promis.

— Tu le sais, car c'est chaque fois pareil : je ne te donnerai aucune nourriture avant que ta mère m'y autorise.

Charles François Xavier sort de la cuisine en coup de vent. Il est furieux. Il a beau se raisonner, il ne comprend pas que l'Église établisse des règles aussi bêtes alors que tous travaillent durement jour après jour, lui compris. Certes, il ne travaille pas aussi fort que les colons, mais il fait ce qu'il peut pour les aider aux travaux de la seigneurie. D'ailleurs, il n'est pas rare qu'un d'entre eux s'effondre aux champs faute d'avoir mangé.

Chaque fois, sa mère accourt aux côtés de l'homme affaibli et lui fait servir un grand bol de soupe bien chaude. Quelques minutes plus tard, le gaillard est fin prêt à retourner travailler. Aux dires des colons, les jours de jeûne sont beaucoup trop nombreux au cours d'une année. Mais au fil du temps, ils ont compris qu'ils ne pouvaient rien changer aux règles décrétées par l'Église. Tout ce qu'ils peuvent faire pour minimiser les conséquences du jeûne, c'est d'effectuer un travail moins exigeant physiquement ces jours-là. De plus, aux jours de jeûne s'ajoutent une longue série de fêtes religieuses et aussi tous les dimanches de l'année où personne n'a le droit de travailler. Se reposer quand le travail est terminé, c'est bien, mais quand il y a beaucoup à faire, c'est dérangeant. À cause de toutes ces règles, les colons sont obligés de mettre les bouchées doubles régulièrement. Trop souvent, ils sont forcés de se lever à l'aurore et de terminer leur journée à la noirceur.

C'est seulement depuis quelques mois que Charles François Xavier doit jeûner. Il se souvient à quel point il avait hâte d'être assez vieux pour faire comme les grands. « Quel imbécile j'étais ! » songe-t-il. Lors de son premier jour de jeûne, il croyait qu'il allait mourir de faim. Il n'était pas encore neuf heures qu'il avait tout essayé pour convaincre sa mère de le laisser manger, sans succès. Elle habituellement en réaction à tout ce qui vient de l'Église a refusé d'accéder à sa demande en prétextant qu'il était temps qu'il vieillisse un peu. « Si c'est cela vieillir, lui a-t-il répondu, j'aime mieux rester petit. » Même ses larmes n'ont pas réussi à attendrir sa mère. Affamé et déçu, Charles François Xavier est monté à sa chambre et n'en est ressorti que pour le dîner. Une fois à table, il s'est repris pour le déjeuner manqué et le souper qu'il ne pourrait pas prendre. Il a mangé comme si c'était son dernier repas, rapidement et sans même prendre le temps de mâcher. Sa mère a fini par lui enlever son assiette. On aurait dit qu'il avait été privé de nourriture pendant des jours, alors que, bien sûr, il n'en était rien. « La prochaine fois que tu iras voir l'aïeule, demande-lui de te parler des bienfaits du jeûne », lui a conseillé Magdelon. Mais même s'il a bien compris tous les avantages que procure le jeûne, il continue de penser que cette privation est néfaste pour lui. «Je fais partie de ceux qui ne sont pas faits pour jeûner. À partir de maintenant, je promets que je ne ferai plus jamais de jeûne.»

Comme chaque jour de jeûne, tout le monde va au lit de bonne heure. Même que si les adultes n'étaient pas obligés d'attendre que les enfants aillent dormir, plusieurs se coucheraient aussitôt rentrés. Quand on dort, le temps passe plus vite. Au matin, c'est la fête dans toutes les chaumières. Le déjeuner est alors plus animé qu'en tout autre temps. Jeunes et vieux se gavent à en avoir mal au ventre, mais déjà, à midi, plus personne ne se souvient que la veille était un jour de jeûne. Tous, sauf Charles François Xavier. La prochaine fois, quand Louise annoncera un jour de jeûne, il se préparera. Quand tout le monde sera couché, il descendra à la cuisine et se constituera une réserve de pain pour le lendemain, avec un pot de confiture de fraises. De cette façon, il pourra vaquer à ses occupations en toute tranquillité sans avoir peur de tomber dans les pommes. Il sait déjà où il cachera ses provisions. «On ne m'y prendra plus, avec le jeûne!» songe-t-il, l'air satisfait.

* * *

Exceptionnellement, ce soir-là, Catherine arrive avant toutes les femmes pour la soirée de broderie. Elle se présente si tôt que Magdelon est encore attablée.

— Viens t'asseoir, invite Magdelon d'un ton joyeux. Veux-tu me dire ce qui te prend? C'est la première fois que tu arrives avant tout le monde. Prendrais-tu un morceau de tarte?

— Non, je te remercie. Je viens juste de finir de manger.

— Mais ne fais pas le pied de grue comme cela, assois-toi.

— Je préfère rester debout. J'ai eu une idée cet après-midi en faisant mon pain et j'ai vraiment hâte de t'en parler.

— Vas-y, je t'écoute.

— Promets-moi tout d'abord de ne pas rire de moi.

— Allez ! Tu sais que j'ai une sainte horreur d'attendre. Et tu me connais suffisamment pour savoir que je ne rirai pas de toi.

— Toutes les deux, nous avons montré à lire et à écrire à plusieurs femmes de la seigneurie. Et à leur tour, certaines l'ont montré à leurs enfants.

— Et après ? s'impatiente Magdelon. Où veux-tu en venir ?

— J'ai pensé qu'on pourrait ouvrir une école à Sainte-Anne, murmure Catherine d'un air gêné. Qu'en dis-tu ?

Surprise par les propos de sa sœur, Magdelon réfléchit quelques secondes avant de s'exclamer :

— Mais c'est une excellente idée ! Comment se fait-il que nous n'y ayons pas pensé avant ? Nous serions certainement la première seigneurie à avoir une école. Ah, Catherine, si tu n'existais pas, je t'inventerais !

— Tu trouves vraiment que c'est une bonne idée ?

— Absolument ! Plus nos enfants seront instruits, plus notre seigneurie progressera. On pourrait même accepter les enfants des seigneuries environnantes. Mais as-tu songé à l'endroit où on installerait l'école ?

— On pourrait utiliser la vieille église. Elle est un peu délabrée, mais en réparant l'extérieur avec un peu de chaux et en faisant quelques petits travaux à l'intérieur, cela ferait un excellent endroit pour notre école. Ah oui ! Il faudrait aussi un poêle pour se chauffer, mais on a amplement le temps d'en trouver un.

— La vieille église… réfléchit Magdelon en se frottant les mains. Oui, ce serait parfait. Et je pourrais même faire un pied de nez au curé… Tu ne peux pas t'imaginer à quel point cela me ferait plaisir !

— Quand laisseras-tu enfin de côté tes vieilles chicanes avec monsieur le curé? se fâche Catherine. Vous êtes pires que des enfants tous les deux. Moi, je te parle d'ouvrir une école et toi...

Mais Magdelon l'interrompt:

— Tu as raison, excuse-moi. Revenons à notre école. Qui pourrait enseigner aux enfants? Les maîtresses d'école se font rares dans la région.

— On pourrait s'organiser. Aucune de nous n'a le temps de faire la classe à longueur de journée, mais ensemble on pourrait très bien s'en tirer.

— Si je comprends bien, toutes les femmes qui ont appris à lire et à écrire devront mettre la main à la pâte?

— Oui. Comme cela, personne ne s'essoufflera et toutes seront contentes de faire leur part et de montrer ce qu'elles savent. J'en ai glissé un mot à Lucie avant de venir ici... Tu aurais dû voir sa réaction quand je lui ai dit qu'elle pourrait faire la classe. Elle avait les yeux aussi brillants que des diamants tellement elle était contente. Elle m'a même sauté au cou en me confiant que grâce à moi sa vie serait encore plus belle.

— Quelle bonne idée tu as eue, ma petite sœur! Mais j'y pense, il nous faudra des chaises et des pupitres, des cahiers et des crayons.

— Charles se chargera des chaises et des pupitres.

— Je demanderai à Pierre-Thomas de nous apporter des cahiers et des crayons la prochaine fois qu'il ira à Québec ou à Montréal. Et aussi un tableau noir et de la craie. J'ai hâte que les femmes arrivent pour leur parler de ton beau projet.

Ce soir-là, les conversations sont animées comme jamais. Les femmes sont emballées par l'idée d'ouvrir une école et, par-dessus tout, de montrer ce qu'elles savent. Une seule fait exception à la règle. Elle prétend qu'elle n'a pas le temps alors qu'au fond tout le monde sait très bien que c'est à cause de son mari.

Magdelon a même dû s'en mêler pour que la femme puisse venir aux soirées de broderie. Et de fois en fois, la partie n'est jamais gagnée. L'homme revient à la charge auprès de sa femme pour tenter de la dissuader d'assister aux réunions. On raconte qu'il a la boisson mauvaise et qu'il lève la main sur son épouse plus souvent qu'autrement, alors que d'autres croient qu'il est jaloux comme un pigeon et qu'il se sent menacé dès qu'elle franchit le seuil de la porte sans lui. De nature plutôt docile, la femme se plie habituellement aux fantaisies de son mari, sauf quand il s'agit des soirées de broderie, qui sont sacrées pour elle. Ces quelques heures hors de sa maison lui permettent de supporter tout le reste. Quand le colon a su qu'elle avait appris à lire et à écrire, il était si furieux qu'il a couru jusqu'au manoir et a abreuvé Magdelon des pires insultes qui soient. Que sa femme en sache plus que lui ne faisait pas son affaire du tout. À un point tel qu'il a même brûlé les quelques livres qu'elle avait apportés à la maison. Le lendemain, les larmes aux yeux, la femme a annoncé à Magdelon que ses livres s'étaient envolés en fumée. Fâchée, Magdelon a relevé ses jupes et est allée dire sa façon de penser au mari de la femme. Elle lui a débité tout un sermon sans même lui laisser le temps de placer un mot. Puis, sans demander son reste, elle a tourné les talons et est revenue au manoir, le souffle court d'avoir couru.

Les femmes établissent ensemble la liste des choses à faire et à trouver pour le projet. Elles conviennent aussi qu'elles ouvriront leur école après les récoltes, ce qui leur laissera suffisamment de temps pour s'organiser.

— Crois-tu que Pierre-Thomas va accepter qu'on utilise la vieille église ? demande Catherine à Magdelon avant de rentrer chez elle.

— Laisse-moi m'occuper de cela. Je trouverai bien le moyen de le convaincre. De toute façon, le bâtiment ne sert plus à rien depuis que la nouvelle église est prête. Tu sais, poursuit-elle avec un petit sourire en coin, dès que Pierre-Thomas saura que l'idée vient de toi, il acceptera aussitôt. Tu n'ignores pas tout le pouvoir que tu as sur lui.

— On verra bien, se contente de répondre Catherine.

— Allez, dors en paix, je me charge de tout. J'ai l'habitude de t'admirer, mais là tu m'impressionnes vraiment.

Quand elle se retrouve seule, Magdelon reste plantée devant la fenêtre pendant un moment. Dehors, il fait si noir qu'elle a l'impression d'être face à un mur de pierre noirci par la suie.

Elle est vraiment fière de Catherine. Alors qu'il y a quelques semaines à peine celle-ci se morfondait de chagrin, voilà qu'aujourd'hui elle est remplie d'énergie et veut ouvrir une école pour les enfants de la seigneurie. « Nous montrerons une fois de plus à l'intendant que nous savons nous organiser. Et je parlerai de tous nos projets au roi quand j'irai le voir. »

Perdue dans ses pensées, elle tressaille quand Pierre-Thomas entre dans le manoir.

— Pourquoi sursautez-vous ainsi ? demande ce dernier. Avez-vous quelque chose à vous reprocher ?

— Rassurez-vous, j'ai tellement à faire que je n'ai pas le temps de commettre des péchés. Si vous avez une minute, j'aimerais vous parler de quelque chose.

— Si c'est pour me demander la permission d'utiliser la vieille église, ne perdez pas votre temps. Je viens de croiser Catherine et elle m'a tout raconté.

— Ah bon ! Et alors ?

— Je laisse à Catherine le plaisir de vous informer de ma décision. Vous m'excuserez, mais je vais aller dormir. Bonne nuit, madame.

Sans attendre, Magdelon prend son châle et une chandelle et file chez Catherine. « Si Pierre-Thomas pense que je vais attendre jusqu'à demain, il se met le doigt dans l'œil jusqu'au coude. »

Chapitre 31

— J'ai pourtant été clair ! crie Pierre-Thomas. Il n'est pas question que Charles François Xavier devienne médecin. Vous le savez très bien, j'ai d'autres plans pour lui. Si vous tenez absolument à avoir un médecin dans la famille, regardez du côté de vos deux autres fils. Pour ma part, cette discussion est close, que cela vous plaise ou non. Il faut que j'y aille maintenant, je devrais déjà être en route pour Batiscan.

Chaque fois que l'occasion se présente, Magdelon revient à la charge auprès de Pierre-Thomas, sans aucun succès. Elle a eu beau dire à son mari que Louis Joseph serait bien meilleur que son frère aîné pour prendre la relève des affaires, il ne veut rien entendre. Quand monsieur a décidé quelque chose, il ne faut surtout pas le contrarier. « Il faut pourtant que je finisse par le faire changer d'idée. Jamais je n'accepterai que mes fils gaspillent leurs talents. Ce n'est pourtant pas si difficile à comprendre ! De plus, Pierre-Thomas ne perdrait rien au change. Qu'est-ce que cela peut bien faire que ce soit Louis Joseph ou Charles François Xavier qui lui succède ? J'ai de plus en plus de difficulté à comprendre les hommes. Mais je n'ai pas envie que Pierre-Thomas gâche ma journée. Je trouverai bien une solution, j'ai quand même un peu de temps devant moi. »

— Magdelon, tu es prête ? demande Catherine après avoir entrouvert la porte.

— Oui, oui, j'arrive. Tu ne sais pas la meilleure… Je t'ai déjà dit que Charles François Xavier veut…

Bien installées sur leur cheval, les deux sœurs pénètrent dans la forêt. Il y a un bon moment qu'elles ne se sont pas offert une petite journée entre elles. Elles feront d'abord un arrêt au village indien pour aller chercher du sucre d'érable et saluer l'aïeule.

Catherine tient à remercier personnellement celle-ci de l'avoir aidée. Comme elle tenait à offrir quelque chose à la vieille femme, Magdelon lui a suggéré de lui crocheter un châle de laine. Elles iront ensuite se recueillir sur la tombe d'Alexandre et de Tala. Ce rituel ravive chaque fois la scène d'horreur à laquelle Magdelon et Catherine ont dû faire face en découvrant les corps de leur frère et de leur belle-sœur. Mais elles ne peuvent pas passer une année sans aller jusque-là. Finalement, elles feront un pique-nique à la petite chute. Louise leur a préparé des provisions. Elle a même pensé à ajouter une nappe dans le panier.

Les travaux pour retaper la vieille église vont bon train, même que les deux sœurs sont surprises que les choses aillent aussi vite. L'idée d'ouvrir une école à la seigneurie a fait boule de neige. Outre les enfants qui y viendront, plusieurs femmes qui ne font pas partie du groupe de broderie ont demandé à apprendre à lire et à écrire. Quelques hommes se sont même risqués à poser des questions, prétextant qu'ils s'informaient pour un de leurs enfants.

À vrai dire, il n'y a que le curé qui clame haut et fort de sa chaire qu'il n'est pas nécessaire de savoir lire et écrire pour aller au ciel. Chaque fois qu'elle l'entend, Magdelon se retient à deux mains de se lever et de lui crier de se taire plutôt que de dire des âneries. Heureusement, l'homme d'Église ne vient plus au manoir. Mais sa hargne envers la famille de la Pérade n'a pas diminué pour autant, bien au contraire. Le pire, c'est que Magdelon ignore toujours pourquoi le curé lui en veut à ce point. « Arrêtez de médire sur mon compte, siffle-t-il chaque fois qu'il la voit, sinon vous irez en enfer. » Elle a fini par en prendre son parti. Au lieu de répondre, elle l'ignore, ce qui met le saint homme dans tous ses états. La dernière fois qu'elle l'a vu, il a même feint de perdre connaissance. Elle l'a regardé avec son plus beau sourire et a passé son chemin sans lui prêter la moindre attention. « Vous devez assistance aux malades, l'auriez-vous oublié ? » a-t-il crié de toutes ses forces.

Ses relations avec le curé de Batiscan ne se sont pas améliorées non plus. Mais au moins elle ne risque pas de croiser ce dernier, sauf quand elle séjourne chez Jeanne. Celle-ci lui a même raconté que, chaque fois que le curé la visite, il ne perd pas une occasion de parler contre Magdelon, ce qui rend Jeanne très mal à l'aise. Tout ce qu'elle a trouvé pour l'en empêcher, c'est de s'assurer que Louis-Marie soit avec elle chaque fois qu'elle voit l'homme d'Église.

— As-tu reçu des nouvelles de madame de Saurel? s'informe Catherine.

— Pas encore, mais j'ai bon espoir.

— Et si elle refuse, que vas-tu faire ?

— Je ne sais pas encore. Pour le moment, j'aime mieux penser qu'elle va accepter que son Thomas aille travailler à Québec.

Pendant que les filles se la coulent douce, au manoir c'est le branle-bas de combat. Alors que Pierre-Thomas avait pris la route pour se rendre à Batiscan, il est tombé de son cheval et s'est ouvert la cuisse droite sur une branche d'arbre à peine quelques minutes après son départ. Il perd énormément de sang. Un de ses hommes est resté à ses côtés pendant que l'autre est parti chercher Magdelon. Quand il arrive au manoir, l'homme est en sueur. Il cogne à la porte et crie :

— Madame, venez vite ! Monsieur est tombé de cheval. Il est blessé et il saigne beaucoup.

N'obtenant aucune réponse, l'homme hurle de plus belle :

— Il y a quelqu'un ?

Occupé à travailler dans la grange, Charles François Xavier vient voir qui s'époumone de la sorte.

— Qu'y a-t-il ? demande-t-il à l'homme. Pourquoi criez-vous si fort ?

— Votre père s'est ouvert la cuisse droite en tombant sur une branche. Il perd beaucoup de sang. Allez vite chercher votre mère.

— Maman est partie pour la journée. Laissez-moi le temps de prendre la mallette et je vous suis.

L'homme ne pose aucune question. Tout ce qu'il veut, c'est que quelqu'un l'accompagne. Quand il voit son fils au lieu de sa femme, Pierre-Thomas laisse échapper un juron, mais Charles François Xavier ne se laisse pas intimider. Il dépose sa mallette et dit à son père :

— Laissez-moi regarder votre blessure.

C'est bien à contrecœur que Pierre-Thomas enlève sa main de sa cuisse. Sans sourciller, Charles François Xavier regarde la blessure. Il nettoie ensuite la plaie. Son père observe attentivement chacun de ses mouvements.

— Vous avez eu de la chance, votre plaie n'est pas très profonde. Vous devriez être sur pied d'ici quelques jours seulement. Je vais vous faire un bandage après avoir appliqué cette pommade ; elle aidera à la cicatrisation. Prenez une grande respiration, cela risque de chauffer un peu.

Quand Charles François Xavier a terminé, il s'adresse aux hommes de son père :

— Ramenez-le au manoir et installez-le dans son lit. Pour aujourd'hui, il n'ira pas plus loin.

— Mais je n'ai pas le temps de me reposer ! s'écrie Pierre-Thomas.

— J'ai fait ce que je pouvais pour vous soigner. Si cesser toutes vos activités pendant quelques jours c'est trop pour vous, à votre aise.

Sans ajouter un mot de plus, Charles François Xavier remet les articles dans la mallette et prend le chemin du manoir. Il range la mallette à sa place et retourne à la grange poursuivre ses travaux. Pendant qu'il s'occupait de son père, il a eu envie de lui parler de son rêve de devenir médecin. Mais au bout du compte il a jugé préférable de se taire. Si son père tient mordicus à ce qu'il prenne sa relève, il fera avec, du moins jusqu'à temps qu'il soit en âge de s'en aller. Il a retourné la question de toutes les façons dans sa tête au cours des derniers mois, même que cela l'a gardé éveillé plus d'une nuit. Une chose est sûre : il soignera les gens avec ou sans l'accord de son père. Vivre en forêt ne lui fait pas peur. Il ira trouver l'aïeule et s'installera au village indien s'il le faut.

Quand Magdelon revient au manoir, Louise lui apprend que Pierre-Thomas est dans sa chambre.

— Il s'est ouvert la cuisse droite en tombant sur une branche. C'est Charles François Xavier qui l'a soigné.

— Comment va-t-il ?

— Je suis allée le voir tout à l'heure et il dormait à poings fermés.

— Et où est Charles François Xavier ?

— Il est allé donner un coup de main à Charles. Il doit être sur le point de rentrer.

— Je vais aller voir Pierre-Thomas.

Même si elle entre dans la chambre sur la pointe des pieds, Pierre-Thomas se réveille. Il s'enquiert :

— Vous avez passé une belle journée ?

— Oui, merci. Mais racontez-moi ce qui s'est passé.

— Disons que je suis descendu de cheval brusquement.

— Laissez-moi regarder votre blessure.

Sans s'en rendre compte, Pierre-Thomas se raidit un peu, ce qui n'échappe pas à Magdelon.

— Je vais faire très attention, je vous le promets.

— Est-ce vraiment nécessaire ? Notre fils s'est très bien occupé de moi.

— J'y tiens. Ne bougez pas.

Pierre-Thomas épie chacun des gestes de Magdelon. Celle-ci se retient de sourire. Le seigneur serait-il un tantinet douillet ?

— Charles François Xavier a fait du bon travail. J'en ai pour une minute et ensuite je vous laisserai vous reposer.

— C'est vous qui lui avez montré tout ce qu'il sait ?

— En partie. Mais il a aussi beaucoup appris de l'aïeule au village indien.

— Je lui ai pourtant interdit d'y retourner. Comment puis-je élever mes enfants si vous leur laissez faire leurs quatre volontés ?

— Calmez-vous ! Ce n'est pas le temps de vous énerver si vous ne voulez pas que votre plaie se remette à saigner. Notre fils a beaucoup de talent pour soigner les gens et il a surtout un beau cœur. C'est ce que je me tue à vous répéter depuis des mois. Vous n'avez pas le droit de l'obliger à suivre vos traces alors que Louis Joseph ne demande pas mieux que de vous succéder. Promettez-moi au moins d'y réfléchir.

Pierre-Thomas met quelques secondes avant de répondre :

— Heureusement que Charles François Xavier s'est occupé de moi… Si cela peut vous faire plaisir, je vais y penser. Vous êtes contente maintenant ?

— Si je ne me retenais pas, s'écrie Magdelon, je vous sauterais au cou !

— Pourquoi vous retenir ?

Magdelon s'approche, passe ses bras autour du cou de son mari et l'embrasse sur les deux joues.

— Rendormez-vous maintenant. Je vous apporterai à manger quand vous vous réveillerez.

Elle retourne à la cuisine donner un coup de main à Louise pour préparer le souper. Même si elle et Catherine n'avaient pas prévu chasser, elles avaient quand même apporté leur mousquet. Au moment où elles allaient quitter l'endroit où Alexandre et Tala ont vécu avec leur fils, deux coqs d'Inde sont venus se pavaner devant elles. Les deux femmes ont tiré ensemble sur les oiseaux. La seconde d'après, les volatiles s'effondraient sur le sol. Et sur le chemin du retour, Magdelon et Catherine ont tiré quelques perdrix. Contentes de leur journée et fières de leur chasse, elles sont reparties chacune de leur côté avec la moitié des prises, se régalant à la pensée du bon repas qu'elles allaient préparer.

Magdelon sourit. Les enfants seront contents, ils adorent déguster le coq d'Inde et les perdrix, surtout quand elle y ajoute un morceau de lard fumé. Ils mangeront un peu plus tard qu'à l'habitude, mais l'attente en vaut le coup.

Dès que Charles François Xavier entre dans la cuisine, Magdelon le remercie d'avoir soigné son père. Elle ajoute qu'il a fait du bon travail.

— Vous n'avez pas à me remercier. J'ai fait ce qu'il fallait, c'est tout.

— Je ne veux pas te créer de fausse joie, mais ton père a été très impressionné par ton savoir.

Sans se laisser attendrir par ce que sa mère vient de lui dire, Charles François Xavier déclare :

— Vous savez comme moi que le fait qu'il soit impressionné n'est pas suffisant. Ce qu'il faut, c'est qu'il accepte que j'aille étudier la médecine.

— Effectivement. Mais je pense que tu as marqué des points aujourd'hui. Va chercher tes frères, le souper est prêt.

Chapitre 32

S'il continue à pleuvoir autant, les récoltes seront bien minces. Depuis le début du mois, le soleil ne s'est montré que quelques heures. Il fait si mauvais que le foin attend encore dans les champs qu'on vienne le couper ; si ce temps pluvieux persiste, il pourrira. Les chemins de la seigneurie sont défoncés. Il faudra transporter des montagnes de roches pour leur redonner leur forme. Pourtant habitués à se plier aux caprices de mère Nature, les colons en ont plus qu'assez. Ils ont fait le ménage dans la grange, réparé ce qui devait l'être, terminé les meubles commencés. Mais plus la saison avance, plus ils se demandent comment ils vont arriver à faire toutes les récoltes en si peu de temps. Et dans les chaumières, l'impatience des uns commence à agacer sérieusement les autres. Pierre-Thomas ronge son frein en voyant tomber toute cette pluie. La menace de plus en plus présente d'une mauvaise année le rend insupportable pour les siens, et aussi pour les colons. Magdelon a beau répéter à son mari que personne n'a de pouvoir sur le climat, rien n'y fait. Il râle d'avance sur ce qu'il risque de perdre. Habituellement peu dévote, voilà qu'elle prie pour que le soleil revienne et que Pierre-Thomas s'en aille à Québec ou à Montréal, peu importe, pourvu qu'il parte. Pour le reste, elle fera le nécessaire avec les colons quand le temps sera venu.

Il y a deux semaines, Magdelon a annoncé fièrement à Pierre-Thomas que madame de Saurel a accepté que son Thomas aille s'occuper de la nouvelle boulangerie. Son amie a écrit dans sa lettre : « C'est un grand honneur que vous me faites là. » Au lieu de remercier Magdelon, Pierre-Thomas a tout de suite commencé à se plaindre de tout ce qui allait mal et, par la même occasion, de tout ce qui ira mal à cause de cette maudite pluie. Elle a tenté de le raisonner, mais il ne l'écoutait même pas. À chacun de ses arguments, il répétait les mêmes jérémiades. En tout cas, s'il n'est pas content que madame de Saurel ait accepté que son serviteur la quitte, la nouvelle réjouit fort Magdelon. Elle pourra enfin dormir sur ses deux oreilles en sachant que Jacques restera au manoir, du moins le temps que son cher mari ne nourrisse de nouveaux plans à son égard. « Rien ne sert de se torturer à l'avance avec ce qui risque de ne pas arriver. En attendant, il vaut mieux profiter de chaque accalmie. »

Avec toute cette pluie, plusieurs habitants de la seigneurie ont pris froid et ont été victimes de violentes poussées de fièvre au cours de la dernière semaine ; certains ont même déliré. Accompagnée de Charles François Xavier, Magdelon s'est déplacée d'une maison à l'autre sans relâche, faisant tout son possible pour soulager les uns et les autres. Quand la mère et le fils rentraient enfin au manoir, le soleil était couché depuis belle lurette et les enfants aussi. Seul Pierre-Thomas veillait au grain. Il venait alors les rejoindre à la cuisine et prenait des nouvelles des gens de la seigneurie. Plus souvent qu'autrement, c'est Charles François Xavier qui lui répondait. Magdelon en profitait alors pour observer Pierre-Thomas. Elle mettrait sa main au feu qu'il est en train de ramollir face à l'avenir de leur fils aîné. Bien sûr, elle se retient de ramener le sujet sur la table. Elle connaît suffisamment son mari pour savoir que, si elle revient à la charge une autre fois, il peut se buter, ce qui n'arrangerait en rien la cause de Charles François Xavier. C'est pourquoi elle se contente d'espérer qu'il fera preuve de bon sens encore une fois. Elle a pensé demander à Catherine d'intervenir auprès de lui, mais cette fois son petit doigt lui dit que ce n'est pas la chose à faire.

Alors que le pire semble enfin passé, Magdelon et son fils rentrent plus tôt au manoir ce soir-là. Ils ont à peine fermé la porte que Louise avise Charles François Xavier que son père veut le voir dans son bureau. Le jeune homme dépose la mallette, jette un coup d'œil à sa mère et sort de la cuisine. Une fois devant la porte du bureau, il prend une grande respiration avant de frapper. Il essaie de se composer un visage neutre, alors qu'au fond de lui il est mort de peur. Avec Pierre-Thomas, on ne sait jamais à quoi s'attendre.

— Assois-toi, lance son père d'un ton sévère.

Ce ton ne dit rien qui vaille à Charles François Xavier. Depuis que son père est au courant de son rêve de devenir médecin, il craint le pire chaque fois que celui-ci lui adresse la parole. Au fil du temps, il a même développé différentes tactiques pour éviter de se retrouver seul avec lui. Et quand son père annonce un voyage à Québec ou à Montréal, il s'organise pour briller par son absence de peur que celui-ci lui demande de l'accompagner.

— Je n'irai pas par quatre chemins, reprend Pierre-Thomas. Je t'ai beaucoup observé ces derniers jours, et aussi quand tu m'as soigné. Pour tout te dire, jamais je n'ai rêvé d'avoir un médecin dans la famille, pas plus qu'un curé d'ailleurs. Comme tu es le plus vieux de mes fils, il serait normal que tu prennes ma relève.

Charles François Xavier écoute son père sans l'interrompre. Mais il n'a qu'une seule envie : sortir de ce bureau, peu importe ce qu'il adviendra de lui et de sa vie. « Cela fait assez longtemps que cette affaire traîne en longueur. »

— J'ai beaucoup réfléchi. J'ai même parlé avec Louis Joseph. Tu avais raison, il veut faire la même chose que moi et je pense qu'il est plutôt doué. Alors j'ai pensé...

Charles François Xavier est au désespoir. « Va-t-il finir par arriver au bout de son discours ? » Pierre-Thomas fait une pause avant de poursuivre :

— Ta mère a raison. Plus la seigneurie s'agrandit, plus nous allons avoir besoin d'un médecin. Et comme pour bien d'autres choses, nous ne pouvons pas compter seulement sur les bonnes intentions de l'intendant pour satisfaire nos besoins. Alors, si tu veux toujours devenir médecin, je suis d'accord.

S'il ne se retenait pas, il sauterait au cou de son père tellement il est content. Alors qu'il s'était résigné à suivre les traces
de son paternel, du moins pour un moment, voilà qu'il peut
enfin faire ce qu'il veut de sa vie. «Je vais devenir médecin!» se
répète-t-il sans cesse dans sa tête pour être certain qu'il a bien
compris.

— Vous ne le regretterez pas. Je vais vous faire honneur,
soyez-en assuré.

— Attends, je n'ai pas terminé. Il y a une condition : je veux
que tu me promettes de ne jamais soigner les Indiens.

— Mais, père, vous n'y pensez pas! J'ai tant appris d'eux, ce
serait trop injuste.

— C'est à prendre ou à laisser. La décision te revient. Pour
ma part, aucun d'entre eux ne mérite qu'on le soigne. Tu m'as
bien compris?

Charles François Xavier réfléchit un instant. Sa mère lui a
appris qu'il valait mieux prendre les choses une à une. Pour le
moment, son père accepte qu'il fasse ses études de médecine.
Pour le reste, il verra bien. Et puis, rien ne le forcera à tout
raconter à son père une fois qu'il aura obtenu son diplôme.

— Oui, père, j'ai compris, dit-il du bout des lèvres. Je vous
remercie. Je peux aller annoncer la nouvelle à maman?

— Si cela peut te faire plaisir, vas-y.

Charles François Xavier court à la cuisine rejoindre sa mère.
Quand Magdelon voit le sourire qu'il affiche, elle lui demande
ce qui le rend si heureux. Dès qu'elle apprend le revirement de
situation concernant l'avenir de son fils, Magdelon serre
Charles François Xavier dans ses bras.

— Il va falloir faire le nécessaire pour que tu commences le
plus rapidement possible.

— Attendez ! Je ne vous ai pas tout dit. Père m'a fait promettre de ne jamais soigner les Indiens.

— Pour le moment, concentre-toi sur tes études. Quant au reste, on en reparlera. Viens, il faut fêter cela. Je suis si contente pour toi. Si on allait apprendre la bonne nouvelle à Catherine ?

Ce soir-là, Charles François Xavier met beaucoup de temps à s'endormir. Il ne cesse de sourire en se répétant les paroles de son père. Plus le temps avançait, plus il craignait de devoir travailler avec celui-ci. Au lieu de cela, Louis Joseph et lui seront tous les deux heureux de faire ce qu'ils aiment, alors qu'autrement leur vie aurait été d'un grand ennui. Enfin, tout est réglé ! Il lui reste à choisir s'il préfère aller à Montréal ou à Québec. Il pèse le pour et le contre. Il aime Québec pour le dynamisme de la ville. Il pourrait en profiter pour revoir Michel et peut-être même habiter avec lui, à moins que son père tienne à ce qu'il s'installe dans son appartement. Mais l'idée d'habiter avec Pierre-Thomas ne l'enchante pas du tout. Quant à Montréal, c'est une ville qu'il apprécie pour sa modernité. Et là, il pourrait sûrement habiter chez Marguerite. Il ne le dit pas souvent, mais malgré le fait qu'elle ait quitté Sainte-Anne depuis plusieurs années, il ne se passe pas une seule journée sans qu'il pense à elle. En plus, il serait proche de la famille de sa mère : sa grand-mère Marie, sa tante Marie-Jeanne, son oncle François et tous les autres. Il pourrait leur rendre visite aussi souvent qu'il le voudrait. Tout compte fait, Montréal lui offre plus d'avantages. «Demain, j'en parlerai avec maman», conclut-il avant de sombrer enfin dans un sommeil profond.

* * *

Au matin, le coq n'a pas encore chanté qu'on frappe à la porte du manoir à grands coups de poing. Déjà attablé depuis un moment, Pierre-Thomas se dépêche d'aller ouvrir avant que toute la maisonnée se réveille.

Le visiteur n'est nul autre que le curé lui-même. L'homme d'Église s'écrie :

— Venez vite, le toit de l'église coule. Il faut déplacer l'autel au plus vite avant que le bois gonfle.

Pierre-Thomas regarde le curé d'un air courroucé. Il ne comprend pas très bien pourquoi celui-ci est venu jusqu'au manoir alors que l'église est bien plus près des maisons des colons.

— Vous ne pouviez pas attendre une petite heure avant de me prévenir ? interroge-t-il d'un ton agacé.

— Non, cela ne pouvait pas attendre. Dois-je vous rappeler que nous sommes dimanche et qu'il y a une messe à six heures ?

— Mais pourquoi êtes-vous venu jusqu'ici ?

— Parce que je me suis fait claquer la porte au nez par deux colons. Je leur ai dit qu'ils brûleraient dans les feux de l'enfer s'ils refusaient de m'aider. Et savez-vous quoi ? Ils ont ri de moi. Comment ont-ils osé me faire cela, à moi, un homme de Dieu ?

— À mon tour de vous rappeler qu'on n'a pas le droit de travailler le dimanche, d'après un des règlements de l'Église. Même pour sauver notre récolte, il nous est défendu de travailler le dimanche ou lors d'une de vos nombreuses fêtes obligatoires. Ne soyez pas surpris que les colons vous servent votre propre médecine.

— Ne mélangez pas tout, ce n'est pas la même chose. Là, c'est un cas de force majeure. Notre église est en train de s'abîmer, il faut faire quelque chose rapidement.

— Ne comptez pas sur moi pour convaincre mes hommes. Déplacez l'autel et nous ferons le nécessaire demain.

— Mais je n'y arriverai pas tout seul, elle pèse une tonne !

— Demandez aux petits servants de messe quand ils arriveront. Moi, je ne bougerai pas d'ici.

Le curé est furieux. S'il avait des mousquets à la place des yeux, Pierre-Thomas mourrait sur-le-champ. Mais le regard noir de son interlocuteur est loin d'impressionner le seigneur. En fait, Pierre-Thomas en a assez de ce curé qui ne cesse de répandre des faussetés sur son compte et sur celui de Magdelon. Depuis qu'il est à Sainte-Anne, les de la Pérade ont tout fait pour lui faciliter la vie, mais il semblerait que ce ne soit pas encore assez. Au lieu de manifester ne serait-ce qu'un peu de reconnaissance, l'ecclésiastique fait tout ce qu'il peut pour nuire à Pierre-Thomas et à sa femme. Il est même allé jusqu'à les traduire en justice. Personne ne connaît la raison de sa hargne, outre le fait que Magdelon a refusé de lui laisser Marie-Charlotte. Les de la Pérade ont essayé d'en savoir plus, mais ils ont bien vu que le bougre ne leur dirait rien. « Pourquoi se battre quand on ne connaît même pas le motif de la guerre ? » se demandent souvent Magdelon et Pierre-Thomas.

Le curé vient à peine de fermer la porte que Magdelon entre dans le salon. Elle demande à Pierre-Thomas la cause de tout ce bruit à cette heure indue. Quand Magdelon apprend la raison de la visite du curé, elle grogne :

— Qu'il aille au diable ! Je n'en ai rien à faire qu'il pleuve sur son autel. Bien bon pour lui ! Pendant qu'il s'occupera de ses affaires, il parlera moins contre nous.

— Je ne gagerais pas là-dessus. Selon moi, ce n'est pas demain la veille qu'il arrêtera de casser du sucre sur notre dos. Il m'arrive de penser que tous ces curés ne sont pas assez occupés. En tout cas, je serais prêt à parier que s'ils travaillaient autant que les colons, ils seraient si épuisés à la fin de la journée que la seule pensée qui viendrait à leur esprit serait d'aller dormir au plus vite.

— Si vous n'y voyez pas d'objection, j'irais me recoucher une petite demi-heure. J'ai eu beaucoup de mal à m'endormir et j'ai passé la nuit à faire des cauchemars. J'ai rêvé que maman était morte.

Sans faire de commentaire sur ce que sa femme vient de dire, Pierre-Thomas déclare :

— Je serai sûrement parti quand vous vous lèverez. Je dois aller à Montréal avec Thomas et mes hommes pour acheter quelques outils qui serviront lors de la prochaine récolte. Si vous avez quelque chose pour Marguerite ou pour votre mère, il faut me le remettre tout de suite.

— Oui, oui, donnez-moi une minute. J'ai une lettre pour maman et une autre pour Marguerite. J'ai aussi quelques pots de confiture pour notre fille. Vous savez à quel point elle aime cela. Je reviens tout de suite.

Quelques minutes plus tard, Pierre-Thomas sort du manoir sans faire de bruit. Dès qu'elle sait que la porte est fermée, Magdelon se tourne sur le côté et cherche le sommeil pour profiter du peu de temps qui lui reste avant que les enfants se réveillent. Incapable de se rendormir, au bout d'un moment elle se couche sur le dos et, les yeux ouverts, pense au cauchemar qu'elle a fait cette nuit. Elle recevait une lettre de Marie-Jeanne lui annonçant que Marie était morte subitement. Elle sait bien qu'un jour ou l'autre sa mère mourra, mais elle espère que cela arrivera le plus tard possible. Même si Magdelon ne voit pas Marie très souvent, elle n'est pas prête à accepter l'idée du grand départ de sa mère. La savoir à Verchères avec les membres de sa famille la rassure alors qu'imaginer qu'elle ne serait plus là la déstabilise totalement. Elle aimerait tant être présente quand sa mère mourra, juste pour être certaine qu'elle est bel et bien partie. Fatiguée de revoir les images de son cauchemar en continu, elle s'habille et file à la cuisine. Un grand café de la mort lui fera le plus grand bien.

Lorsque les enfants se lèvent, il y a déjà un moment qu'elle travaille dans son bureau. Elle va vite les rejoindre à la cuisine pour le déjeuner. Elle n'a pas encore mis les deux pieds dans la pièce que le petit dernier, Jean Baptiste Léon, vient la trouver en pleurant. Elle se penche et caresse les cheveux de l'enfant.

Quand elle passe une main sur son front, elle constate qu'il est brûlant de fièvre.

— Pauvre garçon, qu'est-ce que tu couves ? Je vais te donner quelque chose pour faire baisser ta fièvre.

Puis, à l'adresse de Louise, elle ajoute :

— Ce serait mieux que Jean Baptiste Léon reste à l'intérieur aujourd'hui. Allez-vous pouvoir vous occuper de lui ? Il faut que j'aille au moulin et je risque d'en avoir pour une bonne partie de l'avant-midi.

— Allez en paix, je surveillerai le petit.

Elle tend ensuite les bras vers l'enfant :

— Viens voir Louise, mon ange.

Mais Jean Baptiste Léon se colle contre sa mère. Émue, Magdelon le serre et dit à Louise :

— Je vais retarder mon départ. Je vais soigner mon petit dernier et je partirai quand il dormira.

— Mais je peux le prendre… Ce n'est plus un bébé quand même.

— Laissez. C'est si rare que je lui donne du temps. Alors il est normal que je m'occupe de lui quand il est malade.

— Comme vous voulez.

Magdelon sort de la cuisine avec son fils en prenant soin de ramasser une cuillère au passage. Elle emmène Jean Baptiste Léon dans sa chambre. Il s'assoit sur son lit le temps qu'elle fouille dans sa mallette pour trouver le sirop qui aidera à faire baisser la fièvre. Sans trop savoir ce qui l'attend, il ouvre grand la bouche, mais dès que le liquide se répand dans sa gorge, il fait la grimace et frissonne. En le voyant, c'est plus fort qu'elle, Magdelon éclate de rire. Il est si drôle à voir, son bébé. Chaque fois qu'elle l'appelle ainsi, il se dépêche de lui dire qu'il est un grand garçon comme ses frères. C'est vrai qu'il n'est plus un bébé, mais pour elle il restera toujours son petit dernier.

— Aimerais-tu que je te lise une histoire ? demande Magdelon.

Pour toute réponse, le petit garçon hoche la tête.

— Il y a bien longtemps que je ne t'ai pas vu aussi mal en point, mon pauvre enfant. Allons dans ta chambre, tu pourras t'allonger sur ton lit.

Magdelon n'a pas lu deux pages que Jean Baptiste Léon dort à poings fermés. « Cela lui fera le plus grand bien. Je reviendrai voir plus tard si la fièvre est tombée. » De tous les maux qu'elle soigne, la fièvre est celui qu'elle déteste le plus. Quand quelqu'un se blesse et qu'il a une plaie, on peut voir de quoi il souffre, alors que lorsqu'une personne est fiévreuse, il est bien difficile d'établir la cause de la fièvre. Même après avoir lu beaucoup sur le sujet, après avoir posé mille et une questions à l'aïeule et, bien sûr, fait de nombreuses expériences avec les plantes, Magdelon se sent encore comme une novice pour soigner ces poussées extrêmes de chaleur du corps, surtout que la fièvre vient rarement seule. Dans la plupart des cas, elle est suivie d'un autre mal. C'est quelquefois une grippe, un rhume, la rougeole, une crise de boutons... Mais pour l'heure, Magdelon doit filer au moulin.

* * *

Dans l'après-midi, Magdelon s'installe dans son bureau et se remet au travail. Comme l'école ouvrira dans quelques semaines à peine, il est urgent qu'elle dresse la liste de toutes les choses qui manquent. D'ailleurs, la prochaine fois que Pierre-Thomas ira à Québec, il fera les achats. Le connaissant, elle a tout intérêt à être prête quand il l'avertira à quelques minutes d'avis qu'il part. De son côté, Catherine a préparé l'horaire pour les femmes. Elle a réservé des blocs de deux heures par semaine pour chacune d'elles. Toutes pourront ainsi s'acquitter de leurs tâches ménagères sans aucun problème. Comme cela, elles éviteront les reproches de leur mari. Bien que la majorité d'entre eux les soutiennent dans leur projet, certains, plus coriaces, leur font la vie dure.

Au grand plaisir des femmes, douze enfants sont déjà inscrits. Certains adultes se sont même montrés intéressés à fréquenter l'école. Dire qu'au départ le projet visait seulement quelques enfants ! Transmettre leurs connaissances permettra aux femmes d'acquérir un peu d'estime de soi. Au fond d'elle-même, Magdelon admire ces femmes pour leur persévérance. Une fois qu'elles se sont fixé un but, elles ne reculent devant rien. Avec toutes les tâches qu'elles ont à accomplir dans une seule journée, Magdelon se demande encore comment elles arrivent à trouver un peu de temps pour lire ne serait-ce que quelques lignes.

Une fois sa liste complétée, Magdelon réfléchit à ce qui pourrait être fait une fois l'école ouverte. « Quand tout sera bien rodé, nous pourrons ouvrir nos portes aux enfants des seigneuries environnantes. Mais avant, nous proposerons aux colons d'ici d'apprendre à lire et à écrire. » Satisfaite, elle sort de son bureau et va jeter un coup d'œil à son petit malade. Celui-ci se réveille en même temps qu'elle entre dans sa chambre.

— Maman, pleurniche-t-il, j'ai de la misère à avaler ma salive et j'ai mal à la gorge.

Magdelon s'approche de son fils et pose une main sur le front de l'enfant. Il est encore brûlant.

— Je vais aller te chercher quelque chose pour soulager ta gorge. Tout ira bien, ne pleure pas. Tu as la grippe. Dans quelques jours, tu seras pétant de santé.

Chapitre 33

Quand les événements sont survenus, je n'avais que quatorze ans. Ce jour-là, je me trouvais à environ quatre cents pas du fort de Verchères, situé à huit lieues de Montréal, qui appartenait à mon père. Les Iroquois, qui étaient cachés dans les buissons, ont tout à coup surgi et ont enlevé une vingtaine de nos habitants. J'ai moi-même été poursuivie par un Indien jusqu'aux portes du fort. Je lui ai laissé mon mouchoir de col entre les mains et j'ai fermé la porte sur moi en criant : «Aux armes !» Sans m'arrêter aux gémissements de plusieurs femmes désolées que leurs maris aient été faits prisonniers, je suis montée sur le bastion où se trouvait la sentinelle. J'ai mis le chapeau d'un soldat sur ma tête et ai ensuite effectué plusieurs petits mouvements pour donner l'impression qu'il y avait beaucoup de monde bien qu'il n'y ait eu à ce moment qu'un seul soldat en faction dans le fort. Puis j'ai chargé le canon de quatre livres de balles et j'ai tiré sur les Iroquois. Heureusement, ce coup de canon a eu beaucoup de succès. En plus de surprendre l'ennemi, il a permis d'avertir les forts voisins de ce qui venait d'arriver.

Les femmes regardaient brûler les maisons par les brèches du fort. Elles faisaient mal à voir tellement leurs visages étaient ravagés par la douleur. Sous leurs yeux, tout ce qu'elles avaient bâti à la sueur de leurs fronts s'envolait en fumée. C'était insupportable...

— C'est vraiment ce qui s'est passé ? demande Catherine en levant les yeux sur sa sœur.

— À quelques détails près, oui, répond Magdelon.

— Tu as vraiment été courageuse. Je t'admire. Moi, j'aurais sûrement figé sur place.

— Tu aurais réagi de la même manière que moi. Quand ta vie et celle de ceux que tu aimes dépendent de toi, tu agis rapidement et tu prends les bonnes décisions.

Catherine poursuit sa lecture. C'est la première fois que sa sœur lui fait lire son histoire, même s'il ne s'agit pas de la première version qu'elle a écrite.

Pendant le siège des Iroquois, je ne suis même pas entrée une seule fois dans la maison de mon père, et j'ai passé deux périodes de vingt-quatre heures sans dormir ni manger. Je me tenais sur le bastion, guettant le moindre mouvement des adversaires. Le quatrième jour, car nous avons été exposés quatre jours à la fureur et à la barbarie de l'ennemi, monsieur de La Monnerie arriva enfin dans la nuit avec quarante hommes...

Catherine ne relève la tête qu'après avoir terminé sa lecture. Le regard fixe, elle réfléchit quelques secondes à ce qu'elle vient de lire. Puis elle commente :

— J'étais très jeune quand l'attaque est survenue, mais je ne me souviens pas du tout que les Iroquois aient brûlé les maisons des colons. Tu es bien certaine de cela ?

Sans attendre la réponse de Magdelon, elle poursuit :

— Autre chose... Tu écris que les Iroquois avaient enlevé vingt habitants. Si je me rappelle bien, ceux-ci s'étaient plutôt cachés dans la forêt et avaient attendu que papa revienne pour sortir de leur cachette. Tu sais pourquoi je m'en souviens ? Parce que chaque soir avant de m'endormir, je demandais à papa de me raconter cette histoire. Les Iroquois attaquaient, et toi, tu sauvais tout le monde. Tu étais mon héroïne. Mais plus j'y pense, moins l'histoire que je viens de lire ressemble à celle que papa me racontait ! s'indigne Catherine.

Magdelon prend une grande respiration avant de répondre :

— J'ai ajouté quelques éléments, c'est vrai. Mais il y a fort à parier que nous serons les deux seules personnes à s'en rendre compte.

— Pourquoi changer la vérité ? Je ne comprends pas.

— Pourquoi ne pas la changer ? Cela ne fait de mal à personne. Il faut bien laisser une trace de ce qui est arrivé.

— Je veux bien. Mais si ce qui est écrit n'est pas la vérité, quelle est la réelle valeur du témoignage ?

— Écoute-moi bien, Catherine, dit doucement Magdelon. J'ai vécu cette histoire alors que j'avais seulement quatorze ans. Il n'y a pas de mot pour exprimer à quel point j'ai eu peur. Certes, les Iroquois avaient déjà attaqué le fort, mais c'était la première fois que tout reposait sur mes épaules. J'ai dû défendre ceux qui étaient au fort avec moi. J'ai pris mon courage à deux mains et j'ai foncé droit devant, priant de toutes mes forces que Dieu me prête vie le temps que papa et le reste de la famille reviennent. J'ai repoussé les Iroquois une fois, deux fois. Jamais de ma vie je n'ai trouvé Montréal aussi éloigné de Verchères. Les pauvres petites huit lieues qui séparent les deux seigneuries semblaient soudain infranchissables. Les secours sont arrivés au fort quatre jours après le premier coup de canon. Pendant ces quatre jours, au moindre bruit j'ai cru que c'était la fin. Ah, je n'irais pas jusqu'à prétendre que les Iroquois sont restés à la porte du fort pendant tout ce temps. Je n'en ai aucune idée. Mais je sentais leur présence et j'étais morte de peur juste à penser à ce qui pourrait nous arriver, à moi et aux autres.

Catherine s'approche de sa sœur et met un bras autour de ses épaules.

— Je peux imaginer à quel point tu as eu peur. Et, je te le répète, je t'admire. Mais je ne comprends pas ton besoin de changer la vérité.

— Voyons, Catherine, ne sois pas si naïve ! Sans mon histoire, jamais le roi ne m'aurait versé une pension. Et sans cette pension, la seigneurie serait passée aux mains de quelqu'un d'autre.

— Je ne suis pas certaine de bien saisir…

— Laisse-moi t'expliquer. Un soir, quelques jours avant que papa et la famille partent pour Montréal, j'ai entendu papa confier à maman : « L'intendant menace de m'enlever la seigneurie si je ne lui paie pas vite ce que je lui dois. » Maman s'est mise à pleurer. Pour la consoler, papa lui a juré de trouver une solution. Cette nuit-là et celles qui ont suivi, j'ai moi aussi cherché désespérément une solution. Mais à mon âge, je ne disposais d'aucun moyen d'amasser de l'argent facilement, mais surtout rapidement. Quand monsieur de La Monnerie est venu nous secourir après l'attaque, il m'a dit que j'étais bien brave d'avoir résisté aux Iroquois et que je devrais demander une pension au roi de France. Selon lui, je pourrais recevoir cinquante écus, un peu comme les femmes d'officier. Lorsque j'ai demandé à papa de m'expliquer comment faire, il a d'abord refusé. Tu sais comme moi à quel point il était fier. Je lui ai alors avoué que je les avais entendus, lui et maman, discuter de leur situation financière. La pension représentait le seul moyen de sauver la seigneurie. Il s'est passé la main dans les cheveux, m'a regardée et a soufflé : « J'aurais préféré ne jamais te demander cela, mais j'y suis bien obligé. Pardonne-moi, ma fille. » Il m'a expliqué comment procéder. J'ai écrit ce qui était arrivé et lui ai remis ma lettre. Il m'a fait ajouter quelques éléments : « Ce sera plus crédible », m'a-t-il dit. Il s'est ensuite chargé de faire porter la lettre au roi, en prenant soin d'en remettre une copie à l'intendant dans l'espoir que cela suffirait pour lui accorder le temps de trouver l'argent nécessaire pour s'acquitter de ses dettes envers lui. Impressionné par mon geste, l'intendant a accepté d'attendre la réponse du roi avant de saisir la seigneurie. La réponse a mis près d'un an avant d'arriver. Au grand plaisir de papa, le roi m'a accordé une pension somme toute assez substantielle pour mon geste, et ce, tant et aussi longtemps que je vivrais à la seigneurie. Tu connais la suite...

— Avec tout ce que je viens d'apprendre, je suis loin d'être certaine de connaître la suite.

— Ce jour-là, j'ai promis à papa de rester à la maison tant qu'il aurait besoin de cette pension. Je me souviens encore de sa réaction. Il avait les yeux pleins d'eau. Après s'être remis de ses émotions, il a murmuré : « Je ne peux pas te demander cela, c'est au-dessus de mes forces. Je n'ai pas le droit de te priver du plaisir de fonder une famille. Tu en parles chaque jour depuis que tu es toute petite. » Je me suis approchée de lui et je l'ai serré dans mes bras. Il pleurait comme un bébé. Quelques mois plus tard, il nous quittait. Maman était désespérée.

— Jamais je n'oublierai à quel point elle a pleuré quand il est mort.

— Elle l'aimait plus que tout au monde, et lui aussi. Après, j'ai refusé deux demandes en mariage pour rester à la seigneurie. Je ne pouvais pas laisser maman dans la misère noire, pas plus que le reste de la famille d'ailleurs. Nous commencions à peine à pouvoir garder la tête hors de l'eau. Ensuite, il y a eu Louis. Tout était arrangé. Il viendrait s'installer à Verchères et, quand les garçons seraient assez grands pour prendre la relève, nous nous installerions à notre tour dans une petite maison à la seigneurie. Mais Louis m'a plantée là pour une Française plus fortunée que moi.

— Tu lui en veux toujours ?

— Je ne vivrai jamais assez vieille pour ne plus lui en vouloir. J'avais placé tous mes espoirs en lui. Toute ma vie tournait autour de lui. Je l'aimais plus que moi-même. Je n'avais qu'à fermer les yeux pour sentir son odeur, sa main sur ma peau, son souffle chaud dans mon cou. Je l'aimais comme jamais plus je n'ai aimé.

— Même pas Antoine ?

— Même pas Antoine.

— Mais tu l'as aimé pourtant ?

— De toutes mes forces, mais jamais comme j'ai aimé Louis. J'aurais suivi Louis au bout du monde les yeux fermés. Un seul regard sur lui m'avait suffi pour comprendre qu'il était l'homme de ma vie. Je l'ai aimé avant même de lui parler, avant même de le toucher. Je l'ai tellement aimé que le simple fait de t'en parler réveille en moi toute la douleur causée par son départ.

Avant de poursuivre, Magdelon prend une grande respiration.

— Puis, un jour, alors que j'avais abandonné toute idée de fonder une famille, Pierre-Thomas s'est présenté à la seigneurie et m'a demandé de l'épouser. On aurait dit qu'il venait acheter une bête, rien de plus. J'étais outrée par son attitude. Comment pouvait-il oser me traiter de la sorte ?

— Tu ne vas pas me faire croire que tu n'étais pas contente de son offre… Tu allais enfin pouvoir fonder une famille.

— Rappelle-toi, j'ai refusé sa première demande en mariage.

— Comment veux-tu que je m'en souvienne ? J'étais trop jeune. En tout cas, il fallait qu'il tienne à toi pour revenir à la charge.

— Dis plutôt qu'il était aussi désespéré que moi et que j'étais probablement sa dernière chance d'avoir une descendance. Mais si ce n'avait pas été de maman, je l'aurais envoyé paître. Sincèrement, je n'avais aucune envie de me marier avec lui. J'aimais cent fois mieux pleurer mon Louis le reste de mes jours que m'imaginer faire mon devoir conjugal avec Pierre-Thomas. Non mais, es-tu capable d'imaginer une seule seconde Pierre-Thomas en train de procréer ?

Les deux sœurs éclatent de rire. L'une parce qu'aucune image ne lui vient en tête, et l'autre parce qu'elle a eu suffisamment d'ébats avec Pierre-Thomas pour savoir que ce n'est pas la joie.

— Que comptes-tu faire avec ton récit ? s'enquiert Catherine.

— J'ai l'intention de le remettre au roi.

— C'est sérieux, cette idée d'aller en France ?

— Bien sûr ! Quand j'affirme que je ferai quelque chose, je passe toujours aux actes, non ?

— Oui, c'est vrai ! Quand comptes-tu aller là-bas ?

— Je l'ignore. Comme je te l'ai déjà dit, je vais laisser vieillir encore un peu les enfants avant de partir. Et, pendant que j'y pense, il y a une dernière chose que j'aimerais te confier par rapport à ma rente.

— Vas-y, je t'écoute.

— Eh bien, quand j'ai décidé de me marier avec Pierre-Thomas, je suis tout de suite allée voir l'intendant à Québec et je lui ai demandé de faire le nécessaire pour transférer la pension à François.

— Et l'intendant a-t-il accepté ?

— Il a fini par accepter, mais Pierre-Thomas a dû beaucoup insister auprès de lui.

— Tu vois, ton mari n'est pas si méchant…

— Je n'ai jamais dit qu'il était méchant. Mais j'avais rêvé de partager ma vie avec un autre genre d'homme que lui.

— Je comprends cela. En tout cas, tu n'as pas eu la vie facile, ma sœur. Si tous ceux qui t'envient savaient par quoi tu es passée, je crois bien que personne ne voudrait prendre ta place.

— Ça aurait pu être bien pire. Tu n'as qu'à penser à Maya, aux Marie, à Geneviève…

— Tu as raison. Mais grâce à toi, chacune a maintenant une vie meilleure.

— Mais tu sais aussi bien que moi que jamais personne ne pourra effacer tout ce qu'elles ont dû endurer pour arriver jusque-là.

— Si on changeait de sujet ? Tu veux bien ? Il fait trop beau pour être triste. Cela te plairait-il d'aller rendre visite à maman et à Marguerite la semaine prochaine ?

— C'est une excellente idée !

— Charles a offert de nous accompagner.

— Parfait ! Crois-tu que Charles François Xavier pourrait venir avec nous ? Il doit aller rencontrer la directrice de l'hôpital.

— Bien sûr. J'ai encore peine à croire que Pierre-Thomas ait accepté que votre fils étudie en médecine. Décidément, il me surprendra toujours. Si tu m'avais dit qu'il renoncerait un jour à ce que son fils aîné prenne la relève de ses affaires, je t'aurais ri au nez.

— Ne t'emballe pas trop vite. Tu le connais, il a sûrement quelque chose à y gagner. As-tu déjà vu Pierre-Thomas faire quelque chose gratuitement ?

— Non. Mais pour le moment je ne vois vraiment pas ce que cela pourrait lui rapporter. Te rends-tu compte, il a brisé la tradition familiale sans crier gare ! Avoue quand même que ce n'est pas rien.

— Il agit toujours dans son propre intérêt. Il reviendra à la charge, crois-moi.

— On verra bien.

Sur le chemin du retour, Catherine réfléchit à sa discussion avec Magdelon. Même si sa sœur lui a expliqué pourquoi elle a enjolivé son récit, la femme de Charles n'en pense pas moins que ce n'était pas nécessaire. Là-dessus, elles sont toutes deux bien différentes. Magdelon a toujours su tirer le maximum de chaque situation. Et la ligne est parfois bien mince entre le bien et le mal pour elle, alors que, pour Catherine, il n'y a que la vérité pure qui tienne la route.

Chapitre 34

— Entrez, entrez ! s'écrie Marguerite en voyant ses visiteurs. Je suis si contente de vous voir.

De nature habituellement réservée, elle saute successivement au cou de sa mère, de Catherine et de Charles et les embrasse sur les deux joues. Quand son tour arrive, Charles François Xavier fige sur place. Sans hésiter, Marguerite s'approche de lui, l'attrape par le col de sa veste et le tire jusqu'à elle pour l'embrasser, ce qui le laisse sans voix. À vrai dire, c'est la première fois que sa sœur lui réserve ce genre d'accueil.

— Venez vous asseoir, invite Marguerite. Vous devez être affamés. Je vais demander qu'on vous apporte à manger et à boire.

— Non, répond vite Magdelon, ce n'est pas la peine. Nous avons pris une bouchée en sortant de l'hôpital.

— L'hôpital ? s'inquiète aussitôt Marguerite. Qui est malade ? Pas papa, j'espère.

— Rassure-toi, personne n'est malade. Charles François Xavier est allé rencontrer la sœur directrice.

Marguerite taquine son frère :

— Tu ne veux pas entrer au couvent, quand même ?

— Allez, Charles François Xavier, annonce la nouvelle à ta sœur ! s'impatiente Magdelon.

— Excuse-moi, Marguerite. Je pensais que maman t'avait écrit à ce sujet. Eh bien, voilà : je vais étudier la médecine.

— Non ! Papa a accepté ? Je ne te crois pas. Chaque fois qu'il vient me voir, il me dit à quel point il a hâte que tu travailles avec lui. C'est impossible qu'il ait changé d'idée !

— La vie s'est chargée de lui faire comprendre qu'avoir un médecin dans la famille pouvait s'avérer bien pratique.

— Racontez-moi, je veux tout savoir ! s'exclame Marguerite.

— Avant, je veux aller embrasser mon petit-fils, demande Magdelon.

— Vous allez devoir patienter un peu, dit Marguerite d'une voix douce mais ferme. Nicolas fait sa sieste, mais il va bientôt se lever. Allez-y, je vous écoute. Qui a réussi à faire changer papa d'avis ?

— Pour une fois, je n'ai pas été obligée d'intervenir ! plaisante Catherine.

— Ni moi non plus, renchérit Magdelon. Écoute bien ceci, Marguerite.

Magdelon raconte tout à sa fille, sans omettre le moindre détail.

— Voilà, tu sais tout maintenant. Si ton offre tient toujours, je prendrais bien quelque chose à boire maintenant. Parler autant m'a asséché la gorge.

— Aucun problème, répond Marguerite. Mais avant, poursuit-elle en s'adressant à son frère, j'aimerais savoir où tu comptes demeurer pendant tes études ?

— Pour être franc, j'ai pensé que je pourrais vivre ici.

— Je serais si heureuse de t'avoir pour moi toute seule ! J'en parlerai avec Zacharie quand il rentrera. Ne t'inquiète pas, je suis certaine qu'il va accepter. Mais j'y pense, tu pourras le lui demander toi-même, car il m'a promis de rentrer tôt. Sur ce, je vais aller nous chercher à boire.

* * *

Tout le monde dort à poings fermés quand Zacharie rentre enfin à la maison. Il monte à l'étage sur la pointe des pieds, arrête embrasser son fils puis file dans sa chambre. Marguerite se réveille et dit à son mari :

— Tu m'avais promis de rentrer tôt.

— Tu sais comment les choses se passent. Au moment où j'allais partir, un ami de papa a insisté pour me parler d'une affaire.

— Maman est ici avec Charles François Xavier, Catherine et Charles. Veux-tu savoir la meilleure ? Mon frère va venir étudier la médecine à Montréal. Il m'a demandé s'il pouvait demeurer ici. Qu'en penses-tu ?

— Je ne vois pas de problème, d'autant que je l'aime bien, ton frère. Mais là, je suis crevé, nous reparlerons de tout cela demain. Bonne nuit, ma chérie !

— Bonne nuit !

* * *

Comme promis, Magdelon et les siens s'arrêtent à Verchères avant de retourner à Sainte-Anne. Quand ils arrivent, Marie est clouée au lit. Elle a bien essayé de se lever ce matin-là, mais elle n'y est pas parvenue. Elle a l'impression d'avoir deux bouts de bois à la place des jambes. Depuis quelques mois, ce n'est pas la joie pour elle du côté de la santé. Elle peine à faire ses journées et il lui arrive de plus en plus souvent de rester au lit tellement elle a mal aux jambes.

Magdelon a été très surprise de constater à quel point l'état de sa mère s'est détérioré depuis la dernière fois qu'elle l'a vue, au printemps dernier. Marie a vraiment pris un coup de vieux ces derniers mois. Pourtant, lors de sa dernière visite, Magdelon lui a donné tout ce qu'il fallait pour se concocter des tisanes et des préparations à appliquer afin de diminuer la douleur.

Mais rien ne semble avoir fonctionné. Même si Marie ne se plaint jamais, rien qu'à la regarder on comprend vite que le moindre mouvement lui demande un effort important.

Charles François Xavier observe en silence sa grand-mère depuis qu'il est arrivé. Il réfléchit à tout ce que l'aïeule lui a appris ; il est convaincu qu'elle lui a parlé de quelque chose pour soulager les rhumatismes. Quand il se souvient, il s'écrie :

— Je sais ce que vous devriez prendre, grand-mère : des feuilles d'ortie en infusion. Cela devrait vous soulager.

— Tu es certain ? s'étonne Magdelon. Moi, j'utilise l'ortie uniquement pour les femmes qui allaitent.

— Oui, vous avez raison. Mais l'aïeule m'a appris que l'ortie est aussi un anti-inflammatoire. J'ai même vu un vieil homme recommencer à marcher après en avoir pris pendant quelques jours seulement. Avez-vous de l'ortie dans votre mallette ?

— Non, j'ai laissé mes dernières feuilles d'ortie à la femme de Pierre. Mais je sais où en trouver. Viens avec moi.

— À tout à l'heure, grand-mère ! salue Charles François Xavier. Je vais vous guérir, vous verrez.

— J'y compte bien ! répond Marie en riant.

Catherine en profite pour passer un moment seule avec sa mère.

— Alors, ma petite Catherine, parle-moi un peu de toi.

— Il n'y a pas grand-chose à dire, vous savez, si ce n'est que j'ai le meilleur mari du monde et des enfants merveilleux.

— Mais toi, comment vas-tu depuis la mort de Louise ?

— Je vais bien, mais cela a été très dur. J'ai cru que je ne me remettrais jamais de cette épreuve. Je revoyais sans cesse l'image de ma fille dans sa tombe et cela me crevait le cœur. J'avais beau me répéter que la vie devait continuer, je priais Dieu de toutes mes forces pour qu'il vienne me chercher. J'avais perdu le goût de tout et surtout celui de vivre.

Catherine reprend son récit après s'être accordé une petite pause. Marie l'écoute jusqu'au bout sans l'interrompre.

— Un jour, Magdelon m'a emmenée au village indien voir l'aïeule. Je ne m'explique toujours pas ce qui s'est réellement passé ce jour-là ; ce que je sais, c'est que j'ai pleuré toutes les larmes de mon corps, j'ai crié, j'ai hurlé. Et tout à coup j'ai senti une grande chaleur dans tout mon corps, comme si je venais de surmonter ma peine. Je me suis essuyé les yeux du revers de la main sans comprendre ce qui m'arrivait. J'ai regardé l'aïeule dans les yeux et je lui ai souri presque malgré moi. Elle a soutenu mon regard et m'a souri à son tour avant de me dire : « À partir de maintenant, il faut regarder en avant. Les vôtres ont besoin de vous. Ne vous en faites pas pour votre petite fille, elle sera toujours près de vous, dans votre cœur. Chaque fois que vous le souhaiterez, vous n'aurez qu'à fermer les yeux et elle sera là. » Depuis ce jour, il ne se passe pas une seule journée sans que je pense à Louise, mais c'est maintenant avec le sourire que je le fais.

— Je suis vraiment contente de voir que tu vas bien. Je sais ce que c'est que de perdre un enfant, crois-moi, ajoute Marie, le regard triste. Il faut beaucoup de courage et de force pour s'en sortir. Je suis très fière de toi, ma fille. La vie t'a envoyé beaucoup d'épreuves depuis que tu as quitté Verchères.

— Mais aussi beaucoup de bonheur ! s'exclame Catherine. Vous savez, maman, je ne changerais pas de place avec personne. J'ai un mari qui m'aime et que j'aime de toutes mes forces, des enfants adorables et, par surcroît, j'ai la chance de vivre à quelques maisons de Magdelon.

— Ce n'est pas d'hier que vous êtes bien ensemble. Tu étais à peine née que Magdelon te protégeait déjà comme une louve protège ses petits. Quand elle était là, personne ne pouvait t'approcher. Il m'arrivait même d'être jalouse de la relation que vous aviez, elle et toi. Avec Magdelon à tes côtés, je dors tranquille. Je sais qu'elle veillera toujours sur toi. Mais, dis-moi, est-ce que tu écris toujours des poèmes ?

— Cela m'arrive encore, mais moins souvent qu'avant.

— Tu devrais t'y remettre. Tu as beaucoup de talent, tu sais.

— Magdelon m'encourage aussi. Elle m'a même proposé de me trouver un éditeur quand elle ira en France.

Surprise, Marie s'écrie :

— Ai-je bien compris ? Magdelon va aller en France ?

— Vous n'étiez pas au courant ? Cela me surprend. Cela fait au moins deux ans qu'elle en parle.

— Mais pourquoi veut-elle aller en France ?

— Elle veut remettre en mains propres au roi son texte racontant son histoire avec les Iroquois. Elle veut aussi aller rencontrer la famille de Pierre-Thomas et la nôtre. Et je crois bien qu'elle ne pourra pas résister à l'envie de rendre une petite visite à son Louis.

— Chère Magdelon, elle sera toujours aussi intense ! Par contre, je ne suis pas certaine que ce soit une bonne idée qu'elle aille voir Louis. Mais ni toi ni moi ne pourrons la convaincre du contraire. Sa grande détermination la sert bien la majorité du temps mais, dans ce cas, je crains qu'elle ne lui apporte que déception. Louis sera toujours l'homme de sa vie, et ce, malgré tout ce qu'il lui a fait.

— En tout cas, je peux vous dire qu'elle lui en veut encore de l'avoir abandonnée.

— Je l'adore, ma Magdelon, mais il vaut mieux compter au nombre de ses amis que de ses ennemis.

— Vous avez tout à fait raison ! approuve Catherine.

Celle-ci aborde ensuite un autre sujet :

— Magdelon vous a-t-elle parlé de notre école ?

— Oui, cela fait déjà un bon moment. Ce projet en est rendu où ?

— Nous avons maintenant plusieurs élèves d'autres seigneuries. En plus, une bonne dizaine de colons et leurs femmes attendent impatiemment leur place.

— C'est tout en votre honneur, les filles. Vous avez travaillé fort pour bâtir cette école. Vous serez récompensées pour avoir fait profiter les autres de votre savoir. Un peuple instruit a toujours une longueur d'avance sur les autres.

— Mais tu sais, maman, Magdelon et moi ne travaillons pas très fort dans ce projet. Certes, nous avons tout organisé, mais maintenant ce sont les femmes de Sainte-Anne qui se dévouent corps et âme pour apprendre à lire et à écrire à tous ceux qui le souhaitent. Vous devriez les voir à l'œuvre. On dirait de vrais petits rayons de soleil. Et les enfants les adorent. Avec elles, apprendre a l'air d'un jeu. Et elles trouvent même le temps de lire ! Au fond, c'est là que Magdelon et moi travaillons le plus fort. Le simple fait de les alimenter en livres nous demande beaucoup d'imagination, d'autant qu'elles ont développé leur sens critique. Pas question de leur offrir n'importe quoi.

— J'ai une idée. Et si je vous donnais tous les livres que ton père possédait ?

— Vous êtes sérieuse ? s'écrie Catherine.

— Bien sûr, sinon je ne t'aurais pas fait cette proposition. Il y a des années que ces livres sont rangés dans des caisses, à l'abri de la poussière. Un livre n'a-t-il pas été créé pour être lu et relu ? Si vous pouvez les apporter dans le canot, tous les ouvrages sont à vous.

Catherine ne peut s'empêcher d'étreindre sa mère.

— Vous ne pouviez pas me faire plus plaisir, maman ! Merci !
Je prendrai le plus grand soin de ces livres, je vous le promets.
Magdelon et moi avons même pensé organiser des soirées de
lecture, un peu comme celles que papa faisait avec nous. Vous
vous souvenez ? Nous lisions tous le même livre et nous en
discutions ensemble autour du feu. Ce sera parfait pour les
longues soirées d'hiver.

— C'est une excellente idée. J'aimais beaucoup ces soirées.
Il ne vous manquera plus qu'un petit remontant !

— Je fais confiance à Magdelon ! Elle a toujours une ou deux
bouteilles d'alcool dans sa manche.

La mère et la fille éclatent de rire. Elles savent très bien que
Magdelon profite de tous les petits plaisirs de la vie chaque fois
qu'elle le peut.

— Est-ce que je pourrais voir les livres ? s'enquiert ensuite
Catherine d'un ton enjoué.

— Ils sont rangés au grenier. Demande à Charles de descendre les caisses. Tu devrais y trouver ton compte. Si je me
souviens bien, il y a des dizaines de romans et quelques livres
d'histoire. Ton père les commandait directement de France. Un
de ses cousins le tenait au courant des nouveautés et lui envoyait
les livres qu'il souhaitait avoir. Chaque fois qu'il recevait un colis
de son cousin, le visage de ton père s'illuminait. Les livres représentaient son plus grand plaisir, ajoute Marie en riant. Les jours
suivants, il ne fallait pas le chercher. Dès qu'il avait une minute,
il plongeait le nez dans un livre. Il ne le délaissait que pour
manger ou aller travailler. Cela durait jusqu'à ce qu'il ait lu tous
ses livres. Et il recommençait de plus belle dès qu'un colis
arrivait de France.

— Papa nous a quittés depuis très longtemps, mais je sens
encore tellement d'amour dans votre voix quand vous parlez
de lui. Vous l'aimiez donc tant ?

Marie met quelques secondes avant de répondre à Catherine.

— J'ai mis du temps à aimer ton père. Mais à partir du jour où je lui ai ouvert mon cœur, je n'ai jamais cessé de l'aimer… et cet amour existera tant que je vivrai. C'était un homme bon, un homme aimant. Je n'aurais pu souhaiter un meilleur compagnon de vie. Tu sais, il ne se passe pas une seule journée sans que je pense à lui. J'ai tellement de bons souvenirs.

— Et moi, j'ai la meilleure mère du monde ! déclare Catherine. Promettez-moi de ne pas aller rejoindre papa de sitôt.

— Je ne peux pas te faire une telle promesse, ma fille. Quand ce sera mon heure, je n'aurai pas d'autre choix que de partir. Mais assez parlé ! Va vite demander à Charles de descendre les caisses. On pourra ainsi regarder les livres de ton père avant que Magdelon et Charles François Xavier reviennent.

— J'y vais tout de suite. Il y a fort à parier que Charles est allé rejoindre François.

Chapitre 35

— C'est aujourd'hui que madame de Saurel doit arriver ? s'informe Pierre-Thomas, son café à la main.

— Oui, si je me fie à sa lettre. J'ai hâte de la voir, il y a si longtemps qu'elle n'est pas venue à Sainte-Anne. Et je suis impatiente d'en savoir plus sur son nouveau domestique dont elle a grandement vanté les mérites dans son dernier message.

— Croyez-vous que son mari va l'accompagner ?

— Sincèrement, je n'en sais rien. D'habitude, il profite d'un voyage à Québec pour la déposer ici, mais elle ne m'a rien dit à ce sujet. Pourquoi me posez-vous toutes ces questions ?

— Seulement pour savoir, répond Pierre-Thomas d'un air qu'il veut faire paraître détaché. Si de Saurel est avec elle, je vais l'attendre et faire le voyage à Québec avec lui.

— À vous voir, cela n'a pas l'air de vous enchanter du tout. Les choses se passent-elles bien avec lui ?

— Disons simplement que nous avons quelques petits détails à régler, mais rien de grave, rassurez-vous. On pense connaître quelqu'un jusqu'au jour où on s'aperçoit qu'il n'est pas tout à fait celui qu'on croyait. Et c'est ce qui arrive avec de Saurel.

— Pouvez-vous être plus clair ?

— Laissez tomber. Je vais voir cela avec lui.

— Vous m'inquiétez quand même un peu. Vous aviez pourtant l'air de bien vous entendre tous les deux. Dommage !

— Bon, vous allez m'excuser, il faut que j'y aille. J'ai donné rendez-vous à Thomas au moulin. Il faut qu'on revoie notre façon de moudre les grains. J'ai discuté avec le seigneur de Batiscan la semaine dernière ; il a beaucoup moins de pertes que nous. Je vais voir ce qu'on peut faire pour améliorer les choses, et notre profit du même coup, il va sans dire. Vous m'enverrez chercher si de Saurel accompagne sa femme. Bonne journée, madame !

— Bonne journée !

Une fois Pierre-Thomas sorti de son champ de vision, Magdelon respire à fond, puis se sert une autre tasse de café. Ce matin, elle va prendre son temps. Elle en a grand besoin. La nuit dernière, Jean Baptiste Léon a eu mal aux oreilles. Quand il s'est enfin rendormi, elle a cherché le sommeil sans succès jusqu'à ce que le coq chante. Elle s'est alors levée sur la pointe des pieds et est allée s'enfermer dans son bureau. En cette fin de récolte, elle a pris beaucoup de retard dans ses comptes. En plus, elle doit réfléchir aux prochaines semences. Elle a lu dans un journal français que les Français consommaient de plus en plus de millet et que les agriculteurs avaient peine à fournir à la demande, alors qu'en Nouvelle-France la situation s'avère tout à fait différente. Les colons ont tellement défriché qu'ils disposent maintenant de plus de terres agricoles que les besoins de la Nouvelle-France en nécessitent. Les fenils sont pleins à craquer. C'est alors qu'elle a eu une idée. « Nous pourrions exporter une partie de nos récoltes en France ! » Elle n'en a pas encore parlé à Pierre-Thomas. Depuis le temps, elle a compris qu'il vaut mieux le mettre devant le fait accompli si elle veut éviter des discussions interminables, d'autant plus qu'actuellement le seul produit qui est exporté en France, ce sont les fourrures.

Il y a quelques semaines, elle a envoyé une lettre à Jean Lavigne, son informateur français, pour lui demander de tâter le terrain pour elle et de lui envoyer des graines. Entre-temps, elle réfléchira au système de partage des profits qu'elle veut instaurer avec les colons. Si son contact a de bonnes nouvelles, elle mettra Pierre-Thomas au courant de son projet. Ensuite, elle réunira les colons et leur offrira de réserver un de leurs champs pour la culture du millet. Elle signera un contrat en bonne et due forme avec chaque colon pour éviter que Pierre-Thomas revienne sur sa parole si les affaires sont meilleures que prévu. Elle doit se préparer le mieux possible afin que son époux endosse son projet, parce qu'elle ne pourra lui donner de garantie de profits. Pire encore, elle ne pourra même pas lui assurer que les bateaux du roi accepteront de transporter les grains de la seigneurie jusqu'en France.

Elle n'a pas encore fini de boire son café qu'elle entend les enfants descendre l'escalier en trombe.

— C'est moi le plus rapide ! s'écrie Jean Baptiste Léon en mettant un pied dans la cuisine.

— Ce n'est pas juste ! rouspète Louis Joseph. Tu pars toujours avant moi. Tu n'es qu'un tricheur. C'était la dernière fois que je coursais contre toi, ajoute-t-il en se laissant tomber lourdement sur une chaise.

Son frère le nargue :

— Tu n'es qu'un mauvais perdant ! Si tu mangeais un peu moins, tu serais meilleur à la course.

— Laisse-moi tranquille avec tes histoires. Je ne suis pas gros, je suis seulement un peu enrobé, comme papa.

— Sauf que tu es bien plus jeune que papa…

— Je t'ai dit de me laisser tranquille. En tout cas, j'aime mieux être enrobé qu'avoir l'air d'un fil comme toi.

— Je n'ai pas l'air d'un fil si tu veux savoir. Je suis juste de la bonne grosseur, comme oncle François.

Avant que les propos de ses fils n'aillent trop loin, Magdelon intervient :

— Arrêtez ! Cela suffit ! C'est très bien que vous soyez diffé-rents. Avez-vous pensé un seul instant de quoi aurait l'air le monde si tous avaient une taille et une grosseur similaires, la même couleur de cheveux et d'yeux, les dents pareilles, une couleur de peau semblable ? Moi, j'aime mieux ne pas m'imaginer un tel monde !

Les deux garçons réfléchissent un instant avant d'éclater de rire. Chacun d'eux s'est fait une image inspirée des dernières paroles de leur mère.

— J'ai mal au cœur à la seule pensée que tout le monde pourrait ressembler à monsieur François-Xavier ! s'écrie Louis Joseph. Beurk !

— Ou à monsieur Basile ? renchérit Jean Baptiste Léon.

— Ou à la fille de monsieur Augustin ?

— Pire encore, à celle de monsieur Alexis ?

— Beurk ! Beurk ! hurlent les deux garçons en frissonnant avant de s'esclaffer.

— Ce qui fait la beauté des gens, ce sont les différences entre eux, explique Magdelon en essayant de garder son sérieux. Et maintenant, que diriez-vous si je nous préparais des crêpes pour le déjeuner ?

Surpris par l'offre de leur mère de faire des crêpes en plein milieu de la semaine, les garçons acceptent sans aucune hésitation de peur qu'elle change d'idée.

— Il me faut des œufs, indique Magdelon. Qui va en chercher ?

Sans ronchonner, ce qui est plutôt rare dans leur cas, Louis Joseph et Jean Baptiste Léon sortent de la cuisine en courant.

Alors que Magdelon vient de déposer sa première crêpe dans une assiette, Louise fait son entrée dans la cuisine. Quand elle voit sa patronne au poêle, elle s'empresse de proposer :

— Laissez, je vais faire le déjeuner.

— Assoyez-vous et servez-vous un bon café. Ce matin, c'est moi qui fais tout. Désirez-vous une crêpe ? Il doit rester un peu de sirop d'érable. Je vais vérifier.

Louise obéit sans protester. Il y a bien longtemps qu'elle a compris que, lorsque Magdelon dit quelque chose, il vaut mieux l'écouter. De toute façon, cela lui fait grand plaisir de se faire servir une fois de temps en temps. Certes, les enfants de Magdelon sont très gentils et respectueux avec elle ; cela n'empêche pas Louise d'en avoir parfois plus qu'assez d'être une domestique. Toutefois, il y a fort à parier que c'est ce qu'elle fera le reste de sa vie. Mais au fond d'elle-même, elle nourrit d'autres espoirs pour elle et les siens. D'ailleurs, elle a peine à se remettre du refus de Jacques de gérer la nouvelle boulangerie à Québec à cause de sa trop grande loyauté envers les de la Pérade. Pour elle, cela représentait une occasion en or d'arrêter de servir les autres. Elle a tout fait pour convaincre Jacques de changer d'idée, mais il a été inflexible. D'un côté, il mourait d'envie d'accepter l'offre, alors que de l'autre, il refusait de faire de la peine à Madame. La décision de Jacques a d'ailleurs jeté un grand froid entre Louise et son mari. Même après plusieurs mois, les choses ne sont pas redevenues comme avant entre les deux époux. C'est plus fort que Louise, elle en veut toujours à Jacques de ne pas avoir saisi la chance d'améliorer leur sort. Elle sait très bien qu'élever des enfants à Québec n'a rien à voir avec le fait de les élever dans une seigneurie. Mais en ville, les enfants auraient pu aller à l'école. Au moins, ils n'auraient pas passé leur vie à servir comme leurs parents.

— Louise, je vous parle ! s'exclame Magdelon.

— Désolée, Madame, s'excuse Louise. J'étais distraite.

— Vous allez bien ? Vous êtes toute pâle…

— Oui, ne vous en faites pas, je vais très bien. Que disiez-vous ?

— Que madame de Saurel devrait arriver aujourd'hui pour passer quelques jours avec nous. Auriez-vous une idée pour le souper ?

Louise réfléchit quelques secondes avant de répondre :

— Je pourrais tuer une poule et la faire cuire avec un morceau de lard salé et des légumes du jardin. Et pour dessert, je pourrais faire des tartes aux pommes. Je crois me souvenir qu'elle adore cela.

— Attendez avant de tuer une poule. Je vais demander à Charles François Xavier de venir chasser avec moi. Nous devrions pouvoir vous ramener un ou deux coqs d'Inde.

— Je ne sais pas si Charles François Xavier pourra aller à la chasse. Hier, j'ai entendu Monsieur lui dire qu'il l'attendait au moulin à sept heures ce matin.

— Je n'étais pas au courant. En tout cas, ce n'est pas grave. Au pire, j'irai toute seule.

— Vous savez que Monsieur n'aime pas que vous alliez seule en forêt.

— Je suis assez grande pour savoir ce que j'ai à faire.

— Est-ce que je peux vous accompagner ? demande joyeusement Louis Joseph.

— Si tu veux. On partira après avoir fini de manger. Tu t'occupes de préparer les chevaux et moi, de mon côté, je me charge de prendre les mousquets, la poudre et un grand sac.

— Est-ce que j'ai bien compris ? s'écrie Louis Joseph. Vous avez dit « les mousquets » ?

— Oui, tu as très bien compris, répond Magdelon en faisant un clin d'œil à son fils.

Fier comme un paon, Louis Joseph n'ajoute rien. Il se contente de gonfler la poitrine. Il y a tellement longtemps qu'il attend que sa mère lui montre à tirer. « C'est vraiment mon jour de chance », se réjouit-il.

Avant de quitter la pièce, Magdelon fait ses dernières recommandations à Louise :

— Si madame de Saurel arrive avant que nous revenions, faites-la patienter au salon avec un verre d'alcool et envoyer chercher Pierre-Thomas au moulin. À plus tard !

* * *

Il est un peu plus de midi quand les chasseurs reviennent. Assis le dos bien droit sur son cheval, Louis Joseph arbore un grand sourire. Jamais il n'a été si fier. Sa mère lui a enfin montré à se servir d'un mousquet et, comble de joie, il a réussi à tuer un coq d'Inde. Il revoit sans cesse la scène dans sa tête. L'oiseau se pavanait à quelques pas devant lui sans se soucier du risque qu'il courait. Magdelon se tenait derrière Louis Joseph. Elle lui a soufflé à l'oreille : « Cet oiseau est pour toi. Vas-y, tire ! » Louis Joseph a monté son mousquet, a fixé sa proie et a tiré. La seconde d'après, le coq d'Inde s'effondrait sur le sol. Louis Joseph était fou de joie.

— Regardez, maman, comme il est gros ! Je suis un champion, je l'ai tué !

— Je suis très fière de toi, a dit Magdelon. Ce sera de loin le meilleur coq d'Inde que tu auras mangé !

— Vous pouvez en être sûre ! s'est écrié Louis Joseph en levant sa proie à bout de bras. Ce coq est vraiment très lourd. Vous croyez que nous en aurons assez pour le souper ?

— J'en suis certaine. Il faut rentrer maintenant, je préfère être au manoir quand madame de Saurel arrivera.

Dès son retour au manoir, Louis Joseph s'est chargé d'informer tout un chacun qu'il savait se servir d'un mousquet et que, grâce à lui, du coq d'Inde serait servi pour souper. Une seule personne n'a pas partagé son enthousiasme, soit Pierre-Thomas. Celui-ci s'est mis dans une colère noire comme lui seul peut l'être quand il a appris que son fils était allé à la chasse. Il était si fâché que même Thomas, pourtant d'une patience d'ange, s'est organisé pour ne pas rester dans la même pièce que lui. Ce n'est qu'une fois son excès de colère passé que Pierre-Thomas a réalisé qu'il était tout fin seul dans le moulin. Surpris, il est parti à la recherche du meunier et de Thomas. Tous deux se chauffaient doucement au soleil en attendant que l'orage passe.

Le soleil vient de se coucher quand madame de Saurel fait enfin son entrée au manoir.

— Il faut vraiment que je vous aime beaucoup, Magdelon, pour faire tout ce chemin pour venir vous voir. D'une fois à l'autre, c'est fou, j'oublie toujours à quel point nous restons loin l'une de l'autre.

— Vous avez l'air en grande forme ! déclare Magdelon. Venez vous asseoir au salon. J'ai ce qu'il faut pour vous faire oublier l'inconfort du canot.

— J'en ai grand besoin, je vous assure, se plaint la visiteuse.

— Est-ce que votre mari est avec vous ?

— Non ! Je ne sais pas pourquoi, mais à la dernière minute il a refusé de m'accompagner. Pourtant, il m'avait dit qu'il devait aller à Québec.

— C'est drôle, ce matin Pierre-Thomas m'a demandé si votre mari viendrait avec vous. J'ignore ce qui s'est passé entre eux, mais mon petit doigt me dit qu'il y a quelque chose que nous aurions intérêt à savoir. Si vous voulez bien, nous reparlerons de tout cela plus tard. Pour le moment, j'aimerais savoir avec qui vous êtes venue si ce n'est pas avec votre époux ?

— Comme il n'était pas question que je manque mon voyage, je me suis fait accompagner par mon nouveau domestique. Il est resté au quai. Il viendra nous rejoindre avec les bagages. Vous allez l'adorer, c'est une vraie perle.

— Je suis si contente de vous voir. J'ai beaucoup de choses à vous raconter. Si vous n'y voyez pas d'inconvénient, j'enverrai chercher Catherine après le souper.

— Vous savez bien que c'est toujours un grand plaisir pour moi de voir Catherine. J'espère qu'elle s'est remise de la mort de sa petite fille.

— Elle va mieux maintenant. Je dois vous avouer que je tardais de retrouver notre Catherine. Mais là tout est rentré dans l'ordre.

Magdelon sort deux verres et une bouteille d'alcool. Elle remplit les verres à ras bord. Après en avoir remis un à madame de Saurel, elle lève le sien puis lance :

— Je trinque à votre santé, ma chère amie !

— Moi de même !

Les deux amies ne se contentent pas d'un verre. Magdelon propose rapidement un deuxième service. Et ça ne s'arrête pas là. Plus les verres se vident, plus madame de Saurel et Magdelon rient. On n'entend plus maintenant que des bouts de phrases inachevées, toutes plus drôles les unes que les autres, du moins pour les compagnes.

Reprenant tout à coup son sérieux, madame de Saurel s'écrie :

— Je pense savoir ce qui s'est passé entre nos maris.

— Quoi donc ?

— L'autre jour, quand votre mari est venu au manoir, j'ai entendu un bout de conversation bien malgré moi. Vous me connaissez assez pour savoir que jamais je n'écouterais aux portes, ajoute-t-elle en riant. Toujours est-il que nous deux valeureux époux parlaient d'une certaine Angélique. À les entendre, elle semblait avoir tout ce qu'il fallait, si vous voyez ce que je veux dire. Avant que tous deux s'aperçoivent que j'étais là, mon mari a haussé le ton et a lancé : « Que je ne vous vois plus vous approcher d'elle. »

— Et vous n'avez pas eu envie d'arracher la tête de monsieur de Saurel ?

— Non ! Vous savez, j'en ai fait mon deuil depuis belle lurette. Il a sa vie avec moi, enfin pour ce qu'il en reste, et il a sa vie à Québec. J'ai décidé de ne plus poser de questions. De cette manière, j'évite de me faire conter des histoires. Tant que j'ai un toit sur la tête, un domestique et une bourse bien remplie, je n'en demande pas plus.

— Vous êtes bien sage. Moi, contrairement à vous, je chercherai à en savoir plus sur cette Angélique. Je n'y peux rien, c'est plus fort que moi.

— Vous devriez arrêter de courir après les coups. Quoi que vous fassiez, vous ne changerez pas Pierre-Thomas.

— Vous avez bien raison. Alors, buvons à nos chers maris !

Chapitre 36

— Tu peux aller seller les chevaux ? demande Magdelon à Louis Joseph. J'en ai pour une minute.

— J'y vais ! s'écrie le garçon avec enthousiasme. J'apporte le panier et les mousquets.

Au moment où le garçon va tourner la poignée, un poing solide frappe à la porte. Surpris, il ouvre aussitôt et passe près de recevoir un coup de poing en pleine poitrine. Heureusement pour Louis Joseph, Thomas a retenu son geste juste à temps.

— Il faut venir vite à la maison ! lance le visiteur. Charles est tombé dans la rivière.

Magdelon s'informe d'un ton bref :

— Personne ne l'a aidé à sortir de là ?

— Oui, oui, Catherine l'a aidé. Mais depuis, il tremble comme une feuille. On a beau lui mettre des couvertures, il n'arrive pas à se réchauffer. Il faut que vous veniez le voir parce que si cela continue, il y en aura deux à soigner. Catherine est dans tous ses états. Elle reste aux côtés de Charles et elle pleure sans arrêt.

Magdelon prend sa mallette et dit :

— Allons-y, il n'y a pas de temps à perdre.

Puis elle ordonne à Louis Joseph :

— Va chercher les deux couvertures de laine dans mon coffre et viens me rejoindre. Apporte aussi une bouteille d'alcool. Dépêche-toi !

Une fois sur place, Magdelon comprend vite l'urgence de réchauffer Charles. Même si le sol est à peine recouvert de neige, les gelées des dernières semaines ont suffisamment refroidi l'eau pour qu'une mince couche de glace se forme sur la rivière là où le courant est moins fort. Magdelon n'a pas le temps d'attendre que Louis Joseph arrive avec les couvertures.

— Donnez-moi tout ce que vous avez de chaud, indique-t-elle à Lucie. Et vous, Thomas, frottez les jambes de Charles jusqu'à ce que je vous dise d'arrêter. Catherine, frotte les bras de ton mari. Il faut à tout prix que sa circulation redevienne normale. Autre chose, il faut absolument éviter que Charles s'endorme.

Quand Lucie revient avec les couvertures, Magdelon les dépose aussitôt sur la poitrine de Charles.

— Lucie, préparez un café assez fort pour ressusciter un mort.

— Je ne veux pas qu'il meure! gémit Catherine. Tout, mais pas cela. Je ne supporterai pas qu'il meure avant moi. Sauve-le, je t'en prie.

— Charles ne mourra pas, assure Magdelon même si elle n'en est pas du tout certaine. Dès que son corps aura retrouvé sa chaleur, il ira mieux. Ne t'inquiète pas.

Quelques minutes plus tard, Louis Joseph fait son entrée. Dès que Magdelon voit son fils, elle lui lance:

— Demande à Lucie de te donner une tasse et verse au moins deux doigts d'alcool dedans. Ensuite, apporte-la-moi. Fais vite!

Aussitôt que Louis Joseph lui remet la tasse, Magdelon fait boire une bonne ration d'alcool à Charles en lui soutenant la tête. À la première gorgée, il fait la grimace et s'étouffe. Magdelon sourit malgré elle.

— Charles est tiré d'affaire! annonce-t-elle à Catherine.
Mais il faut continuer à le frotter pour le réchauffer. Louis
Joseph, prends la place de Thomas. Et vous, Lucie, remplacez
Catherine.

— Non! s'écrie Catherine. Je veux rester auprès de mon
mari.

Magdelon prend sa sœur par les épaules et l'entraîne avec
elle. Puis elle dit sur un ton ferme:

— Va te changer avant d'attraper ton coup de mort, tes
vêtements sont tout mouillés. Je n'ai pas l'intention de te
réchauffer à ton tour. Allez!

Catherine s'incline à contrecœur. Les épaules basses, elle
quitte la cuisine et va dans sa chambre. Un torrent de larmes
gêne sa vue. Elle a bien cru qu'elle n'arriverait jamais à sortir
Charles de l'eau. Ils étaient allés pêcher comme ils le font si
souvent. Elle venait de lancer sa ligne à l'eau quand celle-ci s'est
prise au fond. Charles a marché sur les roches pour aller la
déprendre. Mais une mince couche de glace les recouvrait. En
touchant la troisième roche, il a perdu pied avant de se frapper
la tête sur un tronc d'arbre et de s'étaler de tout son long dans
la rivière. En le voyant tomber, Catherine a hurlé de toutes ses
forces. Comme elle n'était pas certaine que quelqu'un l'avait
entendue, elle a pris son courage à deux mains, a remonté ses
jupes et s'est rendue à l'endroit où Charles était tombé. Elle a
pris son mari en dessous des bras et, elle ne sait pas encore
comment elle a trouvé la force, l'a traîné jusqu'au rivage. Ses
chevilles lui faisaient mal tellement l'eau était froide. Il fallait
ramener Charles à la maison et vite, mais seule elle n'y arriverait jamais. Elle s'est donc mise à crier à l'aide jusqu'à ce que
Thomas fasse son apparition.

En enlevant ses vêtements mouillés, Catherine se met à
trembler à son tour. Tout le temps qu'elle s'est affairée à
réchauffer Charles, elle n'a pas réalisé à quel point elle était
gelée. Elle se dépêche d'enlever ses bottes et ses bas. Elle

pourrait les tordre tant ils sont gorgés d'eau. Elle enlève sa robe et enfile ensuite ce qu'elle a de plus chaud. Puis elle se rend à la cuisine. Elle se sert un grand verre d'alcool et l'avale d'un seul trait. Elle approche ensuite une chaise berçante près du feu et se roule en petite boule après avoir serré son châle autour de ses épaules.

— Si je pouvais m'asseoir sur le feu, dit-elle à voix haute en claquant des dents, je le ferais. Je n'ai jamais eu aussi froid de toute ma vie.

Magdelon pose la main sur le front de sa sœur.

— Tu es brûlante de fièvre. Je vais te donner quelque chose pour te soulager. Je t'avertis, tant que la fièvre ne tombera pas, tu vas frissonner. Ton corps est en train de combattre le froid. Tu devrais boire un bon bouillon, cela t'aiderait à te réchauffer.

— J'en ai justement, dit Lucie. Je t'en apporte tout de suite une tasse, Catherine.

— Occupez-vous plutôt de Charles ! s'écrie Catherine. Je peux très bien m'arranger toute seule.

— Laisse-moi te servir, insiste Lucie. L'état de Charles s'améliore. Il est temps qu'on s'occupe de toi. Je vais t'apporter une autre couverture.

Quand Magdelon et Louis Joseph quittent la maison de Catherine, le soleil a déjà commencé à baisser.

— On pourrait se reprendre demain, propose Magdelon. Je te remercie pour tout, tu m'as rendu de grands services.

— Ne me demandez surtout pas de faire un médecin comme mon frère parce que c'est non, se dépêche de répondre Louis Joseph. Je peux bien vous aider de temps en temps, mais je préfère de loin les affaires à la fièvre et à tout ce qui vient avec. Pour tout vous dire, j'ai horreur de la maladie.

— Viens ! dit Magdelon en riant. Rentrons, je suis affamée.

— Moi, je préfère aller me coucher. Je suis crevé.

— Tu veux vraiment aller dormir ? Il est à peine quatre heures de l'après-midi.

— Je vous l'ai dit, j'ai horreur de la maladie.

* * *

Le lendemain matin, avant de partir à la chasse, Magdelon demande à Louis Joseph d'aller prendre des nouvelles des deux malades. Sur le chemin qui le mène chez Catherine, le jeune garçon prie de toutes ses forces pour que sa tante et son oncle aillent mieux. Il n'a nulle envie de passer une autre journée à leur chevet. Dans tout ce que le départ de Charles François Xavier a changé dans sa vie, assister les malades est de loin ce qu'il déteste le plus. Si ce n'était que de lui, il s'arrangerait pour ne jamais être là quand sa mère est demandée au chevet des malades tellement il déteste l'accompagner. Par contre, chaque fois qu'il va à la chasse avec elle, il jubile. Avec un mousquet dans les mains, il se sent important, d'autant qu'il lui arrive de plus en plus souvent de tuer, ce qui le rend encore plus fier. Comme rien n'est parfait, chaque fois qu'il va à la chasse, il se fait semoncer par son père. Mais le plaisir qu'il retire de la chasse vaut bien quelques désagréments. Il a beau aimer les affaires et vouloir prendre la relève de son père, jamais rien ne lui enlèvera son amour de la chasse et de la pêche, surtout pas les menaces de son père. De retour au manoir, c'est le sourire aux lèvres qu'il annonce à sa mère :

— Vous auriez dû les voir ! Catherine et Charles sont couchés dans leur lit avec une pile de couvertures épaisse sur eux et ils ne bougent pas.

— Font-ils encore de la fièvre ? s'inquiète Magdelon.

— Non. Ils paraissent seulement fatigués d'avoir trop grelotté. Mais cette phrase vient de Lucie. C'est ce qu'elle m'a dit de vous transmettre.

Magdelon éclate de rire. Elle est vite imitée par Louis Joseph.

— Bon, si on partait avant qu'on vienne nous chercher ? suggère Magdelon.

— Pitié, pas aujourd'hui ! s'écrie Louis Joseph une main sur le front. Je ne survivrai pas à tout cela un autre jour. Moi, je meurs d'envie d'aller chasser.

— Allons-y avant que ton père revienne.

— Jacques m'a dit qu'il était allé à Batiscan, ce qui nous laisse jusqu'au souper pour chasser.

Une fois dans la forêt, la mère et le fils jubilent. Pour eux, il n'y a pas de meilleur endroit où se trouver. Magdelon considère qu'elle a beaucoup de chance. Jusqu'à présent, deux de ses fils adorent la chasse et la pêche, au grand désespoir de leur père d'ailleurs. Quant à Marguerite, sa mère ne le saura jamais pour la simple et unique raison qu'elle n'a jamais pensé à lui offrir de l'accompagner. Sous prétexte qu'on connaît bien les gens qu'on aime, on les garde parfois prisonniers des choix qu'on fait pour eux. Il lui arrive encore de penser qu'elle s'est sûrement privée de grands plaisirs avec son unique fille. Encore heureux qu'aujourd'hui elles entretiennent toutes deux une aussi bonne relation. Magdelon en remercie le ciel. Elle se souviendra jusqu'à la fin de ses jours de l'accouchement de Marguerite. Être là pour accueillir son premier petit-fils l'a remplie de bonheur. «Dommage qu'il vive si loin de moi cet enfant», s'attriste-t-elle souvent. Le simple fait de voir à quel point Marguerite l'espérait la journée de son accouchement a touché profondément Magdelon. Le séjour à Verchères a totalement transformé sa fille, à moins qu'elle s'y soit sentie à l'aise au point de se permettre d'être enfin elle-même. «Il y a des choses qu'il vaut mieux ne pas trop chercher à comprendre. Il y a des questions qu'il vaut mieux laisser sans réponse.»

De son côté, Louis Joseph savoure déjà le plaisir de chasser. Avant même de tirer son premier coup de mousquet, il savait qu'il aimerait cette activité. En fait, il adore cela, mais pas de la même façon que Charles François Xavier. Contrairement à son frère, Louis Joseph aime trop son confort pour dormir en forêt, ne serait-ce qu'une seule nuit. Non, pour lui, il vaut mieux toujours profiter du meilleur de tout. « Qui a dit que la vie était faite pour souffrir ? » pense-t-il souvent. Il aime se faire servir et n'a vraiment aucun scrupule à avoir des domestiques, et n'en aurait pas à posséder des esclaves non plus. Il n'a nulle envie de vivre sans domestiques. Pour lui, le travail doit rapporter beaucoup d'argent. À force de poser des questions à son père et à sa mère, il a vite compris que ce n'est pas à la seigneurie qu'il fera fortune, mais plutôt en faisant du commerce en Nouvelle-France et ailleurs. Chaque fois qu'il accompagne son père à Québec ou à Montréal, il observe ses moindres gestes, ses moindres paroles. Négocier n'effraie pas du tout Louis Joseph, même qu'il a bien hâte de jouer à ce jeu.

En ce début de décembre, la forêt dégage une odeur incomparable. Le temps est frais, mais pas encore mordant. Au sol, un épais tapis de feuilles recouvre la piste, sauf à quelques endroits déjà blanchis par une mince couche de neige. Quelques feuilles qui viennent de se détacher des arbres se laissent porter doucement par le vent. On dirait que la vie bat au ralenti. Même les chevaux l'ont compris : ils avancent sans se presser, prenant le temps de manger ici et là quelques pousses vertes sur les côtés de la piste.

Quand ils arrivent à un embranchement, Magdelon arrête son cheval et dit à Louis Joseph :

— Il faudrait que j'aille chercher quelques herbes au village indien.

— Je vous suis.

Pour tout ce qui touche le village indien et les Indiens eux-mêmes, l'opinion de Louis Joseph ressemble à celle de son père. Connaissant la relation de sa mère avec l'aïeule et tous les membres de la tribu, il se garde bien de donner son avis sur la question devant elle. Il a vite compris que toute vérité n'est pas bonne à dire, même à sa propre mère. Par contre, il discute volontiers avec son père à propos des Indiens. Il aime croire qu'il n'irait pas jusqu'à laisser mourir un Indien, mais il ne ferait rien pour en sauver un non plus. Pour lui, un Indien ou un domestique, c'est du pareil au même. Leur rôle est de servir, un point c'est tout.

Dès que les visiteurs franchissent l'entrée du village indien, tous viennent saluer Magdelon, du plus petit au plus grand, du plus jeune au plus vieux. C'est à croire qu'elle fait partie des leurs. L'aïeule la reçoit à bras ouverts et l'invite à s'asseoir. Magdelon fait les présentations.

— Il est beau votre fils, dit la vieille femme sur le ton de la confidence. Mais il n'a pas une belle âme comme l'autre. Il n'aime pas les gens, il aime posséder.

La réaction de l'aïeule surprend Magdelon. Celle-ci regarde tour à tour la vieille femme et son fils sans trop comprendre. Tout ce qu'elle trouve à dire, c'est :

— Quand vous le connaîtrez mieux, vous changerez d'avis, vous verrez.

— Je suis désolée, mais je préfère qu'il ne vienne plus au village. Ce serait mieux pour tout le monde.

Magdelon connaît l'aïeule depuis assez longtemps pour savoir qu'il est inutile d'argumenter. Troublée, elle a peine à se souvenir de ce qu'elle est venue chercher.

De son côté, Louis Joseph n'a pas bronché. Qu'aurait-il pu répliquer ? L'aïeule a lu en lui comme dans un livre ouvert. Il ne viendra plus au village, c'est tout. Cela ne le dérange absolument pas, même que cela fait son affaire. Ainsi, il aura beaucoup moins de contacts avec les Indiens.

Dès que l'aïeule lui remet les herbes, Magdelon prend congé. Elle ne sait pas encore quoi penser de ce qu'elle vient d'entendre, sans compter qu'elle se sent mal pour Louis Joseph. « Les paroles de la vieille femme doivent l'avoir blessé profondément. »

Ce n'est qu'une fois qu'ils sont éloignés du village indien qu'elle se risque à dire :

— Il ne faut pas en vouloir à l'aïeule. Personne ne détient la vérité, tu sais.

— Ne vous en faites pas, maman, je ne lui en veux pas du tout. Si on allait chasser maintenant ? Nous pourrions aller près de la petite crique.

Magdelon se demande comment son fils peut réagir avec autant de détachement. « Il n'a tout de même que dix ans ! Moi, je serais démolie… » Décidément, la race humaine la surprendra toujours. Elle réfléchira à tout cela plus tard. Pour le moment, elle doit se consacrer à la chasse.

Chapitre 37

Pierre-Thomas est passé en coup de vent au manoir à son retour de Québec, le temps de donner quelques ordres à Thomas, de réprimander vertement au passage deux ou trois colons sur leur façon d'abattre un arbre, de se plaindre du froid qu'il fait et, finalement, de saluer ses fils et sa femme sur le seuil de la porte. Mais il a dû revenir sur ses pas pour remettre à Magdelon deux lettres qui traînaient dans ses poches depuis un moment. Puis il a quitté pour Montréal. Tout s'est passé si vite que Magdelon se demande si elle a réellement vu son cher mari ou si elle a tout imaginé. En prenant une grande respiration, l'odeur qui flotte dans l'air lui confirme qu'il vient effectivement de passer quelqu'un. « Curieux, on jurerait un parfum de femme… »

Magdelon s'assoit et ouvre une première lettre. Elle vient de l'intendant.

Madame de la Pérade,

Votre mari m'a parlé de votre école et je tenais à vous dire personnellement tout le bien que je pense d'une telle initiative. Je serais même prêt à vous offrir une petite bourse pour acheter des cahiers et des crayons pour vos jeunes élèves.

J'espère que vous serez imitée par d'autres seigneuries. Un peuple ne peut se développer sans savoir lire et écrire, et ce, même s'il travaille la terre jour après jour. Par votre geste, vous contribuez au rayonnement de la Nouvelle-France. D'ailleurs, je compte faire part au roi de votre réalisation dans la prochaine lettre que je lui adresserai.

Magdelon est si excitée qu'elle ne prend même pas la peine de lire les salutations. Elle remet la lettre dans son enveloppe. « Ce sont les femmes qui vont être contentes ! L'école, c'est leur succès, pas le mien. En attendant de les voir, je pourrais au moins aller montrer le message à Catherine. Et puis, il faut vite répondre à l'intendant avant qu'il change d'idée pour la bourse. D'après la date inscrite sur la lettre, Pierre-Thomas traînait celle-ci dans ses poches depuis un petit moment. Il y a peut-être des lettres qu'il ne m'a jamais remises. J'aime autant ne pas y penser. »

Magdelon met son manteau de castor. C'est chaque fois un pur plaisir de porter ce vêtement. Dès qu'elle l'endosse, elle se sent à l'abri des froids les plus mordants. Il lui semble plus chaud que ne l'était son premier. Catherine se fait un malin plaisir de lui dire qu'il ne peut en être autrement puisque c'est Antoine qui lui a offert toutes les peaux. Antoine... Ce manteau est tout ce qu'il lui reste de lui. Il arrive encore à Magdelon de penser qu'il va débarquer au manoir au moment où elle s'y en attendra le moins. Elle se dépêchera d'aller le rejoindre dans la grange. Il ouvrira grand ses bras. Elle s'y blottira et elle versera toutes les larmes de son corps tellement elle sera contente de le revoir. Le jour où il s'est éteint, une partie d'elle-même s'en est allée avec lui. Même si elle ne le voyait pas souvent, le simple fait de pouvoir penser à lui la rendait heureuse. Il lui manque tellement. Depuis son départ, c'est comme si elle avait rangé à jamais tout ce qui faisait qu'elle se sentait femme. Pierre-Thomas ne la touche plus depuis des années et c'est très bien ainsi, mais un peu de chaleur humaine lui ferait le plus grand bien. Elle a beau être très occupée, elle sent toujours un vide au plus profond d'elle-même. Ce genre de vide que seul un homme pour qui on est la personne la plus importante peut combler...

C'est en prenant la lettre de l'intendant sur la table qu'elle se souvient que Pierre-Thomas lui a remis une enveloppe en provenance de France. Serait-ce la réponse qu'elle attend concernant les semences de millet ? Sans enlever son manteau, elle s'assoit et déchire l'enveloppe. De toute sa vie, elle n'a jamais su ouvrir une enveloppe de belle façon et ce n'est pas faute d'avoir essayé. Elle déplie nerveusement la lettre. Elle est impatiente de savoir si elle pourra aller de l'avant avec son projet. À la fin du premier paragraphe, elle est déjà fixée. Jean Lavigne, son contact va lui envoyer des graines de millet. Il ajoute qu'il a même déjà commencé à établir quelques relations avec des acheteurs potentiels. Il n'en faut pas plus pour que Magdelon jubile. «Cela nous fera le plus grand bien de cultiver une nouvelle céréale. Il y a déjà trop longtemps que nous cultivons les mêmes choses.»

À sa grande surprise, la lettre de l'informateur ne s'arrête pas là. Curieuse, Magdelon poursuit sa lecture.

J'espère que vous ne m'en voudrez pas, mais chemin faisant j'ai appris des choses que je crois de mon devoir de porter à votre attention. Je vous en prie, n'ayez pas envie de tirer sur le messager après avoir lu les lignes qui suivent.

Dans ma quête d'acheteurs potentiels, je me servais du nom de votre mari pour vous introduire. Vous savez comme moi qu'à notre époque le nom d'un homme, même le plus piètre, a toujours plus de poids que celui de la meilleure des femmes. Un jour, alors que je discutais avec quelques hommes dans une taverne, l'un d'entre eux m'a révélé qu'il connaissait votre mari. Quand je l'ai regardé de plus près, j'ai vu qu'il ressemblait à s'y méprendre à celui qui a tué votre frère et sa femme. Je me suis dit que c'était l'occasion de poser quelques questions à cet homme. L'alcool aidant, je n'ai pas eu besoin d'être très convaincant pour lui délier la langue. En moins de deux, l'individu s'est vanté d'avoir tué deux personnes pour le compte de l'intendant et de votre mari. «De toute ma vie, jamais je n'ai vu une aussi belle femme. Imaginez un peu, vous avez devant vous une pure beauté – j'ai appris plus tard qu'il s'agissait d'une princesse indienne – et vous devez la tuer. C'est ce que j'ai fait de pire dans ma chienne de vie.» Je l'ai alors questionné sur l'autre personne qu'il avait tuée. «Si je me souviens bien, m'a-t-il dit, c'était le beau-frère de monsieur de la Pérade. J'ai même eu le grand plaisir de rencontrer sa femme à Québec.» C'est alors que j'ai poussé l'odieux jusqu'à lui demander combien il avait été payé pour faire ce sale boulot. Mais permettez-moi de vous faire grâce de sa réponse.

Vous me voyez vraiment désolé. Mais j'ai cru de mon devoir de vous informer de ces faits. Je peux imaginer votre désarroi après avoir lu ces quelques lignes.

Ce sont les derniers mots que Magdelon parvient à lire. La seconde d'après, la lettre lui glisse des mains. Elle est dévastée et furieuse. Certes, elle a toujours voulu savoir si Pierre-Thomas avait quelque chose à voir avec les meurtres, mais entre vouloir savoir et avoir la confirmation, il y a un monde. «Je le sais depuis le jour où Catherine et moi avons trouvé Alexandre et Tala dans leur cabane, siffle-t-elle entre ses dents. Cette fois, Pierre-Thomas a dépassé les limites. Je vais le tuer de mes propres mains.» Des larmes inondent son visage, mais elle a mieux à faire que de s'apitoyer sur son sort. Elle ramasse la lettre et la fourre dans sa poche. «Il faut que je vois Catherine!» s'écrie-t-elle avant de sortir du manoir.

Une fois chez sa sœur, elle ne prend même pas le temps de frapper. Elle entre en coup de vent et cherche Catherine des yeux.

— Que se passe-t-il? s'étonne Lucie, guère habituée à aussi peu de manières de la part de Magdelon. Vous voulez voir Catherine?

— Oui, répond simplement Magdelon sans regarder Lucie.

— Elle est à la grange. Une des vaches est sur le point de mettre bas.

Sans dire un mot, Magdelon tourne les talons et sort de la maison aussi vite qu'elle y est entrée. Elle file à la grange. Elle pousse la porte sans ménagement. Elle met quelques secondes à s'habituer à la pénombre avant de voir sa sœur accroupie près d'une vache.

Catherine lance:

— C'est gentil de venir m'aider. J'allais justement demander qu'on t'envoie chercher. Les choses ne se passent pas très bien pour la vache. Enfin, c'est ce que je crois, mais tu es meilleure que moi pour en juger.

Magdelon reste près de la porte sans réagir. Surprise par le manque d'enthousiasme de sa sœur, Catherine ajoute :

— Tu as l'air aussi mal en point que notre vache. Qu'est-ce qui t'arrive ?

Pour toute réponse, Magdelon sort la lettre de sa poche et la lance à Catherine.

— Si tu venais de lire cette lettre, je suis certaine que tu ne sauterais pas de joie toi non plus.

— À voir ton air, j'ai presque peur d'en prendre connaissance. Mais pendant que je la lis, tu pourrais peut-être examiner la vache ?

Tel un automate, Magdelon s'approche et prend la place de Catherine après avoir enlevé son manteau.

— Tu vas prendre froid ! s'exclame Catherine en interrompant sa lecture un instant.

— J'aime encore mieux prendre froid qu'abîmer mon manteau. Je n'aurai plus jamais des peaux comme celles-là.

— Comme tu veux. C'est nouveau ton envie de cultiver du millet ? C'est la première nouvelle que j'en ai.

— Continue à lire, je t'en prie.

Plus Catherine lit, plus elle se sent mal. Les mots imprimés sur le papier semblent danser sous ses yeux. Elle doit relire chaque ligne. Elle est prise de vertiges et des gouttes de sueur perlent sur son front. L'instant d'après, elle perd connaissance et s'effondre sur la paille. Magdelon accourt à son chevet. Elle tapote les joues de Catherine doucement, puis de plus en plus fort. Elle secoue maintenant sa sœur de toutes ses forces.

— Reviens, Catherine, crie-t-elle en pleurant. Reviens, Catherine, je t'en supplie !

Comme rien n'y fait, elle sort de la grange en courant, prend de la neige et revient vite aux côtés de sa sœur. Elle entrouvre le manteau de celle-ci et lui fait un collier de neige autour du cou. Au bout de quelques secondes, Catherine revient à elle. Hébétée, elle cherche à comprendre ce qui lui est arrivé.

— Tu viens de lire la lettre de mon informateur français, lui rappelle Magdelon sans ménagement.

Les yeux de Catherine se voilent de larmes. La mémoire lui revient.

— Jure-moi que c'est un mauvais rêve! implore Catherine en agrippant sa sœur par le collet de sa robe.

— Tu n'as pas rêvé. J'avais raison, Pierre-Thomas est mêlé au meurtre d'Alexandre et de Tala. Jamais je ne lui pardonnerai cela. Il ne mérite pas de vivre, je vais le tuer, quitte à moisir dans le fond d'un cachot le reste de mes jours. C'est l'être le plus ignoble qu'il m'ait été donné de connaître. Et il aurait peut-être mieux valu qu'on tue le meurtrier quand nous l'avons rencontré à Québec.

— N'en rajoute pas, toute l'affaire est déjà assez terrible.

— Cela ne te fait rien de savoir que Pierre-Thomas est impliqué dans les meurtres?

— Pour le moment, je ne sais pas comment réagir. J'ai besoin de réfléchir à tout cela.

— Pour ma part, c'est tout réfléchi. Quand il reviendra de Montréal, je vais l'accueillir avec un mousquet chargé à bloc. C'est tout ce que les gens de son espèce méritent.

— Arrête, tu dis n'importe quoi! Ta violence ne ramènera pas Alexandre et Tala. Au contraire, elle me priverait de ta présence à jamais, et cela, je ne le supporterais pas. À tout prendre, j'aurais préféré ne jamais savoir.

— Je suis du même avis, mais il est trop tard maintenant. Il ne se fait pas plus bête que moi ! Je trouvais encore le moyen de me dire que mon cher mari ne pouvait pas avoir quelque chose à voir dans les meurtres, qu'il n'était pas assez méchant pour avoir fait éliminer Alexandre, mon propre frère. Je savais qu'il n'aimait pas Tala, mais je n'aurais jamais cru que cela allait jusqu'au point de la faire assassiner. Comment a-t-il osé faire cela ? Je partage ma vie avec un monstre ! hurle Magdelon de toutes ses forces.

Sur ces mots, Magdelon se laisse tomber aux côtés de Catherine. Celle-ci entoure les épaules de sa sœur. Soudées l'une à l'autre, les deux femmes laissent libre cours à toute la peine que la lettre a fait remonter à la surface. Trouver des êtres qu'on aime baignant dans leur sang, c'est le genre d'images qui restent gravées à jamais dans la mémoire.

Ce sont les meuglements de la vache qui ramènent Catherine et Magdelon à la réalité. Surprises, elles se détachent l'une de l'autre et regardent dans la direction de la bête. Magdelon court auprès de l'animal. Sans s'en rendre compte, elle vient de changer complètement de cap, oubliant totalement sa colère et sa peine du moment. Un être vivant a besoin d'elle et pour rien au monde elle ne faillirait à sa tâche. Elle place ses mains sur la panse de l'animal et opère une pression dans le but de connaître la position du veau à naître.

— Va vite chercher Charles, demande-t-elle à Catherine. Je n'y arriverai pas toute seule.

— Mais Charles est parti à Batiscan. Il ne reviendra que demain.

— Et Thomas ?

— Il doit être au moulin. J'y vais.

— Ne traîne pas, la vache ne pourra pas tenir le coup très longtemps. J'ai bien peur qu'il va falloir tourner le veau.

Lorsque Thomas arrive enfin, Magdelon respire mieux. Sans aucune hésitation, elle prend la direction des opérations.

— Venez près de moi. Je vais vous dire quoi faire.

— Je vous avertis, je suis de loin meilleur dans la farine que dans les accouchements.

— Moi je sais ce qu'il faut faire et vous, vous avez la force requise. À nous deux, nous sommes capables de sauver ce veau et sa mère, mais il faut agir vite. Vous êtes prêt ? Il faut tourner le veau !

— Je crains de ne pas avoir beaucoup le choix, répond Thomas.

Trois heures plus tard, la vache et son veau reposent tranquillement côte à côte. Magdelon retourne au manoir. Si elle le pouvait, elle effacerait de sa mémoire ce qu'elle a appris sur les meurtriers de Tala et d'Alexandre. Mais elle sait très bien que cela la hantera, peu importe ce qu'elle choisira de faire.

Chapitre 38

Fidèle à ses habitudes, Catherine arrive encore en retard à la soirée de broderie. Quand elle fait son entrée, les femmes l'applaudissent en chœur. La retardataire fait un demi-sourire avant de dire :

— Vous ne me croirez jamais, mais sachez que je fais vraiment des efforts pour être à l'heure. Toutefois, je n'y arrive pas.

— Nous avons remarqué, répond une des femmes en riant.

— Vous voulez que je vous raconte ce qui m'est arrivé au moment où j'allais sortir de la maison pour venir ici ? Et je peux vous assurer que j'aurais été à l'heure si ce n'avait été de cela.

Sans prendre offense des petits sourires coquins des femmes, Catherine poursuit sur sa lancée.

— Je tournais la poignée de la porte quand ma petite s'est étouffée. N'écoutant que mon cœur de mère, je me suis précipitée vers elle et je l'ai arrachée des bras de son père pour m'en occuper.

Toutes les femmes s'esclaffent.

— Je vous jure que c'est la vérité, poursuit Catherine. Si vous ne me croyez pas, vous n'avez qu'à demander à Charles quand vous le verrez.

— Aucun doute, nous aurions réagi comme vous ! s'écrie joyeusement une des femmes. Ce qui nous amuse, c'est que ce genre de choses arrive seulement à vous avant nos petites soirées. Avouez que c'est plutôt drôle.

— Bon, Catherine, tu as encore réussi à nous faire rire, dit Magdelon. Aucun doute, tu aurais fait un bon fou du roi. Maintenant, un peu de sérieux. Ma sœur et moi avons une surprise pour vous.

— Quelle surprise ? De quoi parles-tu ? s'étonne Catherine.

— Voyons, Catherine, nous sommes les deux seules à être au courant.

— Je ne vois vraiment pas à quoi tu fais allusion.

— Tu sais, la lettre de l'intendant…

— C'est la première nouvelle que j'en ai. Mais ce n'est pas grave, tu as dû oublier de m'en parler.

— Non, je suis certaine de t'en avoir glissé un mot. Rappelle-toi, le jour où votre vache a mis bas…

— Tu crois vraiment que je pourrais oublier ce que j'ai lu ce jour-là ? s'indigne Catherine. Jamais ! Mais crois-moi, je n'ai rien lu de l'intendant.

Magdelon réfléchit quelques secondes avant de s'exclamer :

— Ce que je peux être bête parfois ! Dans mon énervement, j'ai oublié de te montrer la lettre de l'intendant.

— Tu me rassures, car je commençais sérieusement à me demander si je perdais la mémoire.

Les femmes regardent tour à tour les deux sœurs sans rien comprendre à leur échange. Magdelon reprend vite les choses en main d'un ton rempli d'entrain.

— Comme vous l'avez compris, j'ai reçu une lettre de l'intendant. Celle-ci concerne notre école. Je vous la lis.

Une fois la lecture de la lettre terminée, chacune des femmes y va de son commentaire :

— C'est sérieux ? L'intendant va nous donner une bourse ? Vous êtes sûre que cette lettre nous est bien adressée ?

— Il informera même le roi ? Je n'en crois pas mes oreilles. J'ai hâte de raconter cela à mon mari.

— Imaginez un peu, bientôt on parlera de notre école dans toute la Nouvelle-France.

— Et même en France !

Catherine y va ensuite de son commentaire :

— C'est une très bonne nouvelle, j'en conviens. Mais le montant de la bourse qu'il nous accorde est-il précisé ?

— Non, répond Magdelon.

— Mais alors, comment pouvons-nous décider de ce que nous voulons sans savoir à combien nous avons droit ?

— Demandons tout ce que nous avons besoin et on verra bien ce que nous recevrons, suggère Lucie.

— C'est une excellente idée, Lucie ! approuve Magdelon. De cette façon, tout ce que nous risquons, c'est de recevoir plus que ce que l'intendant voulait nous donner.

— Je propose que nous dressions la liste ensemble ce soir, dit l'une des femmes. Comme cela, nous pourrons envoyer notre demande à l'intendant dès que quelqu'un ira à Québec.

— Croyez-vous que monsieur de la Pérade ira bientôt ? demande une autre.

Juste le fait d'entendre le nom de Pierre-Thomas fait voir rouge à Magdelon, tellement qu'une des femmes s'informe :

— Quelque chose ne va pas ?

— Rassurez-vous, répond Magdelon du bout des lèvres, tout va bien. J'en parlerai à Pierre-Thomas quand il rentrera de

Montréal. Alors, ajoute-t-elle d'un ton qu'elle veut plus léger et enjoué, on la fait cette liste ?

Fidèle à ses habitudes, Catherine reste pour discuter avec sa sœur après le départ des autres, d'autant que ce soir elle a quelques soucis en tête. La porte n'est pas sitôt fermée qu'elle se jette à l'eau.

— Alors, qu'est-ce que tu as décidé ?

— De quoi parles-tu au juste ? Des semences ? Du nouveau colon ?

— Ne fais pas l'innocente. Que comptes-tu faire quand Pierre-Thomas va revenir de Montréal ?

— Je ne sais pas.

— Je ne me contenterai pas d'une telle réponse. Je ne partirai pas d'ici tant que je ne connaîtrai pas tes intentions.

— Si au moins je les connaissais moi-même, laisse tomber Magdelon d'une voix désespérée. Pour être franche, j'ignore quoi faire. Plus souvent qu'autrement, j'ai juste une envie : le tuer. Sinon, il m'arrive de penser que mon informateur se trompe sûrement. Pierre-Thomas ne peut pas avoir fait tuer Alexandre. À la limite, je comprendrais pour Tala, il n'a jamais caché sa haine pour elle, mais pas Alexandre. Cela, je ne peux pas me l'expliquer. Même si Pierre-Thomas a bien des défauts, je refuse de croire qu'il serait capable de tuer ou de faire assassiner quelqu'un.

— Tu devrais peut-être au moins lui donner la chance de s'expliquer.

— Papa me dirait qu'on n'a pas le droit de condamner quelqu'un sans l'avoir au moins entendu. Mais je ne suis pas certaine d'avoir envie d'écouter Pierre-Thomas. Et encore faudrait-il qu'il accepte de parler.

— Je ne connais pas Pierre-Thomas aussi bien que toi, mais je suis persuadée qu'il tient à toi et à sa famille plus que tout au monde. Et je le crois assez intelligent pour ne pas avoir couru le risque que des échos viennent un jour à tes oreilles, si toutefois il est impliqué dans cette affaire. Je sais bien que ton mari n'est pas un ange, mais je doute qu'il ait quelque chose à voir avec les meurtres.

Magdelon réfléchit aux paroles de Catherine. Peut-être Pierre-Thomas n'est-il pas mêlé à ces meurtres ? Si elle tire sur son mari en le voyant, elle ne saura jamais la vérité. Mais si elle l'écoute, ne risque-t-elle pas de se faire conter des mensonges ? «Je le connais suffisamment pour savoir quand il ment. Et puis, je ne peux pas faire cela aux enfants : tuer leur père et me retrouver en prison pour le reste de mes jours. Non ! Non ! Jusqu'à preuve du contraire, il me faut faire confiance à Pierre-Thomas. En tout cas, je promets d'essayer. »

— Tu as raison, admet enfin Magdelon. Je vais d'abord écouter Pierre-Thomas.

— C'est ce que tu as de mieux à faire, dit Catherine d'un ton neutre, alors que si elle ne se retenait pas, elle sauterait au cou de sa sœur tellement elle est contente. Crois-moi, tu as pris la bonne décision.

— Mais j'y pense ! s'écrie Magdelon. Selon le meurtrier, l'intendant serait impliqué. Et voilà que celui-ci vient de nous accorder une bourse pour l'école...

— Ne mélange pas tout. Tu n'iras tout de même pas t'en prendre à l'intendant maintenant. Arrête un peu, nous allons lui envoyer notre liste comme prévu. Nous n'avons pas le droit de priver les femmes de cette reconnaissance, d'autant que nous en avons grand besoin.

— C'est d'accord. Il y a des jours où j'aimerais être aussi sage que toi...

— Quand Pierre-Thomas doit-il rentrer ? s'informe Catherine sans prêter attention aux derniers mots de sa sœur.

— Je n'en ai aucune idée. J'espère seulement qu'il ne tardera pas trop. J'ai hâte d'être fixée.

— Je voulais te parler d'autre chose. Je me demandais si ce serait une bonne idée de solliciter la participation de tous pour préparer la venue du colon qui arrivera ce printemps.

— Pourrais-tu préciser ta pensée ?

— Patience, j'y viens. Je disais donc que nous pourrions préparer sa venue…

— Allez, accouche, on n'a pas toute la nuit.

Catherine éclate de rire. Elle retrouve enfin sa sœur avec toute son impatience.

— Tu sais comme moi à quel point c'est dur de s'installer dans une seigneurie. Alors, si tout le monde met la main à la pâte, nous pourrions au moins bâtir la maison du nouveau colon.

— Quelle bonne idée ! Mais avec quoi la construirions-nous ?

— Si chacun fait une corvée d'une journée et qu'il fournit quelques bouts de bois, on devrait y arriver.

— Oui mais il va falloir faire avaler cela à Pierre-Thomas. Ce n'est pas dans nos habitudes de faire quoi que ce soit pour les nouveaux venus.

— Qui a dit qu'on devait toujours procéder de la même façon ?

— Tu as raison, mais je crois que tu es la mieux placée pour vendre l'idée à Pierre-Thomas. Comme tu le sais, j'ai plus important à discuter avec lui.

— Aucun problème, je m'en charge. Autre chose, avant que Charles vienne me chercher, j'aimerais que tu me parles de ton idée de cultiver une nouvelle céréale.

— Avec plaisir ! Écoute bien.

Magdelon finit tout juste d'expliquer son projet à Catherine quand Charles fait son entrée sur la pointe des pieds. Les filles ne l'ont pas entendu. Fier de son coup, en entrant dans le salon, il s'écrie en imitant Pierre-Thomas :

— Il me faudrait bien un petit remontant pour me réchauffer…

D'abord surprises d'entendre Pierre-Thomas, les deux sœurs éclatent de rire quand elles constatent que Charles vient de leur jouer un tour. Encouragé par l'hilarité de ses compagnes, celui-ci ajoute :

— Vous n'avez pas idée à quel point il fait froid ce soir. Plus je vieillis, plus je déteste ce…

Charles s'interrompt soudainement et devient rouge comme une pivoine.

— Ne vous arrêtez pas au beau milieu de votre phrase, se moque le vrai Pierre-Thomas. Allez, ne vous gênez surtout pas pour moi. Qu'est-ce que je déteste au fait ?

Charles reste sans voix. Magdelon et Catherine se calment sur-le-champ et se tournent pour s'assurer qu'elles n'ont pas rêvé. À leur grande surprise, Pierre-Thomas est bel et bien là. Ce dernier s'esclaffe avant de lancer à Charles :

— Quelque chose me dit que ce n'est pas la première fois que vous vous amusez à m'imiter. Je me trompe ?

Comme Charles ne répond pas, Pierre-Thomas ajoute :

— Ne vous en faites pas. Si je ne vaux pas une risée, je ne vaux pas grand-chose. Continuez à m'imiter en paix. Je prendrais bien un petit verre d'alcool, et vous ?

— Non merci, se dépêche de répondre Catherine en tirant Charles par le bras. Il faut qu'on y aille. Bonne nuit !

Après le départ de Catherine et Charles, Magdelon dit à Pierre-Thomas :

— Assoyez-vous, je vais vous servir. Il faut que je vous parle.

— Cela ne pourrait pas attendre à demain ? Je suis crevé.

— Non, ne me demandez pas cela, c'est au-dessus de mes forces.

Après avoir servi son époux, Magdelon sort ensuite une lettre de sa poche, lettre dont elle a pris soin d'enlever la première page :

— Je veux savoir la vérité, exige-t-elle d'un ton sec.

Pierre-Thomas commence à lire. À mesure qu'il avance dans sa lecture, il se frotte le menton et respire fort. Quand il relève enfin la tête, il chuchote :

— Je souhaitais vraiment que vous ne receviez jamais une telle lettre. Vous m'en voyez désolé.

— Êtes-vous mêlé aux meurtres de Tala et d'Alexandre ? Ne tentez pas de vous défiler.

Avant de répondre, Pierre-Thomas prend une grande respiration.

— Pour tout vous dire, oui et non.

Une grande colère monte en Magdelon. Si elle ne se retenait pas, elle courrait chercher son mousquet et elle tuerait son mari sur-le-champ. Mais elle a promis à Catherine d'écouter Pierre-Thomas donner sa version des faits.

— Non, parce que je ne savais pas que l'intendant avait engagé quelqu'un pour les tuer. Oui, parce que j'ai su ce qui était réellement arrivé dans les semaines qui ont suivi leur mort.

— Alors pourquoi votre nom est-il associé à celui de l'intendant ?

— Malheureusement, je ne peux pas vous répondre. Peut-être tout simplement parce que je suis le seigneur de la place.

— Pourquoi devrais-je vous croire ?

— Parce qu'il s'agit de la stricte vérité. Je n'étais pas le meilleur ami de Tala, mais jamais je ne l'aurais fait assassiner. Vous vous rappelez, je vous ai souvent répété qu'Alexandre et Tala étaient en danger. J'aurais été incapable de préciser d'où viendrait le coup, mais j'étais certain qu'il arriverait.

— Pourquoi ?

— Parce que c'est toujours comme cela quand quelqu'un ose tirer sur un homme en uniforme.

— Alors pourquoi ne pas m'avoir prévenue que vous saviez qui avait commandé les meurtres ?

— Pour vous protéger, madame. Et, entre nous, cela vous aurait donné quoi de savoir ? Quand je vois dans quel état cette lettre vous a mise, cela me confirme que j'ai bien agi.

Magdelon regarde Pierre-Thomas dans les yeux. Il soutient son regard. Elle ignore pourquoi, mais elle a envie de le croire. Elle se répète mot à mot tout ce qu'elle vient d'entendre, prend le temps de réfléchir et finit par dire :

— Je vous crois. Je vais aller me coucher.

— Attendez, j'ai quelque chose à vous annoncer.

N'ayant qu'une hâte, soit aller dormir, elle se tourne vers Pierre-Thomas pour attendre la suite.

— On m'a chargé de vous prévenir de l'arrivée de deux bébés dans la famille de Verchères.

— Qui seront les heureux parents ? Allez, ne me faites pas languir.

— Votre frère François va être père et Marguerite donnera un petit frère ou une petite sœur à Nicolas.

À eux seuls, ces derniers mots parviennent à sortir Magdelon de sa fatigue. Elle jubile :

— Marguerite est enceinte ? Je suis si contente. J'espère qu'elle aura une fille cette fois. Je prendrais bien un verre pour fêter cet heureux événement. Et vous ?

— Avec plaisir, madame.

En servant Pierre-Thomas, elle lui demande :

— Avez-vous vu Charles François Xavier ?

— À peine quelques minutes, mais c'était suffisant pour savoir qu'il va très bien, rassurez-vous. Il m'a raconté qu'il n'a jamais travaillé autant et qu'il adore cela.

— Et les religieuses, elles sont gentilles avec lui au moins ?

— Je ne peux malheureusement vous fournir aucun détail à ce sujet. Mais je peux présumer que tout se passe bien puisque notre fils ne s'est plaint de rien, si ce n'est de manquer de temps pour aller soigner sa grand-mère.

— Maman ne va pas bien ?

— Charles François Xavier m'a dit que les jambes de votre mère la font beaucoup souffrir encore. Le mois dernier, il a même demandé à un de ses professeurs de l'accompagner à Verchères pour examiner sa grand-mère.

— Je le reconnais bien là, mon fils. Je vous le certifie, il sera un excellent médecin.

— Je n'en doute pas. Et Louis Joseph sera un homme d'affaires hors de l'ordinaire. Il est encore jeune, mais on voit déjà qu'il a tout ce qu'il faut pour réussir en affaires. Il a en lui cette force de caractère que très peu de gens possèdent. Il sera un homme, un vrai, et ne se laissera pas atteindre par les propos blessants à son endroit.

Magdelon se rappelle alors la réaction de Louis Joseph aux paroles de l'aïeule. Alors que Charles François Xavier aurait été défait, Louis Joseph n'a pas paru affecté le moins du monde. C'est d'ailleurs ce qui l'inquiète. Qu'il ressemble à Pierre-Thomas sur certains points ne la dérange pas – après tout, c'est son père –, mais elle aurait préféré qu'il hérite de la sensibilité des de Verchères.

— Reste à savoir ce que notre petit dernier fera de sa vie, déclare Pierre-Thomas.

— Laissons-le vieillir un peu, vous voulez bien ?

Chapitre 39

— Je suis si contente que Pierre-Thomas ait accepté qu'on fasse une corvée d'une journée pour le nouveau colon, se réjouit Catherine. Rappelle-toi le tableau habituel. Tu débarques dans une seigneurie un beau matin et tu dois dormir à la belle étoile avec ta femme jusqu'à ce que tu aies construit ta maison.

— Ou alors, tu espères qu'une âme charitable t'offre le gîte et le couvert le temps que tout soit prêt, dit Magdelon en souriant. Je te rappelle que nous l'avons fait plus d'une fois au manoir.

— Je sais, mais je te parle des autres seigneuries, pas de la nôtre. Quand même, avoue que ce sera bien mieux pour le nouveau colon et sa famille d'avoir déjà leur maison.

— Ne va pas penser que je ne suis pas d'accord avec toi, bien au contraire. Je pense que c'est une excellente idée et cela donnera l'occasion aux colons de travailler ensemble à un même projet, ce qui ne peut être que bénéfique pour tout le monde. Les hommes arriveront à quelle heure ?

— À huit heures. Nous avons juste le temps de nous assurer que tout sera prêt pour le dîner.

— Louise était déjà aux chaudrons quand j'ai quitté le manoir.

— Ah oui, j'oubliais ! Tu n'aurais pas une petite bouteille d'alcool qui traîne ? On servirait l'alcool à la fin de la corvée. Cela terminerait bien la journée.

— Tu sais bien que j'y ai pensé ! Veux-tu qu'on revoit qui devrait travailler avec qui ?

— Ce serait peut-être une bonne chose. Entre toi et moi, je vois très mal Michel travailler avec Joseph-Marie. Il vaut mieux ménager les humeurs de chacun si on veut que les travaux avancent.

— Ou pire encore : Étienne avec Augustin ! Je vois déjà la scène d'ici !

À huit heures pile, les colons se présentent sur le terrain où la maison sera construite. Catherine prend tout de suite les choses en main. Elle assigne des tâches à chacun et s'assure que les travaux se déroulent dans la plus grande harmonie. L'ambiance est à la rigolade.

— Il en a de la chance, le nouveau, lance un des hommes. Je me souviens encore à quel point j'étais découragé quand je suis débarqué ici. Je pensais que je ne verrais jamais la fin des travaux. J'ai bien eu un peu d'aide de quelques-uns d'entre vous, et cela a été très apprécié, mais j'en ai eu pour des mois à travailler comme un fou pour être au chaud quand l'hiver arriverait. Et même encore là, jamais je n'ai autant gelé de toute ma vie. Je pensais avoir coupé assez de bois, mais au mois de janvier il ne restait plus rien. Une chance que des âmes charitables m'ont donné du bois pour me chauffer. Je ne vous dis pas à quel point j'étais heureux quand le printemps a fini par se pointer !

Un autre raconte :

— Moi, c'est pareil. Je me suis tué à l'ouvrage quand je suis arrivé, mais j'aime mieux l'oublier. Je ne pensais jamais que j'y arriverais. Quand je me couchais le soir, j'étais tellement à bout qu'en posant ma tête sur la paillasse je tombais endormi.

— C'est pour cela que vous avez mis autant de temps avant d'avoir un premier enfant ? demande un colon, le sourire aux lèvres.

— En tout cas, cela n'a sûrement pas aidé ! Mais dites-moi donc : quelqu'un connaît-il le nouveau ?

— Non, répondent en chœur ses compagnons.

— Tout ce qu'on sait, c'est qu'il s'appelle François-Xavier Laroche, précise Thomas, le mari de Lucie. J'ai bien hâte de le voir.

Au dîner, les hommes dévorent tout ce qu'il y a dans leur assiette, même que plusieurs en redemandent. Ils conversent tous avec entrain. Si la plupart des colons se plaisent à dire que les femmes sont bavardes, ce midi-là ils ne donnent pas leur place eux non plus. En moins d'une heure, ils ont réglé le sort de la Nouvelle-France, ont parlé du curé et de ses fantaisies autant qu'ils ont pu et ont même mentionné qu'ils avaient de la chance de vivre à Sainte-Anne. Travailler pour Pierre-Thomas n'est pas facile, mais il y a bien pire à quelques lieues seulement. Catherine et Magdelon n'ont pas pris part à la conversation, mais elles ont tout entendu. Elles se sont retenues à plus d'une reprise de mettre leur grain de sel.

À la fin de la journée, le carré de la maison est monté et un toit en pente le recouvre.

— Merci à vous tous ! s'écrie Catherine. Vous avez fait du beau travail !

— Je vais rester un peu, annonce Thomas. Je vais percer la porte et les fenêtres. Cela permettra au bois de sécher un peu.

— Parfait ! répond Catherine. J'aviserai Lucie. À plus tard !

Catherine et Magdelon quittent la place, pressées de rentrer. Chemin faisant, elles discutent de leur journée.

— C'est papa qui aurait été fier de voir tous les colons travailler ensemble, lance Magdelon. Tu te souviens à quel point il les encourageait à le faire ?

— Pour être honnête, pas vraiment, répond Catherine. Dois-je te rappeler que j'ai quelques années de moins que toi ?

— Pas la peine, je sais que je suis plus vieille que toi, je t'assure. Chaque fois que je me regarde dans un miroir, je m'en souviens.

— Mais tu ne fais vraiment pas ton âge…

— Tu l'auras cherché ! s'exclame Magdelon en martelant sa sœur de petits coups de poings sur les épaules. En tout cas, je sais qui ne pas aller voir quand je me trouverai vieille, espèce de traître !

Elles s'esclaffent toutes les deux. Au bout de quelques secondes, elles se tiennent les côtes tellement elles rient. Quand elles reprennent enfin leur souffle, elles entendent des cris au loin.

— Qui crie comme cela ? demande Magdelon.

— En tout cas, ce ne sont pas des cris de joie. Je ne sais pas si c'est la même chose pour toi, mais cela m'inquiète.

— Cela semble venir du manoir. J'espère qu'il n'est rien arrivé de grave aux garçons. Courons voir ce qui se passe.

— Je te suis !

Quand Magdelon et Catherine arrivent devant le manoir, elles voient Louise étendue sur le sol. Jacques est à son chevet et pleure à chaudes larmes pendant que les enfants tirent sur les vêtements de leur mère et l'implorent de se réveiller. On se croirait en plein cauchemar. Une fois à la hauteur de la petite famille, Magdelon s'accroupit et demande à Jacques ce qui s'est passé. Celui-ci s'essuie les yeux avec la manche de sa chemise avant de raconter d'une voix chevrotante :

— Comme je suis revenu du moulin plus tard que prévu, Louise est venue traire une vache pour me donner un coup de main. Quelques minutes plus tard, elle s'est écriée : « La maudite vache, elle vient de me donner un coup de sabot sur la tête. Je vais avoir toute une bosse. » Puis elle s'est levée et est sortie de l'étable. Quand j'ai vu qu'elle ne revenait pas, je suis sorti et je l'ai trouvée étendue à terre. Je lui ai parlé, elle ne me répondait pas. Je l'ai secouée, elle ne réagissait pas. J'ai mis mon oreille sur sa poitrine et je n'ai rien entendu. J'ai crié de toutes mes forces, mais cela ne l'a pas fait revenir à elle, termine-t-il avant de se laisser tomber sur sa femme en pleurant.

— Laissez-moi voir, Jacques, dit doucement Magdelon en prenant l'homme par les épaules pour l'aider à se relever.

Puis elle se tourne vers Catherine :

— Emmène les enfants à l'intérieur. Je me charge du reste.

Quelques secondes suffisent à Magdelon pour constater que Louise est morte des suites du coup qu'elle a reçu à la tête. Seule une bosse de la grosseur d'un œuf en témoigne. « Si au moins je comprenais ce qui est arrivé, ce genre d'accident ne se reproduirait peut-être plus. Au lieu de cela, tout ce que je peux faire, c'est constater bêtement le décès. J'espère que Charles François Xavier en saura plus que moi. »

Jacques est dévasté. Magdelon lui conseille d'aller retrouver ses enfants.

— Mais je ne peux pas laisser Louise toute seule dehors, gémit-il.

— Je vais m'occuper de tout, ne vous inquiétez pas. Allez, les enfants ont besoin de vous. Il va falloir leur expliquer ce qui est arrivé à leur mère.

— Que vais-je devenir sans Louise ? Et comment vais-je faire pour m'occuper des enfants ?

— Ne pensez pas à cela pour le moment. Je vais demander à Marie-Anne de vous aider. Venez !

Magdelon accroche Thomas au passage et lui demande de l'aider à rentrer le corps de Louise à l'intérieur du manoir.

Catherine a déjà préparé ce qu'il faut au salon. Les enfants de Louise sont assis sur leur père et pleurent à chaudes larmes. Ils font mal à voir.

Magdelon se rend ensuite au presbytère pour organiser le service funèbre et l'enterrement de Louise. Elle fait ce qu'elle doit faire sans réfléchir. Tant que tout ne sera pas réglé, elle ne peut pas se permettre de laisser libre cours à sa peine. Elle vient de perdre un gros morceau. Louise comptait beaucoup pour elle, elle lui manquera énormément. Quand elle demande à voir le curé, la bonne lui répond d'un air pincé qu'il est en train de manger et qu'elle devra attendre. Il n'en faut pas plus pour faire sortir Magdelon de ses gonds :

— Allez chercher le curé et vite ! crie-t-elle.

Surprise, la bonne s'exécute sur-le-champ. Lorsque l'homme d'Église fait son apparition, il a son air affecté du dimanche. C'est du bout des lèvres qu'il s'adresse à Magdelon :

— Vous ne respectez vraiment rien, même pas le souper du serviteur du Seigneur.

— Arrêtez donc de vous lamenter pour une fois ! Si je suis venue, c'est parce que Louise est morte tout à l'heure et que je veux que vous fassiez le nécessaire pour elle. Je paierai la facture.

— Pas besoin d'étaler votre richesse sous mes yeux. Cela ne vous coûtera pas cher, rassurez-vous. Voulez-vous que je me charge de lui faire fabriquer une tombe ?

— Soit ! Permettez-moi de vous demander une faveur. Pourriez-vous enterrer la hache de guerre le temps de mettre Louise en terre ?

Sans attendre la réponse, Magdelon sort du presbytère. Ce n'est qu'à ce moment qu'elle se permet de pleurer la mort de Louise, cette femme hors pair qui a partagé sa vie pendant de nombreuses années.

Chapitre 40

— La vie n'est plus la même depuis que Louise nous a quittés, se désole Magdelon. Ses enfants errent comme des âmes en peine dans la maison. Dès qu'ils entendent des pas, ils croient que c'est leur mère. Ils l'appellent sans cesse. Le plus jeune fait des cauchemars toutes les nuits. Et Jacques est là sans y être. Il fait bien son travail, mais sans aucun entrain. Quand on lui parle, plus souvent qu'autrement, il faut répéter.

— Et comment vous en tirez-vous avec une personne en moins ? demande Jeanne d'un ton compatissant.

— Comme on peut, ma chère. Heureusement qu'on peut compter sur Marie-Anne ! Vous vous souvenez sûrement d'elle, c'est la fille de Lucie. La pauvre, elle redouble d'ardeur, mais c'est certain que, malgré toute sa bonne volonté, elle ne peut pas accomplir la tâche de deux domestiques. Pour être honnête, on a connu de bien meilleurs temps au manoir. C'est rendu que je me sens même coupable de rire avec mes fils.

— Que comptez-vous faire ?

— Pour l'instant, je ne sais pas. Et les choses ne s'améliore-ront pas. Figurez-vous que Jacques a demandé à Pierre-Thomas s'il pouvait lui trouver un emploi à Québec. Si j'ai bien compris, Marie-Anne partirait avec lui. J'imagine qu'ils se marieraient.

— Attendez, je ne comprends pas. Il a perdu sa femme il y a quelques semaines seulement et il pense déjà à se remarier ?

— Vous savez aussi bien que moi qu'un homme ne peut pas rester longtemps seul. Et puis, comment ferait-il à Québec pour travailler et s'occuper de ses enfants ?

— Mais Marie-Anne, que pense-t-elle de tout cela ?

— Elle semble d'accord. Depuis qu'elle travaille au manoir, elle regarde Jacques avec des yeux de chatte. La vie est ainsi faite que le malheur des uns fait parfois le bonheur des autres.

— Pour ma part, je trouve que c'est bien mal partir dans la vie.

— Elle ne sera pas la première femme en Nouvelle-France, ni la dernière, à se marier dans des conditions loin d'être idéales. Vous n'avez qu'à penser à mon propre mariage.

— C'est vrai que toutes ne font pas un mariage d'amour comme j'ai eu la chance d'en faire un. Mais vous, au moins, vous étiez certaine de ne manquer de rien, ce qui est loin d'être le cas de Marie-Anne. Quand on vit sur une terre, on est au moins assuré de manger chaque jour, d'avoir un toit et de se chauffer. Mais à la ville, la situation peut se révéler fort différente. Elle est bien courageuse, la petite. Croyez-vous que Pierre-Thomas va trouver un emploi à Jacques ?

— Je pense que oui. Même si Pierre-Thomas n'est pas souvent au manoir, il voit bien que Jacques est incapable de vivre dans les souvenirs de sa vie avec Louise. Sincèrement, j'espère de tout cœur qu'il va lui trouver quelque chose parce que ce n'est pas vivable, ni pour Jacques ni pour nous. Et puis, Pierre-Thomas lui doit bien cela.

— Je vous trouve très courageuse. Et, comme d'habitude, j'admire votre façon de réagir aux pires situations.

— Ai-je le choix ?

— Et puis, il va falloir que vous remplaciez vos serviteurs.

— Pour le moment, je ne peux pas faire grand-chose à ce sujet. Tant que Jacques et Marie-Anne ne me confirment pas qu'ils partent vivre à Québec, ce qui ne devrait pas tarder puisque Pierre-Thomas est justement là-bas ces jours-ci, je peux seulement réfléchir à qui je pourrai m'adresser le jour venu.

— Avoir su que vous en aviez autant sur les bras, j'aurais retardé ma venue.

— Surtout pas ! Votre visite me fait le plus grand bien, ajoute Magdelon en posant la main sur le bras de son amie. Maintenant, je vous écoute. Dites-moi tout sur vous et votre famille. Quelle sorte d'hiver avez-vous passé ? Comment vont les enfants ? Louis-Marie ? Vos beaux-parents ? Vos familles ? Je veux tout savoir. Donnez-moi juste le temps de nous servir un petit verre et je reviens.

Le simple fait d'écouter Jeanne parler de sa vie réconforte Magdelon. Et elle est contente d'avoir des nouvelles du fils de Tala et d'Alexandre.

— C'est un beau jeune homme, vous savez. Ses sœurs sont folles de lui. Vous devriez le voir avec elles, il les protège sans arrêt. Il travaille de plus en plus avec son père, pardon…

— Arrêtez de vous excuser chaque fois, interrompt Magdelon, Louis-Marie est vraiment son père. Continuez !

— Il travaille de plus en plus le bois avec son père et il est très habile de ses mains. Il a une patience d'ange. Il taille des petits animaux pour ses sœurs. D'ailleurs, je lui ai demandé de vous en faire un. Attendez, je vous le donne à l'instant.

À la vue du petit cheval, Magdelon sent les larmes perler au coin de ses yeux. Elle tend la main et serre l'objet très fort entre ses doigts. Elle est toujours impatiente d'avoir des nouvelles du garçon, mais chaque fois cela l'émeut au plus haut point. Sans compter que, bien malgré elle, elle éprouve une petite pointe de jalousie à l'égard de Jeanne. Même si elle sait que son amie est la meilleure personne du monde pour élever son neveu, il lui arrive encore de penser que c'est avec elle qu'il devrait vivre.

— Jeanne, il faut que je vous parle du meurtrier de mon frère et de Tala, annonce Magdelon.

Jeanne est bouleversée par le récit de son amie. Elle a tellement prié pour que Magdelon ne connaisse jamais la vérité. Elle était hantée par la peur que celle-ci pose un geste irréparable, semblable à celui qui a conduit Alexandre et Tala à la mort.

— Et j'ai décidé de croire Pierre-Thomas, conclut Magdelon.

— Vous avez bien fait. Rappelez-vous ce qui est arrivé quand le frère de Pierre-Thomas est mort. Si vous vous étiez fiée aux apparences, votre mari ne serait plus de ce monde et vous seriez dans un autre monde vous aussi. Vous connaissez suffisamment Pierre-Thomas pour savoir s'il dit la vérité. Je ne vous l'ai jamais avoué, mais je tremblais de peur à l'idée que vous appreniez l'identité du meurtrier un jour. Je remercie Dieu de vous avoir éclairée.

— Remerciez plutôt Catherine ! s'exclame Magdelon en souriant. C'est elle qui m'a convaincue d'entendre d'abord la version de Pierre-Thomas avant de faire quoi que ce soit.

— Chère Catherine, elle est toujours aussi sage ! J'ai hâte de la voir.

— Elle va venir à la pêche avec nous cet après-midi. Comme cela, en plein milieu du fleuve, nous pourrons tout nous raconter sans risque d'être écoutées. Êtes-vous partante ?

— Bien sûr ! J'ai une envie irrésistible de manger de la truite fumée. Vous connaissez quelqu'un qui pourrait le faire pour nous ?

— Vous ne pouviez pas tomber mieux, ma petite dame. Ici, on fait la meilleure truite fumée de la Nouvelle-France, après celle du village indien, bien entendu. Allons manger, je sens une bonne odeur de soupe aux pois.

— Vous vous souvenez encore que c'est ma soupe préférée ?

— Attendez, vous n'avez rien vu ! J'ai commandé tout ce que vous aimez pour le dîner, et même de la tarte aux fraises des champs.

— Dommage que vous soyez si loin… Vous ne pouvez pas savoir à quel point vous me manquez.

— Vous me manquez beaucoup aussi, Jeanne.

* * *

Magdelon, Catherine et Jeanne passent l'après-midi à pêcher sur le fleuve. Elles ont amarré leur canot dans une petite crique pas très loin du manoir. Elles lancent leur ligne à l'eau sans relâche. Chaque fois que l'une d'entre elles prend un poisson, elles crient comme des enfants. Quand c'est une truite, elles crient encore plus fort. Elles ont même convenu de faire un concours pour savoir qui pêchera le plus gros poisson.

— Si on veut avoir le temps de fumer nos truites, dit Magdelon, il faudrait y aller.

— Laissez-moi lancer ma ligne à l'eau une dernière fois, supplie Jeanne.

— Vous êtes pire qu'une enfant ! taquine Catherine. Vous avez pêché tout l'après-midi, vous avez pris le plus gros poisson et vous n'en avez pas encore assez. Nous reviendrons pêcher demain si vous voulez.

— Mais le seul temps où je pêche, c'est quand je viens vous voir.

— Louis-Marie ne vous emmène jamais à la pêche ? s'étonne Catherine.

— Louis-Marie déteste la pêche au plus haut point. Il y va de temps en temps, mais jamais par plaisir.

— Pourquoi n'y allez-vous pas à sa place ? suggère Magdelon. Comme cela, tout le monde serait heureux.

— Mais vous savez, il n'aime pas beaucoup plus faire le lavage ou le ménage.

— Ah, ces maudits hommes, ils veulent toujours le beurre et l'argent du beurre ! s'écrie Magdelon. Croient-ils que nous faisons toujours ce que nous aimons, nous, les femmes ? Qui de nous trois aime faire le ménage ?

— Moi ! répond Jeanne.

— Vous n'êtes pas une femme normale, vous ! plaisante Magdelon.

Ce soir-là, quand elle se glisse enfin sous ses draps, Magdelon sourit. Elle a passé une très belle journée avec Jeanne et Catherine. Depuis le départ de Charles François Xavier pour Montréal, elle va beaucoup moins souvent à la pêche et à la chasse. Pourtant, chaque fois qu'elle demande à Louis Joseph de l'accompagner, c'est avec empressement que le garçon accepte. Mais avec lui, elle n'a pas les mêmes conversations qu'avec Charles François Xavier. Plus Louis Joseph vieillit, plus il ressemble à son père dans ses propos, dans ses convictions, dans sa façon de traiter les gens. Avec lui, elle évite même d'aller au village indien. Les mots de l'aïeule résonnent encore dans sa tête. « Il n'aime pas les gens. » Plus elle observe son fils, plus elle aurait le goût d'ajouter : « Et il n'aime surtout pas les Indiens. » Cette seule pensée lui brise le cœur. Certes, il a de grandes qualités, et tous les enfants de Magdelon ne peuvent pas être comme Charles François Xavier, mais tout le monde doit avoir du respect pour les autres. Et en vieillissant, Louis Joseph en a de moins en moins pour tous ceux qui ne sont pas de sa classe sociale. Même sa voix ressemble de plus en plus à celle de Pierre-Thomas.

Il lui manque tant, son Charles François Xavier ! Comme elle écrit peu et qu'elle ne peut pas se rendre à Montréal aussi souvent qu'elle le souhaiterait, elle a l'impression qu'il est parti à l'autre bout du monde. Les rares fois où elle l'a vu depuis son départ lui ont fait réaliser à quel point elle aimait son fils. Il faut dire qu'il lui ressemble beaucoup. Magdelon doit bien admettre que jamais Marguerite ne lui a manqué autant, et elle soupçonne que ce sera pareil pour Louis Joseph. Quant à Jean

Baptiste Léon, malgré son jeune âge, elle lui trouve déjà beaucoup de points communs avec son grand frère, ce qui lui fait très plaisir. «On met des enfants au monde, on les aime de tout notre cœur, sans même savoir quelle sorte d'adultes ils feront. La vie est une vraie boîte à surprises!» pense Magdelon avant de sombrer dans le sommeil.

* * *

Fidèle à son habitude, Louis-Marie vient chercher Jeanne à peine trois jours après son arrivée. Comme chaque fois, c'est bien à regret que Magdelon regarde partir son amie.

— N'oubliez pas, crie Jeanne avant d'être trop loin, vous avez promis de venir me voir en août.

— C'est promis! Faites attention à vous et écrivez-moi.

Dès que Jeanne et Louis-Marie disparaissent de sa vue, Magdelon relève ses jupes et court chez Catherine. Il faut qu'elle parle avec Lucie de l'intention de sa fille de partir avec Jacques à Québec. Si elle attend le retour de Pierre-Thomas, il sera trop tard. Et son petit doigt lui dit que son mari ne devrait pas tarder.

Dès l'arrivée de Magdelon, Lucie lui demande:

— Je vous sers une tasse de café?

— Non merci! J'en ai déjà pris plusieurs depuis ce matin. Jeanne aime tellement le café que lorsque nous sommes ensemble j'en bois autant qu'elle sans vraiment m'en rendre compte. Bon, je ne sais pas trop par où commencer…

— Par le commencement… Allez-y, je vous écoute.

Magdelon dresse un portrait de la situation. Elle choisit ses mots avec précaution et s'efforce d'être aussi claire que possible. Lucie attend que Magdelon termine avant de donner son avis:

— Marie-Anne s'est confiée à moi. Même si je ne l'ai pas encouragée ouvertement, je ne l'ai pas découragée non plus. Ce n'est pas d'hier qu'elle aime Jacques et là, il faut la comprendre, elle a l'occasion de partager sa vie. Je me verrais très mal dire à ma fille de tourner le dos au bonheur.

— Les choses ne seront pas faciles pour Marie-Anne et Jacques.

— Vous avez raison. Mais pouvez-vous me nommer une d'entre nous pour qui la vie a toujours été facile ?

Comme Magdelon reste muette, Lucie ajoute :

— Je crois que Marie-Anne devrait courir le risque de suivre Jacques à Québec. Et vous savez comme moi que le déménagement serait bénéfique pour les enfants.

— Il était important pour moi de connaître votre avis sur la question. En ce qui me concerne, à part le fait que je perdrai encore deux domestiques et que j'en ai plus qu'assez de former de nouveaux employés, je pense aussi que ce sera mieux pour Jacques de partir.

— Quand serez-vous fixée ?

— Dès que Pierre-Thomas reviendra de Québec, ce qui ne saurait tarder. Je vous tiendrai au courant.

— Je vous remercie. Avant que vous partiez, j'aimerais vous soumettre une idée pour remplacer Marie-Anne et Jacques.

— Ah oui ?

— Ma jeune sœur m'a parlé de deux orphelins. Si vous voulez, je peux lui écrire pour en savoir plus.

— Oui, je veux bien. Merci, Lucie !

Chapitre 41

— Marie-Anne! crie Louis Joseph d'un ton autoritaire en entrant dans le manoir. Mon frère et moi voulons aller nous baigner. Il faut que vous veniez nous surveiller.

Comme il ne reçoit pas de réponse sur-le-champ, il s'impatiente et revient à la charge :

— Marie-Anne, où êtes-vous ? Je vous ai dit de venir nous surveiller, mon frère et moi. N'attendez pas que j'aille chercher mon père.

Comme la porte de son bureau est entrouverte, Magdelon a entendu son fils menacer la pauvre Marie-Anne. Furieuse, elle se lève d'un trait. Elle arrive à la cuisine en même temps que la jeune fille qui se dépêche de dire :

— Aucun problème, Madame, je vais y aller tout de suite. Il me faut juste avertir Jacques avant de sortir.

— Attendez ! Vous n'irez nulle part tant que Louis Joseph ne se sera pas excusé de vous avoir parlé sur ce ton et, par surcroît, de vous avoir menacée d'aller chercher son père.

Louis Joseph n'est pas fier de lui, il s'est fait prendre la main dans le sac. Mais pour toutes les fois où il s'en est tiré, il peut bien présenter des excuses à Marie-Anne. Sans perdre son petit sourire en coin, il dit du bout des lèvres :

— Je m'excuse, Marie-Anne.

— Si tu penses t'en tirer à si bon compte, c'est bien mal me connaître, s'insurge Magdelon. Tu n'éprouves même pas l'ombre d'un remords. Dois-je comprendre que c'est comme cela que tu traites les gens ? Je vais t'avoir à l'œil, mon grand, crois-moi. Pour l'instant, va réfléchir dans ta chambre.

— Mais je meurs de chaleur, se risque-t-il à protester. Je veux aller me baigner avec Jean Baptiste Léon.

— Oublie la baignade pour aujourd'hui. Allez, file dans ta chambre. Et je ne veux pas que tu redescendes avant le souper.

— Mais il fait chaud à mourir dans ma chambre.

— C'était à toi d'y penser avant. Disparais de ma vue tout de suite.

Puis Magdelon ajoute à l'intention de Marie-Anne :

— À voir son air, j'imagine facilement que ce n'est pas la première fois qu'il te manque de respect. Mais sache que je ferai tout en mon pouvoir pour que cela ait été la dernière. Personne ne mérite d'être traité de la sorte.

La jeune fille n'ose pas répondre. En fait, si elle pouvait exprimer le fond de sa pensée, elle dirait que Louis Joseph n'a pas une once de respect pour les domestiques, ni même pour les colons, et que plus il vieillit, pire il est. Elle ajouterait ensuite que même monsieur de la Pérade, pourtant de nature plutôt bourrue, est de loin plus poli que Louis Joseph. Chaque fois que ce dernier lui adresse la parole, c'est pour lui donner des ordres. Avec lui, elle se sent une moins que rien. Finalement, elle déclarerait que les choses étaient bien différentes avec Charles François Xavier. Jamais il ne prenait un air supérieur pour s'adresser aux domestiques. Il lui est même arrivé plus d'une fois de reprendre son jeune frère sur sa manière de se comporter avec eux.

Magdelon et Marie-Anne retournent à leurs travaux. De retour dans son bureau, Magdelon prend tout à coup conscience de la chaleur qui l'accable. « Si j'allais faire trempette avec Jean Baptiste Léon ? » Elle range ses affaires, prend deux serviettes au passage et va rejoindre son benjamin. Un peu de fraîcheur lui fera le plus grand bien.

— Où est Louis Joseph ? demande l'enfant.

— Dans sa chambre, en punition.

— Pourquoi ?

— Parce qu'il a été impoli avec Marie-Anne et que je l'ai entendu.

— Mais il est toujours impoli avec elle.

— Et toi ?

— Non, moi j'aime mieux être gentil comme Charles François Xavier.

— Tu as bien raison, mon poussin. Viens, allons nous baigner.

De retour au manoir, Magdelon passe à la cuisine pour vérifier si le souper est prêt. La baignade lui a donné faim. Marie-Anne a préparé un bon bouilli avec des légumes du jardin. Magdelon se régale seulement à humer l'odeur du porc qui a cuit doucement dans un bouillon. Ne pouvant attendre plus longtemps, elle prend une assiette, la remplit à ras bord et s'attable. « Ce bouilli est un pur délice, se dit-elle, en se léchant les babines. Marie-Anne me manquera. Dommage qu'elle nous quitte dans quelques jours. »

Pierre-Thomas a trouvé un emploi à Jacques à Québec. Il travaillera avec Michel, à la boulangerie. Pierre-Thomas lui a même déniché un petit appartement à quelques rues de là. À ses dires, ce n'est pas le grand luxe, mais cela fera l'affaire pour le moment. Jacques a tout de suite fait publier les bans. Sitôt mariés, lui et Marie-Anne quitteront Sainte-Anne avec armes et bagages. Charles a offert de les mener à Québec avec leurs quelques effets. Magdelon a tenu à offrir quelques meubles aux futurs mariés. Elle a fait le tour des maisons de la seigneurie pour demander aux colons d'aider Jacques. Quelques jours plus tard, la grange était remplie d'objets essentiels dans une maison. Jacques et Marie-Anne ont été émus de cette attention.

Dans sa tournée, Magdelon a pris quelques minutes pour faire plus ample connaissance avec le nouveau colon et sa femme. L'homme lui a exprimé sa reconnaissance plus d'une fois. Magdelon lui a appris que tout le crédit revenait à Catherine. « Alors, je la remercierai personnellement », a-t-il déclaré.

Tel que prévu, Lucie a écrit à sa sœur pour en savoir plus sur les deux orphelins. Bonne nouvelle, ceux-ci cherchent une maison pour y travailler comme domestiques. Magdelon n'a pas perdu de temps et a envoyé quelqu'un les aviser qu'elle réservait leurs services. Maintenant qu'elle connaît la date du départ de Jacques et de sa famille, elle a fait savoir à ses nouveaux domestiques la date à laquelle elle les attendait. Alors qu'il y a quelques semaines à peine elle ne savait pas comment elle s'en sortirait, voilà qu'aujourd'hui elle est plutôt fière de la tournure prise par les événements. Certes, elle va devoir une fois de plus former des domestiques, mais elle se console en se disant que ce n'est rien en comparaison de ce qu'elle aurait dû subir si Jacques était resté au manoir. Marie-Anne est bien courageuse de se marier avec lui parce que, selon Magdelon, il mettra beaucoup de temps à se remettre de la mort de Louise...

Jean Baptiste Léon est celui qui est le plus affecté par le départ de Jacques et de sa famille. Il perd non seulement deux domestiques qu'il adorait, mais également des amis. Les enfants de Jacques étaient ses compagnons de jeux. Là, il se retrouve seul avec Louis Joseph, ce qui ne l'emballe pas vraiment. Il l'aime bien, son frère, mais celui-ci n'est pas toujours gentil avec lui.

Alors qu'elle travaille au jardin, Magdelon entend des pas près d'elle. Curieuse, elle lève la tête. Elle se retrouve alors face à un homme de grande stature.

— Désolé, dit celui-ci. Je ne voulais pas vous faire peur, mais vous aviez l'air si concentrée. Je me présente : Gabriel, coureur des bois.

Magdelon essuie ses mains sur son tablier avant de lui tendre sa main droite.

— C'est un plaisir de faire votre connaissance. Vous prendriez quelque chose à boire par cette chaleur ?

— Un grand verre d'eau me ferait le plus grand bien.

— Suivez-moi, nous serons plus à l'aise à l'intérieur.

Magdelon et Gabriel s'installent au salon.

— Est-ce que je me trompe ou c'est la première fois qu'on vous voit par ici, Gabriel ?

— Vous ne vous trompez pas. Avant, j'étais dans le coin de Verchères.

— Ah oui ? Dans ce cas, vous connaissez sûrement ma famille : les de Verchères. Mon frère François dirige la seigneurie maintenant.

— Bien sûr que je le connais. Il nous est arrivé plusieurs fois d'aller chasser ensemble. C'est un homme bon, François.

— Qu'est-ce qui vous amène à Sainte-Anne ?

— C'est simple. J'ai su qu'il y avait moins de coureurs des bois par ici.

— Vous ne devez pas être loin de la vérité, parce que depuis la mort d'Antoine, aucun coureur des bois ne s'est présenté ici.

— C'est bien triste ce qui lui est arrivé. Pauvre Antoine…

« Si seulement il savait à quel point c'est triste… » songe Magdelon. Pour elle, Antoine était comme un rayon de soleil en pleine nuit. Elle aimait tout de lui. Elle aurait pu se noyer dans ses yeux tellement elle adorait le regarder. Ce n'est que lorsque Gabriel hausse le ton que Magdelon réalise qu'elle était à des lieues du moment présent.

— Je vous prie de m'excuser. Que disiez-vous ?

— Si vous avez besoin de quoi que ce soit, je suis votre homme. Je devrais passer ici tous les mois, si vous n'y voyez pas d'inconvénient, bien entendu.

— Vous serez toujours le bienvenu. Et si vous le souhaitez, vous pourrez dormir dans la grange comme le faisait Antoine. Vous allez m'excuser, je dois retourner au jardin, nous manquons de bras ces temps-ci.

— Je peux vous donner un coup de main si vous voulez. J'ai tout mon temps.

— Vraiment ? Ce ne sera pas de refus, alors. Je ne peux pas vous payer, mais je vous donnerai à manger, vous offrirai le gîte et une bouteille d'alcool.

— Marché conclu !

Il ne faut pas beaucoup de temps à Magdelon pour apprécier Gabriel. Ils discutent tranquillement en travaillant. « C'est un homme cultivé, se dit Magdelon. Comment se fait-il qu'il soit devenu coureur des bois ? Il semble si doux. Et il a de très beaux yeux. »

* * *

Avant le lever du soleil, Gabriel reprend la route. Quelques heures plus tard, c'est au tour de Jacques et de sa famille de partir. Jean Baptiste Léon pleure à chaudes larmes. Il court se réfugier dans les jupes de sa mère. Louis Joseph, quant à lui, les regarde s'éloigner sans sourciller. « Gare aux nouveaux, je vais les mettre à ma main en moins de deux », se promet-il.

Le lendemain, Charles arrête prendre les deux orphelins et les ramène à Sainte-Anne. D'une grande timidité, Étienne et

Alexis n'ont pas dit un seul mot pendant le voyage. Ils font leur entrée au manoir la tête basse, ce qui n'échappe pas à Louis Joseph. Magdelon reçoit chaleureusement les nouveaux arrivants. Elle leur fait faire le tour du manoir et de la seigneurie. Aucun des deux ne lui adresse la parole autrement que lorsqu'elle leur pose une question. «Je devrai être encore plus vigilante avec Louis Joseph, sinon il ne fera qu'une bouchée d'eux.» Elle donne ensuite le temps à Étienne et à Alexis de déballer leurs maigres bagages.

De retour à la cuisine, elle offre à manger aux deux garçons. L'un comme l'autre, ils avalent tout rond ce qu'ils ont dans leur assiette. Magdelon est prise d'un fou rire qu'elle a peine à cacher. À les voir, on dirait qu'ils n'ont pas mangé depuis plusieurs jours. Une fois leur assiette vide, elle leur offre une deuxième portion. Gênés, ils refusent, alors qu'au fond ils mangeraient encore et encore sans jamais être complètement rassasiés. C'est que la vie n'a pas été facile pour Étienne et Alexis. Ils sont nés dans une famille trop nombreuse et ont été donnés à un oncle quand leur mère a accouché de son quinzième enfant. Ils n'étaient alors âgés que de six ans. De nature brutale, cet oncle les a roués de coups dès la première journée, les privant de nourriture un jour sur deux. Quand l'oncle a enfin rendu l'âme, Étienne et Alexis n'avaient que douze ans; ils ont été envoyés dans un orphelinat. Même si la vie était alors un peu plus facile, on ne peut pas dire que c'était la joie. Le jour où une dame bienfaitrice est passée les voir pour leur offrir d'aller travailler pour un seigneur, ils ont sauté sur l'occasion. Ils allaient enfin sortir de leur misère, d'autant que la dame leur a dit le plus grand bien de la famille pour qui ils allaient travailler. Et pour la première fois de leur vie, ils ont une chambre rien qu'à eux, avec un vrai lit.

La journée a été très chaude et particulièrement mouvementée. Si on se fie à la lune, la chaleur n'est pas prête de partir. Il a fait si beau ces dernières semaines que les colons auront fini de faire les foins d'ici quelques jours tout au plus. Un record! En revanche, tous ont du mal à dormir la nuit tellement il fait chaud. Jeunes et vieux attendent que le sommeil les gagne soir après soir, étendus sur leur paillasse et dégoulinants de sueur.

Cherchant un peu d'air avant d'aller dormir, Magdelon sirote un verre sur la galerie. Seul le chant des grillons confirme que la vie bat toujours. On dirait que le vent a fui la Nouvelle-France. Pas le moindre souffle ne fait bouger les feuilles. Tout est immobile, y compris Magdelon.

Chapitre 42

— Combien de fois vais-je devoir te répéter qu'on ne traite pas les gens de cette manière ? demande Magdelon d'un ton sévère à Louis Joseph.

— Mais ce sont des domestiques !

— Tu n'as pas le droit pour autant de les traiter comme des moins que rien. Tout être humain a droit au respect. Où as-tu appris à traiter ainsi les gens ?

Sans attendre la réponse, Magdelon ajoute :

— Laisse faire, ce n'est pas la peine de répondre. C'est depuis que tu accompagnes ton père à Québec que tu agis de la sorte. Je vais lui parler dès ce soir.

Puis, en radoucissant le ton, elle poursuit :

— Tu n'es pas obligé de faire comme lui, tu sais.

— Mais il est bien plus méchant que moi avec les gens.

— Je m'en doute. Mais tant que tu vivras sous mon toit, je ne te permettrai pas de manquer de respect à nos domestiques. Je ne suis pas certaine que tu réalises seulement la chance que tu as d'en avoir.

Avant de répondre à sa mère, Louis Joseph hausse les épaules.

— Mais père ne sera pas content. Il me dit toujours de prendre exemple sur lui quant à la manière de traiter les autres. Alors, qui dois-je croire à la fin ?

— Comme tu passes plus de temps avec moi qu'avec ton père, je te conseille de traiter les gens avec respect, sinon tu auras affaire à moi. Je te garantis que si tu ne changes pas d'attitude, je vais te faire goûter à ta propre médecine.

— Je ne comprends pas bien. Vous allez me donner un médicament ?

— Pire que cela ! Je vais adopter la même attitude avec toi que celle que tu as avec Étienne et Alexis jusqu'à ce que tu comprennes ce que je veux dire. Alors, qu'en penses-tu ?

— Je crois que je suis mieux de faire attention.

— Tu peux y aller maintenant. J'ai dit à Thomas que tu irais lui donner un coup de main au moulin.

Bien que le moulin soit le dernier endroit où Louis Joseph aime travailler, il se garde bien de répondre. Quand sa mère est dans cet état, il vaut mieux qu'il se fasse oublier pour un temps. Mais il n'a nullement l'intention de changer son comportement avec les domestiques. « Je n'aurai qu'à être plus vigilant, songe-t-il, un petit sourire en coin. Après tout, maman n'est pas toujours là. »

Une fois Louis Joseph parti, Magdelon lève les yeux au ciel et se dit qu'elle n'est pas au bout de ses peines avec lui. « S'il croit m'avoir bernée en disant qu'il va faire attention, c'est bien mal me connaître. Il subit beaucoup trop l'influence de Pierre-Thomas à mon goût. Il va devoir apprendre que c'est moi qui dicte les règles ici et non son père. »

Elle passe ensuite voir Étienne et Alexis, occupés à désherber le jardin. Certes, elle n'ira pas jusqu'à s'excuser du comportement de Louis Joseph – il ne faut pas à l'inverse donner trop de pouvoir aux deux garçons sur son fils –, mais elle va au moins s'assurer qu'ils vont bien.

— Alors, lance-t-elle une fois à leur hauteur, tout va comme vous voulez ?

— Oui, Madame, se dépêche de répondre Étienne. Vous savez, il y a longtemps que j'ai vu un jardin produire autant de légumes.

— C'est beaucoup grâce à vous et à votre frère. Si vous ne l'aviez pas arrosé jour après jour, il ne serait pas aussi beau.

— Tant que nous travaillerons ici, dit fièrement Alexis, vous pouvez être assurée que nous fournirons tous les efforts nécessaires pour avoir un beau jardin. Dans le pire des cas, on aura au moins des légumes à manger cet hiver.

— Ne vous inquiétez pas, fait Magdelon. Ici, vous ne serez jamais privés de nourriture, Étienne et vous.

— Merci, Madame, répond Étienne. Vous ne regretterez pas de nous avoir pris chez vous.

Sur ces paroles, Magdelon retourne au manoir. Elle dispose d'au moins une heure avant d'aller chercher Jean Baptiste Léon chez Catherine. «Je vais en profiter pour faire un peu de ménage dans ma mallette.» Ces dernières semaines, elle s'est rendue au chevet de malades plus souvent qu'à son tour. Heureusement, il n'y a eu aucun cas grave. Mais c'est chaque fois pareil : elle se demande si elle va y arriver. En fait, elle a de plus en plus l'impression de ne rien savoir et cela l'insécurise au plus haut point. Elle s'était habituée à travailler avec Charles François Xavier. Il lui était d'une aide précieuse et tous l'appréciaient. Avec lui à ses côtés, elle avait envie d'en savoir plus, elle prenait plaisir à fouiller dans ses livres, à chercher de nouvelles plantes pour soigner. Son fils lui manque tellement, et pas seulement pour soigner les gens. Avec lui, elle adorait aller chasser et pêcher. Chaque fois qu'ils revenaient du village indien, ils discutaient ensemble de tout ce que l'aïeule leur avait appris, autant pour soigner que sur la vie, la mort, les gens. Et avant, il y avait Antoine. Depuis la mort de celui-ci, elle se sent comme un bateau à la dérive. Et puis Marguerite vit à Montréal, Charles François Xavier aussi, au moins pour trois bonnes années encore. Louis Joseph est en train de devenir une copie conforme de son père. Et Jean Baptiste Léon, son benjamin, grandit à vue d'œil. Du haut de ses cinq ans, il reprend sa mère chaque fois qu'elle dit qu'il est son bébé. Elle est très fière de son petit dernier, il a un bon cœur. Pierre-Thomas, quant à lui, est toujours égal à lui-même. Il va et vient dans la vie de Magdelon sans jamais même l'effleurer du bout des doigts. Au moins là-dessus, il tient parole. Quand elle se couche le soir, tout ce qu'elle a pour se sentir vivante en tant que femme, ce sont les souvenirs des bons moments passés dans les bras d'Antoine. Mais tout cela, c'était il y a bien trop longtemps.

Magdelon achève de faire le ménage dans sa mallette quand elle entend des cris à l'extérieur. Elle a l'impression que quelqu'un l'appelle. Elle dépose sa mallette, relève ses jupes et court jusqu'à la porte qu'elle ouvre avec énergie, soudain envahie par l'inquiétude. Une fois dehors, elle s'arrête un instant pour écouter d'où proviennent les cris. « On dirait qu'ils viennent du quai. » Elle file dans cette direction. Une fois sur place, elle voit Charles François Xavier dans un canot, la tête baissée. Elle s'approche de lui sans comprendre ce qui se passe.

— Mais que fais-tu ici pour l'amour du ciel ? demande-t-elle à son fils en lui passant un bras autour des épaules.

Quand il relève la tête, ses yeux sont remplis de larmes et il a l'air épuisé.

— C'est grand-mère Marie, lâche-t-il d'un trait.

— Qu'est-ce qu'elle a ? s'alarme Magdelon.

Incapable de répondre, Charles François Xavier baisse la tête et se met à pleurer à chaudes larmes.

— Mais enfin, vas-tu m'expliquer ? supplie Magdelon. Tu débarques ici sans crier gare, tu me parles de ma mère et tu pleures. Il ne lui est rien arrivé de grave, j'espère ? Allez, je t'écoute.

Il prend une grande respiration avant de souffler d'une voix presque inaudible :

— Elle est morte hier… Je suis venue vous chercher.

— Ma mère est morte ? répète Magdelon comme pour se convaincre qu'elle a bien entendu. Mais de quoi est-elle morte ? Voyons, elle avait seulement mal aux jambes.

— Le médecin a dit que c'était son cœur, répond Charles François Xavier entre deux sanglots. Elle est allée faire sa sieste comme tous les après-midi et elle ne s'est pas réveillée. Oncle François est venu m'avertir et il m'a demandé de venir vous chercher.

— Rentrons au manoir, tu dois être crevé, parvient à dire Magdelon malgré sa gorge serrée.

— Il ne faudra pas tarder. Avec cette chaleur, on ne pourra pas attendre très longtemps avant d'enterrer grand-mère.

— Nous partirons demain à la première heure. Je vais aller avertir Catherine.

Ce n'est qu'une fois en face de Catherine que Magdelon laisse libre cours à sa peine. Les deux sœurs sont ravagées par le chagrin. Bien qu'elles vivent depuis longtemps à des lieues de leur mère, elles ont toujours été proches d'elle. En fait, presque chaque fois qu'elles se voient, elles parlent de Marie. Elles ont tant de bons souvenirs de leur vie à Verchères aux côtés de leur mère qu'elles ont l'embarras du choix. Avec Marie, les choses étaient toujours si simples. Elle leur manquera. Elle leur manque déjà tellement... Savoir qu'elle était à des heures d'ici, mais vivante, les rapprochait d'elle d'une certaine façon. Savoir qu'elle est morte bouleverse totalement les deux sœurs.

* * *

Le lendemain, le soleil est à peine levé que Charles, Catherine, Charles François Xavier, Louis Joseph et Magdelon sont déjà installés dans les deux canots. Étant donné qu'ils seront absents quelques jours, Magdelon a préféré emmener Louis Joseph avec elle. Comme cela, il ne pourra pas profiter de son absence pour jouer au maître de la maison avec Étienne et Alexis. C'est à contrecœur que Louis Joseph s'est levé si tôt, mais Magdelon ne lui a pas donné le choix. Il a préféré voyager dans le même canot que Charles et Catherine, ce qui fait l'affaire de Magdelon. Elle pourra ainsi profiter davantage de la présence de Charles François Xavier pendant tout le voyage.

Inutile de dire que personne n'a le cœur à la fête. Les voyageurs flottent sur les eaux du fleuve au gré des coups de rames. Dans un des canots, Catherine a les yeux rougis et elle se retient de renifler chaque fois que les larmes lui montent aux yeux. Quant à Charles et à Louis Joseph, ils respectent sa peine et profitent du paysage absolument magnifique en cette période de l'année. Dans l'autre canot, la mère et le fils sont aussi silencieux. Mais au bout d'un moment, Magdelon brise le silence et demande à Charles François Xavier :

— Parle-moi de ce que tu apprends dans tes cours.

— Pour tout vous dire, j'apprends tout et rien à la fois.

— Explique-toi.

— Voyez-vous, pour le moment, j'observe plus qu'autre chose. J'ai bien quelques livres à étudier, mais je connaissais déjà plusieurs éléments qui s'y trouvent. Vous savez, il m'arrive parfois de penser que j'en sais plus que mes professeurs eux-mêmes. Ce n'est pas par vantardise que je dis cela, mais l'aïeule m'a beaucoup appris.

— Es-tu en train de me dire que tu es déçu ?

— Non, loin de là, car j'aime soigner les malades et chercher comment les soulager.

— Mais si tu n'apprends rien, tu n'as pas peur de t'ennuyer ?

— Je ne m'ennuie pas, rassurez-vous. Ce que j'ai voulu exprimer, c'est que la médecine n'est pas si avancée qu'elle veut le laisser croire. Soyez sans crainte, je vais retirer tout ce que je peux de ma formation. Et avec ce que je sais déjà, je vais faire tout mon possible pour devenir le meilleur médecin qui soit. Je songe même à aller étudier en France. Qu'en dites-vous ?

— Cela semble une bonne idée. Mais si tu veux mon avis, commence par apprendre tout ce que tu peux à Montréal. Après, nous verrons. Il vaut mieux ne pas parler à ton père tout de suite de ce projet. Et comment cela se passe-t-il pour toi chez Marguerite ?

— Très bien. On dirait que j'ai changé de sœur ! Vous vous souvenez à quel point elle était précieuse et prétentieuse quand elle vivait à Sainte-Anne ? Eh bien, elle s'est transformée en une charmante jeune femme. L'autre jour, je l'ai même entendue chanter. Et avec moi, elle est parfaite. Il nous arrive même d'aller promener son bébé et de discuter des heures durant.

— Je suis si contente pour toi.

— Moi aussi. Je peux bien vous l'avouer aujourd'hui, j'étais plutôt inquiet à l'idée de vivre dans la même maison qu'elle.

— Et son mari ?

— Il est rarement à la maison, un peu comme père. Mais il est d'une grande gentillesse avec Marguerite et Nicolas. Il lui arrive même de m'inviter à aller prendre un verre en ville.

— Et tu n'as pas encore rencontré une ou deux belles filles qui te font les yeux doux ?

— Au risque de vous décevoir, pas encore. Mais pour être honnête, je ne les regarde pas.

— Comment cela ? Tu ne t'intéresses pas aux filles ? À ton âge, bien des garçons sont déjà pères de famille.

— Ne m'en veuillez pas, mère, mais pour le moment, j'ai bien d'autres choses à penser que de fonder une famille. Et puis, pour tout vous dire, j'aime déjà quelqu'un.

— Qui est cette jeune femme ?

— Jurez-moi d'abord le secret.

— Je te le jure sur mon cœur. Allez, ne me fais pas languir plus longtemps.

— Vous souvenez-vous de la cousine de Tala, au village indien ?

Magdelon cherche dans sa mémoire.

— Sa tente est juste à côté de celle de l'aïeule, ajoute Charles François Xavier.

— Oui, oui, je me souviens d'elle maintenant. Et alors ?

— La dernière fois que je suis allé au village indien, nous avons fait le serment de nous marier dès que j'aurai fini mes études.

— Petit cachottier, va ! Mais j'entends déjà d'ici la réaction de ton père. Et cela, c'est sans compter qu'il doit être sur le point de te présenter la perle rare à marier.

— C'est mon choix et personne ne me fera changer d'idée, pas même père.

— Je te reconnais bien là, mon fils. Tu peux compter sur moi. Je te promets de tout faire pour t'aider, même si j'ignore encore comment.

— Merci, maman. N'oubliez pas : quand vous serez fatiguée de ramer, je prendrai la relève.

— C'est gentil. Mais ramer m'empêche de trop penser à ce qui nous attend à Verchères.

— Vous savez, j'ai tout fait pour la soulager de ses maux de jambes.

— Je sais, mon grand. Mais comme tu l'as si bien dit tout à l'heure, nous avons beau faire tout notre possible pour soulager les gens, nous n'avons aucun pouvoir.

Contrairement à leurs habitudes, les voyageurs ont fait le trajet jusqu'à Verchères d'une seule traite. Quand ils accostent enfin à la seigneurie, ils sont épuisés. Pas un seul petit os de leur corps qui ne soit douloureux. Ils mettent quelques secondes à se déplier tellement ils sont figés dans la même position depuis longtemps. Dès leur arrivée au manoir, Catherine et Magdelon se précipitent auprès de leur mère. Alors que l'une lui caresse le front, l'autre lui passe une main dans les cheveux. Chacune prisonnière de sa peine, elles regardent Marie à travers un voile de larmes jusqu'à ce que Marie-Jeanne les oblige à la suivre à la cuisine.

— Venez prendre une bouchée. Vous reviendrez voir maman plus tard.

Sans se faire prier, les deux sœurs se laissent entraîner à la cuisine. La table est pleine de victuailles, mais à part Louis Joseph et Charles, personne n'a d'appétit.

— Vous devriez goûter au bouilli, propose Louis Joseph. C'est le meilleur que j'ai jamais mangé.

— Il a raison, renchérit Charles.

Mais leur enthousiasme ne trouve aucun écho. Quand les de Verchères souffrent, ils mangent très peu. C'est donc du bout de la fourchette qu'ils fouillent dans leur assiette à la recherche d'un peu de réconfort. Leur mère vient de quitter ce monde. Jamais plus ils ne l'entendront rire. Jamais plus elle ne pétrira le pain. Jamais plus elle ne fera ses confitures de petits fruits cueillis au matin.

Le lendemain matin, tous se rendent à l'église pour rendre un dernier hommage à celle qu'ils ont tant aimée. Chacun garde précieusement au fond du cœur le souvenir des moments partagés avec Marie. Celle-ci était l'âme de la maison et l'ange de la seigneurie. Au cimetière, jeunes et vieux essuient leurs larmes quand on descend le cercueil dans la fosse.

— Prions pour notre sœur Marie, dit le curé, pour qu'elle repose en paix à jamais. Amen !

De retour au manoir, tous les membres de la famille s'assoient autour de la table, le cœur brisé par l'émotion. Ils se lèvent tantôt pour prendre un café, tantôt pour un verre d'alcool, tantôt pour un quignon de pain. On pourrait entendre une mouche voler tellement tous sont silencieux.

Une heure plus tard, Magdelon annonce :

— Nous partirons demain.

— Déjà ? s'étonne Marie-Jeanne. Nous n'avons même pas eu le temps de nous parler.

— Nous nous reprendrons une autre fois, promet Magdelon.

François prend la parole :

— On ne va pas passer le peu de temps qu'il nous reste ensemble à nous regarder sans dire un mot. Maman voulait toujours qu'on s'amuse. Vous plairait-il de jouer une petite partie de cartes ?

Chapitre 43

— Vous me voyez vraiment désolé pour votre mère, dit Pierre-Thomas à Magdelon. Je sais à quel point vous étiez attachée à elle.

— Ne vous en faites pas pour moi. Je vais surmonter cette épreuve.

— Je connais votre force de caractère et votre courage. Mais si vous avez besoin de quoi que ce soit, sachez que je suis là.

— Justement, j'ai besoin de vous.

— Je vous écoute.

— J'aimerais que vous parliez à Louis Joseph. Depuis qu'il vous accompagne à Québec, il est devenu impossible.

— Que voulez-vous dire ?

— Ne me faites pas croire que vous ne vous doutez pas de ce dont il est question !

— Comment pourrais-je le savoir, je ne suis pas devin.

— Je veux que vous l'avisiez de cesser de traiter les domestiques comme des moins que rien.

— Je ne comprends pas de quoi vous parlez.

— Ne faites pas l'innocent avec moi, je vous prie. Selon ses propres aveux, Louis Joseph traite les domestiques du manoir de la même manière que vous vous comportez avec vos serviteurs à Québec. Il a même ajouté que vous lui aviez dit que c'était la seule façon de les traiter.

— Ah ! Je commence à comprendre. Louis Joseph ira loin dans la vie. C'est bien le fils de son père.

— Je ne plaisante pas. Il faut que vous ayez un entretien sérieux avec Louis Joseph. Tant que je vivrai ici, jamais je ne tolérerai un tel manque de respect de la part d'un des miens, vous y compris. M'avez-vous bien entendu ?

— Nul besoin de crier, madame, je ne suis pas sourd. Mais je ne vois pas ce que je pourrais raconter à Louis Joseph.

— Ce n'est pas si compliqué pourtant. Vous n'avez qu'à l'avertir que dorénavant il devra traiter les domestiques avec respect. Je compte sur vous.

Avant de répondre, Pierre-Thomas se frotte le menton et réfléchit quelques secondes.

— Je parlerai à Louis Joseph dès ce soir. Mais je ne vous garantis pas le résultat. Vous savez comme moi qu'il a du caractère.

Magdelon ne se donne pas la peine de relever ce dernier commentaire. Elle est bien consciente que le comportement de Louis Joseph ne changera pas instantanément, d'autant plus qu'elle n'est même pas certaine que Pierre-Thomas lui parlera. Comme d'habitude, elle ne devra compter que sur elle-même pour l'éducation des enfants.

Sur un ton plus doux, Magdelon interroge son mari :

— Au fait, avez-vous des nouvelles de Jacques ?

— Oui, je l'ai vu quelques minutes.

— Comment va-t-il ? Et Marie-Anne ? Et les enfants ?

— Il m'a dit que tout le monde allait bien. J'ai noté son adresse pour vous. Jacques et sa famille ont fini de s'installer dans leur petit appartement.

— Les pauvres, ils doivent y être à l'étroit.

— Vous savez, la vie à la ville n'a pas que des avantages. Mais Jacques travaille fort et les enfants vont à l'école, ce qui est un sort bien plus enviable que celui de la majorité des habitants de Québec. Jacques a du cœur, je suis certain qu'il va s'en sortir.

— Je vous remercie de l'avoir aidé.

— Tout le plaisir a été pour moi, madame. Tenez, voici l'adresse de Jacques. Je pense qu'il aimerait beaucoup que vous lui écriviez. Vous allez m'excuser, mais je dois aller rejoindre Thomas au moulin. Ne m'attendez pas pour manger.

* * *

Au matin, quand Magdelon ouvre les yeux, le soleil est levé depuis au moins une heure. Elle s'habille en vitesse et file à la cuisine. Elle se sert une grande tasse de café et sourit en trempant les lèvres dedans. Elle pense à la réaction d'Étienne et d'Alexis quand ils ont pris leur première gorgée de café de la mort. Sans aucune retenue, ils l'ont recrachée en même temps. Surprise de leur réaction, elle a éclaté de rire. Plus elle riait, plus ils étaient mal à l'aise. Après s'être calmée, Magdelon a expliqué aux garçons qu'elle avait eu la même réaction la première fois que Jeanne lui a servi un café de la mort, mais qu'aujourd'hui c'est le seul café qu'elle aime boire. Étienne et Alexis ont juré que jamais ils ne pourraient se résoudre à boire ce liquide infect. «Vous verrez, vous allez finir par vous y habituer, comme moi, a dit Magdelon en riant. Mais en attendant, voici un petit truc : mettez plus de lait.» Depuis ce jour, aucun des deux garçons n'a bu un seul café. Par contre, ils se reprennent sur le chocolat chaud. Elle a même dû les aviser qu'il fallait en laisser pour les autres. Ils ont rougi, ont promis de faire attention, mais dès le lendemain ils ont recommencé. Bien sûr, Louis Joseph s'est fait un malin plaisir de se plaindre à sa mère du fait que les domestiques ne savaient pas vivre, qu'ils avaient bu tout le chocolat. «Tu n'as qu'à demander à ton père d'en rapporter quand il ira à Québec», s'est conten-tée de répondre Magdelon.

Son café terminé, Magdelon va chercher son mousquet et tout ce qu'il faut pour aller chasser. Cette fois, elle ira seule même si cela déplaît à Pierre-Thomas. Et si elle tue une bête, elle s'arrangera. Elle prend un quignon de pain, le fourre dans une de ses poches après l'avoir enroulé dans un linge et sort du manoir aussi légère qu'une petite fille. Entre l'arrivée d'Étienne et d'Alexis et la mort de sa mère, elle n'a pas eu grand temps pour aller en forêt. En fait, cela doit faire près d'un mois qu'elle n'y a pas mis les pieds, et ses petites escapades lui manquent beaucoup. Elle avise Étienne au passage de ne pas l'attendre avant le souper puis elle va à l'écurie. « Tu m'as manqué », murmure-t-elle à son cheval en lui tendant une pomme d'une main alors que de l'autre elle lisse sa crinière. « J'espère que tu es en forme parce qu'aujourd'hui nous allons faire une longue promenade. Allez, viens ! »

Assise bien droite sur sa monture, Magdelon regarde autour d'elle et s'émerveille : il n'existe pas de plus beau paysage que celui de Sainte-Anne. Elle sourit en songeant qu'il vaudrait mieux qu'elle ne répète pas cela devant François. Son frère la chatouillerait jusqu'à ce qu'elle retire ses paroles !

C'est avec un vif plaisir que Magdelon s'enfonce dans la forêt. Elle prend de grandes respirations et concentre son attention sur le chant des oiseaux, essayant de reconnaître les espèces. Elle n'a jamais été douée à ce chapitre, ce qui lui a d'ailleurs valu bien des fous rires de la part d'Antoine quand elle tentait de deviner qui était l'auteur d'un chant. Neuf fois sur dix elle se trompait, et ce n'était pourtant pas faute de faire des efforts. Elle peut nommer les oiseaux si elle les voit, mais pas si elle les entend.

En chemin, elle décide de faire un saut au village indien avant d'aller chasser. Elle brûle d'impatience de rendre une petite visite à la belle cousine de Tala. Depuis que Charles François Xavier lui a appris qu'il était amoureux de la jeune femme, elle ne cesse d'y penser. « Aussi bien en avoir le cœur net si elle doit faire partie de la famille un jour. Mais tout serait tellement plus simple s'il était tombé amoureux d'une fille de bonne famille... Je n'ose même pas penser à la réaction de Pierre-Thomas quand il saura. »

Quand elle fait son entrée au village indien, tous la saluent chaleureusement. Les femmes l'accompagnent jusqu'à la tente de l'aïeule.

Fidèle à ses habitudes, l'aïeule offre à Magdelon un morceau de poisson fumé et une tasse de thé. Toujours heureuse de manger du poisson fumé peu importe l'heure du jour, Magdelon mord à pleines dents dedans. Elle se retient de fermer les yeux tellement elle se régale. Comme chaque fois, la vieille femme la regarde manger et sourit.

— Je n'ai jamais vu personne aimer le poisson fumé autant que vous.

— Je vous prie de m'excuser, mais je ne peux m'empêcher de dévorer tellement j'aime cela. Je vous le répète : vous faites le meilleur poisson fumé du monde !

— Pendant que vous mangez, je dois vous parler de quelque chose. Une de nos filles m'a annoncé qu'elle se mariera avec votre fils, celui qui a un beau cœur.

À ces mots, Magdelon sent un petit pincement dans la poitrine. Pour le moment, elle refuse encore de croire que Louis Joseph soit le contraire de son frère aîné. Malgré son malaise, elle écoute sans broncher la suite.

— Je veux savoir ce que vous en pensez parce que je ne pourrai pas permettre qu'un Blanc salisse la réputation de notre fille si ses intentions ne sont pas sérieuses.

— Je comprends très bien. La dernière fois que j'ai vu Charles François Xavier, il m'a avoué qu'il était amoureux de la cousine de Tala. Tout ce que je peux vous dire, c'est qu'il avait l'air sûr de son affaire. Il veut se marier avec elle. Pour ma part, son choix sera le mien. Mais il faudra que la jeune fille soit patiente parce que mon fils devra étudier encore plusieurs années avant de revenir définitivement à Sainte-Anne. Il a même parlé d'aller poursuivre ses études en France.

— J'ai confiance en lui et je sais qu'elle l'attendra le temps qu'il faudra. Vous savez, j'ai vu votre frère une seule fois avec Tala et j'ai tout de suite su que c'était un homme bon. Votre fils lui ressemble.

Lorsqu'elle quitte l'aïeule, Magdelon est à la fois heureuse et inquiète. Heureuse parce que son fils a su se faire aimer des Indiens et qu'il est amoureux d'une belle Indienne. «Elle est presque aussi belle que Tala.» Inquiète parce que la partie n'est pas gagnée d'avance avec Pierre-Thomas. Quand il apprendra qu'en plus de soigner les Indiens Charles François Xavier ira jusqu'à marier une des leurs, ce jour-là, il y aura toute une tempête au manoir...

Une fois à la hauteur de la petite crique, Magdelon emprunte le chemin de travers et descend doucement. Avant qu'elle arrive au cours d'eau, elle aperçoit une bonne dizaine de chevreuils en train de se prélasser au soleil. Sans même prendre le temps de descendre de cheval, elle prend son mousquet, vise et tire un premier coup à l'extrémité gauche du petit groupe. Avant même que les autres chevreuils aient eu le temps de s'enfuir, elle prend son autre mousquet et tire. À quelques secondes d'intervalle à peine, deux bêtes se sont écrasées sur le sol en faisant lever les feuilles autour d'elles. Magdelon ne peut s'empêcher de crier: «C'est vraiment mon jour de chance!»

Elle descend de cheval et s'approche des bêtes. Une fois à leur hauteur, elle est bien forcée de reconnaître que même avec la meilleure volonté du monde elle n'arrivera pas à les monter sur son cheval. «Je pourrais les traîner jusqu'au manoir. Mais je vais commencer par les saigner.» Elle a les mains pleines de sang quand elle entend des pas sur les feuilles. Elle essuie rapidement ses mains sur son tablier et prend son mousquet qu'elle a pris soin de recharger avant de vider les bêtes. En position, elle attend de voir à qui elle aura affaire. Son visiteur ne se fait pas attendre. La minute d'après, c'est un Gabriel joyeux qui s'écrie en la voyant :

— C'est vous qui venez de tirer deux coups ?

— Oui, c'est moi, répond fièrement Magdelon. Regardez comme ils sont beaux, mes chevreuils !

— Vous en avez tué deux du coup à vous toute seule ?

— Deux mousquets, deux chevreuils. Vous tombez vraiment bien, j'étais justement en train de me demander comment j'allais m'y prendre pour les transporter au manoir.

— Cela ne peut pas tomber mieux, j'ai justement à faire à votre seigneurie. Ma réserve d'alcool est à sec.

— Donnez-moi un coup de main et je ferai le nécessaire pour renouveler votre provision d'alcool.

En route, Magdelon et Gabriel n'ont pas vu le temps passer. Et ils se retrouvent au manoir sans même s'en rendre compte tellement ils sont absorbés dans leur conversation. Avec Gabriel, Magdelon a l'impression de retrouver un peu de son Antoine. Pour Gabriel, elle est de loin la femme la plus intéressante qu'il lui a jamais été donné de rencontrer. Ce soir-là, Magdelon invite Gabriel à se joindre à elle et à sa famille pour le souper. L'homme accepte l'invitation avec empressement. Plus tard, elle l'accompagne jusqu'à la grange, une couverture sous le bras. Chacun des gestes qu'elle pose lui donne cette sensation de déjà-vu, mais cela lui fait du bien. Avant de quitter Gabriel, Magdelon le fixe suffisamment longtemps pour se perdre dans le bleu de ses yeux. Au prix d'un effort suprême, elle parvient à se faire violence et sort en courant avant de ne plus être capable de résister à l'envie de se jeter dans ses bras.

Une fois dans le manoir, elle se sert un grand verre d'alcool et va s'asseoir dans la cuisine. Par un seul regard, Gabriel vient de réveiller une partie d'elle-même qu'elle croyait endormie à jamais.

Chapitre 44

— Réalises-tu à quel point tu as de la chance ? demande Catherine à Magdelon. Les hommes sont à tes pieds. Après l'un, c'est l'autre.

— Arrête ! s'écrie Magdelon en poussant sa sœur du revers de la main. Tu ne trouves pas que tu exagères un peu ? Voyons, ne fais pas tout un plat avec ce que je viens de te raconter à propos de Gabriel. Je t'ai parlé de moi par rapport à lui, mais de son côté peut-être ne me porte-t-il aucun intérêt.

— Voyons donc, crois-tu vraiment qu'un homme t'aurait ramenée au manoir juste pour te rendre service ? Si Gabriel n'y avait pas trouvé son compte, il t'aurait dit n'importe quoi pour se débarrasser de toi. Puis il aurait repris sa route en te laissant revenir toute seule avec tes bêtes après les avoir placées sur ton cheval.

— Tu le penses vraiment ?

— Et comment ! Tu dois me croire, la prochaine fois, il va te manger dans la main… Tu sauras me le dire.

— Remarque que cela ne me déplairait pas du tout qu'il s'intéresse à moi, parce qu'entre nous il m'arrive de plus en plus souvent de me demander si je suis encore une femme.

— Dois-je te rappeler que tu as un mari ? lance Catherine d'un ton espiègle.

— Comment pourrais-je l'oublier ? J'entends ronfler Pierre-Thomas tous les soirs quand il daigne m'honorer de sa présence.

— Moi, je suis certaine que si tu lui faisais des avances, il ne pourrait pas te résister.

— Mais tu es pire qu'une vipère, ma parole! Je te rappelle que j'ai demandé à Pierre-Thomas de ne plus jamais me toucher. Pour une fois qu'il respecte sa parole, je ne vais sûrement pas lui donner la chance de faire autrement. Et puis, sentir son gros corps s'écraser sur le mien ne m'intéresse pas plus qu'avant. Beurk! J'en frissonne juste à y penser. Tout compte fait, j'aime vraiment mieux m'en passer.

Les deux sœurs rient aux éclats quand la porte s'ouvre sur Charles qui revient de Batiscan. Contente qu'il soit enfin de retour, Catherine court jusqu'à lui et se jette dans ses bras. Charles serre sa femme contre lui et l'embrasse doucement avant d'annoncer:

— J'ai une surprise pour toi. Ferme les yeux.

Aussi excitée qu'une enfant, Catherine ferme les yeux, mais pas totalement.

— Tu triches! s'exclame Magdelon. Ferme les yeux, allez! Mais je ne prendrai pas de chance: je vais te cacher les yeux avec mes mains.

— Tu sais à quel point j'aime les surprises! se défend Catherine.

Charles dépose un paquet devant Catherine. Puis il déclare:

— Tu peux regarder maintenant.

Catherine prend le paquet et déchire le papier rapidement, impatiente de voir ce qu'il contient.

— Tu m'as acheté une robe! s'extasie-t-elle en tenant le vêtement à bout de bras. Elle est magnifique. Charles, tu es le meilleur mari du monde! ajoute-t-elle, les larmes aux yeux.

— Mais voyons, Catherine, ce n'est pas le temps de pleurer ! proteste Magdelon. Tu devrais plutôt être contente.

— Mais elle est contente, indique Charles en regardant sa femme avec amour. Je le répète souvent : Catherine ne pleure pas pour rien, elle pleure pour moins.

— Je ne savais pas que vous étiez aussi romantique, Charles, s'étonne Magdelon. Je dois reconnaître que vous avez beaucoup de goût. J'ai rarement vu une aussi belle robe. Mais dites-moi, ne revenez-vous pas de Batiscan ?

— Oui, j'en reviens à l'instant.

— Et où avez-vous acheté ce vêtement ?

— Je l'ai fait coudre par Jeanne. J'ai passé la commande la dernière fois qu'elle est venue.

— Ah, je comprends tout maintenant ! lance Catherine. C'est pour cela que Jeanne a pris mes mesures. Il va falloir que je lui écrive. Elle m'a fait croire qu'elle voulait faire une robe pour sa belle-mère qui a la même taille que moi. Elle a vraiment des doigts de fée, Jeanne. Attendez-moi, je vais aller essayer ma nouvelle robe.

Pendant l'absence de Catherine, Charles annonce à Magdelon :

— J'ai croisé le curé de Batiscan. Il m'a demandé de passer au presbytère prendre une lettre pour vous. Tenez, la voici.

— Comment va-t-il, ce cher curé ? interroge Magdelon d'un ton ironique.

— Il m'a semblé bien se porter. Mais je n'ai pas échangé plus de deux phrases avec lui.

— Merci pour la lettre.

— Vous ne la lisez pas ?

— Non, je n'ai pas envie de gâcher ma journée.

Puis Magdelon crie à sa sœur :

— Vas-tu y arriver ? Il y a déjà un bon moment qu'on attend, Charles et moi.

— J'ai presque fini, répond Catherine. Tu n'as pas remarqué tous les petits boutons qu'il y a à attacher ?

Quand Charles et Magdelon voient Catherine, ils retiennent leur souffle tellement elle est belle dans sa robe neuve.

— Tu as l'air d'une princesse ! clame Magdelon

— Tu es la plus belle femme de toute la Nouvelle-France ! dit Charles d'une voix remplie d'émotions. Viens ici que je te regarde de plus près.

Magdelon s'éclipse à ce moment. Certes, elle est contente pour sa sœur, mais ce genre de bonheur lui fait mal à voir. Il la ramène au temps où son Louis lui contait fleurette de toutes les façons. Il lui rappelle aussi qu'elle buvait chacune des paroles du jeune homme sans même nourrir l'ombre d'un doute sur sa sincérité. « Ce que j'ai pu être bête ! Mais Louis ne perd rien pour attendre. Je lui réserve une petite surprise quand j'irai en France. »

Quand elle rentre au manoir, ce qu'elle entend ne lui fait pas plaisir du tout. Louis Joseph est à la cuisine avec Étienne et il lui parle comme elle ne se permettrait pas de parler à un chien, même le plus galeux.

— Je ne peux pas croire que vous soyez aussi bête ! hurle-t-il d'un ton rempli de dédain. Combien de fois vais-je devoir vous répéter que je déteste le navet et que je ne veux pas en voir un seul petit morceau dans mon assiette ? M'avez-vous compris cette fois ou devrai-je être encore plus clair ?

— Mais, monsieur, se défend Étienne d'une voix chevrotante, je ne peux pas retirer le navet de notre alimentation. C'est un des rares légumes qui survient à l'hiver.

— Vous ne comprenez vraiment rien ! vocifère Louis Joseph. Je ne vous demande pas de l'enlever, mais de ne pas m'en donner. C'est pourtant simple à comprendre.

Plus elle approche de la cuisine, plus Magdelon sent la colère envahir chaque cellule de son corps et de son esprit. Comment son fils peut-il oser parler ainsi aux domestiques ? Il n'a aucun respect pour les autres. Dès qu'Étienne voit Magdelon, il blêmit. Flairant le danger, Louis Joseph se retourne sur-le-champ. D'une voix incertaine, ce dernier tente aussitôt de se justifier auprès de sa mère :

— Je disais à Étienne à quel point je déteste le navet…

— Ce n'est pas la peine, mon fils, j'ai tout entendu. Je vais te le répéter jusqu'à ce que tu comprennes le bon sens : je ne tolérerai pas qu'un des miens traite nos domestiques de cette manière. Me suis-je bien fait comprendre cette fois ?

Louis Joseph met quelques secondes à répondre, ce qui a pour effet de gonfler la colère de Magdelon.

— Alors ? siffle-t-elle entre ses dents, as-tu saisi ce que je viens de te dire ?

— Oui, murmure Louis Joseph, la tête basse.

— Tu resteras dans ta chambre et tu n'en sortiras que pour les repas…

— Mais maman…

— Je n'ai pas terminé. La punition durera trois jours, et je ne veux plus entendre un mot.

Puis elle se tourne vers Étienne :

— Je veux que vous mettiez du navet dans l'assiette de Louis Joseph à chaque repas.

— Mais je déteste le navet… argumente Louis Joseph en pleurnichant.

— Crois-moi, tu mangeras ton navet jusqu'à la dernière bouchée à chaque repas. Monte à ta chambre maintenant, je t'enverrai chercher pour le souper.

Une fois Louis Joseph sorti de la cuisine, Magdelon prend une grande respiration et fait mine de replacer ses cheveux pourtant tirés en chignon. Puis elle dit à Étienne :

— Je veux que vous sachiez que je vais tout faire pour que cela ne se reproduise plus.

Sur un ton plus léger, elle ajoute avant de quitter la pièce :

— Et n'oubliez surtout pas le navet !

Une fois dans son bureau, elle réfléchit à l'attitude de Louis Joseph. À son grand désespoir, il n'est pas comme Pierre-Thomas : il est bien pire. Elle a beau chercher, elle n'arrive pas à comprendre ce qui a bien pu se passer pour que son fils change autant. Elle ne s'explique pas comment Pierre-Thomas a pu avoir autant d'influence sur lui en aussi peu de temps. Tout cela la rend triste parce qu'au fond d'elle-même elle a peur qu'il ne redevienne plus jamais le gentil garçon qu'il a toujours été jusqu'au départ de Charles François Xavier. Dans ces moments-là, les paroles de l'aïeule lui martèlent les tempes : « Il n'est pas comme votre autre fils. Il n'aime pas les gens. »

Magdelon a toujours voulu fonder une famille et, jusqu'à un certain point, elle a toujours idéalisé celle-ci. Mais la vie lui a vite montré que rien n'est parfait dans ce bas monde. Elle a marié un homme froid comme seul le mois de janvier peut l'être. Marguerite a été capricieuse jusqu'à ce qu'elle quitte le manoir et Louis Joseph est en train de devenir un vrai tyran. Ne lui reste plus de sa famille parfaite que Charles François Xavier qui est trop loin pour la réconforter, et Jean Baptiste Léon qui risque à tout moment d'être influencé par Louis Joseph. Et puis, à quarante-sept ans bien sonnés, Magdelon n'a pas l'impression que le reste de sa vie va s'écouler sans heurt. En tout cas, le comportement de Louis Joseph lui donne froid dans le dos, sans compter que les séjours de Pierre-Thomas à l'extérieur de la seigneurie sont de plus en plus fréquents, ce qui lui occasionne encore plus de travail. Et elle a encore tellement de projets à réaliser. Elle veut, entre autres, diversifier les cultures à la seigneurie, agrandir la grange, améliorer les méthodes pour moudre les grains... Elle veut aussi faire rayonner l'école de Sainte-Anne dans toute la Nouvelle-France afin que tous aient accès à l'instruction.

Et elle veut aller en France, encore plus depuis que sa mère a quitté ce monde. L'autre jour, elle a sorti les poèmes de Marie. Elle n'avait pas lu deux lignes qu'elle s'est mise à pleurer comme un bébé. Elle savait que sa mère lui manquerait, mais jamais à ce point-là. Il ne se passe pas une seule journée sans que Magdelon pense à elle. Le moindre petit geste banal la rappelle à son souvenir. Marie, sa mère adorée, cette femme si courageuse et si douce. Marie, le grand amour de son père. Elle s'en souvient comme si c'était hier. Chaque fois qu'il la regardait, c'était comme une caresse sur la peau. Ils riaient pour des riens, se taquinaient, s'embrassaient tels des jeunes mariés sans jamais se soucier des commentaires. Ils s'aimaient tant. Magdelon a plaisir à se rappeler les longues soirées passées au coin du feu à discuter avec ses parents et ses frères et sœurs du livre que son père venait de lire ou des poèmes qu'il venait de réciter. Ses parents étaient son modèle. Depuis sa tendre enfance, elle ne voulait rien de moins que vivre une histoire semblable à la leur. Mais elle en est bien loin...

Magdelon a dû s'y reprendre à trois fois avant de pouvoir lire tous les poèmes écrits par Marie tellement elle était émue. Sa mère a su décrire sa vie, les siens, ses amours, ses joies, ses peines comme peu sont capables de le faire. Quand Magdelon a terminé sa lecture, elle s'est juré d'apporter les poèmes à un éditeur quand elle ira en France. Elle fera de même avec ceux de Catherine. D'une certaine manière, leur écriture se ressemble, mais en même temps chacune a son propre style, sa propre façon de dire les choses, de décrire les gens. Depuis que sa mère et sa sœur lui ont confié qu'elles écrivaient des poèmes, Magdelon rêve de tenir entre ses mains deux recueils signés du nom de chacune d'elles. Elle fera tout son possible pour que cela arrive. Elle a d'ailleurs écrit un mot à ce sujet à son contact en France. Il lui a vite répondu qu'il était impatient de lire les poèmes et qu'il ferait le nécessaire pour préparer le terrain.

Secouée par un bruyant éternuement, Magdelon prend son mouchoir dans sa poche. C'est alors qu'elle tâte la lettre du curé de Batiscan que lui a remise Charles. Elle se mouche rapidement et, curieuse, ouvre l'enveloppe.

> *Vous l'avez cherché : je vous traduirai devant la Prévôté de Québec. J'espère que cela vous apprendra à faire attention à ce que vous racontez sur les gens.*

Furieuse, Magdelon chiffonne la lettre d'un geste brusque et la jette dans le feu. Si le curé se trouvait devant elle, elle le frapperait de toutes ses forces jusqu'à ce qu'il tombe par terre tellement elle lui en veut. « Si au moins je savais ce qu'il me reproche, je pourrais me défendre. Et je n'ai ni l'envie ni le temps d'aller à Québec. J'en parlerai à Pierre-Thomas quand il rentrera. Peut-être réussira-t-il à faire changer d'idée le curé. »

La seconde d'après, elle décide d'aller travailler dans le jardin. Quand elle est en colère, il vaut mieux qu'elle travaille physiquement pour ne pas trop penser. Elle marche d'un pas si décidé qu'elle fait trembler la vaisselle dans les armoires.

Catherine arrive au moment où sa sœur sort du manoir.

— Tu es partie trop vite tout à l'heure, Magdelon. J'avais quelque chose à t'apprendre.

De but en blanc, Magdelon lance :

— Si c'est une mauvaise nouvelle, garde-la pour demain. J'ai eu ma dose pour aujourd'hui.

— Qu'est-ce qui se passe ?

— Je viens de lire la lettre du curé de Batiscan. Il me poursuit pour avoir tenu des propos haineux sur lui.

— Mais qu'est-ce qui lui prend ? Tu ne parles jamais de lui.

— Je pense qu'il s'est levé un beau matin et qu'il a décidé de me pourrir la vie. Et le pire, c'est qu'il y parvient. Je n'ai vraiment aucune envie d'aller me défendre à Québec.

— À Québec ? Quand ?

— Je ne connais pas encore la date. Le plus tard sera le mieux.

— Pauvre toi ! Tu n'avais pas besoin de cela.

— On n'a jamais besoin de misère. Bon, changeons de sujet. C'est quoi ta nouvelle ? Pour que tu prennes la peine de venir jusqu'ici en plein milieu de la journée, j'imagine que c'est important.

Le visage de Catherine s'illumine. Elle prend une grande respiration, gonfle la poitrine et annonce, le sourire aux lèvres :

— Je suis enceinte.

— C'est vrai ? s'écrie Magdelon. Je suis si contente pour toi. Viens ici que je te serre dans mes bras.

Les deux sœurs se font l'accolade. Quand elles se séparent, Magdelon demande à Catherine :

— Comment Charles prend-il la nouvelle ?

— Pour être honnête, cette fois, j'étais un peu inquiète de sa réaction. Mais il était fou comme un balai. Il m'a prise dans ses bras et m'a fait tourner jusqu'à ce que je lui demande de me poser par terre tellement j'avais mal au cœur.

— Tu ne pourras pas porter longtemps ta belle robe.

— Je la mettrai après ma grossesse. Mais j'ai quelque chose à te demander.

— Je t'écoute.

— Crois-tu que Jeanne et Louis-Marie accepteraient d'être la marraine et le parrain de mon bébé ?

— Je suis certaine qu'ils vont accepter avec joie. Bon, maintenant, si tu veux continuer à discuter, suis-moi jusqu'au jardin. Il faut que je passe ma colère en travaillant dans la terre.

Chapitre 45

Il fait un temps magnifique. Le soleil brille de tous ses feux et il n'y a pas un seul nuage dans le ciel. La température est des plus confortables pour un mois de mai.

Aujourd'hui, c'est un jour bien spécial pour Magdelon. Elle attend impatiemment l'arrivée de Charles François Xavier. Elle n'a pas vu son fils depuis des mois et elle s'ennuie beaucoup de lui. Il lui a écrit qu'il ne pouvait se permettre de rester plus d'une semaine, ce qui est bien court à ses yeux de mère. Il lui manque tellement. Chaque fois qu'elle est appelée au chevet d'un malade, elle pense à lui. Chaque fois qu'elle va chasser ou lever ses collets, elle pense à lui. Dans ces moments-là, elle entend son rire en cascade et se dit en souriant qu'avec un tel rire il ne vieillira jamais. Dès qu'on voit Charles François Xavier, on sent sa joie de vivre prête à contaminer le plus récalcitrant des vieux garçons. En fait, à sa connaissance, une seule personne n'a pas cédé à son charme, et c'est Pierre-Thomas. Mais celui-ci ne risque pas de mourir d'avoir trop ri.

Depuis qu'elle sait que Charles François Xavier viendra à Sainte-Anne, elle a pris de l'avance dans ses travaux pour pouvoir passer plus de temps avec lui, bien qu'elle sache pertinemment qu'il risque d'aller au village indien plus souvent qu'autrement. Comme Pierre-Thomas se trouve au manoir pour au moins quelques jours, il y a de fortes chances qu'elle doive servir de couverture à son fils quand il ira voir sa douce. Elle l'accompagnera avec plaisir chaque fois et en profitera pour visiter l'aïeule ou seulement pour s'accorder une petite pause, le dos appuyé contre un grand chêne au bord de la rivière. Elle a bien sûr mis au programme une partie de chasse et une autre de pêche. Elle a aussi prévu échanger avec lui de longues heures sur les nouvelles connaissances qu'il a acquises en médecine depuis le temps qu'il l'étudie. Mais elle sait déjà qu'elle aura de la peine quand il repartira.

Magdelon ne tient pas en place. Elle tourne en rond sur le quai depuis une heure au moins comme si cela pouvait faire arriver Charles François Xavier plus vite. Mais il ne sera pas là avant une heure encore. Elle finit par se dire qu'elle devrait aller donner un coup de main à Étienne à la cuisine ; ainsi, le temps passerait plus vite. Elle relève ses jupes et retourne au manoir. Quand elle ouvre la porte, quelle n'est pas sa surprise de voir Pierre-Thomas attablé en train de boire son café, ce qui n'est pas du tout dans ses habitudes.

— Je vous croyais parti au moulin, lance Magdelon d'un ton légèrement contrarié.

— Je vous attendais. Il faut que je vous parle avant que notre fils arrive. Je vous en prie, assoyez-vous.

Magdelon a un mauvais pressentiment. Chaque fois que Pierre-Thomas prend ce ton, cela n'annonce rien de bon.

— Je vous écoute, soupire-t-elle.

— Vous savez comme moi que Charles François Xavier est en âge de se marier…

Cette seule phrase donne la chair de poule à Magdelon. Elle redoute déjà la suite. Elle doit fournir un grand effort pour rester calme.

— Vous savez aussi qu'il n'est pas bien vu pour un homme de rester célibataire.

— À l'âge auquel vous vous êtes marié, vous êtes mal placé pour affirmer une telle chose.

— Ne mélangez pas tout. Il n'est pas question de moi mais de notre fils. Écoutez-moi. Je me suis servi de mes relations pour lui trouver une bonne épouse. C'est une fille de bonne famille un peu plus jeune que lui. En plus, elle habite Montréal, ce qui facilitera les choses pour tout le monde. Ses parents ont même accepté que les futurs époux habitent chez eux une fois mariés. Je vous le dis, c'est une chance en or. Le père de la jeune fille travaille pour l'intendant et il fait aussi du commerce. Charles François Xavier contractera un beau mariage, et nul doute que je pourrai faire des affaires très profitables avec sa belle-famille. La vie est vraiment bonne avec nous, non ?

Magdelon attendait seulement que son mari se taise pour exploser. Elle rugit :

— Vous n'avez donc pas eu votre leçon avec toutes vos manigances pour marier Marguerite ? Dois-je vous rappeler que son propre choix vous a sûrement rapporté bien plus que le vôtre ne l'aurait fait ? Avez-vous déjà oublié que vous étiez en train de détruire notre fille juste pour assouvir vos ambitions ? Non, non et non ! Tant que je vivrai, personne, et surtout pas vous, ne va obliger Charles François Xavier à se marier avec une fille pour servir vos intérêts. M'avez-vous compris ?

— Mais c'est pour son bien ! s'indigne Pierre-Thomas. Vous avez l'air de penser que ce mariage servira uniquement à m'enrichir. Charles François Xavier travaille tellement pour apprendre la médecine que je suis certain qu'il n'a pas une seule minute à lui pour chercher une épouse.

— Justement ! Croyez-vous qu'il aura le temps de s'occuper d'une femme ? Et des enfants qui suivront immanquablement ? Voyons, vous rêvez ! Je vous suggère de parler à la jeune fille et à ses parents le plus vite possible parce qu'il n'y aura pas de mariage, ni maintenant ni plus tard, à moins que ce soit le choix de Charles François Xavier, ce dont je doute très fort. Si c'est tout ce que vous aviez à me dire, cette discussion est close pour moi. Vous allez m'excuser, mais j'ai à faire.

— Vous faites une grave erreur, madame. Vous donnez trop de pouvoir à vos enfants. Depuis quand un enfant a-t-il le droit de choisir son avenir ?

— Savez-vous au moins l'âge de Charles François Xavier ? Vous parlez de lui comme s'il avait encore dix ans alors qu'il en a plus de quinze. Franchement, vous faites pitié à voir avec toutes vos manigances.

— Est-il nécessaire de vous rappeler que j'ai accepté qu'il étudie la médecine alors que j'avais d'autres plans pour lui ? Ne m'en demandez pas trop. Si je vous laisse faire, à cause de vous, nos enfants deviendront des adultes capricieux.

— Pour ma part, j'aime mieux qu'ils soient capricieux et heureux plutôt que revêche comme l'était votre mère.

— Ne mêlez pas ma défunte mère à cela. Laissez-la reposer en paix.

— À mon tour, je vous conseille de laisser Charles François Xavier faire ses propres choix, sinon vous me trouverez sur votre chemin jusqu'à ce que vous reveniez la raison. Et ne vous avisez surtout pas de profiter du fait que je serai en France pour l'obliger à se marier. Ai-je été assez claire ?

Sur ces mots, Magdelon va se réfugier dans le bureau. Elle est si furieuse qu'elle tremble des pieds à la tête. Certes, elle savait que cette conversation viendrait un jour ou l'autre, mais maintenant elle a la confirmation que la partie sera serrée. Elle devra absolument parler à Charles François Xavier dès son arrivée pour qu'il ait le temps de se préparer. Elle prend la commande de semences entre ses mains. Mais sa colère envers Pierre-Thomas est si grande qu'elle n'arrive pas à lire un seul mot. « Il ne peut donc jamais penser aux autres, ne serait-ce qu'une petite minute. Il n'est pas question que je le laisse organiser le mariage d'un de mes enfants pour servir ses ambitions. C'est hors de question ! Et je parle en connaissance de cause. Si mon envie de fonder une famille n'avait pas été aussi forte, j'aurais préféré de loin rester vieille fille plutôt que de me marier avec lui », songe-t-elle, le regard noir et les lèvres serrées.

Elle devra convenir d'un plan avec son fils pour faire changer d'idée Pierre-Thomas. Cela risque d'être fort difficile, d'autant que la bien-aimée de Charles François Xavier n'a rien à offrir côté matériel, ni dot, ni contacts, ni terres ou commerces. Elle n'a que son cœur et toute la mémoire de son peuple, mémoire qui servira à Charles François Xavier et à tous ceux qu'il soignera des années durant. « Il nous faudra être plus rusés que Pierre-Thomas si on veut réussir », réfléchit-elle avant de plonger dans la lecture de sa liste.

Cette année, la seigneurie cultivera plus de millet. La dernière récolte le prouve : les terres de Sainte-Anne sont parfaites pour cette culture. Bien que le marché français n'ait pas été à la hauteur des attentes, les boulangeries de Québec et de Montréal ont pallié largement à ce manque par leur demande sans cesse croissante. Les colons de la seigneurie ont de quoi être fiers d'eux. Ils ont accepté sans aucune hésitation d'appuyer Magdelon et de se lancer dans cette nouvelle culture. Ils ont mis du cœur et fourni de nombreux efforts dans cette aventure. Et pourtant, ce n'était pas parce qu'ils avaient beaucoup de temps devant eux. L'abattage des arbres pour le chemin du Roy les occupe passablement depuis plusieurs années déjà, sans compter la construction de quelques ponts pour traverser la rivière ici et là. Ils ont cru en Magdelon, comme ils le font depuis l'arrivée de celle-ci au manoir. Elle est exigeante comme pas une, mais elle est droite et juste.

Avant que Magdelon n'ait le temps de finir de lire sa liste, elle entend des cris dehors. Quelqu'un l'appelle. Elle court vite jusqu'à la porte. Quand elle l'ouvre, elle tombe nez à nez avec Charles François Xavier. Les larmes lui montent instantanément aux yeux ; elle est si contente de voir son fils. Elle prend le jeune homme dans ses bras. Tous deux restent collés l'un contre l'autre un bon moment. Quand ils parviennent à se séparer, Charles François Xavier s'essuie les yeux et annonce à sa mère :

— Je ne suis pas venu seul. Attendez-moi, je vais chercher votre surprise.

Magdelon se demande qui peut bien accompagner Charles François Xavier. Elle a beau chercher, elle ne trouve pas. Une minute plus tard, son fils revient en compagnie d'une belle jeune femme. Magdelon se précipite vers celle-ci et s'écrie :

— Marguerite ! Quelle belle surprise ! Je suis si heureuse ! Viens, ma fille, que je t'embrasse. Tu es plus belle que jamais, le mariage te va à merveille. Mais comment se fait-il que tu sois ici ?

— Il n'était pas question que je vous laisse partir en France sans venir vous voir avant.

— Et qui s'occupe des enfants ?

— Quand la mère de Zacharie a su que vous partiez pour plusieurs mois, elle m'a dit que je devais absolument vous visiter avant votre départ. Et hier, elle est venue s'installer à la maison pour s'occuper des enfants pendant mon absence.

— Tu as de la chance d'avoir une aussi bonne belle-mère. Ce n'est pas la mienne qui m'aurait rendu ce service. Je suis vraiment contente que tu sois là. Toi et ton frère devez être affamés. Étienne vous a préparé à manger.

— Où sont les garçons ? demande Charles François Xavier.

— Louis Joseph est au moulin. Il suit les traces de Pierre-Thomas à la lettre, à un tel point qu'il est en train de devenir aussi détestable que lui.

— Ne soyez pas trop sévère avec Louis Joseph, conseille Charles François Xavier. Si ce n'avait été de son amour pour les affaires, c'est moi qui serais en train d'essayer de devenir l'ombre de papa. Je serai éternellement reconnaissant à mon frère de m'avoir évité la vie d'homme d'affaires pour laquelle je n'étais pas fait.

— Je comprends ton point de vue. Mais rien n'oblige Louis Joseph à devenir un tyran. Si tu veux bien, on reparlera de tout cela plus tard. Et Jean Baptiste Léon, quant à lui, est chez Catherine, comme d'habitude. Vous savez à quel point il aime aller chez elle. Il y passe ses grandes journées et je ne peux même pas lui en vouloir. Catherine passe beaucoup de temps avec ses enfants et votre petit frère en profite aussi. Mais j'aime mieux le savoir là-bas qu'en train de subir l'influence de Louis Joseph. J'ai tellement de travail à faire que je ne peux pas tout surveiller.

Charles François Xavier tente de rassurer sa mère :

— Je suis certain que vous vous inquiétez pour rien en ce qui concerne Louis Joseph.

— Tu jugeras par toi-même, répond Magdelon.

— Je suis si heureuse de revenir à la seigneurie ! s'exclame Marguerite pour changer de sujet. Je me suis tellement ennuyée. Vous m'avez tous manqué.

— Toi aussi, tu m'as manqué, ma grande, et j'ai bien l'intention de profiter pleinement de ta présence.

Puis Magdelon ajoute à l'intention de son fils :

— J'ai pensé qu'on pourrait aller chasser demain. Qu'en dis-tu ?

— C'est une excellente idée ! Vous n'avez pas idée à quel point je m'ennuie d'aller chasser. Nous pourrons faire un petit saut au village indien ?

— Aurais-tu encore des choses à apprendre de l'aïeule ? demande Magdelon d'un ton à la fois moqueur et complice.

— Vous pouvez parler librement. J'ai mis Marguerite au courant.

— Il va falloir que nous discutions, Charles François Xavier. Ton père s'est mis dans la tête de te marier avec une fille de Montréal.

— Cela devait arriver un jour ou l'autre, lance Marguerite en souriant.

— Mais je m'en serais bien passé ! s'exclame Charles François Xavier. Enfin ! À quelle heure voulez-vous partir demain, maman ?

— À six heures.

— Est-ce que je pourrais vous accompagner ? s'enquiert Marguerite.

Surpris, les deux autres la regardent.

— Mais j'ai toujours rêvé d'apprendre à me servir d'un mousquet. Vous pourriez me montrer ?

— Si c'est ce que tu veux, ma fille, je t'apprendrai avec grand plaisir. J'étais loin d'imaginer qu'un jour je partirais chasser avec ma fille. Mais tu ne peux pas savoir à quel point cela me rend heureuse.

— Mais on a seulement deux chevaux… déclare Charles François Xavier. Marguerite pourra monter avec vous, maman ?

— J'ai une meilleure idée, lance Magdelon. On va rendre une petite visite à Catherine tout à l'heure. Elle était impatiente elle aussi de te revoir, Charles François Xavier. On lui empruntera son cheval et son mousquet. J'ai hâte de voir sa tête quand elle verra que tu n'es pas venu seul.

— Moi aussi ! s'écrie Marguerite.

* * *

C'est le cœur gros que Magdelon a accompagné Charles François Xavier et Marguerite au quai. Elle a serré ses enfants très fort dans ses bras et les a regardés s'éloigner jusqu'à ce qu'ils disparaissent de sa vue. Elle ne les reverra pas avant un bon moment et cela lui brise le cœur. Il y avait très longtemps qu'elle n'avait passé une aussi belle semaine. Elle se souviendra toujours de la mémorable partie de chasse avec son fils et sa fille le lendemain de leur arrivée au manoir. Voir la joie sur le visage de Marguerite quand elle a tué un coq d'Inde valait toute l'énergie déployée pour lui montrer à se servir d'un mousquet. À un certain moment, Magdelon s'était même demandé si sa fille parviendrait à utiliser l'arme. Et quand Étienne a servi l'animal bien rôti au souper, le bonheur de Marguerite la faisait ressembler à une petite fille. Jamais un coq d'Inde n'avait goûté aussi bon que le sien. Son seul regret était de ne pouvoir partager son plaisir avec Zacharie. « Je suis certaine qu'il ne me croira pas », répétait-elle constamment alors que Charles François Xavier n'avait de cesse de lui affirmer qu'il lui servirait de témoin avec plaisir.

Elle se souviendra aussi combien son fils et sa princesse indienne avaient l'air heureux de se retrouver. Rien que pour préserver ce bonheur naissant, elle a promis à son fils de se battre pour lui permettre de faire un mariage d'amour. Pendant le séjour de Charles François Xavier, Magdelon a pu constater à quel point le jeune homme a enrichi ses connaissances en médecine. Au cours de la semaine, Magdelon a été demandée au chevet de deux personnes. Chaque fois, elle a été agréablement surprise de voir avec quel aplomb Charles François Xavier soigne les gens. Magdelon s'est contentée d'observer son garçon à distance et de se laisser envahir par un sentiment de grande fierté.

Se retrouver à table avec tous les siens a aussi rempli de bonheur Magdelon à chaque repas. Même lorsque Pierre-Thomas se trouvait au manoir, l'ambiance était plus légère qu'à l'habitude. Et Magdelon s'était inquiétée pour rien : son mari n'a pas soufflé mot de ses plans de mariage à Charles François Xavier. Connaissant Pierre-Thomas, Magdelon sait que ce n'est que partie remise. Au moins, son époux l'a laissée profiter pleinement de la visite de ses grands, ce dont elle lui est très reconnaissante. Elle n'irait toutefois pas jusqu'à le reconnaître devant lui…

Louis Joseph a été égal à ce qu'il est devenu : froid, calculateur et irrespectueux. Marguerite et Charles François Xavier ont tout essayé pour le ramener à la raison, mais sans succès. Avant de partir, ils ont admis que leur mère avait raison : malheureusement, Louis Joseph est en train de devenir pire que leur père. Jean Baptiste Léon, quant à lui, a passé la majeure partie de son temps avec sa sœur et son frère. Il se collait contre eux chaque fois qu'il le pouvait et leur racontait des histoires à n'en plus finir. Magdelon devait attendre qu'il aille se coucher pour passer un peu de temps avec Marguerite et Charles François Xavier.

Ses deux aînés viennent tout juste de partir, et ils manquent déjà à Magdelon. Au fond d'elle-même, elle aurait voulu garder tous ses enfants près d'elle toute sa vie. Elle ne le leur a jamais dit et n'a pas l'intention de le faire non plus. Elle aurait trop peur de briser leurs rêves. Que ses enfants fassent ce qu'ils aiment sera toujours le plus important, même si pour cela ils doivent s'éloigner d'elle.

Chapitre 46

Demain à la même heure, Magdelon montera sur le bateau qui l'amènera en France. Elle est très excitée à l'idée de découvrir le pays de ses parents, d'aller rencontrer le roi et de lui remettre l'histoire qui raconte l'attaque des Iroquois qu'elle a subie alors qu'elle n'avait que quatorze ans. Elle tentera également de trouver un éditeur pour la poésie de Catherine et de Marie, ira voir le cousin de Pierre-Thomas et aussi Jean Lavigne, son informateur. Et elle a toujours l'intention d'aller rendre une petite visite à Louis. Elle profitera aussi de son séjour en France pour voir si les Français sont aussi avancés qu'ils le prétendent côté culture et pour s'inspirer de leurs techniques.

Magdelon est inquiète de laisser ses deux plus jeunes. Heureusement, Catherine lui a dit qu'elle garderait Jean Baptiste Léon chez elle jusqu'à son retour. Quant à Louis Joseph, il n'y a aucun problème à ce qu'il reste seul à son âge. Par contre, elle sait bien qu'il profitera de son absence pour maltraiter Étienne et Alexis, et ce n'est sûrement pas Pierre-Thomas qui l'en dissuadera. Elle a demandé à Charles et à Catherine de s'assurer que son fils ne dépasserait pas les bornes, même si elle se doute fort qu'ils n'auront pas plus d'influence qu'elle sur Louis Joseph.

Fidèle à lui-même, Pierre-Thomas n'assistera même pas à son départ. Prétextant un rendez-vous important à Québec, il a filé la veille sans prendre la peine de lui souhaiter un bon voyage. Elle est tellement habituée à son manque de courtoisie qu'elle s'est mise à rire quand elle l'a vu partir. Heureusement qu'elle ne comptait pas sur lui pour la conduire à Québec. Elle a demandé à Gabriel s'il voulait l'accompagner. Le coureur des bois a dormi à Sainte-Anne la nuit passée et il viendra la rejoindre dans quelques minutes.

Comme Magdelon n'aime pas les adieux, elle a embrassé les enfants quand ils se sont levés et leur a dit de vaquer à leurs occupations habituelles. Il y a donc plus d'une heure que Louis Joseph a pris le chemin du moulin alors que Jean Baptiste Léon est parti avec Catherine et Lucie, venues lui souhaiter un bon voyage. Elle a ensuite répété ses directives à Étienne et à Alexis et s'est assise sur la galerie en attendant que vienne l'heure du départ.

Dès qu'elle voit Gabriel sortir de la grange, elle va à sa rencontre.

— Alors, vous êtes prête ? s'informe l'homme.

— Oui, répond Magdelon, la gorge un peu serrée. Je vous attendais.

— Je vais chercher votre sac et nous partirons tout de suite après. Avez-vous pensé à apporter une grande toile ? J'ai bien peur qu'on se fasse arroser avant d'arriver à Québec.

— Je vais en chercher une tout de suite. Attendez-moi.

— N'ayez pas peur, je ne bougerai pas. C'est uniquement pour vous que je vais à Québec.

Une fois assise dans le canot, Magdelon prend une grande respiration et tente de se calmer un peu. Elle a l'estomac noué, à un point tel qu'elle n'a pas pu avaler une seule bouchée depuis qu'elle est levée, ce qui est loin d'être dans ses habitudes. Elle a pris avec elle quelques quignons de pain, du poulet et une grande gourde qu'elle a rempli d'alcool. Histoire de se détendre, elle a insisté pour ramer, au grand étonnement de Gabriel d'ailleurs, lui qui se promettait de lui faciliter le voyage le plus possible.

Dès que Gabriel voit sa compagne à l'œuvre, il ne peut s'empêcher de demander :

— Mais, ma foi, voulez-vous bien me dire qui vous a appris à ramer ? J'ai vu très peu d'hommes manier les rames comme vous le faites.

— C'est mon père. Quand j'étais jeune, j'allais pêcher avec lui. La condition pour l'accompagner était que je rame la moitié du chemin.

— Il était dur, votre père.

— Non, pas du tout. Je n'aurais pas pu avoir un meilleur père. En fait, il se faisait un point d'honneur que ses filles en sachent autant que ses garçons et il a gagné son pari. Notre père nous a tout appris. Mais maintenant, je suis la seule qui prenne toujours autant de plaisir à ramer.

— Je veux bien vous croire. Et à vous regarder faire, on dirait que vous êtes née pour ramer.

— Avec mes frères et sœurs, durant toute la belle saison, nous faisions des concours pour savoir qui était le meilleur rameur de la famille. C'est avec une grande humilité que j'avoue avoir gagné chacun d'entre eux à l'exception d'un seul. Ce jour-là, j'étais terrassée par une violente fièvre et, malgré ma grande détermination, mon frère Alexandre m'a devancée à quelques mètres seulement du rivage. J'étais tellement en colère d'avoir perdu que ma fièvre s'est intensifiée dans les heures qui ont suivi. Il paraît que j'ai même déliré.

— Décidément, vous me surprenez beaucoup.

— Ce n'est pas parce que je rame mieux que bien des hommes que cela fait de moi une personne extraordinaire. J'ai aussi mon lot de défauts, vous savez. Même le curé de Batiscan le crie haut et fort à qui veut l'entendre, ajoute-t-elle en haussant les épaules.

— Cessez de vous torturer avec lui. Je ne l'ai rencontré qu'une seule fois et cela m'a suffi. Il ressemble à un rat avec sa petite face. Au fait, comment les choses se sont-elles réglées avec lui ?

— J'ai été blanchie de toute accusation.

— C'est une excellente nouvelle.

— Vous trouvez ? Pas moi ! Certes, aucune accusation n'a été portée contre moi. Mais savoir que quelqu'un, un homme de Dieu par-dessus le marché, répand des faussetés sur vous à tout vent n'a rien de réconfortant. Et ce n'est pas tout : le curé de Sainte-Anne fait aussi des siennes ces temps-ci.

— Mais qu'est-ce qu'ils ont tous à vous reprocher à la fin ?

— Pour ce qui est du curé de Batiscan, je l'ignore toujours. Quant à celui de Sainte-Anne, il y a plusieurs années j'ai préféré libérer une esclave plutôt que de la lui céder. Il voulait la garder pour qu'elle chante à l'église et il m'en veut toujours pour cela. Mais moi, je ne pouvais pas laisser cette jeune fille entre ses mains, je l'aimais trop pour cela. Je n'avais pas le droit de la priver d'être heureuse. Aujourd'hui, Marie-Charlotte est mariée, a des enfants et elle chante toujours.

— Je vous le répète : vous m'impressionnez.

— Je n'ai fait que mon devoir, rien de plus.

— J'ai une question à vous poser. On m'a raconté que vous aviez survécu à une attaque des Iroquois alors que vous n'aviez que quatorze ans. C'est vrai ?

— Oui.

Pour changer de sujet, Magdelon ajoute :

— Que diriez-vous si je vous passais les rames une fois à Batiscan ?

— Aucun problème pour moi.

— J'en profiterais pour aller saluer une vieille amie. Jeanne pourra sûrement nous offrir à manger.

* * *

Quand Magdelon et son compagnon arrivent à Québec, le soleil a commencé à baisser. Gabriel aide sa compagne à descendre du canot. Même une fois debout, elle a l'impression d'être encore assise tellement elle est courbaturée. Mais elle et Gabriel ont eu de la chance, car il est tombé à peine quelques gouttes de pluie pendant leur voyage.

— Suivez-moi, Gabriel, dit Magdelon. Je connais une auberge située près d'une boulangerie. Je devrais pouvoir retrouver le chemin qui y conduit.

Une fois devant l'auberge, Magdelon ne peut résister à l'envie d'aller chercher quelques pâtisseries à la boulangerie. Elle ressort du commerce les mains pleines. Michel lui a dit de prendre tout ce qui lui faisait envie.

Gabriel taquine Magdelon :

— Vous êtes certaine de pouvoir manger tout cela ?

— D'abord, je compte sur vous pour m'aider. Et puis, les pâtisseries sont un de mes péchés mignons. J'en mange tant que je n'ai pas envie de vomir. Vous voyez, ajoute-t-elle en riant, je n'ai pas que des qualités. Allons réserver les chambres.

Une fois dans l'auberge, Magdelon réserve deux chambres, non sans un petit pincement au cœur. C'est qu'il lui plaît de plus en plus le beau Gabriel, et ce, depuis le premier jour où elle l'a vu. Elle s'explique d'ailleurs très mal comment elle a pu résister au charme du coureur des bois aussi longtemps. C'est sans doute parce que perdre Antoine lui a fait trop mal et que l'amour ne lui a apporté que des souffrances...

Une fois sur le palier, Gabriel dépose son sac devant sa porte. Le coureur des bois est si proche que Magdelon sent son odeur. Elle ferme les yeux quelques secondes et se laisse porter par celle-ci. Son bas-ventre est en feu. Le bout de ses seins pointe. Une grande bouffée de chaleur l'envahit totalement. Quand elle revient à elle, sa bouche est si proche de celle de Gabriel que d'un simple petit coup de langue elle pourrait la toucher. Sitôt pensé, sitôt fait. Il n'en faut pas plus pour mettre le feu aux corps de Gabriel et de Magdelon assoiffés de désir l'un pour l'autre. La femme ouvre la porte de la chambre et entraîne son compagnon jusqu'au lit. S'ensuit alors un corps à corps où seul le plaisir règne.

Épuisés, Magdelon et Gabriel gisent maintenant côte à côte sur le lit. Aucun des deux n'ose briser le silence de peur de rompre le charme. Le premier gargouillement d'estomac de Magdelon les fait éclater de rire. Elle va chercher les pâtisseries et vient vite rejoindre son compagnon dans le lit.

— J'espère que vous allez aimer ces pâtisseries, Gabriel, parce que c'est tout ce que nous aurons à manger d'ici demain.

— Je ne vous l'ai pas encore dit, mais moi aussi j'adore les pâtisseries.

— Alors, nous allons les choisir à tour de rôle. Moi, je vais commencer par celle-là. À vous maintenant.

Cette nuit-là, Magdelon préfère profiter du corps de Gabriel plutôt que de dormir. De toute façon, elle aura tout le temps de se reposer sur le bateau. Même si elle a apporté un ou deux travaux de broderie et quelques livres, elle sait d'avance que le temps risque de lui paraître un peu long.

À l'heure prévue, Gabriel l'accompagne au quai. Le bateau quittera Québec dans deux heures. Après l'enregistrement de Magdelon, cette dernière et le coureur des bois vont prendre un verre à une taverne tout près. Ils n'ont pas besoin de parler. Se regarder dans les yeux leur suffit largement. Ils sont gorgés de bonheur. Ils regardent déambuler les gens sans les voir. Au fond de lui, Gabriel se dit qu'elle lui manquera alors que Magdelon se dit qu'au moins elle aura de beaux souvenirs à se rappeler pendant la traversée. Pour elle, il est trop tard pour s'engager de nouveau. Elle a eu trop mal. Certes, Gabriel et elle ont passé de bons moments ensemble, mais c'est déjà chose du passé. Dans quelques minutes, elle partira pour de longs mois et elle a l'intention de profiter pleinement de son voyage.

Une fois sur le quai, quelle n'est pas la surprise de Magdelon de voir arriver Jacques et sa famille ainsi que Michel. Tous sont venus lui souhaiter un bon voyage, ce qui lui fait vraiment chaud au cœur. Magdelon échange quelques mots avec eux et les remercie. Elle salue ensuite discrètement Gabriel. Au moment où elle s'apprête à monter sur le pont, quelqu'un l'interpelle :

— Madame, madame, attendez !

Magdelon se retourne. Quand elle découvre Pierre-Thomas devant elle, la surprise lui fait manquer de perdre pied.

— Mais que faites-vous ici ? interroge-t-elle.

— Vous ne pensiez tout de même pas que je vous laisserais partir sans même vous dire au revoir ?

— Votre attention me touche vraiment.

Pierre-Thomas remet à Magdelon une bourse remplie d'écus.

— Tenez, prenez cela avec vous. Vous pourriez en avoir besoin.

— Mais c'est beaucoup trop ! s'exclame Magdelon.

— Prenez-la et promettez-moi de revenir.

— Qu'est-ce que vous allez chercher là ? C'est sûr que je vais revenir. Où donc pourrais-je aller si ce n'est chez nous, à Sainte-Anne ?

— Faites un bon voyage, madame. Je veillerai sur la seigneurie et sur les garçons pendant votre absence.

— Jurez-moi de ne pas obliger Charles François Xavier à se marier avant que je revienne.

— Tout dépendra de lui. Il faut que j'y aille maintenant, car l'intendant m'attend.

Si Magdelon ne se retenait pas, elle courrait après lui et le frapperait de toutes ses forces. Alors qu'elle avait presque réussi à oublier les manigances de son mari, voilà que celui-ci revient à la charge au moment où elle ne peut rien faire pour défendre son fils.

Elle monte sur le pont, envoie la main à Gabriel une dernière fois et se laisse tomber sur un banc. Elle essuie deux petites larmes de colère au coin de ses yeux et remonte son col. Le vent du large est frais. Elle attend de faire ce voyage depuis si longtemps qu'elle ne laissera pas Pierre-Thomas le gâcher. À cette seconde même, elle lève la tête et se dit qu'elle n'a pas d'autre choix que de regarder en avant. Elle aura tant de choses à découvrir en France. Et, pour le moment, la vue sur Québec est magnifique.